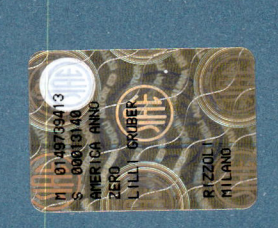

Lilli Gruber
America anno zero

Viaggio in una
nazione in guerra
con se stessa

Rizzoli

Proprietà letteraria riservata
© *2006 RCS Libri S.p.A., Milano*

ISBN 88-17-01265-3

Prima edizione: settembre 2006

Realizzazione editoriale: Studio Editoriale Littera, Rescaldina (MI)

Di tutti i nemici della libertà pubblica, la guerra, forse, è quella che più deve essere temuta perché include e incoraggia il germe di ogni altro. Madre degli eserciti, la guerra stimola i debiti e le tasse, noti strumenti per condurre i molti sotto il dominio dei pochi. In guerra, inoltre, il potere discrezionale dell'esecutivo viene ampliato.

James Madison,
quarto presidente degli Stati Uniti

A Henry,
l'America che ci manca

IL FANTASMA DI LEWIS E CLARK

È IL 23 SETTEMBRE 1806. In una stanzetta nella città di Saint Louis, Stato del Missouri, un uomo sta scrivendo febbrilmente. La lettera, che deve partire subito per Washington, è indirizzata a Thomas Jefferson, presidente degli Stati Uniti d'America. Annuncia la felice conclusione di uno dei più eccezionali viaggi di scoperta della storia: l'esplorazione del Nordamerica dal Mississippi all'Oceano Pacifico.

L'uomo chino sullo scrittoio si chiama Meriwether Lewis. Ha trentadue anni. È alto, ben piazzato, con spalle larghe e mani forti. Il volto dai lineamenti regolari, con il naso pronunciato, è segnato dalla stanchezza. È appena arrivato a Saint Louis, una città vicina alla confluenza tra il Mississippi e il Missouri. Da qui era partito il 14 maggio 1804, diretto verso l'ignoto. Un passo dopo l'altro, un ostacolo dopo l'altro, ma soprattutto una meraviglia dopo l'altra, Lewis, il suo amico William Clark e un gruppetto di ardimentosi hanno attraversato ed esplorato le terre, allora sconosciute agli uomini bianchi, che li separavano dal Pacifico. Sono giunti a destinazione il 24 novembre 1805, impiegando un anno e mezzo. E ci vorrà ancora più di un anno per ritornare al punto di partenza, il 23 settembre 1806. Missione compiuta.

Mentre su Saint Louis cala la notte Lewis, il capo della spedizione, desidera che Jefferson, colui che ha immaginato e voluto l'impresa, riceva il prima possibile la buona notizia. Gliela comunica con quella missiva scritta in fretta e furia per affidarla a una diligenza che l'aspetta. Lui invece giungerà a Washington il 28 dicembre, giusto in tempo per festeggiare alla Casa Bianca l'arrivo dell'anno 1807. È la vera nascita del Paese destinato a cambiare la storia.

Duecento anni dopo, in un minuscolo negozio di antichità del quartiere De Marollen, a Bruxelles, sto guardando le riproduzioni di due piccoli ritratti. È una giornata grigia e sto approfittando di un'ora di pausa da una riunione in Commissione affari esteri per cercare un regalo di compleanno. Mi sono riparata qui dentro per sfuggire a una pioggia sottile ma persistente. Da come sono accatastati sembra che anche gli oggetti in vendita abbiano fatto lo stesso. La stanza è stipata di mobili, soprammobili, stampe, oggetti. Antichi, pregiati, o semplicemente vecchi. Mentre passo tra un tavolo e una vetrinetta, faccio cadere un portaritratti consunto, di quelli in pelle che possono contenere due foto e volendo si chiudono come un portafoglio e si mettono in tasca. Di solito, ci si trovano bellissime immagini in bianco e nero di coppie d'altri tempi: un uomo azzimato coi baffetti nella cornice di sinistra, una signora snella con il parasole sulla destra.

Questi però sono due uomini. Giovani, avranno forse trent'anni. E non sono foto, ma riproduzioni a colori di ritratti. Due primi piani, mostrano entrambi il viso, il bianco di un'ampia cravatta ottocentesca e il bavero di una marsina nera. L'uomo a sinistra ha i capelli rossicci e lunghe basette, un naso dritto e deciso, e guarda «in macchina» un po' di sbieco, con espressione altera, forse anche sprezzante. Come se sapesse qualcosa che io non so. Quello a destra invece, che ha radi capelli castani e una bocca morbida e un po' imbronciata, bizzarramente non «buca lo schermo» del quadro: è voltato verso il suo compagno. E a dire il vero non sembra nemmeno che stia guardando lui, ma qualche cosa dietro o oltre lui, qualche immensità lontana. Da una parte del portaritratti uno sguardo conquistatore, e dall'altra uno sguardo distante.

Chi sono i due uomini? Quale relazione li lega? Il ragazzo dietro al banco del negozietto non lo sa, ricorda solo che ha comprato quell'oggetto di cuoio da un americano. Affascinata, decido di portar via con me i ritratti di quegli sconosciuti, che a quanto pare rimarranno tali. Ma in albergo mi aspetta una sorpresa.

«Ho comprato un mistero» esclamo entrando. Jacques, che mi ha raggiunto da Parigi per un paio di giorni, sta dando gli ultimi ritocchi a un articolo sull'Iran. «Guarda qui» gli dico.

Butta un occhio sui due misteriosi trentenni e si illumina.

«Ah! Ma sono Lewis e Clark! E dove li hai trovati?»

Scopro che ha appena finito di leggere *Undaunted Courage* (*Indomito coraggio*), una biografia di Meriwether Lewis scritta dallo storico statunitense Stephen Ambrose. Quest'anno ricorre il bicentenario del viaggio di Lewis e di William Clark attraverso gli Stati Uniti, un'impresa quasi sconosciuta a noi europei ma mitica per gli americani. Per loro, costituisce un vero e proprio momento fondativo della storia nazionale. Il Web brulica di offerte: edizioni dei diari di Lewis e Clark, escursioni che ricalcano il loro itinerario attraverso il Paese, documentari e programmi televisivi.

E io li ho incontrati in un negozietto di antiquariato di Bruxelles. Proprio quando ormai da tempo, dopo tante pagine dedicate al Medio Oriente, sto meditando di spostare la mia attenzione oltreoceano, verso la potenza che tanto conta nel decidere le sorti di quell'area strategica del mondo. L'America ha ormai con l'Europa un rapporto di amore-odio che spesso è di ostacolo alla conoscenza. Forse questo continente di cui ci sembra di sapere tutto andrebbe riscoperto.

Sarà il colpo di fulmine per Lewis e Clark, o la voglia di rimettersi in viaggio, ma Jacques e io decidiamo che si può fare. Quel che ci vuole è la mia amica Caterina Borelli, regista di documentari e bravissima producer. Vive da vent'anni

a New York e dell'America sa tutto. Con la sua chioma di capelli biondissimi, quasi bianchi, i vispi occhi neri e il suo
gusto creativo in fatto di tessuti e modelli per gli abiti, è una
figura che definirei decisamente pop. È efficiente e molto affidabile, e con un elenco di città da visitare e persone da contattare è capace di fare meraviglie. Mentre lei ci organizza lo
scheletro del viaggio, cercando di incastrare appuntamenti,
alberghi, voli, automobili e visite, Jacques e io consultiamo
guide, libri, siti Internet, riviste di ogni genere e soprattutto
i nostri carnet di indirizzi americani. Abbiamo lavorato entrambi negli Stati Uniti e abbiamo l'impressione che non basterà mai il tempo per incontrare tutte le persone di cui vogliamo sentire l'opinione.

Man mano che, come Meriwether Lewis, prepariamo la
nostra spedizione, la testa mi si riempie di pensieri: è davvero
possibile riscoprire l'America? È un Paese che ho sempre
amato: la terra delle libertà e dei sogni che si possono realizzare. Ma cinque anni dopo la tragedia dell'11 settembre, tre
anni dopo l'invasione dell'Iraq e un anno dopo l'uragano
Katrina, quel Paese esiste ancora?

L'esplorazione di Lewis e Clark cominciò il 4 luglio 1803. In
occasione del ventisettesimo anniversario della Dichiarazione di indipendenza. Jefferson, il terzo presidente degli
Stati Uniti, aveva appena siglato con Napoleone l'accordo
per l'acquisto della Louisiana, raddoppiando con un tratto
di penna la superficie della nazione. Un colpo di genio che
conferirà all'America la profondità geografica da cui verranno la sua ricchezza e la sua forza. Le nuove terre erano
molto vaste: comprendevano due immensi corsi d'acqua, il
Mississippi e il Missouri; si estendevano dal Golfo del Messico verso il Canada e includevano il Nord e il Nordovest del
continente. Erano popolate da numerose tribù indiane,
sparpagliate sul territorio, e da cacciatori di pellicce, in pre-
valenza francofoni. E soprattutto erano praticamente sconosciute agli americani, che in quel periodo si concentravano

lungo la costa atlantica, negli Stati del New England e in quello che era già noto come «il Sud».

Lewis, nato in Virginia nel 1774, apparteneva a una dinastia di soldati e proprietari di piantagioni, e aveva servito nelle milizie territoriali. Jefferson, un amico di famiglia, lo scelse come uomo di fiducia, allo stesso tempo segretario, consigliere, confidente e compagno di mangiate e di bevute. Quando concepì l'idea di un viaggio esplorativo nell'Ovest, dove gli inglesi, i francesi e gli spagnoli si contendevano l'accesso al commercio di pelli pregiate e agli scambi con le tribù indiane, affidò la missione al suo protetto. Lewis cominciò a frequentare le più importanti personalità scientifiche dell'epoca per familiarizzare con la botanica, la zoologia, la cartografia e la medicina, tutte scienze che gli sarebbero state utili durante l'impresa.

Doveva pensare a tutto: progettare una barca dal fondo piatto per risalire il Missouri, l'unica via di accesso alle zone occidentali; escogitare modi per conservare il cibo; procurarsi i medicinali per malattie note e sconosciute; dotarsi di armi e munizioni. Chiese l'assistenza di un uomo che conosceva da anni, con il quale aveva condiviso i pericoli della guerra, un amico, quasi un fratello: William Clark. Anche lui era audace, avventuroso, pronto a venire alle mani per un nonnulla, grande amante del buon cibo e degli alcolici. I due avevano combattuto fianco a fianco durante la Ribellione del Whisky tra il 1791 e il 1794, nello Stato della Pennsylvania, quando i produttori si opponevano, armi in pugno, all'imposizione di una nuova tassa sul prezioso liquore. E ora, insieme, si lanceranno in una nuova avventura.

Lewis è il capo designato della spedizione di 30 uomini, ma Clark è il suo alter ego. Entrambi verranno chiamati «capitano» durante tutto il viaggio. Lewis si occuperà soprattutto di studiare e catalogare flora e fauna, mentre Clark sarà il cartografo. È difficile oggi, nell'epoca delle immagini digitali, capire quanto fosse indispensabile annotare ogni minimo dettaglio, fare schizzi delle piante, dei fiori, degli animali, degli uccelli. Tenere un diario era una necessità, non solo scientifica ma anche sentimentale, per conservare emozioni e ricordi. E consegnare alle generazioni future i frutti e gli insegnamenti di un'esperienza unica.

Ma il viaggio di Lewis e Clark è conquista oltre che scoperta: sottomissione di popoli stranieri. Il messaggio rivolto alle tribù indiane era chiaro: avete un nuovo Padre ed egli risiede a Washington; è con lui che dovete commerciare ed è a lui che dovete obbedire. L'America era alla sua prima esperienza di espansione imperialistica e gettava le radici di una contraddizione che l'assilla ancora oggi: l'incertezza tra i suoi princìpi e le sue azioni, tra l'esigenza di libertà e la sete di potenza.

Furono Lewis e Clark, con la loro determinazione e resistenza fisica e morale, a rivelare al Paese-continente la sua reale misura. Ma i due eroi di questa prima impresa americana conosceranno destini totalmente diversi: uno di loro finirà tragicamente, l'altro avrà invece una vita serena. Come se, fin dalla nascita, l'America potesse scegliere tra successo e fallimento, tra felicità e tormento, tra Bene e Male.

Duecento anni dopo, gli Stati Uniti hanno preso pienamente possesso del loro immenso territorio, e gli americani sono 300 milioni, 60 volte più numerosi rispetto all'epoca della spedizione di Lewis e Clark. L'America è il Paese più ricco e più potente del mondo, e non ha rivali dopo la dissoluzione dell'Urss.

Oggi però è anche una delle nazioni più contestate dall'opinione pubblica internazionale. Uno studio recente del Pew Research Center di Washington lo conferma: «L'antiamericanismo in Europa, in Medio Oriente e in Asia è aumentato con la guerra in Iraq». Vengono guardati con un misto di diffidenza, irritazione e ostilità. Quanto all'immagine dei cittadini statunitensi, definirla controversa è un eufemismo. Alcuni li considerano «laboriosi», «creativi» e «onesti», altri «avidi», «violenti», «volgari» e addirittura «immorali».

Il naufragio della credibilità degli Stati Uniti è associato alla personalità e all'operato di un uomo: George W. Bush. Il quarantatreesimo presidente si è ritrovato padrone dei destini del Paese in un periodo segnato da violenze, povertà, ambizioni, disuguaglianze, ingiustizie. Ingredienti naturali della storia, ma che vanno dominati, non subiti, prima che si trasformino in tragedie. Bush, il suo vicepresidente Richard Cheney e un ristretto circolo di consiglieri hanno scelto dall'inizio di ridurre la complessità di questi problemi a una formula semplicistica: la «guerra contro il terrorismo». È diventata l'unico programma politico, nonché giustificazione morale, obiettivo unico, argomento supremo. Da allora, un misto di messianismo e nazionalismo ha sostituito il pragmatismo e l'esperienza. In nome di questa «guerra» Bush ha concentrato nelle proprie mani tutti i poteri decisionali.

Gli Stati Uniti, guariti dopo l'era di Nixon e dello scandalo Watergate dalle derive autoritarie della Casa Bianca, si ritrovano così nuovamente alle prese con i pericoli di una «presidenza imperiale». Alla famosa frase di Richard Nixon – «È legale perché lo ha deciso il presidente» – ha fatto eco Bush, oltre trent'anni dopo, con il suo celebre «Sono io che decido». Gli effetti si sono fatti sentire subito: le leggi eccezionali, l'erosione delle libertà individuali e le misure arbitrarie si sono moltiplicate.

L'America attraversa un periodo pieno di interrogativi. Ovunque è l'ora di tirare le somme. In nome dei due princìpi fondanti della nazione, la libertà e la giustizia, si alzano voci di denuncia e di protesta. Il Paese sembra risvegliarsi, dopo anni di silenzio, dallo stordimento causato dallo shock dell'11 settembre. E nulla sfugge al nuovo senso critico.

È proprio questo fenomeno di rivolta che voglio capire e valutare. Sono convinta che si debbano attribuire gli errori politici a chi li commette, senza per questo ignorare le qualità di chi li subisce. Non si possono confondere i cittadini con i loro governanti. Questo sbaglio, grave nella maggior parte dei casi, con gli Stati Uniti diventa addirittura capitale. Perché ciò che sono e ciò che diventeranno riguarda ciascuno di noi. Grazie alla loro ineguagliabile potenza – militare, economica, culturale – possono cercare e trovare soluzioni. O al contrario scatenare nuovi conflitti.

Mi metterò alla ricerca dell'America ribelle che vuole sostituire l'intelligenza e l'immaginazione alla forza e all'autoritarismo. È una battaglia campale, uno scontro come quelli che piacciono a Bush: tra il Bene e il Male, tra le forze oscurantiste e quelle più illuminate. Ma oggi la superiorità morale ha cambiato campo: i «cattivi» stanno dietro le quinte del potere, i «buoni» per la strada, su Internet, nelle redazioni, nelle biblioteche, nelle università, sugli schermi dei cinema.

Gli appuntamenti elettorali sono molto vicini. A novembre 2006 ci saranno le cosiddette elezioni di medio termine del Congresso, oggi in mano ai repubblicani. Tutti i 435 deputati della Camera cercheranno di farsi rinnovare il mandato dopo due anni. Stessa sorte per un terzo dei 100 senatori e per 36 governatori di singoli Stati. Si andrà alle urne anche per rinnovare molte amministrazioni locali. Nell'autunno del 2008 sarà la volta delle presidenziali, in cui i democratici tenteranno di riprendersi dopo otto anni il controllo della Casa Bianca.

La squadra che prenderà il posto di Bush riuscirà a infondere nuova vita nel sogno americano?

C'è bisogno di un nuovo inizio, un «anno zero» da cui ripartire per restaurare un'immagine macchiata, deformata negli stereotipi e nelle caricature dell'era Bush. Attraversando il Paese dalla costa orientale a quella occidentale, vorrei capire quali sono i tasselli che comporranno il mosaico della nuova America.

Jacques e io partiremo da New York, la città che gioca d'anticipo sui trend e sulle trasformazioni degli Stati Uniti. E che proprio per questo li rappresenta, perché fonde idee e persone dell'America e del mondo. Ma allo stesso tempo è un'isola autonoma che difende la propria diversità rispetto al resto del continente. Nella Grande Mela resteremo diversi giorni, per ascoltare i battiti del polso della grande nazione. Poi ci inoltreremo nelle singole realtà della sua vita sociale, politica e culturale: Boston piena di storia, Detroit annientata dalla crisi dell'industria automobilistica, San Francisco lanciata verso le nuove frontiere tecnologiche, Los Angeles fabbrica dei sogni e degli incubi, Las Vegas inondata di luci e peccati, New Orleans devastata che cerca di riemergere saranno alcune delle tappe del nostro viaggio. Che si concluderà a Washington, la città del potere – nel bene e nel male.

Voglio incontrare chi non ha mai smesso di pensare, parlare, difendere i princìpi fondamentali: dall'attrice Susan Sarandon all'ex vicepresidente Al Gore, da Kerry Kennedy, nipote di JFK, allo scrittore Ray Bradbury. E poi generali ribelli, veterani di guerre inutili, maghi dell'hi-tech, strateghi della parola, ex pirati redenti di Wall Street, clandestini idoli delle folle, avvocatesse che difendono terroristi, Mata Hari irachene, preti gay paladini dei poveri, talebani cinesi, scrittrici travestite da uomo, leggende del giornalismo d'inchiesta, fondamentalisti cristiani, premi Oscar controversi, patriarchi del jazz, guru dell'ambiente, madri coraggio, futurologhe che leggono lo schermo di cristalli liquidi.

L'America è una realtà complessa, lontana dai luoghi comuni che troppo spesso impediscono a noi europei di apprezzarla. Capire questo significa rilanciare un dialogo tra le due rive dell'Atlantico, che oggi più che mai è vitale per le sorti del mondo.

Capitolo i

LA FERITA DI GROUND ZERO

BUSH HA COMINCIATO la sua cavalcata verso il potere imperiale sulle macerie ancora fumanti di Ground Zero. Me lo ricordo bene con il megafono in mano mentre diceva: «Quelli che hanno distrutto queste Torri molto presto ci sentiranno».

L'11 settembre 2001, con i suoi 2749 morti, ha rappresentato la peggiore catastrofe della storia di New York e ha ampiamente oltrepassato i suoi confini. Mentre le immagini degli aerei che si schiantavano contro le Torri Gemelle del World Trade Center invadevano le televisioni, gli abitanti della più grande metropoli americana e quelli del mondo intero hanno avuto la stessa sensazione: niente sarebbe più stato come prima.

Ero arrivata a New York solo due giorni dopo la tragedia perché tutti gli aeroporti erano chiusi. Un viaggio travagliato: una falsa partenza da Roma, con l'aereo che sopra l'Atlantico invertiva la rotta e tornava indietro; il giorno dopo un nuovo tentativo e un atterraggio a Cincinnati; infine, ultima tappa, un volo interno verso la Grande Mela colpita. Il pilota ci aveva fatto sorvolare Manhattan. Una colonna di fumo e di polvere si levava verso il cielo sopra la voragine in cui erano ammassate le macerie del Wtc. Un alone di luce bagnava la piaga aperta nel cuore della città, e immaginavo le squadre di soccorso al lavoro sotto enormi riflettori nel tentativo di recuperare i superstiti. Mi recai subito sul posto e da lì andai in onda ogni giorno in diretta per cercare di spiegare quanto era successo.

Ci torno ora, 11 aprile 2006, quattro anni e mezzo dopo, per fare un bilancio. Ground Zero è il luogo geografico e simbolico dal quale ho deciso di cominciare la mia esplorazione di questa America del «day after».

Mi appoggio alla rete che sovrasta il buco in cui verranno scaricati milioni di tonnellate di cemento. È qui che saranno ancorati i nuovi emblemi della perseveranza e dell'inventiva di New York, decisa a far sorgere splendori ancora più maestosi dalle rovine delle due torri giganti. Il cantiere al momento è vuoto: i lavori, che dovevano iniziare il 31 marzo 2006, saranno avviati solo a fine maggio. Nell'attesa Ground Zero è diventato una meta di pellegrinaggio. Ci si viene con la famiglia per scattare una fotografia e percorrere in silenzio la passerella di legno che è stata montata intorno all'immenso scavo. Alcuni pannelli giganti mostrano come era il Wtc e raccontano gli eventi di quella terribile giornata che lo ha ridotto in polvere.

Sono arrivata nell'ora in cui i newyorchesi escono dagli uffici e si affrettano verso la metropolitana. Avevo notato, fin dalle prime settimane del mio soggiorno dopo l'11 settembre, che erano decisi a non lasciarsi abbattere da un evento così traumatico, nonostante tutti sostenessero di essere stati direttamente coinvolti. Secondo uno studio, più del 45 per cento degli otto milioni di abitanti della città affermava di conoscere una delle vittime, cosa statisticamente improbabile.

Mi avvicino a quattro donne che come me guardano il cantiere silenzioso del nuovo Wtc. Vengono dalla California: Helen è infermiera, Sue insegnante, Michelle è responsabile delle risorse umane in una grande azienda e Mary Anne fa la mamma.

«È la prima volta che veniamo qui. Cerchiamo di immaginare come può essere stato» mi dice Michelle. «Abbiamo seguito la tragedia in tv. Ricordo ancora con orrore gli uomini e le donne che si lanciavano dalle finestre per sfuggire all'incendio. Dovevano essere terrorizzati.»

Quando il primo aereo esplose contro la Torre Nord, alle 8:46 del mattino, nei due edifici del Wtc c'erano tra le 16.200 e le 18.600 persone. Nelle ore centrali, di solito vi lavoravano 40.000 persone e le due torri di 110 piani accoglievano quotidianamente 150.000 visitatori. Alla fine di quel lungo inferno le vittime furono 2192, a cui vanno aggiunti pompieri, poliziotti, passeggeri ed equipaggi dei due aerei dirottati.

L'11 settembre ha prodotto sulle prime un eccezionale sentimento di solidarietà verso l'America e il suo popolo, aggrediti con tanta inaudita violenza. «Siamo tutti americani» proclamava il quotidiano francese «Le Monde», pure poco incline a un cieco atlantismo. Oggi quel capitale di simpatia e di stima sembra dissipato: gli Stati Uniti sono incompresi, temuti, addirittura detestati. La conquista dei cuori e delle menti, principio cruciale dell'esperienza americana, è fallita.

Michelle, bionda, sulla quarantina, soprabito blu e scarpe da tennis, si chiede: «Come mai il mondo che ha pianto con noi ora ci condanna?».

«È colpa di Bush, di Cheney, di Rumsfeld» assicura Sue. Vive nella periferia di San Francisco e ha sempre votato per i democratici, ma ammette di aver appoggiato Bush nella sua guerra contro Osama bin Laden, in Afghanistan, e poi contro Saddam Hussein, in Iraq.

Mi ricordo quel periodo. Ero a Washington il 7 ottobre 2001, nel momento in cui George W. annunciava l'inizio delle operazioni militari contro i talebani e le basi di al-Qaida. I risultati sul campo furono immediati: la caduta di Kabul; la disgregazione del regime; la dispersione della rete terroristica. Nella capitale federale regnava l'euforia. Solo quando la polvere della battaglia si fu posata, i commenti entusiasti della stampa si fecero più pacati. Le prime voci critiche sulla possibile deriva militarista, isolate, emarginate, furono sommerse dall'ondata di patriottismo che attraversò l'America.

«Lei che è una giornalista, deve dire alla nostra stampa che non è stata assolutamente all'altezza» prosegue Michelle. «Noi americani non siamo abbastanza informati. Prenda ad esempio la prigione di Guantánamo: la gente dice che è lontana e non ci pensa.»

Secondo Michelle e le sue amiche l'indulgenza dei media nei confronti del potere ha aperto la strada alla spedizione americana in Iraq. La nazione non è stata aiutata a formarsi una coscienza critica, specie le fasce più deboli e meno istruite.

«Vivo in un bel quartiere. Mio marito guadagna bene e non ho problemi» commenta Mary Anne. «Ma i giovani disoccupati delle periferie degradate hanno spesso un solo modo per riscattarsi: fare i soldati. E andare a morire per niente in Iraq. I loro genitori ne sono fieri. Ascoltano tutti Rush Limbaugh» aggiunge ridendo. Limbaugh è un conduttore radiofonico, conservatore e moralista, che si è proclamato «la luce di chi si è perduto». Sposato tre volte e recentemente divorziato, senza figli, è così imbottito di tranquillanti che deve seguire un programma di disintossicazione. Eppure funge da punto di riferimento per circa 20 milioni di ascoltatori. È un paladino della destra conservatrice e religiosa. E considera il suo talento un «dono di Dio». Ovviamente ha difeso la guerra, e ha lanciato un appello alle famiglie americane: «Adottate un soldato».

Sue racconta di una festa in onore di un militare tornato da Baghdad: «Ci ha detto che dovranno sparargli per farlo tornare laggiù...». Poi continua: «L'America è meno reazionaria di quel che sembra. Il Paese si sta svegliando. L'Iraq è stato un grave errore e giuro che se oggi facessero la stessa cosa con l'Iran, scenderei in piazza per protestare».

«Non siamo migliori di Saddam Hussein, ormai i terroristi siamo noi» rincara la dose Mary Anne. «La nostra arroganza è disgustosa: non protestiamo, non ci mobilitiamo, siamo grassi e soddisfatti!»

«Prego che i democratici vincano le prossime elezioni» conclude Sue. «Quello che ci serve è un cambio di regime.»

L'avventura irachena è fonte di preoccupazione per la maggioranza degli americani che, con ansia crescente, vedono allungarsi di giorno in giorno la lista dei morti e dei feriti, senza che all'orizzonte si profili una via d'uscita. Un'arma eccellente per chi vuole accusare il presidente e la sua squadra di menzogna, arroganza, incompetenza. Le ricadute sulla popolarità di George W. sono evidenti e preoccupano i repubblicani più devoti. Secondo l'ultimo sondaggio Gallup il 59 per cento degli americani disapprova il modo in cui il loro capo gestisce gli affari della nazione. Per l'uomo che aveva registrato il più alto tasso di consenso nella storia dei sondaggi negli Stati Uniti – il 90 per cento dieci giorni dopo l'11 settembre – è un vero e proprio disastro.

La perdita di consenso del presidente americano è un fenomeno preoccupante considerando gli ampi poteri di cui dispone come figura istituzionale. È l'uomo che decide la guerra e la pace. Le sue prerogative, già superiori a quelle di un primo ministro inglese o italiano o di un capo di Stato francese, diventano «imperiali» in caso di conflitto. E poiché ha dichiarato «guerra al terrorismo» Bush è *commander-in-chief*, comandante in capo delle forze armate che controlla l'arsenale più potente del mondo. Alle operazioni militari si sono aggiunte le leggi speciali, il Patriot Act, le restrizioni imposte alle libertà civili, le incarcerazioni senza processo, le detenzioni segrete, le intercettazioni telefoniche senza alcun controllo giudiziario. Le immagini dell'11 settembre hanno marchiato la memoria collettiva degli americani e sono servite a giustificare questa deriva antidemocratica.

Ho letto sul «New York Times» il graffiante giudizio di uno storico, Joseph Ellis, che si chiede: «Nella lista degli eventi che hanno minacciato la sicurezza degli Stati Uniti, dove dobbiamo collocare l'11 settembre?». La sua risposta è una provocazione: «Secondo me, non rientra nemmeno fra quelli così gravi da implicare una seria minaccia alla sopravvivenza della repubblica americana». Come eventi che hanno messo in pericolo l'esistenza della nazione ricorda la Guerra d'indipendenza, la Seconda guerra mondiale e la Guerra fredda. Ellis prosegue osservando che, di fatto, le misure straordinarie adottate da Bush hanno avuto vari precedenti. Cita per esempio la limitazione delle libertà civili durante lo scontro con la Francia nel 1798 o durante la Guerra di secessione; le misure prese contro i cittadini americani di origine giapponese durante la guerra nel Pacifico; la «caccia alle streghe» contro i comunisti durante la Guerra fredda. E osserva: «Se adottiamo la giusta prospettiva storica, nessuno di questi provvedimenti era giustificato. Tutti i libri di storia li ritengono criticabili, eccessivi e imbarazzanti». La conclusione di Joseph Ellis è emblematica del cammino che commentatori e intellettuali hanno compiuto in questi anni: «È del tutto comprensibile che chi quel giorno ha perso una persona cara ne porti le cicatrici emotive per il resto della vita. Ma è un insulto all'intelligenza e all'esperienza fare dell'11 settembre l'elemento guida della nostra politica interna e internazionale».

Cinque anni dopo, la Grande Mela non ha affatto rallentato il suo ritmo. La popolazione ha continuato a crescere e i quartieri della città – Manhattan, Brooklyn, Queens, Bronx, Staten Island – hanno raggiunto la cifra record di oltre otto milioni di abitanti. Più del 35 per cento sono di origine straniera, nella più variegata città americana. I dominicani, i cinesi e i giamaicani occupano i primi posti nella classifica. Giusto per fare un confronto, quando Lewis e Clark iniziarono il loro viaggio, New York contava 80.000 abitanti che provenivano già da 18 Paesi diversi.

I danni economici dell'11 settembre sono stati ingenti: 1,5 miliardi di dollari per le operazioni di sgombero delle macerie, 3,7 per la riparazione delle infrastrutture e 7,8 di mancati guadagni causati dalla perdita di vite umane. Infine, le società che hanno dovuto sospendere o interrompere le loro attività sono state risarcite dalle assicurazioni per un totale di 9,5 miliardi.

Dopo l'emozione, la dura legge della finanza e della politica ha ripreso il sopravvento quasi subito, ed è cominciata la battaglia sulla ricostruzione del cuore del quartiere degli affari. George Pataki, governatore dello Stato di New York, il sindaco Michael Bloomberg e l'imprenditore edile Larry Silverstein, in un dibattito pubblico durato fino al 2004, si sono scontrati sul futuro del Wtc. Le autorità portuali di New York e del New Jersey sono proprietarie del terreno, Silverstein ne ha l'usufrutto in base a un contratto d'affitto firmato poco prima dell'11 settembre e Comune e Stato di New York hanno costituito un comitato per coordinare i lavori. Bloomberg sostiene che l'imprenditore non potrà mai raccogliere i sette o otto miliardi di dollari necessari, dato che le assicurazioni si fanno pregare per pagare gli oltre cinque miliardi che gli devono. Il sindaco pensa anche che la superficie prevista per gli uffici, un milione di metri quadrati, sia troppo ampia e che Silverstein non riuscirà mai ad affittarla.

Alla fine tutti i protagonisti di questa pagina poco gloriosa si sono messi d'accordo sulla Freedom Tower che misurerà 1776 piedi, ovvero più di 540 metri. La Torre della Libertà dovrebbe essere la più alta degli Stati Uniti e simboleggiare la data dell'indipendenza del Paese: il 1776, appunto. Le esortazioni alla semplicità e all'umiltà sono state ben presto dimenticate. Saranno erette altre quattro torri, più basse, e una quinta, la Wtc 7, è già pronta. I progetti comprendono eccezionali misure di sicurezza. Il memoriale per le vittime, chiamato *Reflecting Absence*, è oggetto di un'aspra battaglia: il preventivo è passato da 500 milioni di dollari a quasi un miliardo e scarseggiano generosi donatori. Le famiglie, il Comune, i servizi di sicurezza litigano sul da farsi. Il progetto originale prevede due vasche esterne e un museo sotterraneo. Un'idea che non piace ai parenti delle vittime e ancora meno alla polizia e ai pompieri secondo i quali un luogo simile può diventare una vera trappola. Se tutto va bene, il nuovo complesso del Wtc dovrebbe essere completato nel 2012.

«Ground Zero? L'unico modo degno di ricordare le vittime sarebbe stato il vuoto, l'assenza. Invece hanno prevalso interessi giganteschi. L'America si è convinta che la fermezza necessaria per rispondere agli attacchi dovesse tradursi in una torre ancora più alta. Ma lì ci vuole solo il silenzio.»

Renzo Piano parla come progetta: in modo chiaro ed essenziale, senza fronzoli, senza banalità, senza manierismi. Per illustrare concetti complessi e per trasformare emozioni in architettura. È considerato uno dei migliori progettisti del mondo. Tutti lo conoscono per il Centre Georges Pompidou di Parigi, più noto come Beaubourg, imponente e colorato manifesto dell'architettura hi-tech degli anni Settanta. Ma anche per le sue opere a Tokyo, Osaka, Sydney, o per l'Auditorium Parco della Musica a Roma. E per il Centro Culturale Jean-Marie Tjibaou in Nuova Caledonia, straordinariamente in sintonia con il luogo nei materiali e nelle forme. Per citarne solo alcuni.

Ha sempre lavorato in America, ma ora sembra essere l'architetto più rispettato e richiesto nella trasformazione della Grande Mela. È impegnato su quattro progetti ambiziosi: il grattacielo del New York Times, la Morgan Library appena inaugurata, l'ampliamento del Whitney Museum, il nuovo campus della Columbia University nel cuore di Harlem. Con lui volevo capire come New York sta affrontando il *restyling* post-11 settembre. Alto, magro, occhi azzurri, barba brizzolata, Piano comunica immediatamente una grande simpatia e una grande passione per quello che fa. Negli spazi luminosi del suo «rifugio» parigino lavorano 60 architetti immersi fra computer, planimetrie, plastici, fotografie delle innumerevoli opere firmate dall'architetto genovese. Altri 40 sono negli uffici di Genova.

In realtà, mi confida, da giovane voleva fare il musicista. «Suonavo la tromba in si bemolle, finché Gino Paoli, con cui sono praticamente cresciuto, mi ha detto di lasciar perdere perché non avevo abbastanza talento.» Musicisti sono stati alcuni tra i suoi più grandi amici, da Pollini ad Accardo a John Cage, «un pazzo che si inventava i silenzi». È attraverso

Cage, i libri di Kerouac, le letture consigliate dall'amica Fernanda Pivano, una delle massime esperte di letteratura americana, che da giovane ha conosciuto l'America dei grandi movimenti libertari e pacifisti. «Allora era quasi mitologica, oggi mi piacciono la sua vitalità e la sua freschezza, il mix di culture, i rapporti trasparenti. È un po' quello che ho riprodotto nei miei uffici, che sono una *bouillabaisse* di nazionalità, non c'è nessuna gerarchia. Non siamo supponenti come i francesi, arraffoni come gli italiani, rigidi come gli inglesi, maniaci come gli svizzeri, freddi come i tedeschi. Siamo "meticci", proprio come gli americani, o meglio, come l'America che amo.»

Degli Stati Uniti non gli piacciono l'arroganza e l'aggressività: «Loro conoscono la risposta alla domanda retorica di Bush dopo l'11 settembre, "perché ci odiano?". Perché c'è troppa voglia di potere e di denaro. Vogliono essere i padroni del mondo».

Il giorno della tragedia era a New York con la famiglia. Ha visto crollare la seconda torre. «Ho provato un senso fortissimo di smarrimento. Sembrava di essere in guerra. Dopo, tutto è cambiato, ma New York ha sempre un'energia straordinaria. In quei giorni incontrai il presidente del "New York Times" che disse di andare comunque avanti col progetto della nuova sede. Gli spiegai subito che l'edificio si doveva fermare un piede, ovvero trenta centimetri, sotto l'Empire State Building. Una costruzione poco arrogante.» Nella torre del quotidiano più prestigioso del mondo, che sarà pronta tra un anno, è racchiusa tutta la filosofia di Renzo Piano: considerare il suo mestiere tra l'antropologo e il sociologo urbano, il tecnologo e l'artista. In America ha così portato un pezzo di Europa: la tradizione umanistica del Vecchio Continente, città che devono essere luogo di scambio e di incontro, dove i progetti architettonici «fertilizzano» e «dialogano» con l'ambiente che li circonda. «Il linguaggio architettonico in fondo suggerisce comportamenti: con la torre del "Times", dato che è un giornale, è la trasparenza. Abbiamo costruito scale interne visibili dall'esterno e le abbiamo realizzate in modo che la gente le possa davvero utilizzare per passare da un piano all'altro della redazione. Normalmente le scale nei grattacieli americani si usano solo per le emergenze. E poi c'è un auditorium, perché la città deve poter discutere con un grande quotidiano-istituzione. Alla base c'è un boschetto di betulle che collega la 40ª e la 41ª Strada con l'8ª Avenue. Non volevano farmelo fare per motivi di sicurezza. Io invece ho insistito sul concetto di apertura. Se la risposta al terrorismo è la reinvenzione della caverna siamo perduti!»

Renzo Piano ha trasferito a New York la dimensione artigianale della sua professione con un «intestardimento sui dettagli» e una «cocciuta attitudine a capire, ad ascoltare». È quello che sarebbe servito per Ground Zero. «Ci voleva un'altra profondità. Avevo predetto che se si reagiva subito sull'onda emotiva si sarebbe fatto un monumento ai caduti. Che sarebbe prevalsa la retorica, il vero nemico dell'architettura, che si nutre invece di avventura, di disobbedienza, di rabbia, di spirito corsaro. Ha vinto un misto di affarismo e retorica. Mentre ci volevano mestizia, tempo e un lungo silenzio. Solo così si rimarginano le ferite profonde.»

Il vuoto. L'assenza. In fondo è così anche nella vita. È sempre difficile trovare, nelle grandi tragedie, «le parole per dirlo».

CAPITOLO 2

AMAZZONI D'AMERICA

NONOSTANTE IL JET-LAG e la stanchezza, Jacques e io non possiamo rinunciare al nostro appuntamento newyorchese preferito: jogging in Central Park. Jacques ci tiene a fare un po' di esercizio, soprattutto quando viaggia. La prima volta che lo vidi, dalla finestra dell'Hotel Rashid a Baghdad, stava appunto correndo nel parco. Scesi a raggiungerlo.

A qualunque ora del giorno, gli abitanti si danno appuntamento nel grande polmone verde della città. Portano a spasso il cane, fanno lezione di tai chi, bevono un caffè seduti su una panchina o leggono il giornale. I pensionati danno da mangiare ai piccioni e agli scoiattoli, e le bambinaie in uniforme portano a spasso i pargoli ricchi nelle carrozzine. Siamo scesi due isolati più in là, in un piccolo albergo sulla 64ª Strada.

Una decina di anni fa il grande giardino nel cuore di Manhattan era un luogo poco raccomandabile. Ricordo orribili storie di donne violentate o jogger aggrediti. Oggi, come nel resto della Grande Mela, la sicurezza regna sovrana e la sera e il weekend le auto sono bandite dal parco. La strada che lo attraversa forma un grande anello di una decina di chilometri che si tramuta allora in pista per ciclisti, pattinatori e amanti della corsa. In un campo da baseball alcuni ragazzini si esercitano nel lancio, sognando di giocare negli Yankees, la mitica squadra dello sport americano più popolare e probabilmente meno comprensibile per un europeo. Con l'arrivo della primavera le tute diventano più vivaci e più sexy e i corpi si scoprono. Ma non le orecchie. Gli sportivi sono tutti dotati di walkman o di iPod e sembra vogliano isolarsi dal mondo per una parentesi di evasione nella «città che non dorme mai».

Dopo il jogging ho fissato il mio primo appuntamento nella hall dell'hotel. Uscendo dall'ascensore mi chiedo chi dovrò cercare: un uomo o una donna? Ovviamente so che sto per incontrare un'autrice divenuta in pochi mesi l'idolo degli intellettuali di New York, che così in fretta crea e distrugge glorie letterarie. Si chiama Norah Vincent, ma per molto tempo il suo nome è stato semplicemente Ned. Giornalista, ha scritto un libro il cui titolo riassume alla perfezione il suo intento: *Self-Made Man* (*Un uomo che si è fatto da solo*). Norah è diventata Ned per capire meglio l'universo maschile: si è travestita e ha compiuto un viaggio in incognito di 18 mesi nell'altra metà del cielo.

Incrocio lo sguardo di una giovane donna seduta nell'atrio. Si alza e viene verso di me. È alta, magra, ha i capelli tagliati a spazzola e abiti da uomo. Mi sorride. Il volto è allo stesso tempo dolce e squadrato. Androgino. Sembra che basti un soffio per trasportarla dall'altra parte o per riportarla tra le donne. Jacques ci raggiunge e ci accomodiamo nelle poltrone di cuoio del piccolo ristorante, arredato con gusto in una felice mescolanza dai colori caldi, con suggestioni asiatiche e mediorientali.

Norah non si perde in preliminari: ha capito il progetto che ci porta negli Stati Uniti ed entra nel vivo.

«Questo Paese è come l'Impero romano» mi dice. «Siamo la Roma di Nerone: la città brucia e noi suoniamo la lira. E il nostro tempo sta finendo. Il declino è visibile ovunque: nell'istruzione, nella cultura, nella salute: l'obesità è una vera e propria epidemia. Anche le automobili che divorano litri di benzina sono un sintomo della decadenza.»

Norah ci parla senza enfasi inutile e con la sicurezza dell'autorevole editorialista liberal che è diventata. Nata in Inghilterra trentasette anni fa, è laureata in filosofia, è lesbica e accetta senza problemi la sua omosessualità.

«Mi chiedo se questo Paese possa cambiare. La propaganda pervade ogni cosa senza che gli americani ne siano consapevoli. Piuttosto, ne sono vittime, anche perché non leggono i giornali.»

«Dall'Europa abbiamo l'impressione che gli americani stiano reagendo» osservo io.

«L'atmosfera nel Paese è contraria a Bush. E il malcontento è palpabile: c'è una ribellione che sta prendendo vigore. Ovviamente esiste un humus di buona volontà, fatto di riflessioni, di cultura. Si pubblicano libri, si girano film. Ma non basta.»

Le chiedo di parlarci dell'11 settembre.

«Ero a New York. Da allora non viviamo più nello stesso mondo. Osama bin Laden ci ha sfidato, era quello che voleva. La risposta iniziale di Bush, con i pompieri e la polizia, è stata ipervirile, da vero macho. Poi ci sono stati l'Afghanistan e l'Iraq, e l'idiozia delle tensioni con l'Europa, la Francia e la Germania, contrarie al conflitto.»

Finalmente arriviamo a discutere del suo libro.

«Ho voluto rimettere in discussione le rigide norme che regolano le categorie sessuali. Non è possibile liberarsi del proprio genere, ma io non mi ci trovo a mio agio. Ho una personalità spaccata in due, come zolle tettoniche che sfregano e provocano terremoti emotivi...»

L'immagine mi colpisce molto, tanto quanto Norah stessa, una donna nello stesso tempo decisa e fragile.

«Volevo scoprire gli uomini del mondo postfemminista. La maggioranza delle donne non capisce per esempio la loro sessualità, e soprattutto non ritiene necessario conoscerla meglio. Ma dopo tutte le nostre conquiste potremmo accettare la nostra diversità. Anche perché non abbiamo tutto il loro testosterone» aggiunge ridendo.

Per penetrare nell'universo maschile, Norah trasforma il suo aspetto: fa body building, per aggiungere un tocco di realismo arriva persino a infilarsi nei pantaloni un pene di plastica. Segue corsi di dizione per modificare il timbro della voce e infine non le resta che procurarsi un guardaroba adeguato. Quando finalmente Ned vede la luce, può affrontare il mondo degli uomini senza alcun timore. Trova lavoro in un'agenzia di pubblicità. Per farsi degli amici frequenta una sala da bowling, li segue nei club di strip-tease, beve Red Bull e partecipa anche a un ritiro spirituale in un monastero, circondata da monaci con il saio. Ned si iscriverà addirittura a un gruppo terapeutico per maschi che non ne possono più di essere tali. Non mi sfugge l'ironia.

«Ero una donna mascolina che entrava in territorio virile come ragazzo effeminato. Sono diventata quello che negli Stati Uniti chiamano *snag* [*sensitive new age guy* – un tipo sensibile dei tempi nuovi] o *emoboy* [un ragazzo emotivo]. L'*American Manhood* è legata all'archetipo di John Wayne: puritano e cattolico, di mentalità ristretta. I *macho men* non piangono.»

«Non c'è dubbio: io sono un *emoboy*» interviene divertito Jacques.

Norah gli appoggia una mano sul braccio, un gesto già di per sé fuori dal comune negli Stati Uniti, dove i contatti fisici tra estranei sono rari: «Nell'era postfemminista possiamo anche permetterci di darvi una mano a liberarvi dagli stereotipi della carriera e del machismo».

Alla fine Ned è ridiventato Norah e guarda con occhi teneri e fraterni quei ragazzi che amano le loro donne, le tradiscono con le prostitute, hanno la sensazione di portare sulle spalle tutto il peso del mondo e rifiutano di piangere quando soffrono.

«Non credo sia facile essere uomini» conclude. «La loro stima di sé è legata al successo professionale e devono controllare le loro pulsioni: il matrimonio e la monogamia servono più che altro alle donne. Noi parliamo molto, siamo volubili. Quando qualcosa non va, condividiamo le nostre inquietudini con le amiche. I maschi sono obbligati fin da piccoli a nasconderle. Vengono derubati della vita emotiva. Essere una persona diversa in questo Paese è difficile» continua, seria. «Siamo terrorizzati dall'idea di parlare di sesso o di contemplare la nudità.»

Eppure proprio qui l'industria dell'eros trae i maggiori profitti, a partire dall'ondata pornografica che ha sommerso Internet fino ai bordelli del Nevada.

Per il suo prossimo libro, l'intellettuale trasformista ha in mente di infiltrarsi nelle roccaforti della destra religiosa. Anche se l'unico aspetto che potrebbero avere in comune è la posizione antiabortista: «Credo che il feto abbia diritti costituzionali» asserisce «fin dal momento in cui esiste».

Ho voluto incontrare Norah perché ha raccontato, e incarna lei stessa, la crisi di identità che attraversa gli Stati Uniti. Il Paese si trova di nuovo combattuto, come in altri periodi della sua storia, tra opposte tentazioni: puritanesimo e dissolutezza, fondamentalismo religioso e realismo politico, violenza e dialogo. Luci e tenebre.

«C'è una doppia America» conferma la scrittrice. «Quella grottesca e autoritaria e quella liberale e democratica. In realtà siamo in guerra con noi stessi.»

Meno radicali di Norah nei metodi, altre donne si limitano a interrogarsi sul proprio ruolo. Cosa significa oggi essere davvero femministe? Puntare su se stesse e sulla propria carriera o scegliere liberamente la famiglia?

A riaccendere il dibattito è stata Linda R. Hirshman, un'ex professoressa di filosofia esperta di questioni femminili della Brandeis University: le donne che lasciano il proprio lavoro per il focolare domestico – scriveva sul magazine liberal «American Prospect» – commettono un grave errore. Secondo lei non è degno di esseri umani istruiti e intelligenti.

In un Paese dove quello delle «mamme-che-stanno-a-casa» è diventato un vero e proprio fenomeno, il suo intervento non è certo passato inosservato. Complici anche i talk show più seguiti e i grandi quotidiani che hanno contribuito ad alimentare la polemica.

Le cosiddette *mommy wars*, le «guerre delle mamme» stanno modificando gli equilibri della società americana. Le ultime generazioni di donne, pur vantando una formazione ed esperienze professionali di alto livello, decidono sempre più spesso di rinunciare alla carriera. Ha fatto così anche Laura, una mia amica di Washington, sposata e con due pargoli, che ha appeso al chiodo il tailleur da top manager di una grossa società di *consulting*. «Tutti volevano da me il cento per cento. Del mio tempo e delle mie energie. Un'equazione che non potevo risolvere.» È stata una scelta imposta dalla società americana ipercompetitiva, mi spiegava. «Una decisione pragmatica, non ideologica. Non escludo un giorno di poter tornare a lavorare e non mi sento affatto antifemminista.»

Ma la professoressa Hirshman sottolinea che da 25 anni tutti i media statunitensi martellano le donne esortandole a restare a casa, e spiegando quale grande abbaglio sia stato il femminismo. Le stesse femministe, che un tempo erano schierate in prima linea con le lavoratrici, adesso chiedono di alleggerire la pressione su di loro. I tempi di Betty Friedan che definiva lo stare a casa «il problema che non ha nome» e di Alix Kates Shulman, che suggeriva di risolverlo rifiutando i lavori domestici, sembrano lontani anni luce.

Ai servizi di «Ms. Magazine» – storica rivista femminista fondata nel 1972 – che nel suo primo numero incitava ad «allevare i figli senza distinzioni di sesso», rispondono oggi quelli di «Total 180!». È il periodico delle genitrici passate «dalla ventiquattrore alla borsa dei pannolini». Secondo loro dedicarsi alla famiglia è una delle opzioni possibili per realizzarsi. «Siamo abbastanza sagge da sapere che non rimpiangeremo la nostra decisione» scrive Debbie, una lettrice.

I dati parlano chiaro: stando allo Us Census Bureau, dal 1976 al 1998 la percentuale di mamme lavoratrici è salita dal 31 al 58,7 per cento, per poi ridiscendere al 54,6 nel 2004.

Ma tante che scelgono di dire addio alla carriera poi si ricredono. Esemplare è la vicenda di Brenda Barnes, la super-manager della Pepsi che aveva lasciato la sua carica per dedicarsi a marito e prole salvo ripensarci, due anni fa, logorata dallo stress della vita casalinga.

A ben vedere, la sola «guerra» che le donne combattono ogni giorno è l'eterno conflitto tra ambizioni e responsabilità. E la difesa dei diritti conquistati in decenni di lotte. Tra le icone dell'autodeterminazione in rosa c'è Erica Jong, scrittrice femminista newyorchese il cui romanzo d'esordio, *Paura di volare*, è stato lo scandalo letterario degli anni Settanta. Ed è servito da manuale, breviario e fonte d'ispirazione a me e a migliaia di mie coetanee, in anni in cui l'Italia era ancora pruriginosa e perbenista. Jong ha avuto parole durissime per il sesso a cui appartiene. «Uno di questi giorni» ha scritto già nel 2003 «le giovani donne degli Stati Uniti si sveglieranno dal loro torpore davanti ai reality show e scopriranno di aver perso il diritto all'aborto e anche alla contraccezione. Mentre noi pensavamo ad altro, la destra cristiana ha rosicchiato via tutte le libertà che davamo per scontate.» E di recente, infatti, l'interruzione di gravidanza è tornata al centro del dibattito politico. A marzo, l'assemblea legislativa dello Stato rurale del South Dakota ha approvato una legge che ne introduce il divieto assoluto, ammettendola solo se la madre è in pericolo di vita.

Agli osservatori più attenti il tempismo di questo provvedimento non è certo sfuggito: manca ormai poco alle elezioni di novembre e il Grand Old Party dei repubblicani sa bene che facendo leva su temi eticamente sensibili, farà correre alle urne il popolo della Right Nation.

Ha destato preoccupazione il forte sostegno alla legge: la coalizione di gruppi antiabortisti ha presentato una petizione con 40.000 firme. Ma ancor peggio è l'obiettivo finale: la maggioranza e il governatore repubblicani del South Dakota sperano di arrivare davanti alla Corte suprema degli Stati Uniti per ribaltare la storica sentenza Roe *vs* Wade, che nel 1973 legalizzò l'interruzione di gravidanza a livello federale. Anche Stati tradizionalmente conservatori come la

Louisiana, il Michigan, il Texas e il Wisconsin si erano dovuti adeguare.

Naturalmente oggi la risposta di quanti sostengono il diritto di libera scelta non si è fatta attendere: una contropetizione ha permesso di convocare un referendum popolare in programma per il prossimo novembre, proprio in coincidenza con il rinnovo del Congresso. Le autorità del South Dakota sono corse subito ai ripari per raccogliere i contributi dei cittadini: sembra che un generoso anonimo abbia già donato un milione di dollari.

Negli Stati Uniti nessuna legge nazionale regola l'interruzione di gravidanza, solo norme statali. Secondo recenti stime, una donna su tre vi ricorre almeno una volta nella vita.

Fin dal 2004 Bush ha spostato l'attenzione dell'opinione pubblica dalla guerra ai temi etici, puntando soprattutto sull'elettorato cristiano. In poco tempo è riuscito a far approvare dal Congresso la legge che ha reso illegale l'aborto tardivo, meglio conosciuto come «nascita parziale» perché praticato negli ultimi mesi di gravidanza. Ha posto il veto al finanziamento federale per la ricerca scientifica sulle staminali embrionali. Ha anche cercato di far passare un emendamento da inserire nella Costituzione per vietare nei fatti i matrimoni gay. Ma perderà quest'ultima battaglia al Senato, all'inizio di giugno 2006, per un solo voto.

C'è una donna che negli anni Sessanta e Settanta ha incarnato l'America libertaria e ribelle, antimilitarista e strenua sostenitrice dei diritti civili: Jane Fonda. Vado ad ascoltarla nella grande libreria della catena Barnes & Noble su Union Square, tra Broadway e Park Avenue, nella parte meridionale della città. È una specie di supermercato del libro su quattro piani. Ci si possono trovare migliaia di volumi, riviste e quotidiani. Si può anche pranzare, prendere un caffè o semplicemente sedersi in una poltrona e sfogliare un libro senza essere disturbati.

La donna assurta a sex symbol per la sua interpretazione

in *Barbarella* e che ha soppiantato Brigitte Bardot tra le braccia del diabolico Roger Vadim, sembra molto cambiata. Ha riscoperto Dio, ora è una *born-again Christian*, una cristiana rinata alla fede come George W. Bush.

La sala è strapiena, per fortuna Jacques e io abbiamo due posti riservati. Nell'attesa mi metto a chiacchierare con la coppia seduta dietro di noi. Anita e James vengono dal Texas e adorano Jane soprattutto per la sua recente conversione. Più in generale, trovano molto più rassicurante essere governati da politici «ispirati da Dio». «Bush usa la fede e io sono assolutamente favorevole» mi spiega la bionda Anita in short bianchi e T-shirt gialla. «Il nostro presidente guidato da Dio, che decide i destini del mondo, è più affidabile.» Terreno scivoloso quello della commistione tra Stato e Chiesa.

Jane Fonda, che stasera presenta la sua autobiografia *La mia vita finora*, all'epoca della Guerra del Vietnam è stata per un'intera generazione di giovani americani un simbolo della rivolta contro le violenze del sistema. I suoi detrattori l'avevano soprannominata «Hanoi Jane» quando, in visita nella capitale del Vietnam del Nord, aveva denunciato i bombardamenti dell'aviazione statunitense contro le dighe per l'irrigazione delle risaie. Ha appoggiato anche i movimenti afroamericani più estremisti, come le Pantere Nere: «La rivoluzione è un atto d'amore» diceva all'epoca. «Siamo i figli della rivoluzione. Siamo nati per ribellarci, è qualcosa che abbiamo nel sangue.»

Nell'autobiografia parla dei suoi matrimoni, della sua carriera e delle sue battaglie, per concludere alla fine che niente di tutto questo aveva realmente valore. La soluzione era rivolgersi a Dio. Il ritorno alla religione le ha dato «un senso di pienezza», spiega a un pubblico di oltre 400 persone che al suo arrivo le ha tributato una vera e propria ovazione. Tutta vestita di bianco, pantaloni attillati, giacca stretta in vita, grandi occhiali scuri e un cagnolino bianco al guinzaglio. Una vera star! Si mette in posa per i fotografi che per diversi minuti la bersagliano di flash. La sua silhouette è sottile, quasi troppo magra, e mi chiedo se sia il risultato delle sue popolarissime lezioni di aerobica in videocassetta degli anni Ottanta, il *Jane Fonda's Workout*.

«Non ho paura della morte, ma ho paura di entrare nel terzo atto piena di rimpianti» continua in piedi dietro un piccolo leggio sistemato sul palco.

«Non sono mai stata padrona della mia vita» dice «e temo di non aver mai avuto relazioni veramente strette, intime. Ma oggi sto bene con me stessa.»

Come tutte le autobiografie anche la sua contiene una buona dose di rivelazioni un po' scandalose. Nel caso specifico, Jane descrive situazioni in cui, su richiesta di Vadim, non era sola con lui nel letto coniugale.

«Vorrei che la mia storia servisse da esempio per chi la legge» prosegue. Spiega che da quando non fa più film va a pesca, segue corsi di teologia e si occupa dei nipoti.

«Spero di innamorarmi ancora» conclude comunque. «Ma non capiterà tanto presto se continuo a vivere con un cane!»

Siamo molto lontani dagli anni di fuoco dell'impegno politico, ma tento la sorte alla fine della presentazione quando decide di rispondere ad alcune domande del pubblico. Le chiedo cosa pensa di Cindy Sheehan, la donna che da quando il figlio Casey è morto in Iraq non dà tregua a Bush, ed è diventata il simbolo di un'America che sanguina. Perché non la appoggia in modo più deciso?

«Non ha bisogno di me per fare ciò che fa. Se decidessi di scendere in campo, la destra mi utilizzerebbe contro la sua causa.»

Aggiunge che c'è un forte sentimento di opposizione alla guerra in tutto il Paese. Lo percepisce chiaramente negli incontri di promozione per il suo libro.

Poi la lunga silhouette bianca si siede dietro a un tavolo. Prende in braccio il cagnolino, si arma di penna e di un ampio sorriso e comincia a firmare le copie della biografia che le tendono i suoi ammiratori, disposti in una fila ordinata. Jane non si è mai tolta gli occhiali scuri. Nessuno ha visto i suoi occhi quel pomeriggio da Barnes & Noble. Dov'è finita la Jane Fonda che si batteva a volto scoperto contro la Guerra del Vietnam?

Peace mom, mamma per la pace. È stata ribattezzata così Cindy Sheehan, la madre del ragazzo morto in Iraq durante l'offensiva di Sadr City a ventiquattro anni, il 4 aprile 2004. Da quando Casey non c'è più, tutto è cambiato nella sua vita. La storia di Cindy, quarantanove anni, californiana e cattolica, ha fatto il giro del mondo. Per giorni è rimasta accampata davanti al Prairie Chapel Ranch di Bush, a Crawford, in Texas, a bordo di un autobus con la scritta IMPEACHMENT TOUR. Chiedeva che il presidente le dedicasse un'ora della sua vacanza per spiegarle il motivo di una guerra tanto assurda, ma soprattutto per evitare «che il figlio di un'altra madre muoia in Iraq». Con l'associazione da lei stessa fondata, la Gold Star Families for Peace, gira il Paese per ribadire il «no» di tanti americani alla guerra. La sua determinazione e la sua impressionante forza comunicativa le sono valse il soprannome di «Rosa Parks del movimento contro la guerra». È il simbolo dei molti americani – scriveva il «New York Times» – che, «almeno simbolicamente, aspettano con lei sulla strada polverosa di Crawford risposte migliori».

«Mio figlio è morto per le bugie di Bush» ripete instancabile. Cindy vuole ottenere la messa in stato d'accusa di George W. per aver mentito alla nazione sulle vere ragioni del conflitto. Ha pubblicamente dichiarato che non pagherà le tasse finché il presidente non le darà soddisfazione.

Il dolore della perdita l'ha piegata ma non spezzata. Anzi, le ha dato una determinazione che prima non conosceva. Si è separata dal marito ed è entrata in rotta di collisione con metà della sua famiglia, quando da tranquilla casalinga ha deciso di diventare un'attivista a tempo pieno. «Non posso stare con le mani in mano mentre centinaia di persone muoiono per niente» mi dice quando arriva trafelata, scusandosi per il ritardo dovuto al traffico e agli impegni precedenti. «Sono pacifista perché la violenza non è mai una soluzione ai problemi. E sono diventata una pasionaria perché l'amministrazione Bush si è riempita le tasche di soldi con la carne e il sangue di mio figlio.»

Parole pesanti. Cindy è lucida, quasi fredda mentre lancia le sue accuse. «Bush se n'è approfittato dopo l'11 settembre. Gli americani avevano paura e lui invece di rassicurarci con una politica responsabile ha preferito alimentare le nostre insicurezze, per imporci nuovi nemici e nuove guerre. Noi abbiamo bisogno di credere nel nostro presidente, ma lui ci ha traditi con la menzogna e la corruzione. Il suo governo sarà travolto dagli scandali sugli enormi profitti della sua cricca nel grande business bellico.»

Dalla tragedia di Casey ha imparato una grande lezione di vita: «Ora so che ognuno di noi può fare la differenza, col suo impegno, il suo talento, il coraggio di ribellarsi per rendere il mondo un posto migliore. Batterci per le nostre idee è la cosa più importante. Io giro l'America perché voglio che il nostro governo riconosca di aver mandato a morire la gente senza motivo. E di avere completamente screditato il mio Paese. Le nostre truppe devono tornare a casa, adesso. Mio figlio sarebbe fiero di me».

Mi spiega che Casey non voleva partire, ma non poteva rifiutarsi per non essere perseguito come disertore. Aveva detto più volte che non sarebbe stato capace di uccidere. Era un meccanico. Riparava gli Humvee, i blindati. Finché un giorno è stato mandato in battaglia e non è più tornato. E Cindy è partita per la sua guerra alle ipocrisie e agli inganni che l'ha portata fino alle porte del megaranch di George W. Lui non ha accettato di incontrarla. Ha mandato invece un collaboratore per spiegarle che capiva il suo dolore, ma che il Paese sotto la sua guida stava facendo la cosa giusta. «Da quel momento i media hanno dovuto tener conto dell'opinione pubblica che interrogava il suo governo. Ho visto una sola volta Bush nel 2004 e non mi è piaciuto. È fasullo, il suo rifiuto mi ha dato la certezza che mi stavo battendo per la causa giusta.»

Cindy si dice convinta che l'America profonda darà il primo segnale alle elezioni di medio termine. Anche lei come tanti è delusa dai democratici, colpevoli di avere appoggiato l'avventura irachena. «Hanno un conflitto di interessi come i repubblicani.» Liberarsi di George W. è possibile: «Voi italiani avete cacciato Berlusconi. Noi cacceremo Bush. In entrambi i casi una grande vittoria della pace».

Anche la donna che ora mi siede di fronte in una piccola sala da tè del Greenwich Village non ha esitato un attimo a dichiararsi contraria alla guerra. Ne ha denunciato la follia e gli orrori e ha messo il suo nome al servizio delle vittime. Si chiama Susan Sarandon, l'indimenticabile suor Helen di *Dead Man Walking* e la straordinaria Louise di *Thelma e Louise*. Si è lanciata quasi subito in questa battaglia e all'inizio si è sentita molto sola. È stata fischiata da intere sale piene di gente e ricorda di aver pianto quando alcuni pompieri di New York l'hanno insultata: «Ciò che mi è rimasto di quel periodo è il dolore, la solitudine, una fortissima sensazione di essere respinta perché dicevo quello che pensavo». Sorseggiamo un succo di frutta. Il locale è vecchio stile e pieno di fascino come ce ne sono tanti al Village, un quartiere famoso per la cultura alternativa, i suoi caffè storici, i negozi, i bar. Negli anni Cinquanta si incontrava qui la frangia newyorchese della Beat Generation, in fuga dalla società conformista: poeti, cantautori, scrittori, studenti, musicisti. Tra le celebrità che qui hanno mosso i primi passi ci sono Woody Allen, Andy Warhol, Joan Baez, Dustin Hoffman e ovviamente, più tardi Susan Sarandon. Indossa una camicia bianca sotto un cardigan leggero, verde chiaro. Gli occhi nocciola sono intensi e acuti. Mi racconta di come la mattina dell'11 settembre vide cadere la seconda torre del Wtc alla televisione. Andò subito a prendere i figli a scuola e Tim Robbins, il suo compagno noto regista, rientrò dalla California in auto. La famiglia si trasferì nella casa di campagna, ma già il lunedì successivo i bambini volevano tornare. Dicevano: «Siamo newyorchesi e non ci lasceremo intimidire». Susan ha lavorato per tre mesi a Ground Zero, con migliaia di volontari, per aiutare i pompieri e le squadre di soccorso. Ma ha capito subito che le cose si sarebbero messe male, quando l'amministrazione Bush ha avviato la sua potente macchina della propaganda.

«Ha alimentato a suo piacimento la fiamma del panico e continua a farlo. Quando dice: "Siete con me o contro di me?" si presenta come un cowboy stile John Wayne. E adesso ogni volta che le cose vanno male, trova un nuovo colpevole invece di trovare una soluzione.»

Parla di Cindy Sheehan, con la quale gira l'America per chiedere il rientro delle truppe.

«Cindy è una persona straordinaria pur senza avere nulla di eccezionale» spiega Susan. «Tim girerà un film su di lei e hanno già trovato lo sceneggiatore.»

Ha la sensazione che i richiami alla lucidità e al risveglio morale che entrambe lanciano nei loro incontri attraverso gli Stati Uniti vadano a segno. Il pubblico è sempre più numeroso.

«C'è un grande malcontento nel Paese. Il clima è cambiato, anche se molti non se ne sono ancora accorti. Tra loro mia madre che guarda solo Fox News, la rete che appoggia incondizionatamente i conservatori. Ormai mi considera antiamericana.»

«L'Iraq è un nuovo Vietnam?» le chiedo.

«La situazione oggi è diversa: non c'è la leva obbligatoria e non ci sono immagini della guerra. Nessuno parla dei morti, dei feriti, degli invalidi, dei disertori. La stampa tace, è in mano ai grandi gruppi. Ci sono ancora bravi giornalisti, ma è difficile trovarli.»

Fa l'esempio di Falluja, la città sunnita rasa al suolo dagli americani nel silenzio più assordante dell'opinione pubblica mondiale: «Chi parla del numero di civili uccisi e dell'uso di armi proibite? O della costruzione di basi militari e del fatto che tre anni dopo l'invasione nel Paese manca ancora l'elettricità? La maggior parte della gente non ha accesso all'informazione».

Eppure ci sono libri e anche film che cominciano a denunciare la politica degli Stati Uniti, in particolare in Medio Oriente. Mi riferisco a *Syriana* con George Clooney o *Munich* di Spielberg. Sorride.

«Hollywood non ha alcuna spinta alla ribellione, non è nemmeno liberal, non è niente. Hollywood non fa politica. La sua unica preoccupazione è evitare che noi attrici diventiamo vecchie e grasse!»

Susan continua con un tono più serio: «Prima dell'11 settembre sollevare questioni delicate non significava essere antipatriottici, oggi invece sì. Ma a quest'ora saremmo già morti, se non ci fossimo messi a protestare».

Mi sembra che la protesta dovrebbe trovare i suoi rappresentanti nel mondo politico.

«Non esiste una vera opposizione. Il partito democratico è una grande macchina, alimentata dai soldi e dal cinismo: pensano che la gente voterà comunque per loro perché non ha altra scelta. Sappiamo che Bush è un folle, un corrotto, ma dove sono i democratici? La gente comincia a parlare della necessità di una terza forza, di un terzo partito. E questa è una novità.»

Si dice delusa anche da Hillary Clinton: «È intelligente, ma è una politica che non ha tempra morale. Contro la guerra non è mai riuscita a dire nemmeno una parola. La sola cosa per cui verrà ricordata è lo *stand by your man*, il suo restare imperturbabile al fianco del marito travolto dallo scandalo di Monica Lewinsky. Non mi importa se il candidato democratico sarà uomo o donna, ma dovrà essere una persona con princìpi e convinzioni».

In realtà, quando ho conosciuto Hillary nel 1992 dedicandole un'intervista-ritratto, era più radicale. Infatti aveva appena fatto la gaffe peggiore della sua carriera. «Sarei potuta stare a casa a fare i biscotti e a organizzare tè per signore» aveva dichiarato ai giornalisti. «Ma invece ho scelto di realizzarmi sul lavoro.» All'epoca era uno degli avvocati più potenti e pagati del Paese e si presentava come la liberal femminista per eccellenza. Le casalinghe d'America erano sul piede di guerra e per placarle Hillary dovette precisare che amava moltissimo cucinare, comunicando alla nazione la sua ricetta per i biscotti al cioccolato. Ora che ascolta sempre più gli *spindoctors*, i consulenti politici, non rifarebbe un simile errore.

Domando a Susan cosa pensi di Jane Fonda e della sua metamorfosi. «Jane Fonda? Non ha mai veramente studiato le tesi che ha difeso e così ha prestato il fianco alle critiche» taglia corto. «Non c'è nessuna ragione per cui gli americani dovrebbero continuare ad appoggiare Bush. Quando la gente dice che è ispirato da Dio, mi chiedo se sia stato Dio a ordinargli di andare ad ammazzare degli innocenti.»

Capitolo 3

LA VENDETTA DI GUANTÁNAMO

ARRIVIAMO IN AMERICA nel momento in cui lo scandalo Guantánamo si va gonfiando e comincia a preoccupare anche i cittadini meno attenti. «Gitmo», fazzoletto di Cuba affittato agli Stati Uniti nel 1903, è un territorio al di fuori dalla legge: né cubano né americano, un'incognita legale, una terra pirata nel Mar dei Caraibi. È qui che l'amministrazione Bush ha parcheggiato, dal gennaio 2002, centinaia di prigionieri considerati tra i più pericolosi del mondo. «Il peggio del peggio» secondo il segretario alla Difesa Rumsfeld. Chiusi in gabbia, vestiti con tute arancioni, incatenati mani e piedi, bendati in caso di spostamento, privati di tutto compreso l'appoggio della giustizia. Ci sono passati in seicento. Un centinaio sono stati rilasciati e rimandati a casa, una decina formalmente incriminati, 490 ancora detenuti senza ragione. Il governo ha inventato il concetto di «nemici combattenti» per giustificare la loro detenzione e rifiutarsi di applicare le leggi internazionali. Tra queste la Convenzione di Ginevra che disciplina il trattamento dei prigionieri di guerra. Anche se finalmente, nel luglio 2006, Washington ha annunciato che ne terrà conto.

Da dove vengono? Chi sono? E perché sono ancora incarcerati? L'università cattolica di Seton Hall, nel New Jersey, ha cercato di dare una risposta con il primo e finora unico studio completo sulla condizione dei detenuti di Guantánamo. Il rapporto riferisce che l'86 per cento è stato arrestato dai servizi segreti pakistani o dai capi delle milizie afghane, quando l'America pagava somme ingenti per ogni prigioniero consegnato. Unica consolazione: la loro sorte è migliore di quella toccata alle centinaia di afghani catturati dall'Alleanza del Nord vicino a Konduz, nel novembre del 2001, morti soffocati nei container in cui erano stati rinchiusi.

Per quelli ancora confinati a Guantánamo gli inquirenti militari Usa, le cui conclusioni vengono citate dalla ricerca, hanno stabilito che il 55 per cento non ha mai preso parte ad atti ostili contro gli Stati Uniti e i loro alleati. Non senza ironia, gli autori del rapporto spiegano che la definizione di atto ostile include anche il fatto di fuggire durante un bombardamento americano. Solo l'8 per cento dei prigionieri sono definiti «combattenti» di al-Qaida, il 40 non ha alcun legame con l'organizzazione terroristica. Gli altri potrebbero aver avuto «contatti» con alcuni membri della rete. Per l'inserimento nella lista dei sospetti basta anche solo una denuncia per aver parlato con uno di loro.

Da quando Gitmo è stata aperta, l'11 gennaio 2002, si sono registrati 41 tentativi di suicidio e 131 detenuti hanno partecipato a uno sciopero della fame. Di norma, chi vuole uccidersi viene sottoposto a speciale sorveglianza e chi rifiuta il cibo viene nutrito a forza. Nel giugno scorso tre detenuti sono però riusciti a impiccarsi usando le lenzuola della loro branda. Tra le vessazioni a cui sono sottoposti i carcerati ci sono interrogatori massacranti. I difensori della legittimità della prigione affermano che sono stati utili per sventare attentati. Però non è mai stata resa pubblica alcuna prova a sostegno di queste dichiarazioni. Invece tutti gli esperti sanno che le informazioni estorte con la violenza, non sono affatto attendibili. E per denunciare l'uso di torture che disonorano l'intera nazione si sono levate voci coraggiose.

Una delle prime è stata quella di James Yee, americano, cappellano musulmano dei detenuti di Gitmo accusato di alto tradimento, di intelligenza col nemico, di insubordinazione. Crimini punibili con la morte. Ha trascorso 76 giorni in una cella di isolamento nel carcere di massima sicurezza di Charleston, nella Carolina del Sud, temendo di non uscirne vivo.

Mentre mi racconta la sua storia allucinante, i suoi occhi a mandorla tradiscono un misto di paura, rabbia e indignazione: «Improvvisamente ho vissuto sulla mia pelle le atrocità che mi raccontavano i prigionieri».

James è nato nel New Jersey da una famiglia cinese di terza generazione. Capitano dell'esercito, ha scelto la carriera militare come altri due suoi fratelli seguendo le orme del padre, che ha combattuto con gli americani nella Seconda guerra mondiale.

Luterano ma non praticante, si è convertito all'Islam negli anni Novanta e ha studiato la religione musulmana in Siria, dove ha incontrato sua moglie Huda.

Nel novembre 2002 è stato chiamato a Guantánamo: «Il mio ruolo iniziale era quello di consulente dei vertici militari del carcere sulle questioni islamiche, visto che lì tutti i detenuti appartengono a questa fede. Una volta arrivato ho capito che in realtà sarei stato il "cappellano" dei prigionieri. Il mio predecessore, Hamza al-Mubarak, mi aveva avvertito: era un brutto posto per i musulmani, e non solo per i carcerati. E a scanso di equivoci, anche il generale Geoffrey Miller, capo del penitenziario mi aveva suggerito di non perdere mai l'occasione per tenere la bocca chiusa».

James Yee aveva accesso alle celle senza essere controllato. «Ho sentito e visto di tutto, anche prigionieri tra i dodici e i quattordici anni. Le guardie mi spiegavano che erano coinvolti in operazioni di terrorismo. Difficile crederci.»

Gli chiedo che cosa è successo di tanto grave a Gitmo da farlo finire sul banco degli imputati: «Ho sempre avuto sospetti. Poi i detenuti hanno cominciato a descrivermi gli abusi e i maltrattamenti che subivano, soprattutto durante gli interrogatori ai quali non ero ammesso. All'inizio ero perplesso, ma gli stessi interpreti mi confermavano i loro racconti. Ho iniziato a leggere le cartelle cliniche dei ricoverati. Le loro ferite erano dovute a violente percosse».

Gli chiedo se si trattava di torture: «Come lei sa in America non c'è una definizione standard, ma se intendiamo un trattamento crudele, degradante e disumano, allora non c'è dubbio: erano torture. Per esempio i detenuti venivano costantemente sottoposti alla privazione sensoriale, costretti per ore a indossare cappucci senza fessure, tenuti svegli per giorni interi e sottoposti al bombardamento di ultrasuoni. Ma la vera arma segreta dei carcerieri era l'uso della religione. Il Corano veniva oltraggiato dai militari che ne strappavano le pagine, lo imbrattavano con frasi blasfeme, lo calpestavano davanti a loro fino a gettarlo nelle latrine. Negli interrogatori venivano utilizzate donne che si spogliavano davanti ai prigionieri, i quali provengono per la maggior parte da società islamiche molto tradizionali con regole severe, soprattutto nei comportamenti con l'altro sesso: li provocavano e, se non volevano guardare, li costringevano a tenere gli occhi aperti, li toccavano sui genitali e li obbligavano a toccarle nelle zone intime».

Una volta venuto a conoscenza degli abusi, Yee li ha denunciati ai suoi superiori: «Mi assicuravano che lo avrebbero riferito a chi di dovere. Ma è stato fatto solo qualcosa per garantire i diritti religiosi, come il permesso di pregare nella direzione della Mecca o di osservare il digiuno del Ramadan. Per il resto, nulla è cambiato».

Il 10 settembre 2003 James ottiene un permesso di due settimane per tornare a casa. Atterrato nella base aeronavale di Jacksonville viene fermato da due uomini, che scoprirà poi essere dell'Fbi: il suo bagaglio viene perquisito e lo si accusa di avere sottratto documenti compromettenti. La Cia lo sequestra, lo arresta e lo sbatte in una cella in totale isolamento per due mesi e mezzo. Senza la possibilità di parlare con un avvocato né di avvertire la famiglia, che lo aspettava all'aeroporto di Seattle.

«Praticamente sono scomparso dalla faccia della Terra. Solo

due settimane dopo i miei genitori hanno letto sul "Washington Times" che ero stato arrestato per crimini orrendi: spionaggio, aiuto al nemico, insubordinazione e sedizione. Sono stato trasferito in un centro di detenzione dove mi hanno messo addosso una tuta da prigioniero, incatenato mani, piedi e busto, bendato gli occhi e tappato le orecchie. Le stesse condizioni in cui vedevo arrivare i prigionieri a Guantánamo.»

Improvvisamente, dopo 76 giorni James viene liberato senza spiegazioni: tutte le accuse sono cadute. «Prima di lasciare la prigione sono stato caldamente invitato a dimenticare. Scrivere un libro mi ha aiutato a riflettere» mi dice James, autore di *For God and Country* (*Per Dio e per la Patria*) in cui racconta la sua esperienza. «Io sono stato colpito perché sono un musulmano americano. Soprattutto dopo l'11 settembre può accadere di tutto: siamo diventati nemici semplicemente per la nostra religione. Un giorno ho sentito i miei carcerieri dire: "Chi diavolo crede di essere quel cinese talebano?".»

Ha ancora fiducia nel suo Paese?

«Mi aspetto che riconoscano di aver sbagliato e pretendo le scuse ufficiali dell'esercito. Credo sia il minimo che possano fare. Ma il vero problema è che se tutto questo è potuto accadere a un militare cittadino americano, come si può credere che un sospetto terrorista venga trattato umanamente?»

Pensandoci bene James riconosce nella sua vicenda uno schema comune a tutti coloro che hanno osato dissentire dall'amministrazione di George W. Bush: «Ricorda per esempio Scott Ritter? Ex marine ed ex ispettore Onu in Iraq. Aveva ripetuto invano che non c'erano armi di distruzione di massa: per zittirlo è stato accusato di pedopornografia e sua moglie di spionaggio. Lo stesso è capitato al generale Byrne, un veterano del Vietnam molto amato e rispettato, che criticò Rumsfeld per il numero insufficiente di truppe. Fu incriminato per adulterio, punibile dal codice militare americano e sollevato dal suo incarico a pochi mesi dalla pensione. E il caso dell'ambasciatore Wilson. Prima della guerra, portando le prove, aveva detto che Saddam Hussein non aveva mai acquistato uranio dal Niger per costruire una bomba atomica. Pochi mesi dopo è stata rivelata l'identità di sua moglie, agente segreto della Cia: una fuga di notizie dalla Casa Bianca. E sono solo alcuni esempi».

James dice di aver imparato molto da ciò che gli è successo. «Quattro cose. Primo: che l'attuale strategia per battere il terrorismo è una minaccia alle nostre libertà civili. Secondo: che il modo di trattare i prigionieri mina nel profondo la giustizia militare americana. Terzo: che tutte queste vicende mettono in discussione la competenza dei nostri massimi vertici in un momento critico, in cui abbiamo centinaia di migliaia di soldati in zone di guerra. Quarto: che c'è un'ignoranza totale nei ranghi dell'esercito e dell'intelligence sulla cultura islamica. Ecco perché non riusciamo a conquistare i cuori e le menti del mondo musulmano.»

Ma se tornasse indietro James rifarebbe tutto. «Assolutamente sì. Oggi giro l'America per denunciare gli abusi. Ma nonostante arrivino critiche da tutte le parti continuiamo a vedere le stesse atrocità. Spero che la gente capisca che bisogna correre ai ripari. Cominciando con l'eleggere persone perbene.»

James Yee non è il solo a credere che il patriottismo sia innanzitutto difendere i diritti fondamentali. Decido di andare a trovare il primo avvocato che ha messo piede nel carcere di Gitmo: Gitanjali Gutierrez, che lavora presso il Centro di difesa dei diritti costituzionali. Il suo ufficio è sulla Broadway, all'ottavo piano di un vecchio palazzo. I locali sono quasi spogli: qui si opera per il bene della gente e non per il conto in banca. Mentre la aspetto, bevo un bicchiere d'acqua osservando il fermento della strada più vivace e variopinta di New York.

Gitanjali è bella, di origine indiana, sposata a un cubano, laureata alla prestigiosa Cornell University. È decisa a portare l'amministrazione alla resa dei conti: vuole far chiudere Guantánamo.

«Ce ne siamo occupati fin dall'inizio» mi spiega. «Siamo

stati allertati dalle famiglie dei detenuti che a loro volta ricevevano notizie dalla Croce Rossa. Negli Stati Uniti molti legali sulle prime si sono rifiutati di rappresentare quei prigionieri. Noi, esaminata la questione, abbiamo invece ritenuto nostro dovere far rispettare la legge anche se fossero stati, come sosteneva Bush, i peggiori delinquenti. All'epoca, sono stati molti gli imbecilli che ci hanno minacciato per telefono o via e-mail.»

Il lavoro di Gitanjali e dei suoi amici è stato facilitato dalla sentenza della Corte suprema che, nel giugno 2004, ha dichiarato legale qualunque ricorso fatto da un prigioniero di Gitmo davanti a un tribunale americano: «Dal luglio 2005 anche i grandi studi legali hanno iniziato a interessarsi della questione, ma la nostra organizzazione continua a svolgere un ruolo fondamentale coordinando tutte le pratiche».

Gitanjali Gutierrez difende uno dei prigionieri di Camp Delta, il centro di internamento. Le autorità americane lo considerano molto pericoloso: secondo l'accusa sarebbe il «ventesimo uomo». Muhammad al-Qahtani avrebbe pianificato gli attacchi insieme ai 19 pirati dell'aria che l'11 settembre dirottarono i quattro aerei. In un certo senso fa concorrenza al francese Zacarias Moussaoui, anche lui presentato come il «ventesimo kamikaze». Al-Qahtani è stato catturato nel dicembre del 2001 in Afghanistan, dopo la battaglia di Tora Bora.

Secondo gli agenti incaricati degli interrogatori, il «prigioniero n. 63» è stato una vera miniera di informazioni. Avrebbe dato precise indicazioni sulle fonti di finanziamento di al-Qaida, e denunciato una trentina di compagni accusandoli di essere le guardie del corpo di bin Laden. Ma dopo un primo incontro col suo avvocato, al-Qahtani ha ritrattato le confessioni sostenendo che gli erano state estorte sotto tortura. Sembra che sia vero. Secondo i verbali degli interrogatori pubblicati dal sito Internet Time.com, le ore di sonno quotidiane concesse al prigioniero sono state ridotte a quattro, per sette settimane di fila. Gli stessi documenti ufficiali riferiscono di altri maltrattamenti: esposizione al freddo, divieto di sedersi, di andare in bagno, di vestirsi. L'associazione Human Rights Watch va oltre e accusa direttamente Rumsfeld di essere implicato nel sistema di torture contro al-Qahtani. Ne chiede non solo le dimissioni, ma anche la messa in stato d'accusa. Secondo un rapporto dell'ispettore generale dell'esercito, il generale Randall Schmidt ha dichiarato sotto giuramento che c'è stato un «coinvolgimento personale» del segretario alla Difesa. Lo stesso Pentagono aveva ammesso nel dicembre 2002 che Rumsfeld aveva approvato 16 tecniche speciali di interrogatorio per il detenuto «eccellente».

«Nell'agosto 2004 ho ottenuto una sentenza che mi autorizzava a far visita ad alcuni prigionieri che difendiamo, tra cui Muhammad» continua Gitanjali. «Abbiamo visto i luoghi di detenzione. Le celle sono come scatole. Misurano due metri per quattro, non hanno finestre né sistemi di aerazione. È disumano. I prigionieri che rimangono rinchiusi per mesi diventano come animali.»

«L'eccezionalità dell'attacco dell'11 settembre non potrebbe spiegare la violenza della risposta americana?»

«L'11 settembre è stato uno shock, ma è proprio nei momenti di crisi che bisogna aggrapparsi ai princìpi. Invece abbiamo un presidente che ha demonizzato un intero popolo, scegliendo come obiettivo gli arabi e i musulmani. Ha chiaramente infranto la legge ponendosi al di fuori dallo stato di diritto. Ha usato la tragedia per accrescere il potere dell'esecutivo, cogliendo il destro per un colpo di mano. È stato un vero e proprio attacco contro le fondamenta del nostro sistema, con l'obiettivo di neutralizzare il ruolo del Congresso e del potere giudiziario.»

Gitanjali è certa che questo braccio di ferro con l'amministrazione non possa continuare all'infinito. «Guantánamo, intesa come prigione, prima o poi chiuderà. Il pericolo è che "Guantánamo", intesa invece come legittimazione della violenza e della tortura, continui. Ci vorranno generazioni per riguadagnare il terreno perduto.»

Lasciamo la coraggiosa avvocatessa alla sua battaglia.

L'America del diritto si è messa in marcia. Col rischio che lo scandalo morale si trasformi in un boomerang politico.

Ma non è tutto: a meno che non li si voglia tenere in carcere senza giudizio per sempre, prima o poi bisognerà liberare i prigionieri di Gitmo. Parleranno e probabilmente avvieranno cause legali contro il governo. La reputazione degli Stati Uniti ne uscirà ancora più offuscata.

Sta già accadendo: cittadini interrogati senza mandato, e deportati illegalmente con voli segreti in Paesi dove si pratica la tortura, non sono rimasti in silenzio. La pietra dello scandalo è il programma delle *extraordinary renditions* e riguarda un numero di persone imprecisato. È affidato alla Cia ma gli ordini arrivano dalla Casa Bianca. Per gli spostamenti vengono utilizzati aerei privati senza particolari segni identificativi: appartengono alla *Special Removal Unit*. A ogni tappa di questi rapimenti di Stato sono presenti agenti dell'intelligence. A interrogare i sospetti sono uomini dei servizi di sicurezza del Paese ospitante, con metodi famosi per la loro brutalità. Ma le domande vengono fornite dagli americani, che sono anche i destinatari delle risposte.

Per far luce sulle complicità di alcuni Stati dell'Unione europea, il parlamento Ue ha istituito alla fine del 2005 una commissione d'inchiesta ad hoc, di cui faccio parte, guidata con grande competenza dall'italiano Claudio Fava. È così che abbiamo incontrato gente come Maher Arar. Ingegnere canadese, nell'ottobre del 2002 si è ritrovato nelle carceri di Damasco. Nato in Siria trentaquattro anni fa, ha avuto la sventura di far scalo a New York il 26 settembre 2002, di ritorno dalle vacanze in Tunisia. È stato arrestato perché il suo nome compariva nell'elenco americano dei possibili terroristi da controllare. Dopo aver passato 13 giorni nelle mani della polizia, è stato imbarcato su un aereo per Amman, con scalo a Roma. Arar è stato sbattuto dentro una macchina e portato in Siria, dove è stato torturato. Lo hanno liberato dopo un anno su pressione delle autorità canadesi. Il governo siriano ha ammesso di non avere nessuna accusa da muovergli e lui ha fatto causa al governo americano. Quando si è presentato a Bruxelles per l'audizione in Commissione, ha raccontato ancora una volta la vicenda drammatica che ha cambiato radicalmente la sua vita. È apparso straordinariamente calmo e preciso nelle risposte. Ha un solo obiettivo: ottenere giustizia.

La otterrà, in parte, l'imam Abu Omar, con un passato di combattente e indagato dai magistrati milanesi nelle inchieste sui militanti islamici. Sequestrato dalla Cia nel capoluogo lombardo nel febbraio 2003, Omar è stato portato in un carcere egiziano. Le indagini della Procura della repubblica di Milano porteranno alla luce complicità eccellenti. I servizi segreti e il governo Berlusconi avevano sempre dichiarato di non sapere nulla delle *extraordinary renditions* e di essere estranei alla vicenda di Abu Omar, versione che ormai fa acqua da tutte le parti. Un pasticcio che rischia di riservare ancora molte brutte sorprese.

Nadine Strossen conosce bene il problema degli arresti illegali, delle detenzioni in luoghi segreti e contro queste pratiche la sua associazione conduce una lotta serrata. È presidente della Aclu, l'Unione americana delle libertà civili, la più importante organizzazione di difesa contro gli abusi del potere.

Grandi occhi blu, elegante in camicetta azzurra e gonna nera, ci riceve a New York nella sua casa di Riverside Drive, che domina il fiume Hudson. Nell'appartamento luminoso, un sottofondo di musica classica.

«All'indomani dell'11 settembre siamo venuti a sapere che gli immigrati di origine mediorientale venivano arrestati in massa» ci racconta. «Erano detenuti senza motivo e nessuno poteva accedere alle loro pratiche. Abbiamo chiesto ai consolati dei Paesi arabi di scrivere all'Fbi per chiederne i nomi. La polizia non ha potuto rifiutarsi, è previsto dal diritto internazionale.»

Insiste sul fatto che l'unica arma è la legge. L'Aclu è apolitica. I migliori avvocati e professori di diritto, come Nadine, lavorano gratuitamente. È un organo temuto, efficace, in grado di portare avanti per anni le sue battaglie. Compito talvolta impopolare, soprattutto quando una nazione si sente aggredita: «Siamo stati accusati di essere antipatriottici, ma la verità è che il potere politico ha oltrepassato i limiti».

«Come è potuto succedere nel Paese dei *checks and balances*, dei pesi e contrappesi?»

«Bush ha detto: sono il comandante in capo, siamo in guerra e posso fare ciò che voglio per proteggere il popolo americano. Il Congresso non ha osato opporsi. È la cosa peggiore che ci potesse capitare.»

«Perché gli americani non hanno voluto ascoltarvi?»

«Bush per governare sfrutta la paura: quando questa prevale, i cittadini sono meno attenti ai loro diritti. Per prevenire il terrorismo non serve rafforzare il potere politico, ma avere i mezzi per analizzare l'enorme massa di informazioni esistenti. Corriamo il rischio che la "guerra al terrorismo" si trasformi in uno stato di allarme permanente. Così la gente rinuncia alle libertà, senza neanche avere in cambio maggiore sicurezza.»

Nadine sottolinea quanto sia difficile per i cittadini ammettere che a guidarli sia una persona incompetente o disonesta. «Vogliono potersi fidare di lui: il presidente è al di sopra di tutto.»

Ripone ogni speranza nella giustizia e nella mobilitazione popolare: «Il potere giudiziario ha cercato di tenere la testa ben salda sulle spalle e alla fine la Corte suprema ha indicato chiaramente che lo stato di guerra non dà carta bianca al presidente. Ora bisognerà vincere la battaglia nelle aule dei tribunali».

«Ha perso la fiducia nel sistema?»

«No, perché possiamo persino trascinare in giudizio il governo. E c'è un moto di ribellione nel Paese.»

Nadine misura il risveglio americano anche dall'aumento delle nuove adesioni all'Aclu. Dopo l'11 settembre, i soci sono passati da 225.000 a 600.000.

«Sono un'ottimista. Per lavorare nel campo dei diritti civili, bisogna esserlo» conclude. «Le nostre libertà hanno sofferto, però reagiremo, come facciamo da cinquant'anni.»

Ha ragione. Pochi mesi dopo il nostro incontro la Corte suprema, nel caso Hamdan *vs* Rumsfeld, dichiarerà illegali i tribunali militari ad hoc per giudicare i prigionieri di Gitmo. Ma l'indicazione più importante è che il presidente non ha il diritto di escludere il Congresso dalle decisioni che riguardano la sicurezza nazionale. Per molti è stato il primo schiaffo alle ambizioni «imperiali» di Bush e di Cheney. Intanto, nessuno sembra aver preso sul serio le parole del presidente sul suo «desiderio» di chiudere il penitenziario.

Anche l'Europa ha tirato un sospiro di sollievo. «Questa sentenza dimostra che l'America è ancora un faro per la democrazia» ci ha detto Dick Marty, relatore del Consiglio d'Europa, presentando il suo rapporto sui voli segreti della Cia. È un'esposizione appassionata ma rigorosa quella dell'ex magistrato svizzero, che ha portato avanti le indagini sul coinvolgimento di 14 Paesi europei nelle *extraordinary renditions*. «Ci sono fatti ormai incontestabili: in nome della lotta al terrorismo sono state commesse violazioni gravissime dei diritti umani. Il fine non può mai giustificare i mezzi.» Da Milano a Skopje, da Stoccolma a Bonn, l'Europa negli ultimi anni è stata una riserva di caccia per l'intelligence americana, fuori da ogni tutela giuridica e da ogni legalità internazionale. Ma qualcosa è cambiato: «Se siamo riusciti ad arrivare a questo punto è perché in America hanno fatto sentire la loro voce giornalisti, politici, associazioni e l'opinione pubblica».

E persino generali pluridecorati.

CAPITOLO 4

UFFICIALI E GENTILUOMINI

IN UNO DEGLI ANEDDOTI più significativi del suo *State of War* (*Stato di guerra*), il giornalista James Risen riporta una conversazione telefonica di Bush padre col figlio. Il «giovane» George W. si permette di chiudergli il telefono in faccia sentendolo criticare «la maniera in cui lascia che Rumsfeld e una cricca di ideologi neoconservatori influenzino pesantemente le decisioni di politica estera del governo».

Risen, collaboratore del «New York Times», racconta in questo libro l'incidente come gli è stato riferito da una fonte anonima: uno di quei funzionari disposti a sfidare le ire dell'amministrazione pur di far trapelare la verità. La storia sembra autentica, e corrisponde all'immagine che Bush padre, il trionfatore della prima Guerra del Golfo nel 1991, ha voluto dare di sé in questi ultimi mesi: si è mostrato in pubblico più spesso con il democratico Bill Clinton che con il proprio rampollo. Chiaramente i due ex presidenti vogliono sottolineare quanto sia importante una guida bipartisan del Paese in questi momenti di crisi. Suona come una condanna del metodo del consigliere Karl Rove, eminenza grigia e stratega senza scrupoli, vero artefice dei successi elettorali di Bush junior.

L'Iraq è ormai una palla al piede per il presidente e i suoi amici repubblicani. Da mesi, i sondaggi sono in caduta libera: poco più del 30 per cento degli americani ritiene che il

loro capo abbia preso le decisioni appropriate; i due terzi
pensano che non valesse la pena di cominciare questa guerra;
i tre quarti sono convinti che il prezzo pagato in vite umane
sia troppo alto, e più del 50 per cento non crede che il conflitto abbia reso l'America più sicura. Stando a un sondaggio
del «Washington Post», infine, oltre la metà è convinta che
sia giunto il momento di riportare a casa i soldati. Un dibattito che conosciamo bene anche in Italia, dove la vittoria del
centrosinistra di Prodi ha portato alla decisione di ritirare i
nostri militari da Nassirya. Scelta accolta con grande scetti-
cismo, per usare un eufemismo, dai vertici americani che
con la sconfitta di Berlusconi perdono un alleato disposto ad
avallare acriticamente tutte le loro scelte. Prodi e la sua squadra, pur ribadendo la solidità dei rapporti transatlantici, intendono essere interlocutori più autonomi e più filoeuropei.

La tragedia irachena è per Bush un vero e proprio assedio:
non può comparire in pubblico senza che gli vengano ricor-
date le menzogne, le violenze, la mancanza di una strategia
efficace. La sua retorica del successo è sempre più distante
dalla realtà della sua disfatta.

George W. verrà ricordato per la sconfitta nelle sabbie della
Mesopotamia. Non lo ammetterà mai, ma i soldati che combattono a Baghdad, Ramadi, Falluja o Najaf lo sanno. E vogliono tornare a casa: il 72 per cento dei militari intervistati
nel febbraio del 2006 dall'agenzia di sondaggi Zogby International spera di fare le valigie al più tardi nel giro di 12 mesi.

Non solo i soldati sul campo non hanno voglia di prolungare
questa avventura, anche gli ufficiali cominciano a esternare il
loro malcontento.

Mentre faccio colazione butto un occhio sulla prima pagina
del «New York Times»: sei generali in pensione chiedono la
testa di Rumsfeld. Il tè mi va di traverso. Nelle democrazie
moderne in genere i militari non si ribellano all'autorità politica legittimata dal voto nazionale. Anche quando non sono
più in servizio attivo, gli ufficiali mantengono un dovere di

riservatezza. Al limite possono essere più espliciti nei libri di memorie. Ma in questo caso siamo in piena guerra e sei generali autorevoli, pluridecorati e in alcuni casi rientrati da poco da missioni sul campo chiedono al presidente di cacciare l'uomo che li ha comandati per cinque anni.

Chiamo Anthony Zinni. È un ex generale dei marine, ha sessantatré anni e come ultimo incarico è stato a capo del Central Command (CentCom), responsabile delle operazioni militari in Medio Oriente, Africa orientale e Asia centrale. In altre parole tutti i fronti caldi del Pianeta. È uno dei generali citati dal «New York Times».

«Rumsfeld deve essere considerato responsabile dei gravi errori commessi nella pianificazione ed esecuzione delle operazioni in Iraq» mi spiega da Washington. Già dall'inizio Zinni non faceva mistero della sua opinione: era convinto che la decisione di entrare in guerra fosse stata troppo affrettata. Conosceva bene quell'area del mondo e pensava che Saddam Hussein rappresentasse un pericolo per gli Stati vicini. Ma riteneva anche che la «strategia di contenimento» messa in atto alla fine della guerra del 1991 avrebbe evitato ulteriori aggressioni. Nel 2002 era entrato a far parte dello staff di Colin Powell, suo amico, diventato segretario di Stato. Powell lo aveva voluto come inviato speciale per il Medio Oriente con il compito di rilanciare il dialogo israelo-palestinese. Fatica sprecata.

Gli esprimo la mia sorpresa per la sua critica pubblica. «Per quanto ne so, non c'è mai stata un'iniziativa simile prima d'ora» ammette con una certa prudenza.

Zinni è un personaggio fuori dal comune. La sua famiglia è originaria dell'Abruzzo. Il padre arrivò negli Stati Uniti giusto in tempo per essere arruolato nell'esercito durante la Grande guerra. Ne uscì con tutti gli onori e la cittadinanza americana in tasca. Da allora la famiglia ha sempre servito la bandiera: gli zii e i cugini hanno combattuto nella Seconda guerra mondiale, il fratello è stato in Corea e lui in Vietnam. Il figlio è capitano dei marine in Afghanistan e probabilmente partirà per l'Iraq.

Gli chiedo quali potessero essere le alternative alla guerra.
«Avremmo dovuto chiudere i conti con al-Qaida. Impegnarci nella ricostruzione in Afghanistan. Assumerci nuovi impegni con l'Iran e il Medio Oriente. Un'azione preventiva in Iraq non era necessaria. Conoscevo le informazioni dei servizi segreti e posso assicurarle che Baghdad non rappresentava un pericolo incombente. Inoltre, la guerra unilaterale ci ha fatto perdere l'appoggio della comunità internazionale, il che ha minato la nostra credibilità nella regione e nel mondo.»

«Ma cosa rimprovera a Rumsfeld esattamente?»

«Abbiamo preparato male l'operazione. Ci siamo affidati a persone poco raccomandabili come l'esule iracheno Ahmad Chalabi. Abbiamo dispiegato un numero insufficiente di truppe sul campo, pensando che saremmo stati accolti come liberatori. Rumsfeld e i suoi consiglieri erano davvero convinti che la popolazione avrebbe gettato fiori al passaggio dei nostri soldati. Pensavano che il desiderio di democrazia fosse così forte da far sorgere una nuova società dalle ceneri di quella vecchia. Una speranza ingenua, una cieca fiducia nelle opinioni dei neoconservatori.»

«Non sarebbe stato meglio se voi generali aveste protestato prima?»

«In una democrazia l'esercito non può mettere in discussione gli ordini che gli vengono impartiti» mi spiega. «Il Congresso ha votato a favore della guerra, Bush non l'ha decisa da solo, ma con l'appoggio del popolo. Quando si ordina a un soldato di andare al fronte lui ci va, è suo dovere. Al limite, possiamo criticare il modo in cui viene condotto un conflitto. Ma non toccava ai militari dire che la guerra era un errore.»

Secondo Zinni, bisognava lasciar lavorare con i tempi necessari agli ispettori dell'Onu che erano tornati in Iraq per verificarne il disarmo. Solo se Saddam non avesse collaborato, la comunità internazionale si sarebbe mobilitata per far rispettare il diritto internazionale, anche con la forza.

«Ma gli insuccessi degli americani nella lotta contro gli insorti non hanno offuscato l'immagine della loro potenza?»

«La missione era sconfiggere l'esercito iracheno e in questo abbiamo avuto pieno successo» puntualizza il generale. «Ma non eravamo preparati per affrontare una costellazione di gruppi ostili, dalla guerriglia ai terroristi passando per criminali o miliziani. Non siamo di fronte a un'insurrezione comune.» Fa una pausa e aggiunge: «La guerra in Iraq ha messo a dura prova il nostro esercito. Il problema è che dobbiamo ricostruire una nazione, senza aver capito come possiamo rimettere in piedi le istituzioni politiche, sociali ed economiche. La missione dei militari non era questa».

Gli faccio notare che l'avventura irachena rende più difficile la gestione del dossier sul nucleare iraniano.

«Credo che nessuno pensi oggi a un'azione militare. L'Iraq sembra aver dissuaso questa amministrazione dall'uso unilaterale della forza. Dobbiamo tornare a parlare con Teheran. L'Iran si dimostrerà ragionevole, se il Consiglio di sicurezza dell'Onu si muoverà unito su eventuali sanzioni. Sono persiani e sono consapevoli del loro peso politico, ma anche dei loro interessi.» Zinni ha ragione: basterà aspettare poche settimane perché all'inizio di giugno gli Stati Uniti annuncino la loro disponibilità, a certe condizioni, a sedersi a un tavolo di trattative multilaterali con il regime dei mullah. Questo a quasi trent'anni dalla rottura delle relazioni diplomatiche nel 1979. Ma a luglio, la guerra tra Israele e Hezbollah con i pesanti bombardamenti del Libano rischierà di mettere a repentaglio ogni trattativa nella regione.

Nonostante la crisi irachena e la frattura che ha aperto nell'esercito, il generale ostenta una fiducia incrollabile nel Paese che gli ha consentito di raggiungere i massimi vertici della gerarchia militare. Crede nei valori dell'America, e nella forza delle idee, più che nell'idea della forza: «In effetti siamo un impero, ma fondato sull'influenza culturale ed economica, non sulla conquista militare. Nulla a che vedere con quello romano o di Napoleone. Siamo un esempio per il resto del mondo e la nostra parte migliore prevarrà».

Per il momento il conflitto ha colpito direttamente solo le famiglie di chi si trova al fronte, di chi non tornerà più o rimarrà invalido per tutta la vita. Il resto del Paese non ha davvero «sentito» la guerra: niente leva obbligatoria, niente sacrifici, sforzi economici, restrizioni, razionamenti. Al contrario, fin dalle prime tappe della crociata contro il terrorismo Bush ha esortato i suoi compatrioti a continuare la vita di sempre, e dunque a consumare, comprare *made in Usa* e divertirsi.

Ma il costo della guerra è stato pesantemente sottovalutato: si parlava inizialmente di 60 miliardi di dollari. E quando il consulente finanziario di Bush, Lawrence Lindsey, preventivò una spesa di 200 miliardi, fu licenziato.

Il premio Nobel per l'economia Joseph Stiglitz e la professoressa Linda Bilmes della J.F. Kennedy School of Government nel loro rapporto hanno fornito invece cifre ben diverse: tra i 1000 e i 2000 miliardi di dollari. Come mi spiega Linda, non hanno considerato solo le spese delle operazioni militari, ma anche quelle che il governo dovrà sostenere in futuro. Per esempio, le pensioni per i veterani e per gli invalidi a vita e i costi sanitari dei feriti. L'esercito inoltre deve proporre incentivi economici per convincere i soldati a rinnovare la ferma. Per finanziare la guerra lo Stato ha dovuto prendere in prestito somme su cui pagare gli interessi. Occorre anche includere nel bilancio l'impatto finanziario sull'economia generale del Paese: l'aumento del prezzo del petrolio, i mancati guadagni dei riservisti e la ricchezza mai prodotta dai soldati morti in servizio. Nel computo pignolo dei due economisti non c'è spazio per facili ottimismi.

«Negli Stati Uniti si comincia a mettere seriamente in discussione la favola di una spedizione indolore» sottolinea Linda. Lo dimostrano anche gli oltre 5500 disertori che hanno trovato rifugio in Canada e chiesto asilo politico. Se rientrassero negli Stati Uniti, rischierebbero fino alla pena di morte.

Allo sgretolamento del sostegno popolare contribuiscono in maniera determinante anche i racconti di chi torna dal fronte.

Kelly Dougherty non sognava di fare il soldato. Nata in un quartiere operaio di Canon City, Colorado, questa ventottenne dalla faccia pulita desiderava invece frequentare il college, ma la sua famiglia non aveva i mezzi. Fu il suo patrigno, veterano dell'esercito, a suggerirle di arruolarsi per godere dei benefit previsti. Kelly scelse la Guardia Nazionale, una sorta di milizia territoriale che in genere viene mobilitata in casi di emergenza nel Paese. Oggi però rappresenta il 40 per cento delle forze impiegate in Iraq. La ragazza studiava biologia e prestava servizio una volta al mese come infermiera di pronto intervento.

«Ci hanno mentito, parlandoci solo dei vantaggi e mai dei rischi» esordisce. «E ci siamo ritrovati in guerra per un periodo illimitato. Solo dopo nove mesi ci hanno finalmente detto che saremmo rimasti in Iraq un anno.» Quando le chiedo se lo rifarebbe, risponde secca: «Oggi certamente cercherei di finanziarmi gli studi in un modo diverso».

Come altri suoi compagni, Kelly aveva molte riserve sulla missione: non pensava che Baghdad fosse coinvolta negli attacchi dell'11 settembre, né che una guerra potesse risolvere il problema del terrorismo.

«L'ufficiale del mio plotone la pensava come me» ricorda «ma prima di partire ci hanno fatto il lavaggio del cervello, dicendoci che anche Saddam Hussein era responsabile e che bisognava attaccare il suo Paese.»

Kelly ripercorre con orrore l'esperienza: «Accadevano cose sempre peggiori. Tanta violenza inutile contro la popolazione, fino ad arrivare alla tortura dei detenuti. Molti miei commilitoni hanno ucciso degli innocenti, magari a un posto di blocco solo perché non li capivano e avevano paura».

Gli iracheni sono esausti e disillusi: Kelly ha ancora impressi nella memoria i sorrisi dei primi tempi, che si sono trasformati rapidamente in esasperazione e rancore.

L'invio massiccio di oltre 50.000 riservisti, di solito impiegati come ultima risorsa in patria, è stato fonte di aspre polemiche. Soprattutto quando la Louisiana è stata colpita dall'uragano Katrina.

«Dei nostri del Colorado ne sono stati mandati in Iraq oltre 6000» mi spiega Kelly. «Quando gli alluvionati avrebbero avuto più bisogno della Guardia Nazionale, noi eravamo a migliaia di chilometri e il governo ha lasciato morire la nostra gente.»

A convincerla definitivamente dell'assurdità della guerra si sono aggiunte le false promesse dell'America. «Gli iracheni aspettano ancora il ripristino dell'acqua corrente, dell'elettricità e dei sistemi fognari, ma finora hanno visto sorgere solo nuove basi militari.»

Rientrata a casa, il sergente Dougherty ha affrontato la sua missione più difficile: dopo otto anni di onorata carriera si è congedata e ha fondato assieme ad altri ex militari il gruppo Ivaw, Iraq Veterans Against the War. Lavorano per riportare a casa le truppe, aiutare i soldati a ricostruire l'Iraq ma anche gli Stati colpiti da Katrina.

«Molti dei miei commilitoni tornano gravemente feriti e non riescono a ricominciare una vita normale. Uno di loro, che aveva aderito alla nostra associazione, si è suicidato proprio pochi mesi fa.»

Kelly si riferisce a Douglas Barber. Un ricordo che mi fa ancora venire i brividi. Quando cercavo di contattarlo, il suo blog si era materializzato sul mio computer con una inquietante schermata nera: si era ucciso. Tutto quello che ho potuto fare è stato ricostruire la sua vicenda attraverso i messaggi postumi di parenti e amici.

Douglas era un trentenne assolutamente normale. Camionista riservista della Guardia Nazionale, era stato richiamato in servizio attivo nella primavera 2003. Dopo due mesi di addestramento era stato assegnato al cosiddetto «triangolo sunnita», l'area più calda del conflitto. Partito con le migliori intenzioni, convinto di fare il bene del suo Paese, l'impatto con la violenza, la morte e la distruzione gli ha fatto aprire gli occhi.

Tornato a casa dopo quasi un anno, Doug non riusciva più a dormire, aveva incubi, si è ritrovato disoccupato, a litigare con la moglie, dalla quale alla fine ha divorziato dopo 11 anni di matrimonio e due figli. Il suo non era il primo caso di un veterano con i sintomi della Ptds, la sindrome postraumatica da stress che colpisce almeno il 20 per cento dei soldati di ritorno dall'Iraq e dall'Afghanistan, cioè migliaia di persone.

Douglas non ne faceva mistero: partecipava ai forum dei reduci con i quali condivideva ansie e timori. «Se sono in pubblico mi innervosisco subito» aveva ammesso. «Non sopporto di stare al chiuso con altra gente, e non mi piace neanche stare all'aperto. Sono sempre all'erta, se vedo un movimento improvviso tra la folla mi insospettisco.»

In un'intervista aveva raccontato che molti dei suoi compagni «si tenevano tutto dentro, per paura di sembrare deboli. Uno dei motti dei militari è *Fuck it, drive on.* "Vaffanculo, bisogna andare avanti." Lo si scriveva anche sui muri della base: F.I.D.O.».

Quando si è rivolto alle strutture mediche dei veterani, Doug si è visto liquidare con la prescrizione di otto diversi antidepressivi e una seduta psicologica ogni cinque mesi: la convinzione di essere stato abbandonato dallo Stato per il quale aveva rischiato la vita ha segnato l'inizio della sua fine.

«Quello che abbiamo visto in Iraq ci ha tolto l'innocenza. Mi sentivo così solo» aveva confessato a un giornalista. «Avrebbero dovuto prendersi cura di me al mio ritorno. Bush aveva addirittura detto che nessun soldato sarebbe stato lasciato indietro. È la bugia più grande che abbia mai sentito.»

Una sera del gennaio 2006, dopo aver mandato le sue ultime mail, Doug ha avvertito la polizia e si è sparato un colpo di fucile in testa. Nella sua segreteria telefonica gli agenti accorsi sul posto hanno ascoltato il messaggio d'addio: «Se state cercando Doug, sappiate che lascio questo mondo. Ci vediamo dall'altra parte».

Sono centinaia i veterani che girano gli Stati Uniti per raccontare le loro esperienze, soprattutto ai giovani. Nei licei, nei college, nelle chiese e nei circoli, Kelly Dougherty non si stanca di ripetere che esistono alternative alla guerra. Molti considerano lei e i suoi compagni dei traditori, ma la sua risposta è sempre la stessa: «Io amo davvero il mio Paese, però a volte siamo capaci di cose terribili».

Aprire gli occhi alla gente è il mestiere di Jon Alpert, una leggenda del reportage televisivo. Ci riceve su una gamba sola. Si è fatto male alla caviglia destra in un incidente qualche giorno fa: è caduto con la moto mentre stava andando a fare lezione di karatè e si muove con le stampelle. Ciò non gli impedisce di accoglierci nell'ex caserma dei pompieri che ha trasformato nel Downtown Community Television Center, un'organizzazione no-profit che forma ogni anno circa 2000 giovani aspiranti videoreporter e operatori multimediali. Ha un volto giovanile, capelli corti e brizzolati, occhi intensi e vivaci, fisico atletico: è cintura nera. Non gli chiedo quanti anni ha, ma dovrebbe essere sui cinquantacinque. Portati decisamente bene. In maglietta e pantaloni di tela, Jon Alpert ci conduce a visitare le salette di registrazione e di montaggio, le aule per gli studenti che vorrebbero diventare come il loro maestro: un giornalista che ha vinto con i suoi documentari 11 Emmy Awards, il più prestigioso premio televisivo in America. E se c'è qualcuno che può capire la frustrazione di Susan Sarandon perché mancano reportage dall'Iraq, questo è proprio lui: le immagini sono la sua vita.

La carriera di Jon sembra un percorso di guerra: Vietnam, Cambogia, Nicaragua, Cuba, Filippine, Corea, Iran, Iraq, Afghanistan. E sempre nella categoria «mission impossible»: nel 1974 è il primo giornalista americano a ottenere un visto per Cuba dopo la rivoluzione castrista del 1959. È il primo alla fine degli anni Settanta a portare con la sua telecamera le prove del genocidio di Pol Pot in Cambogia e l'ultimo reporter ad avere accesso all'ambasciata americana di Teheran, presa d'assalto dagli studenti fedeli all'ayatollah Khomeini nel 1979. Ha ripreso le imboscate dei guerriglieri nelle Filippine e ha testimoniato i massacri di piazza Tienanmen nel 1989.

Un mito, ma scomodo per i grandi network americani che non riescono a gestirlo: nel corso della sua carriera ha avuto problemi con la Nbc, la Cbs, la Cnn. E anche con la Pbs, l'emittente pubblica, che in America vive di sole donazioni private. Alpert è troppo indipendente, incontrollabile, impegnato, ma è anche indispensabile. Oggi produce documentari di cui spesso è anche autore, operatore e regista. Rifornisce regolarmente il canale via cavo Hbo che, oltre a concepire successi planetari come *Sex and the City* e *I Soprano*, si è conquistato negli anni una solida reputazione per la sua coraggiosa programmazione giornalistica. Compresi i film di Jon che rappresentano senza dubbio lo specchio più fedele, a volte più crudele, della società americana in patria e nel mondo.

Ci mostra in anteprima nel suo ufficio l'ultima sua produzione: *Baghdad ER* (*Pronto Soccorso Baghdad*). Per oltre un'ora, le due telecamere di Jon e del collega Matthew O'Neill trasportano lo spettatore dietro le quinte di un ospedale militare americano alle porte della capitale irachena. Una specie di *M.A.S.H.*, il capolavoro di Robert Altman su un ospedale da campo durante la Guerra in Corea. Ma *Baghdad ER* non è cinema, è tutto vero e non ci risparmia nulla: il sangue, le ferite aperte, le amputazioni, le urla, la disperazione, le lacrime, la sofferenza, la stanchezza delle infermiere e dei chirurghi, la morte. «Volete la guerra? Eccola!» E se non avete abbastanza fegato per sopportarla, chiedete che finisca subito.

«Credo che il personale di quell'ospedale volesse mostrare agli spettatori l'eroismo, ma anche la tragedia del conflitto. Perché è impossibile capire il coraggio di medici e soldati se non si vede l'orrore che devono affrontare tutti i giorni» asserisce Jon. «Ci hanno lasciato filmare ed era nostra precisa intenzione fare un documentario il più possibile apolitico. Le immagini parlano da sole.» Infatti non ci sono commenti fuori campo – una regola d'oro di tutti i reportage di Alpert – e gli unici a parlare sono i militari feriti, i chirurghi, gli assistenti o i barellieri. E ovviamente il cappellano che impartisce l'estrema unzione. Al momento del nostro incontro con Jon, più di 2400 soldati americani sono già stati uccisi, e più di 18.000 feriti. Sulle vittime irachene, arrivano alla fine di giugno i dati agghiaccianti forniti dall'obitorio di Baghdad e dal ministero della Sanità: sono oltre 50.000 i civili morti dall'inizio dell'invasione nel marzo del 2003.

«L'esercito ci ha dato la massima libertà. Non ci ha mai chiesto di spegnere le telecamere o di chiudere i microfoni.»

Due mesi più tardi però, alla vigilia della messa in onda, Jon mi chiamerà per dirmi che i militari hanno chiesto alla Hbo di censurare le parti più dure. Ma i dirigenti della tv hanno rispedito al mittente le pressioni del Pentagono.

Al ritmo delle stampelle di Jon ci dirigiamo verso un ristorante di Chinatown. Qui anche la caffetteria Starbucks è a forma di pagoda. È la «città cinese» più grande degli Stati Uniti con i suoi 150.000 abitanti, i templi buddhisti, i quotidiani stampati in cinese, le insegne e la pubblicità in ideogrammi. Mi faccio strada attraverso una folla asiatica che si accalca sui marciapiedi. L'aria è pervasa di odori forti e l'attività è a dir poco frenetica. Negozi e bancarelle offrono uno shopping a buon mercato. Passiamo davanti a gioiellerie, a pescherie con grandi ceste di aragoste e granchi, a un'infinità di ristoranti, a piccoli laboratori di tessuti e di abbigliamento dove è facile immaginare operai malpagati che lavorano dieci ore al giorno. Per non parlare degli innumerevoli banchetti con merce contraffatta. Nel giro di 300 metri ci viene offerto di tutto, a cominciare dalle riproduzioni di orologi di marca e i più gettonati sembrano essere i Rolex da 15 dollari in su. Ora capisco perché molti americani si domandano se sia in atto un'invasione cinese: controllano tutti i quartieri meridionali di New York, dopo averne sfrattato gli italiani. Ma soprattutto negli ultimi anni la Cina ha investito centinaia di miliardi di dollari in Buoni del Tesoro americani: a marzo 2006 ne possedeva per 321 miliardi, su un debito pubblico complessivo di 8300 miliardi. Nello scenario finale più catastrofico, un giorno i cinesi compreranno l'intero Paese.

Prendiamo posto attorno a un tavolo carico di ciotole, involtini, zuppette e piatti di ravioli al vapore. Non so cosa sto mangiando, ma è buono.

«Sono contrario a tutto ciò che fa oggi la televisione americana» afferma Jon. «I servizi in 90 secondi, le dichiarazioni calcolate, i "sonori" di dieci parole e soprattutto gli stand-up. Gli inviati che ci tengono a mettersi in scena, ad andare in onda con la loro faccia a tutti i costi. Secondo me è un insulto al nostro mestiere.»

Mi guardo bene dal commentare la sua affermazione, che non piacerà a chi sceglie di fare televisione anche per soddisfare tendenze narcisistiche, ovvero la stragrande maggioranza.

Sempre alla ricerca di nuove tecniche e nuovi linguaggi Jon ha inventato la «cybercar». Ha trasformato un meraviglioso pullman blu in uno studio mobile, con all'interno una sala di montaggio e un grande schermo su una fiancata. Poi è partito con la sua squadra alla scoperta dell'America profonda. Ha scelto dodici *Main Streets*, l'equivalente negli Stati Uniti delle nostre piazze. Così facendo ha percorso il Tennessee, l'Arkansas, l'Illinois, l'Indiana, il Mississippi. In ogni località, chiedeva al sindaco di indire una riunione pubblica per mostrare immagini dell'11 settembre, dell'Afghanistan e dell'Iraq. Poi cominciava la discussione, filmata e montata da Jon in un reportage intitolato appunto *Main Streets*.

Finito il pranzo cinese, ce lo guardiamo in una saletta di montaggio. Mi colpisce la testimonianza di una donna in una piccola località dell'Indiana, Anderson, 60.000 abitanti e una congregazione religiosa conservatrice, la Chiesa di Dio. Fa il pompiere. A parte un'unica persona tra il pubblico, tutti i cittadini si erano dichiarati favorevoli alla guerra in Iraq e collegavano la tragedia dell'11 settembre a Saddam Hussein. Poi Jon ha mostrato le riprese di Baghdad e in particolare le lacrime di una madre davanti alla casa distrutta e al figlio diciottenne ucciso da un bombardamento americano. Quando ha restituito il microfono al pubblico, ecco le parole della donna pompiere: «Il mio cuore è con lei. Chiunque abbia bambini vedendo queste immagini capisce che si tratta di esseri umani che soffrono come noi. Ho tre figli e mi si spezzerebbe il cuore se uno di loro dovesse morire. Non so cosa dire a questa irachena. Niente potrà restituirle suo figlio».

Il documentario *Why We Fight* (*Perché combattiamo*) si apre con un discorso premonitore del presidente Dwight Eisenhower, che il 17 gennaio 1961 prende la parola per salutare il popolo americano. Ha appena concluso il suo secondo mandato alla Casa Bianca e deve passare il testimone. Il successore è stato eletto a novembre: si chiama John Fitzgerald Kennedy. Eisenhower, soprannominato Ike, aveva guidato gli Alleati alla vittoria contro i nazisti in Europa nel 1945. Poi era stato il primo comandante della Nato, creata nel 1949 per far fronte al pericolo comunista. Non era certo un mollaccione o un idealista, e nemmeno un ingenuo disposto a credere a tutte le scempiaggini inventate dai pacifisti sulle fosche cospirazioni tra politici e mercanti di cannoni. Eppure ecco cosa disse.

«Nei consigli del governo, dobbiamo guardarci dall'affermarsi di un'influenza illegittima, voluta o no, da parte del complesso militare o industriale» dichiara Ike, seduto nello Studio Ovale. Davanti alle telecamere, sta leggendo il suo testamento politico e soppesa le parole. «Il rischio dello sviluppo disastroso di un potere usurpato esiste e continuerà a esistere. Non dobbiamo mai lasciare che il peso di questa combinazione metta in pericolo le nostre libertà e i processi democratici. Non dobbiamo prendere nulla per acquisito. Solo la vigilanza e la coscienza civile possono garantire l'equilibrio tra l'influenza del gigantesco apparato industriale e militare di difesa e i nostri metodi e i nostri scopi pacifici cosicché la sicurezza e la libertà possano crescere di pari passo.»

Quarantacinque anni dopo queste parole mi trovo seduta insieme a Jacques in un ristorante vegetariano, Angelica, sulla 12ª Strada. Ascolto l'interlocutore che mi sta di fronte e ho la sensazione che i peggiori timori di Ike si siano realizzati.

«L'espressione "complesso militare o industriale"» osserva Jarecki «è sempre associata a teorie di complotto, a immagini di uomini d'affari che si riuniscono di notte nelle fumose salette riservate di locali esclusivi. Ma non è così. In realtà il termine rimanda a un'idea banale e insieme agghiacciante: un Paese che fa della propria potenza militare una priorità nazionale. Illustra la contraddizione di fondo tra le nostre radici repubblicane e le nostre ambizioni imperialistiche.»

Eugene Jarecki, autore di *Why We Fight*, beve un succo di carota e mangia lenticchie. Ci spiega che tende a ingrassare e deve stare attento. Ha un volto tondo, capelli neri e ricci e folte sopracciglia.

«Il primato dell'apparato militare o industriale corrompe tutto e distrugge dall'interno ciò che vorremmo esportare: la democrazia.»

Eugene ha cominciato a lavorare al film prima che scoppiasse la guerra in Iraq. Ma il successo ottenuto all'ultimo Sundance Festival – la manifestazione di cinema indipendente voluta da Robert Redford – ha coinciso con una maggiore attenzione verso un'industria sempre più vorace e meno trasparente.

«Provengo da una famiglia di rifugiati» ci spiega il cineasta. «Mio nonno scappò dalla Germania nel 1939. Penso che i figli dell'Olocausto abbiano uno speciale dovere di vigilanza: non possiamo restare indifferenti davanti alle persecuzioni.»

Fa piacere ascoltare un giovane intellettuale così determinato. E lascia ben sperare il fatto che oggi molti americani si identifichino più in Eisenhower che in Bush. Gli chiedo se il potere legislativo permetta di porre un limite a questa pericolosa deriva. «Sfortunatamente il Congresso è complice della collusione tra le gerarchie politiche e i mercanti di armi, che sono molto astuti: creano ad esempio nuove fabbriche e le dislocano in tutti gli Stati. Così si assicurano il voto dei loro rappresentanti quando si tratta di approvare il bilancio militare. Ecco perché vengono finanziati programmi assolutamente inutili come lo scudo stellare che costa 170 miliardi di dollari.»

Secondo Eugene, gli Stati Uniti sono diventati una nazione militarizzata solo dopo la Seconda guerra mondiale. Impegnati in una gara planetaria con l'Urss, si sono dotati di nuove strutture che hanno cambiato il destino del Paese. Nel 1947 il presidente Harry Truman ha istituito il dipartimento della Difesa, ha fatto dell'aeronautica militare – l'Air Force – un'entità indipendente, ha creato la Cia e il National Security Council, un organo direttamente collegato al presidente per le decisioni in materia di sicurezza e di politica internazionale.

«Due le conseguenze immediate: il militarismo è entrato

nella cultura del Paese e abbiamo cominciato a pagare per questa mobilitazione permanente. E il conto è molto salato.»

Le spese militari americane nel 2006 supereranno i 500 miliardi di dollari e gli Stati Uniti da soli spendono ogni anno quanto tutto il resto del mondo messo insieme. È una manna che alimenta migliaia di industrie.

Tuttavia Eugene non perde le speranze: «Il film è stato accolto bene. Il problema è che gli americani non hanno più il tempo di pensare, di informarsi, di sviluppare un senso critico. Ma sono fiducioso: sono i soli capaci di salvare la repubblica. Non accetteranno un'erosione delle proprie libertà».

Dobbiamo andare, ma prima di salutarci Eugene ci propone una metafora che mi sembra tanto inquietante quanto originale.

«Gli Stati Uniti sono come Elvis Presley. All'inizio era un idolo con idee nuove, una straordinaria energia e rappresentava un modello per un'intera generazione. Poi il successo gli è stato fatale: si è chiuso nella sua stanza, ha cominciato a bere, ad abusare di ogni genere di droga, a mangiare di tutto, è diventato obeso ed è morto. Gli Stati Uniti sono un Elvis grasso, alcolizzato e solo. Se non sapremo tornare alle nostre origini, anche noi scompariremo.»

CAPITOLO 5

DIO È IN CASA?

NEW YORK, ore dieci del mattino: decido di partecipare a una funzione religiosa della Times Square Church, tra la 51ª e Broadway, in cui ogni settimana si radunano migliaia di *born-again Christians*. La chiesa era il famoso Mark Hellinger Theatre, dove il 12 ottobre 1971 debuttò *Jesus Christ Superstar*. Il fondatore del culto interdenominazionale, David Wilkerson, l'ha acquistato nel 1989 per 17 milioni di dollari, tra molte polemiche per aver trasformato uno dei più grandi teatri di Broadway in un luogo di preghiera. Wilkerson è stato illuminato dallo Spirito Santo per ben due volte: la prima nel 1957, quando decise di trasferirsi a New York dalla Pennsylvania per dedicarsi al ministero pastorale tra i ragazzi di strada. La seconda nel 1986: era andato ad abitare in Texas, ma Dio gli disse di tornare a New York per dare vita a una grande congregazione. Nel frattempo aveva pubblicato, nel 1963, un sensazionale bestseller (15 milioni di copie vendute in 30 lingue) dal titolo *La croce e il pugnale. La tragica realtà della droga*.

L'edificio che ospita la Times Square Church, costruito negli anni Venti, è stato restaurato con estrema cura da Wilkerson e dai suoi. Entro in una hall dal soffitto baroccheggiante: stucchi, fregi, putti, dorature. La gente aspetta chiacchierando o parlando al telefono, mentre sulla strada quattro religiosi di colore accolgono i fedeli.

È subito chiaro a tutti che si tratta della mia prima volta: dopo una breve attesa un usciere mi accompagna al mio posto nel settore dei neofiti. Mi guardo attorno, un po' spaesata: alla mia sinistra siedono due coppie coreane di mezz'età, alla mia destra una giovane signora minuta ed elegante in un sobrio abito rosa. Sembra incuriosita nel vedermi prendere appunti, mi chiede se sono italiana. Lo è anche lei: siccome suo marito lavora a New York, fa la spola tra l'Italia e gli Stati Uniti. È la prima volta che partecipa, ma mi sembra perfettamente a suo agio: alza con entusiasmo le braccia al cielo e con altrettanto trasporto correrà al pulpito alla fine della funzione.

In accordo con lo spirito cosmopolita della Grande Mela, la comunità dei fedeli provenienti da oltre un centinaio di nazioni diverse è eterogenea. Nella fila davanti a me noto una coppia di ventenni Amish, discendenti dei primi coloni protestanti fuggiti dalla Germania e dai Paesi Bassi a causa delle persecuzioni religiose. Gli Amish si sono mantenuti rigidamente fedeli al credo delle origini e a uno stile di vita di una semplicità estrema, privo di ogni lusso e anche di ogni comfort moderno, compresa l'elettricità. I due giovani indossano la «divisa d'ordinanza»: lei cuffietta bianca e abito nero lungo fino al polpaccio, lui camicia, gilet e pantaloni larghi e scuri. Una folta barba gli incornicia il volto. Un'altra coppia, accanto a loro, è dotata di Bibbia «da viaggio», con tanto di manico, come una borsa.

Il palco campeggia al centro della sala e dal soffitto pende uno schermo televisivo. Vedo tre telecamere e deduco che la funzione sarà ripresa.

Alcuni fedeli inginocchiati pregano con le mani alzate. Le signore di colore sfoggiano le tipiche acconciature della festa, mentre tre africani indossano le sgargianti tuniche della loro terra d'origine. Non mancano sudamericani, orientali e indiani.

Finalmente la scena si apre su un coro di 150 persone. I pastori siedono a destra e l'orchestra, completa di sassofono, è disposta a sinistra. I canti cominciano subito e continueranno in un crescendo di emozioni catartiche. La folla è in piedi, mentre le parole delle canzoni scorrono sullo schermo perché tutti possano seguirle: alla fine di ogni brano appare il copyright con il nome dell'autore e del compositore della musica.

I fedeli si agitano, battono il ritmo, gridano «Alleluia». Il loro entusiasmo sembra contagioso.

> *Gesù attirami vicino,*
> *più vicino a te Signore.*
> *Che il mondo attorno a me svanisca*
> *perché io ti adori e ti obbedisca.*

Dopo sei canzoni la folla è in estasi. Altri due inni e la parola passa finalmente al braccio destro di Wilkerson, il pastore Carter Conlon, un ex poliziotto unitosi alla Chiesa con la moglie. Presenta Todd, il direttore dell'orchestra, con la sua sposa e tre figli piccoli, da poco *born-again*.

Negli ultimi quarant'anni l'America ha conosciuto un risveglio religioso associato a un tipo di Cristianesimo fondamentalista, caratterizzato da un'interpretazione letterale della Bibbia che diventa ispiratrice della vita quotidiana. I *born-again* insistono sui temi apocalittici della fine del mondo, sul «secondo avvento» di Cristo e sulla battaglia decisiva tra le forze del Bene e del Male. La conversione personale è l'esperienza cruciale dell'individuo, che da quel momento cambia vita e mette al primo posto i valori cristiani. Questa interpretazione del Cristianesimo è tipica di alcune sette protestanti, ed è più vicina a posizioni di destra. Secondo il Barna Group, un autorevole istituto di ricerca e consulenza specializzato in temi religiosi, il Paese conterebbe tra gli 87 e gli 89 milioni di *born-again Christians*.

Arriva il momento delle offerte: il ministro ringrazia Dio, il coro ricomincia a cantare, gli uscieri distribuiscono grandi bicchieri di carta in cui la gente deposita buste, si spera piene di soldi.

Conlon inizia il sermone, che si intitola *Quando la benedizione di Dio crea turbamento nel cuore. Cosa significa essere cristiani rinati nello spirito di Dio.* In prima fila una donna traduce simultaneamente per i non udenti.

«Cristo vive dentro di me» dice il reverendo. «Dio ha tutto sotto controllo.» Evita di lanciarsi nei discorsi apocalittici di Wilkerson, che da decenni profetizza la grande calamità in procinto di abbattersi sull'America a causa di piaghe quali l'omosessualità, l'avidità e la promiscuità. E nei suoi libri mette in guardia i credenti dal disastro economico imminente e li esorta a tenere in casa riserve di cibo, acqua e medicine. Ma anche Conlon, con la sua roboante retorica, invita i fedeli ad aprire gli occhi di fronte ai pericoli di un mondo senza ordine né legge.

L'omelia è finita: si torna a cantare mentre alcuni si avvicinano al palco. Riconciliati col resto del mondo i fedeli escono lentamente.

«Bisogna essere religiosi, ecco tutto» mi spiega un'anziana signora a cui chiedo quanto conti la fede per un americano. «In ogni caso Dio è sempre con noi.»

What would Jesus do? Per molti americani questo interrogativo – Cosa farebbe Gesù? – è diventato indispensabile per affrontare la vita di tutti i giorni.

Le tante denominazioni dei protestanti negli Stati Uniti, l'esistenza di una minoranza cattolica molto forte, il dinamismo delle altre religioni – Ebraismo, Islam, Buddhismo – fanno dell'America uno dei Paesi sviluppati più religiosi del mondo. Su 220 milioni di adulti, 165 si definiscono cristiani, 42 laici, atei o agnostici, e i fedeli di altre confessioni nel complesso sono 13 milioni.

Che l'America sia un Paese molto più credente di qualsiasi nazione europea è un dato di fatto, e negli ultimi anni il peso dei gruppi religiosi nell'equilibrio politico è notevolmente aumentato.

Merito di una strategica alleanza tra importanti uomini d'affari, politici ultraconservatori e predicatori televisivi che hanno rafforzato l'identità dell'elettorato devoto a Dio. I *think tanks* che fanno attività di lobby sul Congresso si contano a decine, il business delle tv religiose si aggira attorno ai tre miliardi di dollari l'anno e gli iscritti ad associazioni che difendono i valori tradizionali sono milioni. La più famosa è la Christian Coalition, guidata da Pat Robertson, che ha tentato invano di imporre la sua candidatura al Partito repubblicano. Robertson, telepredicatore e leader fondamentalista, è a capo del Christian Broadcasting Network, la più popolare emittente religiosa degli Usa. Sfrutta la credulità dei suoi adepti per lanciare messaggi di odio contro i musulmani, gli omosessuali, i liberal. Ha anche ammassato una fortuna facendo affari con personaggi poco raccomandabili come l'ex dittatore liberiano Charles Taylor, oggi in carcere per genocidio. Israele, che pure in America ha trovato un fedele alleato nella destra cristiana filosionista, ha deciso di prendere le distanze da lui.

Oggi la corrente conservatrice del Protestantesimo viene definita «evangelica», in contrapposizione alle Chiese più liberal. Secondo la definizione del Barna Group, al di là delle diverse denominazioni, i cristiani «evangelici» si riconoscono in base ad alcuni criteri: la fede in Gesù Cristo deve occupare un posto molto importante nella loro vita quotidiana; è dovere di ognuno evangelizzare chi non condivide la loro fede; credono nell'esistenza del Diavolo e considerano l'insegnamento della Bibbia completo e definitivo. Negli Stati Uniti, gli evangelici in senso stretto sono circa 20 milioni.

Anche Bush, che fa parte della Chiesa metodista unita, è un *born-again Christian*: prima di tornare sulla retta via è stato un uomo fallito. Ha ritrovato la fede a quarant'anni, dopo aver attraversato una fase difficile della sua vita. Beveva e la moglie Laura aveva minacciato di lasciarlo. «C'è un solo motivo per cui oggi sono nello Studio Ovale e non in un bar del Texas» ha dichiarato in un'intervista. «Ho trovato la fede. Ho trovato Dio. Sono qui grazie al potere della preghiera.» In diverse occasioni ha spiegato come Dio lo abbia aiutato a superare le sue difficoltà personali, e quanto sia importante per lui la lettura della Bibbia. Ha esteso il proprio strettissimo rapporto con il Creatore anche alla sfera politica. I riferimenti all'ispirazione divina nella gestione degli affari di Stato sono numerosi: è fra i presidenti della storia americana che hanno maggiormente esibito in pubblico la propria fede. Anche lo studio delle Sacre Scritture fa parte delle attività della Casa Bianca.

La destra religiosa ne ha approfittato per promuovere le sue battaglie contro l'aborto, contro i matrimoni omosessuali, contro la ricerca sulle cellule staminali. Dichiarandosi a favore dell'astinenza prematrimoniale, Bush si è definitivamente conquistato i voti dei credenti tradizionalisti, che oggi costituiscono lo «zoccolo duro» dei suoi sostenitori.

L'ex vicepremier palestinese Nabil Shaath ha riferito una conversazione con George W.: l'invasione dell'Afghanistan e dell'Iraq, avrebbe asserito il presidente americano, era stata progettata su diretta indicazione dell'Altissimo. La Casa Bianca ha smentito. Nel libro di Bob Woodward *Piano d'attacco*, che racconta come si è arrivati all'offensiva contro il regime di Saddam, Bush ha però confermato di rivolgersi più a Dio che a suo padre per chiedere consiglio.

È anche questa idea di missione benedetta, dettata e voluta da Dio, che ha spinto la maggioranza degli americani a riporre la propria fiducia nel loro capo all'inizio della guerra. Più in generale, i forti presupposti religiosi della politica di Bush l'hanno messo al riparo per lungo tempo da qualunque critica. Poiché le sue decisioni sono ispirate dalla Bibbia, non possono essere messe in discussione.

Oggi il panorama sta rapidamente cambiando. Sembra che nel deserto della Mesopotamia Dio non si sia schierato con i carri armati americani. I cristiani negli Stati Uniti si chiedono se non stiano per caso mettendo a repentaglio la propria anima in una crociata di cui non capiscono più il significato. E nelle Chiese americane il dibattito è aperto. Leggo sul «New York Times» un editoriale di Charles Marsh, professore di studi religiosi alla Virginia University. «In questi ultimi anni la corrente evangelica negli Stati Uniti ha beneficiato di un potere politico maggiore che in qualunque altro periodo della nostra storia. Ma a che prezzo per la nostra credibilità e per la purezza del messaggio?»

Marsh è un'autorità nel campo dei rapporti tra fede e giustizia. E condanna senza appello la deriva dei religiosi attirati dal potere, la manipolazione da parte dei politici della fede dei cittadini e degli insegnamenti della Bibbia. «Cosa ci vuole perché gli evangelici capiscano che si fidano della persona sbagliata?» scrive. «Abbiamo stretto un patto di Faust per ottenere influenza e potere, e questo ha minato il nostro valore di esempio morale davvero evangelico nel mondo.»

Il reverendo Robert Edgar, che ci riceve nel suo ufficio al Consiglio nazionale delle Chiese nel cuore di New York, è in prima fila nella battaglia contro le strumentalizzazioni del messaggio di fede. La sua organizzazione raccoglie una cinquantina di denominazioni che rappresentano più di 100.000 congregazioni e oltre 45 milioni di fedeli. Fin dall'inizio si sono opposti al concetto di guerra preventiva e alla prigione di Guantánamo.

«Ciò che vogliamo è combattere la paura e il fondamentalismo con un invito alla pace, alla lotta contro la povertà e alla difesa del Pianeta» ci spiega Edgar. Quest'ometto vivace e sorridente, che ci parla bevendo una lattina di Diet Coke, non è un novizio della politica animato da un idealismo fuori luogo. Ha cominciato la sua carriera a diciannove anni come pastore metodista. A ventidue insegnava in una scuola teologica. Allora dovette affrontare gli anni di Richard Nixon e la corruzione politica che regnava a Washington. Come dice lui stesso, «mi sono preso molte arrabbiature». A trentun anni, si presentò alle elezioni come candidato democratico e fu rieletto al Congresso per dodici anni, benché la sua circoscrizione alla periferia di Philadelphia fosse considerata molto conservatrice. A quarantatré anni decise di lasciare la politica. È stato per un decennio preside di una scuola teologica, prima di diventare il capo della più potente organizzazione ecumenica americana.

«Siamo una nazione molto provinciale, conosciamo male il mondo» prosegue cercando di spiegare a due stranieri il cammino degli Stati Uniti dopo l'11 settembre. «Abbiamo due oceani a proteggerci: l'Atlantico e il Pacifico. Ci hanno messo al riparo dalla Prima e dalla Seconda guerra mondiale, dalla Guerra di Corea e da quella del Vietnam. Ma l'11 settembre ha cambiato tutto, e i pericoli del mondo sono arrivati fino a noi. Allora abbiamo dovuto scegliere tra le operazioni di polizia internazionale e la guerra. E abbiamo scelto la seconda.»

Oggi, osserva, gli Stati Uniti devono affrontare il naufragio della loro credibilità nel mondo e una crisi morale e politica a casa propria.

Si mette davanti a una lavagna bianca e con un pennarello traccia una serie di diagrammi per spiegarci la crescita del conservatorismo a partire dalla fine degli anni Settanta, rinvigorita negli otto anni di Ronald Reagan, eletto alla Casa Bianca nel 1981. È convinto che le organizzazioni religiose si siano semplicemente adeguate al nuovo trend, adottando un'agenda più conservatrice. A un presidente repubblicano che esibisce la sua fede si è aggiunta l'esplosione del tele-evangelismo di destra. Il centro politico e religioso in America si è ritrovato ai margini.

«Tuttavia le cifre dimostrano che gli estremisti sono una minoranza: appena 35 milioni su una popolazione di cristiani praticanti di oltre 160 milioni, di cui 65 cattolici. Non siamo tutti dei Pat Robertson!» esclama.

Ritiene che il risveglio organizzato delle Chiese americane sia cominciato nel gennaio del 2003, quando 3500 capi congregazione radunati nella cattedrale di Washington si sono dichiarati contrari alla guerra in Iraq. I media hanno ignorato l'evento, ma la maggioranza silenziosa ha capito.

«Ciò che vogliamo è riportare la gente verso il centro. Non c'è salvezza negli estremi.»

Secondo Edgar il vero messaggio di Cristo è un altro: «Gesù ha parlato più dei diseredati che di qualunque altra cosa. Il nostro dovere è combattere la povertà che Bush non ha mai conosciuto. Il contatto più ravvicinato che ha avuto con questa piaga è qualche notte trascorsa in un albergo di lusso in un Paese del Terzo Mondo».

Il reverendo riporta alcune cifre cardine del suo credo: l'80 per cento dell'umanità vive in condizioni di indigenza; il 70 non sa né leggere né scrivere; il 50 va a letto con la pancia vuota.

E la commistione tra religione e politica è un pericolo: «Oggi per salvare la nazione dobbiamo ritrovare i valori dei Padri fondatori». Era stato proprio il presidente Jefferson, l'uomo che inviò Lewis e Clark a esplorare gli spazi sconfinati dell'America, a invocare per primo «un muro di separazione» tra Stato e Chiesa.

«Gli errori e la stupidità di Bush e di Cheney renderanno tutto più semplice. La gente è arrabbiata, non li sopporterà ancora a lungo.»

Domenica di Pasqua nel Bronx. Il quartiere ha una cattiva reputazione e gli abitanti di Manhattan possono tranquillamente trascorrere tutta una vita senza mai metterci piede. E hanno ragione. Si fa presto a morire in queste miserabili vie, abitate quasi solo da neri e da *latinos*. Anche se da qualche anno le condizioni di vita sono migliorate, il Bronx e soprattutto il South Bronx restano tra le zone più povere e abbandonate d'America. Il 90 per cento dei giovani non finisce la scuola dell'obbligo e il 70 per cento degli adolescenti conoscerà il carcere prima dei quarant'anni. Sempre che ci arrivi.

Il nostro taxi imbocca il ponte che collega il quartiere a Manhattan. Ci accoglie un cartello: WELCOME TO THE BRONX. Humour nero, probabilmente del periodo in cui questa zona era stata soprannominata Fort Apache, dal film che lo aveva immortalato come Far West urbano. Seguiamo Willis Avenue, poi pieghiamo verso la 3ª Avenue. Il nostro tassista è afghano, ha la barba nera e uno zucchetto bianco in testa. Probabilmente si starà chiedendo cosa ci fanno due turisti in quel quartiere dimenticato da tutti. Ci lascia davanti alla Trinity Church, un piccolo edificio di mattoni rossi sulla 166ª Strada. La chiesa ha 137 anni, è una delle più antiche di New York. Di fronte svetta l'alta torre in stile gotico della Morris High School. È qui che andava a scuola Colin Powell, ed è diventato il segretario di Stato del Paese più potente del mondo. Morale della storia: dal Bronx si può uscire.

Dobbiamo incontrare Timothy Holder, detto Father Tim, il pastore della parrocchia episcopale. Prima di entrare, lancio un'occhiata oltre la rete di recinzione del cortile. Gli edifici della Forest House, il complesso più grande della zona, si susseguono ordinatamente. Dietro le facciate tutte identiche, regnano le peggiori condizioni di vita: miseria, droga, violenza. Proprio di fronte a me, vedo finestre sbarrate con il filo spinato; scomparse le persiane e addirittura gli infissi, strappati via. È qui che, nel marzo del 2004, un pazzo armato ha tenuto testa alla polizia per più di 12 ore prima di essere ucciso. In seguito nessuno si è preoccupato di far riparare i danni.

Spingiamo la porta. All'interno della chiesetta risuona la musica dell'organo. Alla tastiera c'è un uomo bianco in abito talare, due piccoli anelli all'orecchio sinistro. Le file di banchi sono piene di famiglie di colore vestite a festa: ragazzini, mamme con il cappello, adolescenti che si annoiano e tutti i parrocchiani che cantano a squarciagola. Nel corridoio centrale è cominciata la processione. Davanti alla croce, ad aprire la fila, un chierichetto agita vigorosamente un incensiere, e gli effluvi mi fanno girare la testa. Circondato dai diaconi, compare Father Tim: testa rasata, spalle larghe da scaricatore, viso aperto e occhi ridenti dietro gli occhialini senza montatura. La sua voce risuona sotto il soffitto di legno.

Siamo seduti in fondo alla chiesa e una gentile parrocchiana di una certa età, elegante in un tailleur bianco, ci aiuta a seguire i canti e le preghiere sui libretti liturgici. La navata è piccola e sulle pareti sono scritti in caratteri gotici i Dieci Comandamenti: «Non uccidere», «Non rubare», «Non commettere adulterio»... Qui, più che in qualunque altro luogo, vale forse la pena di ricordarli. Le colonne sono di legno dipinto e dietro l'altare si staglia un alto trittico dorato. Una ragazza accompagna il coro suonando l'arpa. La celebrazione durerà due ore: Father Tim notoriamente non è un tradizionalista in fatto di messe, ma le considera comunque una cosa troppo seria per liquidarle in fretta.

«Se non amiamo noi stessi, è difficile amare il prossimo.» Dal pulpito comincia la predica. Invoca il rispetto di sé e degli altri. «Gesù può rendere bello anche un luogo come il South Bronx» tuona «e Dio usa strade speciali per capovolgere le situazioni avverse.» Viene quasi voglia di credergli. «Dovete vedere la maestà di Dio ovunque» dice incoraggiante. Ha una forza comunicativa dirompente. Dopo la messa i parrocchiani si ritrovano tutti insieme a mangiare dolcetti e a bere succhi di frutta. Qui incontro Christine, arrivata da Antigua nel 1981, e sua figlia Noelle di quindici anni.

«Quando vedo i miei amici che ciondolano sui marciapiedi, capisco che non sarò mai come loro» mi confida la graziosa adolescente. Non intende condividere il destino di emarginazione che attende la grande maggioranza dei suoi coetanei. Vuole uscire dal Bronx, come Colin Powell. «Io ce la farò. Riuscirò a ottenere una borsa di studio per andare all'università, anche se non sarà facile. Se hai la pelle nera, per avere successo devi essere un numero uno, mentre ai bianchi bastano appoggi e amicizie.»

«È delusa? Si aspettava una messa hip hop?» mi chiede Father Tim raggiungendoci e stampandomi due baci sulle guance. Di recente ha invitato alcuni giovani rapper a cantare in chiesa. Il successo è stato immediato. È stato addirittura necessario trasportare l'altare in strada per permettere a tutti di partecipare alla celebrazione. «Questa è la culla dell'hip hop. È da qui che è cominciato tutto.»

Erano gli anni Settanta e il Bronx bruciava: i proprietari avevano deciso di incendiare gli immobili piuttosto che lasciarci vivere famiglie troppo povere per pagare l'affitto. L'hip hop è una musica che canta la disperazione e la rabbia di giovani con buone probabilità di finir male. Come il rap, è anche carica di machismo e di omofobia. Come conciliare la violenza e gli insulti con il messaggio di tolleranza e di comunione della Bibbia? «Chi canta per noi deve rispettare i valori di tolleranza difesi dalla Chiesa» afferma categorico Father Tim.

Il quarantaquattrenne pastore dei poveri è gay e indossa senza alcun imbarazzo l'abito nero con il colletto bianco degli ecclesiastici episcopali. «Sono omosessuale e in più un pastore omosessuale. Non può che essere una cosa buona, poiché è Dio che mi ha fatto come sono» prosegue. È come se mi avesse letto nel pensiero la domanda che non osavo fargli.

«C'è una vecchia formula che uso spesso: "Bisogna pregare coi piedi!". Qui se non si va incontro ai parrocchiani, non sono sicuro che sia possibile pregare per loro.» In un quartiere in cui gran parte delle sue pecorelle parla uno slang, lui è noto come Poppa T.

L'idea delle messe hip hop gli è venuta mentre la polizia stringeva d'assedio l'edificio accanto, dove è stato ucciso lo squilibrato. Seduto sui gradini della casa vicina, Father Tim si chiedeva cosa potesse fare per lottare contro la violenza e la disperazione. «Mi sono detto che le Chiese dovevano aprire le porte e offrire qualcosa ai giovani.» Alcuni mesi dopo, Kurtis Blow, Cool Clyde e Lightning Dance, dj che oggi vanno molto di moda, hanno cominciato ad animare le messe di strada della Trinity Church. Da allora, le funzioni cominciano con la stessa parola d'ordine: «Dio è in casa!», prima che i rapper si scatenino.

Ma dare voce ai diseredati non basterà, avverte Poppa T.

«Se questo Paese non si batte per riconquistare il suo cuore e la sua anima, non so come andrà a finire.»

Father Tim, come molti cristiani americani, non sa ancora cosa potrà rimettere il Paese sulla via della salvezza, ma è sicuro che George W. avrà molto da farsi perdonare: «Bush ha manipolato l'ignoranza degli americani e ha infangato la figura di Gesù».

CAPITOLO 6

IL COLORE DEI SOLDI

PER ENTRARE NEL REGNO dei cieli, l'America deve fare i conti anche con le proprie ricchezze. Tradizionalmente, è più facile che un cammello passi per la cruna di un ago.

Quando arriviamo negli Stati Uniti, la stampa sta cavalcando l'onda delle rivelazioni sugli stipendi astronomici di alcuni grandi capitani d'industria. E il tono dei commentatori sembra risentito. Forse arricchirsi non è più una virtù? L'ex boss del gigante petrolifero Exxon dovrebbe cominciare a chiederselo, visto che i giornali si mostrano infastiditi dai 400 milioni di dollari che ha ricevuto come liquidazione. Lee Raymond è stato gratificato con la buonuscita più generosa della storia dell'imprenditoria americana, che va ad aggiungersi a uno stipendio di 51 milioni di dollari nel 2005. I giornalisti hanno fatto un po' di conti: 141.000 dollari al giorno, ovvero circa 112.000 euro. Quasi 6000 dollari all'ora. Fino a oggi, negli Usa guadagnare non è mai stato peccato, ma quando la paga oraria minima è di poco più di 5 dollari – circa 4 euro – chi vive nell'indigenza dubita della giustizia del sistema. Tanto più che il caso di Lee Raymond è tutt'altro che isolato: gli anni della presidenza Bush sono stati i migliori per i profitti finanziari e i peggiori per i salari.

Lo conferma anche uno studio del settimanale britannico «The Economist» che, pur non avendo tendenze marxiste titolava: «I capitalisti si appropriano di una parte crescente del reddito nazionale a spese dei lavoratori». A seguire, una domanda assolutamente pertinente: «Cosa ne sarà dei consumi, motore della crescita, se non verranno alimentati da un aumento del potere di acquisto?».

All'immagine di un capitale che esibisce senza vergogna il proprio trionfo si associa sempre più spesso quella di un sistema minato dalla corruzione. E il nome del colosso energetico Enron è entrato nel linguaggio corrente come simbolo delle profonde distorsioni del mondo del business, lasciato senza regole.

Nell'ultima fase del processo Enron, le udienze hanno permesso di far luce sulla più grande bancarotta della storia statunitense. La disonestà dei dirigenti è costata il lavoro a oltre 10.000 persone. Migliaia di azionisti e dipendenti hanno perso i risparmi di una vita, i fondi messi da parte per l'istruzione dei figli, le pensioni. Per anni, i massimi responsabili dell'azienda texana avevano potuto nascondere perdite ingenti con la complicità di contabili e revisori dei conti, mentendo sia agli investitori sia alla stampa. Quando hanno capito che lo scandalo stava per esplodere, hanno venduto le proprie quote. Ma intanto incoraggiavano gli azionisti a conservare le loro e spingevano i broker di Wall Street a proporle ai nuovi clienti. Alla fine del 2001, il terremoto: la prima di una serie di scosse che ha colpito la Corporate America. E si è scoperto che non era stata solo la Exxon a gonfiare i bilanci per accontentare una Wall Street affamata di continui rialzi nei profitti. Dopo quattro anni e mezzo di inchieste, a gennaio, si è aperto il processo contro i due principali autori dell'enorme ruberia Enron, il fondatore Kenneth Lay e il direttore generale Jeffrey Skilling. Alla fine di maggio il verdetto: colpevoli entrambi per cospirazione finalizzata alla frode sul mercato azionario. In totale, quando a ottobre il giudice annuncerà le pene che sono state comminate, potrebbero vedersi infliggere il primo un massimo di 165 anni di carcere, il secondo di 185. Ma Lay non ci sarà: morirà di infarto il 5 luglio.

I grandi gruppi, oltre ad adottare pratiche contabili poco chiare, hanno stabilito con il mondo politico complicità inquietanti. La pratica del *lobbying*, ovvero i servizi lautamente remunerati di società che garantiscono ai loro clienti accesso agli organi del potere, sembra fuori controllo. I lobbisti fungono anche da intermediari tra i politici, sempre alla ricerca di finanziamenti per le loro costosissime campagne elettorali, e generosi donatori che ovviamente si aspettano di ricevere qualcosa in cambio.

La sensazione che a Washington denaro e potere vadano a braccetto non è nuova: i legami tra i grandi gruppi e i diversi governi sono noti, e l'arricchimento degli industriali è stato a lungo sinonimo di crescita per il Paese. Charles Erwin Wilson, il capo della Gm negli anni Cinquanta, non diceva forse: «Ciò che è buono per il nostro Paese è buono per la General Motors e viceversa»? L'influenza del potere economico su quello politico esiste in tutto il mondo, ma nell'America di Bush si è rafforzata. Anche in questo quadro la guerra in Iraq è servita da indicatore: gli appalti assegnati senza gara alla Halliburton – uno dei maggiori fornitori mondiali di prodotti e servizi per l'industria petrolifera, guidato fino al 2000 dal vicepresidente Dick Cheney –, le fatture gonfiate e le bustarelle hanno creato una situazione senza precedenti.

Ma ora c'è chi rompe il muro dell'omertà, mentre si susseguono gli atti di pentimento. Per vederci più chiaro decido di incontrare uno degli artefici della reputazione di Wall Street, buona o cattiva che sia. Un analista finanziario. Uno di quei guru le cui opinioni fanno muovere i mercati, crollare le fortune o moltiplicare le ricchezze. La mia scelta cade su Dan Reingold, autore del libro *Confessions of a Wall Street*

Analyst (*Confessioni di un analista di Wall Street*) in cui descrive l'universo avido e senza scrupoli dei banchieri, degli intermediari e dei consulenti. Parla di giovani lupi di Borsa pronti a tutto pur di arricchirsi, diventati un modello per generazioni di laureati dopo che la stampa, il cinema, la letteratura ne hanno fatto degli eroi moderni.

Reingold non è proprio di questa opinione ed è andato oltre. Si è esposto in prima persona denunciando un mondo fuorilegge, privo di regole e di morale, dove la sete di denaro a volte fa perdere il senso della realtà. Ai suoi occhi non ci sono persone brillanti e abili operatori, ma solo drogati del biglietto verde, fanatici del dio dollaro. Il libro ha avuto l'effetto di una bomba nei corridoi ovattati delle potenti istituzioni che controllano la principale piazza finanziaria del mondo.

«Wall Street è amorale» esordisce Reingold «e qui il delitto paga.»

Gli chiedo di raccontarmi la sua esperienza dall'inizio.

«Sono arrivato a Wall Street a trentasei anni, avendo alle spalle una carriera di analista nel settore delle telecomunicazioni per una grande azienda, la Mci. Mi sono sempre interessato di finanza. Poi ho saltato il fosso: sono venuto a New York e ho lavorato per grandi società come Morgan Stanley, Merrill Lynch e Crédit Suisse. Sono venuto qui per i soldi: il mio stipendio è subito raddoppiato, passando da 90.000 a 175.000 dollari l'anno. Quando ho lasciato la Borsa ne guadagnavo oltre 400.000.»

Reingold ha l'aspetto di un ragazzo, anche se ha superato la cinquantina. Non molto alto, magro, ha i lineamenti delicati. Sembra che il suo volto sia costantemente incerto tra il cinismo che si addice agli squali della finanza e un candore tipico degli idealisti. Ci incontriamo al bar dell'Hotel W, un posto molto trendy nel cuore di Manhattan, davanti al mitico albergo Waldorf Astoria. È qui che si è tenuto il primo forum di Davos dopo l'11 settembre, al quale ero stata invitata. Il Waldorf era stato trasformato in una fortezza, tutte le strade intorno bloccate, poliziotti appostati a ogni ingresso.

Per fuggire la confusione, mi ero rifugiata al W e l'impressione era quella di alloggiare in un night con spettacoli a tutte le ore.

Per poter chiacchierare con Reingold ci spostiamo al piano rialzato. È più tranquillo e anche meno freddo. Da quando sono arrivata combatto una battaglia persa in partenza contro l'uso dell'aria condizionata, che qui è una vera arma impropria. Certo, le belle ragazze con le spalle nude e le scollature vertiginose che sono una delle attrazioni del bar non sembrano preoccuparsene. E nemmeno chi deve lavorarci. Quando chiedo al cameriere il perché di questo clima artico mi dà una risposta quasi filosofica: «Credo che sia perché noi americani vogliamo dominare tutto, anche la natura».

Dan, blazer blu, pantaloni grigi e mocassini, continua il suo appassionante racconto: «Negli anni Novanta, il mercato delle telecomunicazioni e di Internet è in piena crescita: fusioni, acquisizioni, offerte pubbliche di acquisto. Le banche d'affari si trovano al centro di quest'attività: consigliano le aziende e le aiutano a realizzare le transazioni. Ne ottengono grosse commissioni: è così che fanno i soldi».

Ma qui tutto comincia a diventare meno trasparente: «Queste stesse banche hanno un secondo ruolo: fungono da intermediari per piazzare presso investitori privati o pubblici le azioni delle società che assistono».

Intervengono gli analisti, che consigliano investimenti a milioni di risparmiatori, grandi e piccoli, attirati dalla favolosa leggenda dei soldi guadagnati senza fatica.

«La funzione di un analista è fornire il suo parere sul valore di un'azione e sulla solidità di un gruppo.»

Però, ci spiega Reingold, gli analisti devono anche tenere conto della strategia del loro datore di lavoro in quanto banca d'affari.

«Come posso esprimere un giudizio indipendente su una società se la banca o l'intermediario per il quale lavoro è allo stesso tempo il consulente della società in questione? Ovviamente i miei dirigenti mi chiederanno di dare un parere positivo, e di suggerire l'acquisto delle azioni dei loro clienti.

C'è insomma un permanente conflitto di interessi che alimenta la degenerazione del sistema.»

Queste aberrazioni sono una delle ragioni per cui truffe gigantesche come quella della Enron possono andare avanti per anni. Grazie alle complicità che si stabiliscono tra chi decide, chi controlla e chi dovrebbe informare il pubblico, il mondo del denaro sembra non dover rendere conto a nessuno.

«Ma non si parla di questo a Wall Street» prosegue Dan. «L'unico comandamento è massimizzare i profitti. Non è una situazione nuova ma ora si sta aggravando. È il capitalismo nella sua versione peggiore. La bramosia di denaro spinge le persone a barare: non producono niente e il loro successo si misura in dollari. Cosa c'è di più americano?»

Reingold ha lasciato Wall Street prima che fosse troppo tardi. Se ne è andato quando il Crédit Suisse gli ha offerto una grossa cifra chiedendogli cose che non voleva più fare: «La tentazione spinge a oltrepassare i limiti. Da giovane ero un idealista, poi sono diventato pragmatico, quindi cinico e oggi torno alle origini».

Dan non sa ancora cosa fare della sua ritrovata libertà. Per qualche tempo si occuperà della promozione del libro e continuerà a tenere corsi di finanza alla New York University. Ma ovviamente non ha intenzione di fermarsi qui. E a quanto pare l'idealista che è tornato a essere ha scelto il suo prossimo obiettivo: «La povertà in questo Paese esiste ma è nascosta» ci spiega. «Vada nei ghetti delle grandi città e vedrà cos'è la miseria. Negli Stati Uniti, c'è un abisso tra il mondo dei ricchi e quello della maggioranza delle persone: Wall Street non è Main Street.»

È vero, ma il sogno americano è ancora ben vivo a New York, una città giovane e in continuo rinnovamento. È il luogo in cui bisogna cominciare la propria carriera nella finanza, nella pubblicità, nei media. Solo nella Grande Mela sarebbe stato possibile girare *Sex and the City* o *Friends*, i due telefilm più amati dalle nuove generazioni. E solo qui è possibile scegliere

fra 50.000 locali diversi, che esaudiscono qualunque desiderio di evasione.

Ma oggi è il lavoro, non il divertimento, che ci porta nel
quartiere di Dumbo. All'ombra del ponte di Brooklyn, questa ex zona industriale diventa ogni giorno più trendy: negozi
di artigianato e botteghe biologiche, teatri e gallerie d'arte alternativa, sedi di *e-companies* e splendidi loft ricavati dalle
vecchie fabbriche. La vista sul ponte, soprattutto ora che si
avvicina il tramonto, è spettacolare, con la famosa skyline di
Manhattan che si staglia contro le nuvole rosa. Sono nel
parco accanto al fiume con la troupe di Matteo Bologna,
astro nascente della grafica italo-americana, che si occuperà
della copertina di questo libro. Il nostro rumoroso gruppo
disturba le coppiette intente a baciarsi sulle panchine. Guar-
dandomi al di sopra della testa del fotografo, Jacques mi fa
l'occhiolino.

Mentre me ne sto immobile e il parrucchiere armeggia coi
miei capelli, un macchinone nero inchioda di fianco a noi in
uno stridore di freni. Scende un viso a me ben noto, Giulia
Puri Negri, un turbine di lunghe gambe e capelli chiari. Ci
salutiamo stupite: due italiane a Dumbo il sabato di Pasqua.
«Mi hanno detto che questo quartiere andava assolutamente
visto» esclama. «È proprio vero che New York cambia aspetto
ogni momento!»

Tra le molte magie di questa metropoli, c'è anche il modo
in cui riesce a sorprenderti rinnovando i panorami, i percorsi
e gli incontri, grazie alle felici intuizioni di geniali speculatori edilizi. E dire che ai tempi della mia prima visita, negli
anni Settanta, riuscivo a stento a uscire di casa. Si era in
piena emergenza per l'ordine pubblico.

Ora la Grande Mela è diventata il posto più sicuro degli
Stati Uniti. Si può passeggiare di notte, rientrare a piedi
dopo cena, bighellonare sui marciapiedi delle strade mal illuminate del Village o di SoHo.

La riconquista della città secondo il motto «tolleranza
zero» è iniziata con il sindaco nero David Dinkins all'inizio
degli anni Novanta. È proseguita con Rudy Giuliani e con

l'attuale primo cittadino, Michael Bloomberg. «Tolleranza zero» significava che qualunque comportamento illegale, anche il più piccolo, viene immediatamente represso. Le cifre parlano da sole: nel 1990 ci furono 2290 omicidi. Nel 2005, si è scesi a 566.

Oggi 1,5 milioni di privilegiati vivono a Manhattan, una delle aree urbane più care del mondo. Circa due milioni e mezzo di persone ci lavorano ogni giorno e si spostano con una metropolitana che si è ormai liberata della sua cattiva reputazione. Il prezzo degli immobili è triplicato in dieci anni. Quartieri come Harlem, Brooklyn e Dumbo sono ormai zone molto ambite dai giovani investitori.

Per rendersene conto, basta salire su un taxi e dirigersi verso la parte settentrionale della città, a poche decine di isolati dal Waldorf Astoria. Direzione: Harlem. Fino a pochi anni fa questa zona era talmente malfamata che un bianco non poteva avventurarsi da solo. Eppure negli anni Venti era stata la Mecca degli artisti di colore, di scrittori e intellettuali, che lanciarono il movimento noto come «Harlem Renaissance». Musicisti leggendari tra cui Louis Armstrong, Duke Ellington e Bessie Smith ci vivevano e si esibivano in locali come il Cotton Club, il Savoy Ballroom e l'Apollo Theatre. Con la Grande Depressione, in cui il 50 per cento della popolazione afroamericana perse il lavoro, e le rivolte razziali degli anni Sessanta, il ghetto nero si trasformò in un campo di battaglia.

Da bambina mi impressionò molto il racconto di mia madre appena tornata da un viaggio a New York, nel 1968. Mi descrisse lo stato di abbandono di Harlem, che aveva attraversato con un minibus organizzato dall'albergo. Vietato scendere o persino aprire i finestrini. La povertà l'aveva invaso e roso come un cancro inesorabile: vi regnavano sovrane la violenza, la droga, la prostituzione e gli adolescenti morivano per le strade negli scontri a fuoco tra spacciatori di crack ed eroina.

Il volto del quartiere ha cominciato timidamente a cambiare da quando, sotto l'incalzare della pressione demografica a Manhattan, gli impresari edili hanno iniziato a interessarsene. A poco a poco, gli immobili occupati abusivamente o abbandonati vengono restaurati. Non mancano le proteste. I programmi per il rilancio del rione, sostengono i residenti più poveri, vanno a tutto vantaggio degli investitori bianchi. Ma penalizzano i meno abbienti, che vedono salire il costo della vita. Gli affitti in cinque anni sono quasi raddoppiati e i prezzi delle case stanno schizzando alle stelle. Ma con l'arrivo dei nuovi abitanti si aprono nuovi negozi e la polizia riprende a pattugliare le strade. Anche se la miseria è ancora visibile ovunque. I graffiti sui muri e le facciate cadenti ci sono ancora, ma soffia una leggera brezza di rinascita. Lo stesso Bill Clinton ha deciso di stabilire qui il suo ufficio politico, in una suite al 55 West della 125ª Strada.

Non lontano dal suo quartier generale sono andata a trovare uno dei leader dell'offensiva contro la povertà, uno di quelli che cercano di restituire Harlem ai suoi abitanti. Ci facciamo lasciare davanti al quartier generale di Geoffrey Canada. Una grande scritta sopra la porta annuncia: HARLEM CHILDREN ZONE. Qui il futuro appartiene ai bambini.

Testa rasata, magro e slanciato, un sottile pizzetto brizzolato, Geoffrey Canada ci raggiunge nella grande sala riunioni. Ha cominciato nel 1997. L'idea era dall'inizio quella di impegnare i bambini delle aree più disagiate con attività educative, sportive, sociali, culturali, fin dalla più tenera età, per tenerli quanto più possibile alla larga dai guai. «Creare una rete di sicurezza» spiega. «Bisogna accompagnarli dall'asilo nido fino alle elementari. Uno degli aspetti fondamentali della "Zone" è che in ogni tappa sono coinvolti i genitori: anche loro devono imparare come mettere i loro figli sulla buona strada.

«Nelle famiglie cronicamente povere non ci sono figure autorevoli, quindi non c'è disciplina» osserva Canada. «I piccoli si ritrovano presto a vivere per strada, esposti a tutti i rischi. I passi successivi sono la delinquenza, il tribunale, il carcere e la rovina.»

Geoffrey, cinquantadue anni, è un uomo affascinante dallo sguardo energico e brillante. «La nostra filosofia è aiutare le persone, ma fino in fondo, non soltanto fino a metà strada. È tutto connesso: l'istruzione, la sanità, l'alloggio e la stabilità delle famiglie.» Secondo lui, perché i ragazzi possano cavarsela è necessario rendere la scuola più efficiente e le famiglie più solide. «La delinquenza non si sviluppa solo per la miseria e per il degrado del sistema scolastico, come pensano i democratici; o per la perdita dei valori, come credono i conservatori.»

La «Children Zone» si occupa anche di difendere le famiglie che rischiano lo sfratto. Organizza campagne per la salute, per il sostegno parentale, per gli aiuti alle madri sole. Oggi assiste 6500 bambini, insieme a 6000 genitori, con un servizio garantito da 650 insegnanti, consulenti e assistenti sociali. L'esperienza sarà progressivamente allargata. L'iniziativa, che per funzionare ha bisogno di 45 milioni di dollari l'anno, riceve il sostegno di generosi donatori, mentre i fondi pubblici rappresentano però solo il 20 per cento del bilancio. Negli Stati Uniti il suo successo viene considerato un modello da seguire. Illustra anche un fenomeno molto americano: singoli individui e filantropi assumono funzioni che in Europa sono tradizionalmente riservate allo Stato o alle istituzioni pubbliche locali.

Come tanti neri di New York, Canada è nato nel South Bronx, dove abbiamo incontrato Father Tim. «In realtà sono un sopravvissuto» ci spiega sorridendo. «Un errore di fabbrica. La maggioranza dei miei compagni non ce l'ha fatta perché magari un giorno ha commesso un errore fatale, come fumare l'eroina invece di uno spinello.» Racconta di essere stato un bambino difficile, di aver fatto parte di una gang e di essersi battuto per le strade. Poi un segno del destino: «Una sera, la mia banda aveva in programma un colpo. Io stavo male e sono rimasto a casa. Loro sono stati tutti arrestati. Ho avuto fortuna». Il ragazzino attaccabrighe ha capito il messaggio: decide di tornare a scuola e grazie a una borsa di studio finirà alla prestigiosa Harvard University.

«Harlem è l'espressione di un problema che non riguarda solo i ragazzi di colore, è più ampio» continua. «Ci sono milioni di bambini bianchi poveri negli Stati Uniti. Ma certamente le cifre sono più allarmanti per noi: sono disoccupati il 50 per cento dei neri che non hanno finito la scuola superiore, e il 70 per cento di quelli che non hanno concluso nemmeno quella primaria. Il 28 per cento ha conosciuto la prigione.»

Più della metà dei 2,2 milioni di detenuti nelle carceri statunitensi è nera e per la maggior parte sono stati condannati per uso o spaccio di stupefacenti. La criminalizzazione del consumo di droga sotto la presidenza Reagan ha tolto decine di migliaia di eroinomani dalle strade, ma ha riempito le prigioni. Senza risolvere il problema. Tuttavia, secondo Canada, il ragionamento da fare è un altro: il prezzo di un anno di carcere oscilla tra i 30.000 e i 60.000 dollari, a seconda del luogo di detenzione. Quindi la comunità spende in media 400.000 dollari per tenere un giovane dietro le sbarre per dieci anni.

«Perché non investire questo denaro nella sua istruzione prima che sia troppo tardi? L'universo carcerario non funziona, ma è lì che finiscono tutti i soldi» afferma Geoffrey indignato. «Prendiamo Malcolm. Ha otto anni e seri problemi a scuola. Posso urlare e strepitare ma non otterrò mai i fondi che mi servono per aiutarlo. Compie diciassette anni. Commette il suo primo reato. Finisce in prigione per dieci anni. Malcolm costerà ai contribuenti americani 400.000 dollari. È un'idiozia. La gente non capisce che si tratta dei loro soldi.»

Riflette un istante, poi osserva: «"Nessun bambino deve rimanere indietro." Era lo slogan di Bush. Ma per l'appunto solo uno slogan».

«E pensa che continuerà a rimanere tale?»

«Bush ha creato in questo Paese le condizioni per cui i poveri diventano sempre più poveri. Ha prodotto un deficit enorme. Sono spariti gli stanziamenti per i settori più vulnerabili. Anche se i democratici vinceranno le elezioni, erediteranno una situazione di bilancio ingestibile. E verranno accusati di voler aumentare le tasse quando bisognerà ripianare il colossale debito.»

Gli chiedo se un cambio di maggioranza potrà portare a una effettiva riforma generale.

«I veri problemi, la parità e la giustizia, non si risolveranno così facilmente» risponde Canada. «La destra è molto abile e ogni volta che qualcuno tenta di affrontare le emergenze reali sposta l'attenzione su temi come i matrimoni gay, l'aborto o la guerra. In questo Paese non esiste una vera sinistra: per essere eletti è necessario avere l'appoggio delle grandi imprese, del *big business*, e non è con loro che si può parlare di uguaglianza. Politica significa affari ed è qui che la perversione del sistema affonda le sue radici.»

Questa giornata popolata da squali della finanza pentiti e paladini degli oppressi non poteva che concludersi al ristorante Colors, dove andiamo a cena con alcuni amici. Questo esempio di esperienza alternativa si trova al 417 di Lafayette Street, nella parte meridionale della città.

L'arredamento è in stile anni Trenta, art déco, con bei pannelli di legno scuro, sedili ricoperti di velluto marrone e applique di vetro opalescente che spandono una luce soffusa. Tovaglie bianche e camerieri in uniforme. È un ambiente raccolto e ho l'impressione di essere finita in una scena di *Cotton Club*, all'epoca del proibizionismo. Ci sediamo al bar mentre aspettiamo che si liberi il tavolo.

Sulla parete della sala principale c'è un enorme planisfero che ben si adatta alla cucina, un misto di sapori provenienti da tutto il mondo, e che rappresenta l'idea su cui si basa questo posto davvero speciale. Una giovane donna viene a sedersi accanto a me, ci stava aspettando. Si chiama Saru Jayaraman. È di origine indiana, è avvocato, difende i diritti dei lavoratori della ristorazione e dell'industria alberghiera. È presidente del Roc, Restaurant Opportunities Center, un'associazione che aiuta gli stranieri anche illegali impiegati in questi settori.

«Colors è un caso unico a New York» mi spiega. «È una cooperativa e tutti i dipendenti ne fanno parte. I loro rappresentanti siedono nel consiglio di amministrazione. I finanziamenti sono venuti dal Roc, ma anche da un consorzio di cooperative italiane.»

Ma la vera singolarità di Colors è un'altra. Tutti coloro che ci lavorano sono sopravvissuti dell'11 settembre. Ex cuochi, camerieri, chef, maître del lussuoso ristorante Windows of the World che si trovava al centosettesimo piano della Torre Nord. Nella carneficina morirono 73 dei loro colleghi. Patricio, che ci serve un aperitivo dietro il bancone del bar, si ricorda bene quel giorno terribile: «Dovevo prendere servizio alle dieci e stavo per uscire, quando ho ricevuto una telefonata. Un amico mi ha detto: "Presto, accendi il televisore". E ho visto la Torre sbriciolarsi con i miei amici dentro».

Erano 450 dipendenti di 24 Paesi. Tra gli scampati, da un giorno all'altro disoccupati, una cinquantina sono rimasti in contatto. Ogni settimana si incontravano per ricordare la tragedia e cercare di ricominciare da capo. Sono marocchini, egiziani, cinesi, italiani, ispanici.

«Qui parliamo 22 lingue diverse» sorride Patricio, che viene dall'Ecuador e vive a New York da 12 anni.

Alla fine sono riusciti a realizzare il loro progetto: Colors. Pagano più di 20.000 dollari di affitto al mese e hanno dovuto investire 2,2 milioni di dollari. Tutti hanno messo mano al portafoglio e preso in prestito del denaro. Oggi, sono azionisti e si impegnano affinché il loro sogno, nato dalle rovine del World Trade Center, sopravviva. L'autogestione in una città in cui regna sovrano il capitale. Non è anche la più bella risposta alla tragedia dell'11 settembre?

«Ovviamente è una presa di posizione politica» spiega Saru. «Qui i dipendenti vengono pagati nel rispetto delle norme sindacali. Prendono parte attiva alle decisioni di gestione. Ma hanno anche la piena responsabilità del buon andamento della loro azienda. Se non facciamo quadrare i conti, perdiamo tutti insieme: le organizzazioni che hanno messo i soldi e le maestranze che hanno investito i loro risparmi.»

Si tratta di dimostrare che una società può generare utile pur rispettando le regole.

«Il settore della ristorazione impiega 165.000 persone, la metà sono immigrati clandestini, sfruttati e pagati una miseria. Secondo noi invece si possono realizzare utili senza violare la legge, profitto fa rima con giustizia e la giustizia è un elemento fondamentale della nostra sicurezza.»

Saru e il Roc hanno lanciato una campagna per far capire ai clienti che, se i lavoratori non hanno una copertura sanitaria, è molto probabile che vengano a lavorare malati, infettando i piatti che appoggiano delicatamente sulle tovaglie bianche dei ristoranti a cinque stelle. «Quando un cameriere non viene trattato bene, ne risente il cliente» mi assicura.

L'America non è solo la corruzione di Wall Street e la miseria di Harlem. Nell'esperienza di Colors ritrovo la voglia di tentare vie nuove, di immaginare un futuro più equo in cui ci sia spazio per la dignità di tutti.

Capitolo 7

IL BLUES DEI GIORNALISTI

D ON HEWITT CI RICEVE nel suo ufficio all'ottavo piano del Bmw Building sulla 57ª Strada. Da questa stanza luminosa, con vista sulle banchine portuali dell'Hudson, ha inventato e diretto per anni il programma più prestigioso del giornalismo di inchiesta negli Stati Uniti, *60 minutes* sulla Cbs.

Nella primavera del 2001, Don mi aveva chiesto un favore. Voleva che intercedessi presso Sophia Loren per convincerla a parlare della sua vita e della sua carriera. E per propormi di realizzare l'intervista nel caso avesse ceduto. Ero molto fiera della proposta: lavorare per una colonna del giornalismo americano rappresentava un'enorme soddisfazione. Sophia accettò e Don e io collaborammo alla confezione di un ritratto della popolare attrice. Il titolo era *La dolce Loren* e lo girammo a Ginevra, nel suo appartamento, per quarantott'ore letteralmente invaso dalla troupe della Cbs. Un tecnico timido, mentre le sistemava il microfono sul bavero della giacca, arrossì come un peperone nello sfiorare il più bel décolleté del cinema italiano. Lei, scherzando, si rivolse a me con finta indignazione e protestò: «Ehi, mi ha toccato il seno!».

Ora Don prende posto su un divano, sotto le fotografie di tutti i presidenti americani che ha conosciuto e intervistato nel corso della sua lunga carriera. Ha ottantaquattro anni, i capelli bianchi e non dirige più *60 minutes,* ma continua a produrre documentari.

«Amo talmente il giornalismo» mi confida «che da quando ho cominciato come ragazzo tuttofare a 15 dollari la settimana, ho l'impressione di non aver mai davvero lavorato.» Di strada ne ha fatta.

Gli chiedo subito perché la stampa ha impiegato tanto tempo a denunciare le menzogne dell'amministrazione Bush.

«Quando le persone hanno paura fanno cose che in altre situazioni non farebbero» ammette. «L'America ha avuto paura, e così anche i giornalisti. Hanno temuto per il lavoro, le famiglie, il tenore di vita.»

Don è abbastanza anziano per ricordarsi il periodo della «caccia alle streghe» scatenata da Joseph McCarthy, all'inizio degli anni Cinquanta. McCarthy era un senatore repubblicano del Wisconsin che si era fatto un nome sventolando davanti alla stampa, un bel giorno di febbraio del 1950, una lista di 47 dipendenti del dipartimento di Stato che accusava di essere membri del Partito comunista. Era appena cominciata la Guerra fredda e gli Stati Uniti vivevano nel terrore del «pericolo rosso». Lo scontro tra i due blocchi si stava inasprendo in tutto il mondo: in Europa con le crisi in Polonia e a Berlino, in Asia con la vittoria dei maoisti in Cina e l'inizio della Guerra in Corea. Mosca aveva fatto esplodere la sua prima bomba atomica nel 1949, e la prospettiva di un conflitto nucleare faceva tremare l'intero Pianeta.

In questo clima la commissione d'inchiesta di McCarthy sulle attività antiamericane denunciò e mise al bando attori, scrittori, scienziati, giornalisti. Ne cadde vittima addirittura «Charlot» Charlie Chaplin. Furono spezzate vite e carriere finché il senatore e il suo «terrore rosso» non furono denunciati, nel 1954, da un cronista e da una rete televisiva: Ed Murrow e la Cbs. Hewitt conosce bene quel periodo: faceva parte della squadra di Murrow. Si ricorda anche cosa può fare una persona perbene quando le viene a mancare il coraggio.

«Erano anni terribili» ricorda. «Avevo firmato una petizione in difesa di un collega accusato di essere comunista. Poi ci ho ripensato e ho chiesto che la mia firma venisse cancellata. Avevo paura delle possibili conseguenze. Oggi mi vergogno di quello che ho fatto.» E aggiunge: «La verità è che se fossero realmente arrivati al potere i comunisti, McCarthy sarebbe stato un eccellente commissario del popolo!».

Nessuna denuncia di McCarthy portò all'arresto di una vera spia, di una talpa di Mosca, di un agente comunista. Tutte le sue vittime erano innocenti.

George Clooney ha raccontato la battaglia di Ed Murrow nel film *Good Night, and Good Luck*, un piccolo gioiello, essenziale, dalle immagini intense, in bianco e nero e con dialoghi di eccezionale spessore. Uno dei personaggi è appunto Don Hewitt, nella sua qualità di direttore e produttore della trasmissione di Murrow, *See It Now*, che con una serie di reportage contribuì alla caduta del senatore McCarthy.

«Clooney e io ci siamo visti varie volte durante la lavorazione. Il risultato mi è piaciuto, anche se non avrei mai immaginato di finire sul grande schermo. Clooney è una boccata d'aria fresca in un mondo che ne ha un gran bisogno.»

In una scena del film, riferendosi al ruolo dei giornalisti, Murrow dichiara: «Non dobbiamo confondere il dissentire con il tradire». E continua con un messaggio che è ancora attuale: «Ci proclamiamo, e in effetti lo siamo, difensori della libertà ovunque essa continui a esistere nel mondo, ma non possiamo difenderla altrove se a casa nostra la calpestiamo».

«Bush è il peggior presidente nella storia degli Stati Uniti» afferma Don con un giudizio senza appello. «Ha incendiato il mondo e ora non sa più come spegnerlo.» Dal suo esordio al «New York Herald Tribune» ha conosciuto 12 dei 43 uomini che hanno guidato il destino americano. «Non sono né repubblicano né democratico. Ho ammirato allo stesso modo Franklin Delano Roosevelt, Harry Truman, Dwight Eisenhower e Ronald Reagan.»

Veterano della Seconda guerra mondiale, l'ex direttore di *60 minutes* considera un errore l'avventura irachena.

«Ho partecipato al D-Day. Sono sbarcato a Omaha Beach. So cosa significa combattere. E ciò che facciamo in

Iraq non ha né capo né coda. Se vogliamo essere solidali con le nostre truppe, l'unica cosa che ci rimane da fare è riportarle subito a casa.»

A metà tra il serio e il faceto, mi propone un parallelo storico un po' spinto: «Monica Lewinsky è come Cleopatra: ha cambiato la faccia del mondo». Non capisco cosa c'entri con Baghdad, ma si spiega subito. «Non uno dei nostri ragazzi sarebbe morto in Iraq se non ci fosse stato l'affare Lewinsky. Senza di lei, Gore sarebbe stato eletto e noi non saremmo andati a fare la guerra. Quella donna ha cambiato la storia proprio come Cleopatra.» Chissà se ci ha mai pensato la ex stagista passata alla storia per il «Watergate con gli slip». Per aver avuto una relazione peccaminosa nello Studio Ovale della Casa Bianca con l'uomo più potente del mondo, Bill Clinton, sbugiardato e travolto da uno scandalo sexy diventato crisi istituzionale.

Anche Don ha la sensazione che gli Stati Uniti siano arrivati alla fine della loro egemonia: «Vorrei convincermi del contrario, ma poi guardo i nostri politici e non posso fare a meno di chiedermi: dove sono i giganti?».

Anche se l'America non ha ancora trovato un nuovo Ed Murrow, nelle redazioni il clima sta cambiando. Ho ancora nitido il ricordo all'indomani dell'11 settembre e dei mesi prima dell'invasione irachena: la critica era stata bandita. Chiunque osasse attaccare la verità ufficiale era accusato di tradimento e punito. Oggi invece screditare Bush e i suoi slogan è più patriottico.

La guerra è diventata bersaglio di critiche feroci. «L'America è veramente in guerra?» si chiedeva James Carroll sul «Boston Globe» a gennaio, facendo da contrappunto al tradizionale discorso di inizio anno del presidente sullo stato dell'Unione. «In Iraq, manca qualcosa per essere veramente in guerra: un nemico. [...] E gli americani che si prendono la briga di mettersi nei panni degli iracheni vedono solo una brutale occupazione.»

La stampa ha addentato un altro gustoso «affare»: quello delle intercettazioni. Nel dicembre 2005, il «New York Times» ha rivelato che il presidente Bush aveva autorizzato l'ascolto di conversazioni telefoniche e la lettura della posta elettronica dei cittadini, senza l'autorizzazione della magistratura.

L'agenzia incaricata del dossier è il ramo più segreto dell'universo degli 007 americani: la National Security Agency.

L'Nsa riceve più finanziamenti governativi di qualunque altra agenzia di intelligence. Le si attribuiscono capacità quasi miracolose di vedere e sentire tutto ciò che accade negli angoli più sperduti del Pianeta, grazie a un'eccezionale rete di satelliti spia. Ovviamente le cose non sono così semplici: ascoltare è bene, ma capire è meglio. Per esempio bisognerebbe assumere traduttori in grado di decifrare lingue esotiche come l'arabo, l'urdu o il pashtun.

Non è la prima volta che l'Nsa opera senza autorizzazione legale: nel 1973 controllava chi si opponeva alla guerra nel Vietnam. I telegrammi venivano letti, le lettere aperte e fotocopiate. Settemila americani e un centinaio di organizzazioni erano stati schedati. Parallelamente i servizi segreti militari avevano avviato inchieste su 10.000 cittadini. Richard Nixon si era giustificato con la famosa frase: «È legale perché lo ha deciso il presidente».

I paladini di Bush hanno usato lo stesso argomento per controbattere ai suoi detrattori, in particolare ai democratici, insinuando che i critici facevano il gioco dei terroristi. «Il presidente pensa che, se i terroristi di al-Qaida chiamano qualcuno in America, nell'interesse della sicurezza nazionale, dobbiamo sapere chi e perché. Ma su questo alcuni democratici non sono d'accordo.» Firmato Karl Rove, l'uomo ombra di Bush. Messaggio semplicistico ma che funziona bene, come sanno anche gli esperti della propaganda mediatica. Nessuno ovviamente contesta il diritto dei servizi a indagare, purché nel rispetto della legge. I democratici si sono difesi bene proclamandosi a favore di qualunque misura possa proteggere l'America: non solo la sicurezza del Paese, ma anche i suoi valori.

Sulle attività dell'Nsa, il Senato ha avviato un'inchiesta.

In quest'atmosfera plumbea, una delle armi più efficaci utilizzate dai giornalisti è la satira. L'impertinenza. Lo scherno. I comici, che nei mesi successivi all'11 settembre avevano scelto il silenzio, ora si scagliano contro l'amministrazione repubblicana. Il *Daily Show* di Jon Stewart e il *Colbert Report* di Stephen Colbert, sul canale via cavo Comedy Central, e il *Real Time* di Bill Maher sulla Hbo sono falsi telegiornali che deridono il governo e i suoi protagonisti: Bush, Cheney e Rumsfeld. Una specie di *Striscia la notizia*, solo molto più graffiante con i politici.

L'umorismo, soprattutto quello nero, era stato bandito dai canali televisivi dopo gli attentati e Maher ci aveva rimesso il posto alla Abc, dove conduceva una trasmissione chiamata *Politically Incorrect*. Aveva osato commentare: «Tutto si può dire dei terroristi dell'11 settembre, ma non che fossero dei vigliacchi».

Di fronte all'arroganza e all'incompetenza del governo i comici ora si scatenano. Jon Stewart accoglie il senatore repubblicano John McCain con una semplice domanda: «Dick Cheney è completamente pazzo?». Colbert, invece, scimmiotta i tg della Fox, il canale filo-Bush di Rupert Murdoch. I fatti, spiega, devono essere chiaramente divisi in due categorie: il Bene e il Male e, afferma facendo il verso al presentatore di punta della Fox, Bill O'Reilly, «sono io che decido». Secondo Bill Maher: «Viviamo in un sistema politico totalmente bloccato che assomiglia sempre più alla classica e inadeguata famiglia americana. I democratici sono i genitori che non sanno cosa fare e non hanno alcuna autorità. I repubblicani sono i figli cresciuti senza alcun rispetto per le regole».

I falsi tg hanno più successo di quelli veri e i sondaggi rivelano che sono una delle principali fonti di informazione dei giovani. Stanno anche detronizzando i mostri sacri dei talk show, come David Letterman e Jay Leno. Jon Stewart è diventato un vero fenomeno sociale con il suo programma, costellato di finti reportage con inviati tanto speciali che parlano davanti a diapositive che rappresentano Baghdad, o New Orleans distrutta dall'uragano Katrina. Ma è anche la spia di una realtà politica che spaventa gli americani. «Il Paese è talmente diviso che è un vero miracolo se in duecento anni c'è stata una sola guerra civile» osserva, scherzando solo a metà.

Gli scoop sulle intercettazioni telefoniche e, prima ancora, sulla tortura e le detenzioni illegali, sono opera di un gruppo di giornalisti coraggiosi tra i quali il più famoso è senza dubbio Seymour Hersh del «New Yorker». Professionisti che fanno onore alla grande tradizione di indipendenza della stampa americana. Le loro rivelazioni rendono furiosa la Casa Bianca, tanto da farle decidere di punire i responsabili delle fughe di notizie. Chi decide di parlare con i giornalisti è chiamato *whistleblower,* letteralmente chi soffia nel fischietto per dare l'allarme. In genere si tratta di funzionari dell'amministrazione convinti che sia loro dovere denunciare le malefatte del governo. Le informazioni passate sottobanco possono essere utilizzate anche dai politici per manipolare l'opinione pubblica. Accadde nel caso delle «rivelazioni» fatte a Judith Miller sulle armi di distruzione di massa di Saddam Hussein. L'inviata più famosa del «New York Times» ha dovuto lasciare il giornale, ammettendo di essersi lasciata usare.

L'Fbi intanto ha minacciato di azioni legali chiunque metta in pericolo la sicurezza nazionale facendo trapelare notizie riservate. Il direttore del «New York Times», Bill Keller, ha commentato laconico: «Sembra che il governo sia pronto a dichiarare guerra in casa propria ai valori che vuole esportare in casa d'altri».

Nel suo libro *Scacco al potere,* Amy Goodman ha denunciato la collusione tra potere, cartelli del petrolio e grandi case editrici. Laureata a Harvard, giornalista pluripremiata, agguerrita e rigorosa, militante ma mai ideologica, fu definita «ostile» da Clinton in una famosa intervista del 2000, cosa che le attirò l'immediata attenzione dei progressisti americani. La sua regola professionale è: «Andare dove c'è il silenzio. Dar voce a coloro che sono stati dimenticati, abbandonati e schiacciati dai potenti».

Sono ospite della sua trasmissione *Democracy Now!*, il telegiornale di un'ora, trasmesso anche via radio e via Web, che festeggia i primi dieci anni di vita. Sono qui per parlare dell'Italia, dell'anomalia Berlusconi e della vittoria del centrosinistra. Ma subito dopo i ruoli si invertono e sono io a intervistare lei.

Secondo Amy Goodman, il risveglio della stampa è un fatto positivo, ma avviene con ritardo: le penne hanno cominciato a muoversi solo quando il fallimento dell'amministrazione è stato sotto gli occhi di tutti. «Quando il governo è indebolito, i giornalisti ritrovano il coraggio» spiega con disincanto.

La sede del programma non è lontana da Ground Zero, e le chiedo dove si trovasse l'11 settembre: «Eravamo qui e abbiamo continuato a lavorare senza sosta. La zona era stata evacuata, ma noi siamo rimasti. Sulla città regnava un'atmosfera di guerra. La gente però non chiedeva vendetta. Voleva spiegazioni, non rappresaglie».

Amy ha un viso acqua e sapone, quasi senza trucco, capelli neri a caschetto con qualche filo grigio, una giacca verde. Siamo nate nello stesso anno, a pochi giorni di distanza, e abbiamo un'altra cosa in comune: teniamo alla nostra indipendenza professionale. «Non sono qui per barattare la verità con la frequentazione del potere. La democrazia si nutre di buona informazione. Il modo migliore per influenzare la gente è controllare i mezzi di comunicazione di massa. Prima della guerra hanno svolto un ruolo cruciale, e negativo. Il "New York Times" per esempio, che dall'inizio ha appoggiato l'avventura irachena, ha dato il "la" a tutti gli altri. E le bugie dell'amministrazione hanno iniziato a vivere di vita propria perché sono state rilanciate senza alcuna verifica.»

In seguito il «New York Times» e la maggior parte dei giornali statunitensi hanno recitato il mea culpa.

Ma secondo Amy è stata la mobilitazione popolare che ha costretto i giornalisti a correggere il tiro: «I media on-line, i movimenti di contestazione su Internet: sono loro che hanno imposto un cambiamento di rotta».

L'uragano Katrina ha avuto un ruolo decisivo: «I cronisti non erano al soldo di nessuno e hanno raccontato quella storia dalla parte delle vittime, mostrando i morti e la devastazione. Hanno ricominciato a fare domande scomode e l'incompetenza di Bush è stata chiara a tutti».

Lo scollamento tra l'immagine che l'America vorrebbe avere di se stessa e quella che trasmette all'esterno è ben rappresentato da due fotogrammi, che secondo Amy resteranno impressi nella memoria collettiva: «Il crollo della statua di Saddam, è quella che gli americani conoscono meglio. Il prigioniero iracheno di Abu Ghraib con la testa incappucciata è invece la più conosciuta nel resto del mondo.» Questa differenza di prospettiva vale anche per gli Stati Uniti, ne è convinta: «La verità è che nemmeno quello che voi vedete di noi corrisponde alla realtà. Non c'è una maggioranza silenziosa: è imbavagliata, e la stampa tradizionale non le dà voce. È sia di destra sia di sinistra e sta finalmente reagendo».

Sulla terrazza di un ristorante della 2ª Avenue ci aspetta a cena uno degli americani che hanno reagito, un personaggio impossibile da classificare, Lewis Lapham. È un intellettuale elegante, raffinato e indignato. Ha appena chiesto ufficialmente che il presidente Bush venga messo in stato di accusa – un'azione di *impeachment* da parte del Congresso – per complotto contro il popolo americano. Lo ha fatto dalle colonne dell'autorevole rivista «Harper's», di cui da oltre trent'anni rappresenta una delle firme più prestigiose. «Forse la gente si aspetta troppo dal giornalismo: non solo vuole che diverta, ma anche che dica la verità» sostiene ironico.

Ci incontriamo da Elio's, un noto ristorante italiano, molto animato, nella grande tradizione della buona tavola di New York. Lewis ci attende a uno dei tavoli esterni con davanti un bicchiere di vino e un libro aperto, ma ci sediamo all'interno per stare più tranquilli. Sorprendentemente giovanile per i suoi settant'anni, capelli bianchi, slanciato, impeccabile nel suo abito blu, Lewis Lapham rappresenta l'America delle idee liberal. «Harper's», di cui ha appena lasciato la direzione, è una delle pubblicazioni più antiche degli Stati Uniti: il suo primo numero uscì nel giugno del 1850. Il mensile ha sempre difeso quelle che in Europa verrebbero definite opinioni di sinistra.

Nipote di un sindaco di San Francisco, pronipote di uno dei fondatori della Texaco, Lewis non ha mai risparmiato critiche all'amministrazione Bush. «Una guerra all'estero» ha dichiarato «è uno splendido lecca-lecca da infilare in bocca alla stampa quando comincia a rumoreggiare.» Secondo lui, si tratta soprattutto di difendere princìpi irrinunciabili di decenza e di onestà.

«Non vedo perché non dovremmo sfiduciare quel tipo» ci spiega, commentando il proprio appello a portare in giudizio il presidente. «Alla Casa Bianca abbiamo un ladro che si è impossessato del nome e della reputazione del nostro Paese per uso personale. Un bugiardo che ha cercato di farci sprofondare in uno stato di paura permanente. Un tele-evangelizzatore che ha lanciato gli Stati Uniti in un'infinita crociata contro il Male. Un imbroglione che ha sperperato le ricchezze della nazione, in un'avventura capace solo di procurarci nuovi nemici. In poche parole: un criminale armato e pericoloso» chiosa durissimo.

Toccherà al prossimo Congresso, che verrà eletto nel novembre del 2006, decidere se Bush dovrà essere perseguito per il modo in cui ha condotto gli affari dello Stato. È abbastanza improbabile che ciò accada in un Paese che si considera in guerra. Ma fino a quando in America ci saranno dei Lewis Lapham per denunciare errori e tracotanza dei potenti, questi non rimarranno del tutto impuniti.

Trascorriamo la nostra ultima serata newyorchese con Jane Kramer. Anche lei è una giornalista e lavora per il «New Yorker». Non ci potrebbe essere miglior epilogo per il nostro breve soggiorno in una città che sembra senza confini. Il

«New Yorker» rappresenta l'essenza di questa metropoli di cemento e di sogni, l'espressione perfetta del suo miscuglio di presunzione, empatia, eccentricità, eccessi.

Le copertine della rivista sono vere opere d'arte, piene di comicità e di tragedia. Dal 1925 illustrano la storia della Grande Mela, le mode, gli amori, le collere, ignorando preferibilmente tutto ciò che non la riguarda. Una delle più celebri è quella del 29 marzo 1976, che prende in giro il modo in cui i newyorchesi considerano il resto dell'umanità. Rappresenta alcuni isolati, tra la 9ª e la 10ª Avenue, con il fiume Hudson come linea di orizzonte. E oltre il fiume una striscia di deserto che finisce nel Pacifico. Questa immagine rende bene la sensazione che si prova sempre dopo aver trascorso qualche giorno a New York: quella di un universo che basta a se stesso, dove tutti i popoli del Pianeta si danno appuntamento per dimenticare che il mondo esiste. Ma ogni tanto, le bufere colpiscono anche gli abitanti di questa città, protetta dalle muraglie di grattacieli ma battuta dalle tempeste che l'oceano le riversa addosso.

Un'altra straordinaria copertina fu quella per l'11 settembre 2001: due torri nere che si distinguono appena su uno sfondo blu notte. Un segno di lutto per le Torri Gemelle abbattute. Per un sogno violato. Una preghiera silenziosa, un omaggio discreto e composto.

«Gli attentati non hanno fatto perdere la testa ai newyorchesi» mi garantisce Jane. «Ma la nostra tragedia è stata subito sfruttata per fini politici. Da qualcosa per cui bisognava piangere siamo passati a qualcosa per cui bisognava combattere. Invece di esprimere il nostro dolore con bandiere nere l'abbiamo fatto con la bandiera a stelle e strisce.»

Il «New Yorker» da allora si è lanciato nella battaglia per la verità e la giustizia. La rivista e le sue grandi firme come Seymour Hersh, George Packer, Jane Meyer sono diventati una spina nel fianco del governo. Dal complotto dei neoconservatori alle torture di Abu Ghraib, dalle manipolazioni dell'intelligence alle deportazioni segrete, hanno denunciato le pratiche di un potere fuori controllo.

Jane ha invitato una ventina di amici per una cena messicana, che ha preparato lei stessa nel suo appartamento con vista su Central Park. C'è anche l'attore Ben Gazzara, affascinante dal vivo quanto sullo schermo. È un po' preoccupato perché recita a Broadway e ha perso la voce. Il titolo dello spettacolo è *Awake and Sing* (*Svegliati e canta*). Premonitore?

Jane è una donna acuta e piena di vita, attaccata in modo viscerale al mestiere che ha scelto. «Una dissidenza ovviamente c'è» mi confida «ma non è organizzata. La gente ha paura e gli intellettuali non contano. Si esprimono, criticano ma non hanno alcun impatto sul potere.»

Eppure per questa figlia di immigrati, i cui genitori sono sfuggiti all'odio antisemita in Europa, gli Stati Uniti sono davvero quel porto di libertà e di tolleranza di cui parlano i libri di storia. Anche se oggi facciamo fatica a riconoscerli per l'ottusa sufficienza di un presidente senza immaginazione e senza gloria.

«Adoro il mio Paese, ne ho bisogno. Ne sono innamorata, ecco perché soffro per quello che gli sta succedendo.»

«È la fine di un impero?»

Jane esita un attimo.

«Roma brucia? Forse, ma dalle rovine e dalla cenere può rinascere la fenice.»

Capitolo 8

LAPIDI E MONITOR

A BBIAMO LASCIATO NEW YORK con più domande che risposte. Siamo ansiosi di proseguire il nostro viaggio nella nuova America che si sta delineando.

Prendiamo un treno per Boston. Jacques ci è già stato, io no, e sono curiosa di scoprirla: è il luogo storico dove la repubblica americana ha mosso i primi passi. Nelle stradine del quartiere di Cambridge e dietro le facciate di mattoni a vista delle case si può ritrovare l'«America antica» che conosce ormai più di quattro secoli di storia. Abbiamo già fissato gli appuntamenti con alcuni professori di Harvard e del Mit, il Massachusetts Institute of Technology, rispettivamente la prima e la seconda università più prestigiosa del mondo. Boston e la regione circostante, con il loro centinaio di istituzioni di istruzione superiore, raccolgono un'enorme quantità di materia grigia. Harvard è l'ateneo più antico degli Stati Uniti – nato nel 1636 – ed è anche uno dei più ricchi, con fondi per oltre 25 miliardi di dollari provenienti da donazioni, lasciti, sovvenzioni private. Denaro investito per perseguire l'eccellenza accademica. Così l'anno scorso la Harvard Business School ha raccolto la cifra record di 600 milioni di dollari con i contributi di 22.000 ex allievi.

Il nostro albergo si affaccia sul Charles, il corso d'acqua che separa la Boston propriamente detta da Cambridge, il quartiere universitario. Osservo le squadre di canottaggio che scivolano sulle acque tranquille del fiume. Non sarebbe male raggiungerli. Jacques era campione di canottaggio all'università e ancora oggi pratica questo sport. Molto elegante ma anche complesso: richiede un coordinamento impeccabile di tutti i movimenti del corpo. Se si è in due, ovviamente, la difficoltà raddoppia. L'ho scoperto a mie spese quando Jacques ha deciso di insegnarmelo: imparare uno sport dal proprio marito è una dura prova. Se non si divorzia sulla barca da canottaggio, non si divorzia più. Noi ce l'abbiamo fatta, per il momento.

Purtroppo non c'è tempo oggi, nemmeno per unirsi ai corridori e ai ciclisti che si allenano sulle rive. *Mens sana in corpore sano*: ho l'impressione che qui tutti cerchino di mettere in pratica il precetto di Giovenale. Siamo ben lontani dalla frenesia di New York: Boston è rinomata per il bon ton, oltre che per i suoi cervelli. Ha avuto molti soprannomi: «l'Atene d'America» per la sua influenza intellettuale, «la città della puritana» per i Padri pellegrini che la fondarono nel 1630, «la culla della libertà» per il suo ruolo nella Rivoluzione americana. Il resto del Paese talvolta prende in giro i bostoniani chiamandoli i *Boston brahmins*, riferendosi ai bramini, la casta sacerdotale nel sistema sociale indiano. Quando Lewis e Clark partirono per esplorare l'America, la città contava già 25.000 abitanti e dal suo porto, uno dei più attivi del mondo, partivano ingenti carichi di una delle primissime risorse commerciali del continente: il tabacco. Oggi è abitata da 600.000 persone, in maggioranza bianche, che diventano quasi sei milioni nella cintura metropolitana.

Non ho avuto tempo di fare grandi passeggiate a New York e sono ben decisa a colmare questa lacuna. Approfittiamo del bel tempo per calcare le orme di chi ha fatto la storia d'America. Quando nel settembre del 1630 i coloni inglesi arrivarono a bordo di 16 navi, la regione era già nota alle comunità che cercavano di rifarsi una vita nel Nuovo Mondo.

Una piccola confraternita di quelli che si definivano «pellegrini» si era insediata da dieci anni a Plymouth, alcune decine di chilometri più a sud, lungo la costa atlantica. Erano i protagonisti della famosa avventura del *Mayflower*, prima tappa della colonizzazione intrapresa dal gruppo dei «puritani», in fuga da un'Europa lacerata dalle guerre di religione. All'epoca le colonie erano innanzitutto imprese commerciali. Si partiva alla ventura sia per difendere le proprie convinzioni religiose sia per arricchirsi. Plymouth fu il primo tentativo riuscito di insediamento, e Boston divenne una delle comunità più importanti dell'epoca: il cuore pulsante della terra ribattezzata New England.

Nel XVI e nel XVII secolo i puritani fuoriusciti dalla Chiesa d'Inghilterra ne condannavano la ricchezza, la liturgia e la gerarchia. Si presentavano come i difensori di un'interpretazione più rigorosa della Bibbia, nel rispetto degli insegnamenti di austerità delle Sacre Scritture. Sotto la guida di Oliver Cromwell, nel 1649 misero a morte il re Carlo I e dichiararono la Gran Bretagna una repubblica. Ma con la restaurazione della monarchia nel 1660 molti di loro dovettero fuggire. Tra le mete, la costa nord-atlantica americana.

Chi considera gli Stati Uniti un Paese senza storia dovrebbe visitare i cimiteri di Boston. Cartina alla mano, conduco Jacques nel più antico della città, su Tremont Street. È un piccolo spazio ombroso, recintato, accanto alla King's Chapel. Dall'erba spuntano alcune lapidi inclinate: con il tempo hanno perso il loro perfetto allineamento e alcune sembrano pronte ad arrendersi, dopo aver montato la guardia per quasi quattro secoli. In questo fazzoletto di terra, che era un orto di proprietà di Isaac Johnson, il primo a esservi seppellito nel 1630, le stele grigie si leggono come le pagine di un libro di avventure. Al centro mi fermo a osservare quella di Mary Chilton: morta nel 1679. Scoprirò che era arrivata nel 1620, all'età di dodici anni, a bordo del *Mayflower*. Fu la prima donna a calpestare il suolo di Plymouth e nel 1627 sposò John Winslow, con cui ebbe dieci figli. Nel 1653 la famiglia si trasferì a Boston dove fece fortuna. Una storia americana. Accanto a me due turisti commentano le date incise sulla lapide. Sally viene dal Midwest e fa l'editrice, Mark dal Texas dove insegna economia. «Ho visto cose molto più antiche in Europa, ma trovare una tomba del Seicento in America mi ha comunque impressionato» esordisce lei.

Suggerisco che questa è la dimostrazione delle nostre radici comuni: veniamo tutti dal Vecchio Continente. «Storicamente è corretto. Ma ho l'impressione che noi non siamo mai stati così lontani dalla realtà come oggi; e quindi distanti da voi europei.» Non si riferisce solo alla guerra in Iraq: «Forse ormai siamo troppo diversi, noi proiettati verso un mondo ipertecnologico, voi più refrattari ai cambiamenti. Siete più saggi ma anche più statici». Ci auguriamo a vicenda che le due realtà possano incontrarsi. Per il bene di tutti.

Un po' più avanti lungo Tremont Street, trascino Jacques in un altro cimitero, più grande, il Granary. Sto cercando una tomba molto particolare. So solo che si trova accanto a quella di Samuel Adams, uno dei Padri fondatori dell'America, uno dei firmatari della Dichiarazione di indipendenza. Dopo qualche tentativo a vuoto la trovo e leggo i nomi che vi sono scolpiti: SAMUEL GRAY, SAMUEL MAVERICK, JAMES CALDWELL, CRISPUS ATTUCKS e PATRICK CARR. Sono i cinque coloni uccisi dai soldati inglesi nel massacro di Boston, il 5 marzo 1770. Molti americani considerano questo incidente come l'inizio della rivolta contro la madrepatria e la sua politica tirannica, rappresentata dalla presenza permanente delle «giubbe rosse». Aprì la strada alla Rivoluzione cominciata nel 1775, alla Dichiarazione di indipendenza del 1776 e al Trattato di Parigi, che nel 1783 sancì la fine della guerra e il riconoscimento da parte dell'Inghilterra dell'indipendenza di 13 colonie americane.

Il mio giro per le dimore ultime di Boston si conclude a Copp's Hill. Jacques protesta rumorosamente e minaccia di abbandonarmi se insisto nel mio morboso progetto di visitare tutte le necropoli degli Stati Uniti. Ha voglia di una birra e gli piacerebbe approfittare di questo raro momento di tregua in un viaggio a dir poco frenetico. Ammette tuttavia che il memoriale di Copp's Hill, che si trova in cima a un'altura nella zona settentrionale della città, merita una visita: ha un significato particolare. È da qui infatti che nel giugno del 1775 l'artiglieria britannica bombardò i rivoluzionari americani che assediavano Boston. La «battaglia di Bunker Hill» fu lo scontro più sanguinoso della Rivoluzione. Alla fine ebbero la meglio i «lealisti» e i «regolari» che combattevano sotto la bandiera di Londra. Tuttavia un generale inglese dell'epoca, Henry Clinton, pronunciò una frase profetica: «Ancora qualche altra vittoria così, e potremo dire addio ai nostri possedimenti in America».

Jacques è infine riuscito a sedersi davanti a un bicchiere della sua birra preferita, la Samuel Adams. Insiste nel dire che una nave ancorata nel porto, e di cui distinguiamo il profilo, è una delle tre imbarcazioni assalite durante il famoso «Boston Tea Party», uno degli eventi più celebri fra quelli che portarono alla Rivoluzione. Nel dicembre del 1773, i Figli della Libertà, un movimento clandestino di nazionalisti americani, gettarono in mare interi carichi di tè per protestare contro la tassa imposta dai britannici su quella preziosa derrata.

Decido di chiedere lumi alla cameriera del bar, una robusta ragazza bionda che rapida mi risponde: «È la *Uss Constitution* e all'epoca non era ancora stata costruita. È una delle principali attrazioni turistiche della città» aggiunge con una certa ironia.

Deluso, Jacques si immerge nella lettura della guida e mi racconta la storia di quel famoso tre alberi, la più vecchia nave al mondo ancora galleggiante. Lunga 60 metri, fu varata a Boston alla fine del XVIII secolo. È perfettamente conservata, e la sua chiglia di legno nero levigata e lucente sembra pronta a prendere il largo. In realtà, la fregata è stata mandata in pensione dopo un secolo di leali servigi. Da allora è stata più volte salvata dalla distruzione per iniziativa popolare: nostalgici della marina a vela, storici dilettanti e semplici cittadini si sono mobilitati per finanziare il suo restauro. Fino a quando è intervenuto lo Stato a dichiarare la *Uss Constitution* patrimonio storico.

Al contrario di ciò che pensa la maggior parte della gente, gli americani tengono moltissimo alla loro storia nazionale, tanto breve quanto intensa.

Con aria un po' disorientata chiediamo a un poliziotto, volto abbronzato e Ray-Ban d'ordinanza, dove si trova il Sanders Theatre. «Da dove venite?» ci domanda con un largo sorriso. Poi ci mostra la strada. «Sempre dritti» e indica un giardino in cui troneggia una statua: un uomo seduto, con la testa leggermente inclinata, sembra guardare con indulgenza le centinaia di studenti che passano davanti a lui. Il suo nome è John Harvard, fondatore dell'omonimo college.

Percorriamo il sentiero ombroso, costeggiato da vecchi edifici di mattoni rossi, ricoperti dalla patina del tempo. Harvard ospita 2300 professori e 20.000 studenti. La biblioteca è tra le più ricche del mondo con oltre 15 milioni di volumi.

Richard Nixon diffidava della più prestigiosa scuola americana. Pensava fosse un covo di comunisti e l'aveva ribattezzata «il Cremlino sul Charles». George W. Bush ha frequentato qui un master in Business Administration, ma a quanto pare l'esposizione alle idee liberal è stata del tutto insufficiente. L'attuale inquilino della Casa Bianca non ha lasciato un buon ricordo: un sondaggio realizzato nel 2004 dal giornale dell'università, l'«Harvard Crimson», rivelava che solo il 19 per cento degli studenti avrebbe votato per lui, mentre il 73 appoggiava il suo rivale, John Kerry.

Il Sanders Theatre si trova nel cuore dell'ateneo. L'anfiteatro, dove presero la parola personaggi illustri come Churchill, Roosevelt, Martin Luther King, Gorbaciov, è maestoso: rivestimenti di legno antico, cuoio scuro per le panchine che possono ospitare oltre mille persone. Qui tutta l'élite americana è venuta a consumare il fondo dei calzoni. Famoso per la sua straordinaria acustica, il teatro è ancora oggi sede di grandi concerti e conferenze affollate. Studenti di ogni colore cominciano a riempire le gradinate. Sul palco un giovane professore, scuro di capelli e slanciato, si prepara collegando il computer a un grande schermo sul quale proietterà le diapositive. Attorno a noi è tutto un brusio, come una music hall prima che si alzi il sipario. Ci sono molte ragazze, in minigonne o pantaloni, i piedi nudi nelle infradito e corredate di pc portatile per prendere appunti. Due statue di marmo montano di guardia ai lati del palcoscenico, severe, ma non sembrano impressionare la gioventù che ha preso possesso del luogo. Gli iscritti al corso, il più popolare di tutto l'ateneo, sono 855. Theresa, minuta, pelle ambrata, un caschetto di capelli ricci e neri, mi spiega perché: «Il professore ci insegna a essere felici». «È quasi una terapia, è fantastico!» le fa eco Cherie, nata a Hong Kong, cresciuta in Arabia Saudita e come tanti giovani recentemente approdata a Harvard grazie a una borsa di studio.

La sala è ormai piena e Tal Ben-Shahar può cominciare. Il successo del suo programma, giunto alla seconda settimana, è in continua crescita. Insegnare la felicità, e soprattutto la felicità in amore, lo ha fatto diventare una specie di guru. Il corso si chiama semplicemente «Psicologia positiva» e in questo caso è una sorta di vademecum per adolescenti, una ricetta per entrare nell'età adulta senza farsi troppo male. E per mettere in prospettiva il successo e il suo significato, in una società che lo considera principalmente sinonimo di accumulazione di ricchezze.

Il professore parla con voce pacata e nella sala scende il silenzio: bisogna tendere l'orecchio per sentirlo. Stamattina si parla di rapporti di coppia. Siamo seduti a poche file di distanza e intorno a me le studentesse, più attente dei colleghi maschi, iniziano a prendere appunti. «Insistere su ciò che è positivo ma non ignorare ciò che è negativo» dice per entrare in argomento. Ribadisce la necessità di non dare mai per scontati gli altri e soprattutto «l'altro». Cita lo scrittore Mark Twain: «Posso vivere due mesi con un buon complimento».

Mostra poi alcune scene sentimentali, tratte da due film rispettivamente con Woody Allen e con Jack Nicholson. «L'amore non sono solo i gesti» commenta. «L'amore comincia dove finisce il cinema. Per costruire una coppia felice ci vogliono comprensione reciproca, affetto, empatia. Ma anche pazienza e capacità di porre l'accento sulle cose che funzionano invece che su ciò che ci disturba.» Il professore non lesina aneddoti personali: racconta per esempio di come, dopo una giornata difficile, è tornato a casa e ha parlato delle sue preoccupazioni alla moglie, per poi finire la discussione a letto. Gli studenti ridacchiano e poi esplodono in un fragoroso applauso. Lui sorride sornione e poi sentenzia: «L'intimità è cruciale per alimentare la passione».

Per due ore dispensa consigli che mi sembrano ovvietà, ma le ragazze ascoltano beate, vedendo schiudersi davanti a sé le porte di amori senza problemi, di relazioni stabili, di tempeste affettive superate grazie ai salvagente del professor Ben-Shahar. «Stare insieme significa agire insieme»; «farsi conoscere dall'altro invece che farsi approvare dall'altro»; «esprimere invece che impressionare»; «l'amore vive nei dettagli»; «imparate a fallire, ma non fallite mai nell'imparare», e *last but not least*: «le coppie felici durano più a lungo!».

Nella serie di regole da seguire, ce n'è una di platino: «Non fate a voi stessi ciò che non fareste ad altri». E una di titanio: «Non fate ai vostri cari quello che non fareste agli estranei». In poche parole: «Siate voi stessi» e «*Just do it*», dice alla fine della presentazione, riprendendo il celebre slogan della Nike.

Gli studenti applaudono, chiudono i computer, lasciano lentamente il teatro con le orecchie ancora piene delle sue raccomandazioni. Ben-Shahar si pone a un crocevia tra morale ed educazione sentimentale, tra sermone religioso e comizio. E funziona.

Ai piedi del palco si è raccolto un gruppetto di ammiratori, mi avvicino a una ragazza bruna anche lei entusiasta. Si chiama Bora, è albanese e studia psicologia. È arrivata a Harvard da Tirana tre anni fa, con una borsa di studio. Un bel salto. «Rappresento il classico sogno americano» annuncia fiera. Per poi esprimersi sul programma: «Questo corso ha cambiato la mia vita. Mi ha fatto capire cose che prima non vedevo. Il professore ci svela la vulnerabilità degli esseri umani. Ha un grande ascendente su di noi» aggiunge «e i suoi insegnamenti continueranno ad accompagnarci per tutta la vita».

Ritroviamo Tal in una caffetteria del campus. È israeliano, veterano dell'esercito, ha trentacinque anni e una volta completati gli studi a Harvard ha deciso di rimanerci. Vive a Cambridge con la moglie, anche lei israeliana, e il figlio appena nato. Jacques e io abbiamo ordinato sushi, mentre il professore addenta un trancio di pizza. È una persona aperta e diretta. «Sono a favore della guerra in Iraq» mi dice, sottolineando il fatto di trovarsi in minoranza nell'ambiente accademico americano. «Credo che il maggior pericolo per noi sia il fondamentalismo islamico.» Appoggia Bush e avrebbe votato per lui se avesse potuto. «L'America è il Paese delle seconde opportunità e anche Bush ne merita una.»

Poi parliamo del corso. È convinto che il suo successo sia da attribuire alla difficoltà per gli studenti di trovare la loro strada in una società ormai completamente materialista. È naturale che cerchino alternative.

«I giovani vengono ingannati. Dapprima pensano che il benessere materiale possa renderli felici. Poi capiscono che non è vero, e si sentono smarriti. Secondo un recente studio, il 45 per cento degli studenti in America soffre di depressione e il 94 si sente sopraffatto dalle difficoltà della vita.» Cifre impressionanti che indicano un malessere crescente in generazioni sempre più soffocate da una competitività senza tregua. «Io insegno che la felicità è uno stato d'animo, e che non ha nulla a che fare con il conto in banca.»

Tal rifiuta di considerarsi una guida spirituale. Il suo programma è una sintesi tra teorie scientifiche, buonsenso e osservazione dei comportamenti umani: «Negli Stati Uniti esiste un grande mercato della felicità che ha tutte le ricette per l'autosuggestione, l'autosoddisfazione, l'autogratificazione: è quella che io chiamo psicologia pop. E poi ci sono studi serissimi che nessuno legge e divulga. Quindi, ciò che è divertente non è serio e ciò che è serio non interessa a nessuno. Io cerco di creare un ponte tra le torri d'avorio del sapere e il grande pubblico. Senza rinunciare al rigore dello studio e della ricerca. Alle mie lezioni ci si diverte seriamente. È questa la mia ricetta».

Riconosce che c'è una dimensione politica, ma non ritiene di essere un oppositore del sistema. Al contrario, non ha nulla contro i princìpi del capitalismo e dell'economia liberista. Ma secondo lui, quando i giovani scelgono la propria strada, devono avere in mano tutti gli elementi per giudicare.

Più in generale, Tal rivolge alla società americana lo sguardo lucido di chi proviene da una regione in cui la felicità e il benessere sono concetti molto relativi e fugaci. «Gli adolescenti americani sono gli eredi privilegiati di generazioni di diseredati. I loro genitori e i loro nonni hanno dovuto affrontare grandi sacrifici. Ma hanno imparato chi erano e quanto valevano. Oggi che "ce l'hanno fatta", non vogliono che ai propri figli tocchino le stesse fatiche. E hanno torto: li privano della loro battaglia per la vita. È un fallimento della società nel suo complesso e i genitori ne sono complici.»

«E lei è felice?» gli chiedo a bruciapelo.

«So di essere più felice di dieci anni fa e spero che tra altri dieci lo sarò ancora di più» mi risponde Tal: molto abile a eludere la domanda.

Meno materialismo quindi farebbe bene all'anima, ci dice il nuovo saggio di Harvard, e la corsa al guadagno non garantisce la felicità. È un messaggio vecchio quanto il mondo, ma probabilmente è bene ripeterlo a ogni generazione. E poi ciascuno deciderà che farne.

Non lontano dal palco sul quale Tal dispensa le sue perle di saggezza, qualcun altro si è interrogato sui rapporti tra società e denaro, ma con un taglio del tutto diverso. Il professor Andrew Lo ha studiato il grande arbitro, forza neutrale e onnipotente, giudice supremo, severo ma giusto: il mercato. Senza mercato niente capitalismo, niente profitto e nessun alibi per mirabolanti ricchezze spesso di dubbia provenienza. Ma anche niente derive, eccessi e crimini come quelli di cui ci parlava Dan Reingold, il pentito di Wall Street.

Quando apriamo la porta del suo piccolo ufficio, Andrew Lo è seduto davanti agli schermi di due computer. Sul muro di fronte è appesa una lavagna, costellata di segni e formule per me incomprensibili. La stanza è luminosa, le finestre danno sul fiume Charles. Le pareti sono tappezzate di libri, come è giusto che sia nello studio di uno dei ricercatori più importanti del celebre Mit. Andrew, in jeans e scarpe da tennis, un volto rotondo dietro occhiali ugualmente rotondi, ci invita a sederci. È uno specialista di neurofinanza. Ci spiega cosa significa: «Le transazioni finanziarie sono dominate dall'idea dell'efficienza del mercato. L'analisi economica tradizionale presuppone quindi che gli attori agiscano in modo razionale. Cercano di massimizzare i guadagni, basandosi su dati di fatto: un approccio che non lascia spazio all'emotività. Ma i modelli matematici classici faticano a spiegare la volatilità dei mercati finanziari, anzi non ci riescono proprio. Non hanno chiarito, ad esempio, i perché della bolla speculativa della Borsa negli anni della grande euforia della New Economy. La mia nuova teoria vuole conciliare l'approccio puramente statistico con i progressi della psicologia comportamentale, che hanno rivelato quanto siamo condizionati dalle nostre paure, dai desideri, dalla sete di denaro».

In uno dei suoi esperimenti, il professor Lo ha applicato degli elettrodi a un gruppo di dieci broker, per misurarne i diversi parametri rivelatori di emozioni durante le transazioni finanziarie: la sudorazione, il battito cardiaco, la pressione sanguigna. Registravano grandi sbalzi in coincidenza di grandi variazioni dei prezzi. Ha così evidenziato come tutti, al momento di decidere, rivelassero segni di un'intensa attività emotiva, da cui dipendeva la loro efficienza. La sola differenza tra broker navigati e principianti è che i primi ritrovano la calma più rapidamente. Grazie a questi esperimenti di laboratorio, in futuro si potrà capire chi è più adatto per questo tipo di lavoro.

«Una buona operazione finanziaria quindi presuppone un coinvolgimento emotivo» conclude il professore.

La sua vita ha qualcosa di romanzesco: nato a Hong Kong, e vissuto a Taiwan fino all'età di cinque anni. Poi sua madre è venuta ad allevare, da sola, i tre figli negli Stati Uniti, lavorando senza tregua per poterli mandare a scuola. Andrew è cresciuto nel Bronx, e ha capito presto che solo un'adeguata istruzione poteva salvarlo dalla miseria. Il resto della sua storia si può leggere come l'impeccabile percorso di una persona dalle doti non comuni: Yale, Harvard, Wharton, Mit... Non ha ancora compiuto cinquant'anni ed è una delle menti più brillanti della sua generazione. E non si fa scrupolo di condurre ricerche che molti dei suoi colleghi considerano decisamente poco ortodosse.

«È un campo di studi e di sperimentazioni nuovo, non ancora riconosciuto da tutti» ammette.

Dichiara senza remore che le sue ricerche hanno ormai assunto una dimensione politica: rimettono infatti in discussione una regola aurea del capitalismo. Il mercato sarebbe lo strumento regolatore per eccellenza, capace di garantire la migliore distribuzione possibile delle risorse. «Il mercato non è razionale, è adattabile. Questo deve cambiare la lettura che ne diamo: per ora è il sistema più stabile, ma non è né l'unico né l'ultimo. I dinosauri sono vissuti per 100 milioni di anni e poi sono scomparsi. Il capitalismo è semplicemente una tappa nell'evoluzione e oggi ha raggiunto i suoi limiti, in particolare nella suddivisione della ricchezza. Quando ci sono troppe disparità nel mondo, si creano le condizioni per aggravare le tensioni, aprendo la porta anche al terrorismo. E la guerra non è la risposta.»

Non immaginavo che al Mit, nota fucina di geniali analisti fedeli all'economia ultraliberista, avrei trovato un paladino della giustizia sociale e dello sviluppo sostenibile.

Prima di salutarci, il professor Lo ci racconta un aneddoto. L'11 settembre 2001 avrebbe dovuto essere a New York, invitato con altri colleghi a una conferenza nel luogo eretto a gloria del capitalismo trionfante, il World Trade Center. Ma il giorno prima aveva deciso di rimanere a Boston per non deludere i suoi studenti. I suoi compagni di lavoro non sono più tornati. Gli chiedo se crede nei miracoli.

«Si tratta di un puro caso» mi assicura. «Dio non c'entra niente.»

Per incontrare un'altra delle «avanguardie», Daniel Weinberger, siamo andati a stanarlo nella sua casa del quartiere residenziale di Brookline. Dove è connesso con il mondo intero.

Ci apre la porta e ci squadra. Aria trasandata, leggo sul suo volto un profondo stupore e, fatte le presentazioni, è costretto a confessare: aveva completamente dimenticato il nostro appuntamento. La figlia sta preparando la valigia nell'ingresso e avanziamo tra i vestiti sparsi per terra. Ci sediamo in cucina, davanti a un succo di frutta servito in mezzo alle tazze della prima colazione, pezzi di pane, un libro di ricette per la Pasqua ebraica. Parlare di disordine sarebbe un eufemismo, ma come potrebbe essere altrimenti nel rifugio di un uomo che vive nell'etereo universo della Rete?

«L'economia e la politica hanno visto in Internet solo un altro mezzo di comunicazione come la tv, un'estensione delle loro attività. Ma oggi è chiaro che siamo andati oltre: sta cambiando tutto» inizia Weinberger, consacrato ormai come il «Marshall McLuhan di Internet». Filosofo, ha cominciato negli anni Settanta come autore cinematografico, lavorando anche per Woody Allen. Poi si è dedicato interamente a studiare il cyberspazio, creando tra l'altro il primo software per la pubblicazione elettronica dei documenti. Nel 1999 è stato coautore del fondamentale *Cluetrain Manifesto*, dalle tesi rivoluzionarie. Il Web, sosteneva, è uno strumento di dialogo «orizzontale» e non più verticale. Mette fine ai tempi in cui i contenuti venivano comunicati gerarchicamente dall'alto a utenti passivi. Lungimirante. Tutto questo avveniva prima dell'avvento dei blog e della banda larga, della convergenza tra computer e telefonia. Oggi insegna a Harvard, scrive saggi pubblicati anche in Italia, gestisce tre blog, collabora con i principali quotidiani e riviste. E crede che la democrazia si riorganizzerà intorno a Internet.

«Per la maggior parte delle persone, è un modo per parlare delle cose che contano: creano reti sociali e si informano in modo critico. È una reazione alla generazione della televisione e alla sua retorica, percepita come manipolatrice, falsa e noiosa. I mass media tradizionali vengono ormai vissuti come macchine per creare consenso, o per vendere prodotti. Internet invece cambia i comportamenti.»

Daniel Weinberger non è affatto solo in questo universo. Secondo le statistiche più recenti, la Rete è utilizzata da oltre 200 milioni di americani: la quasi totalità degli adolescenti e degli adulti nel Paese. E in tutto il Pianeta gli utenti sono un miliardo. «C'è una generazione cresciuta con il Web, che ha già risposto alla domanda fondamentale su come si trasforma il concetto di autorità nell'era di Internet.»

Cita l'esempio di Wikipedia, l'enciclopedia on-line. Tutti possono partecipare alla sua redazione e discuterne gli articoli. Viene segnalato quando il lavoro è incompleto o il contenuto controverso. «Il sapere e dunque la "verità" vengono corretti e aggiornati continuamente, al contrario di quello che succede con un'enciclopedia tradizionale che fissa la conoscenza nel tempo. E che, per affermare il proprio ruolo di indiscutibile fonte di conoscenza, si basa sull'autorità.»

Internet ha cambiato anche la vita personale di Daniel. «I miei scambi sociali e intellettuali si svolgono ormai perlopiù sul Web. Lì ho amici di tutto il mondo. Per me che sono un timido, è una vera rivoluzione.»

Però Weinberger non se ne serve solo per arricchire la sua agendina di indirizzi. È famoso per la sua riflessione sull'uso della Rete in politica «per generare movimenti che appartengano davvero alla gente, dove l'organizzazione autonoma porta a risultati inattesi. Si tratta di una sfida diretta alla politica tradizionale, che invece ha come massima ambizione il controllo del messaggio e la possibilità di nascondere i propri errori». Secondo lui, è da qui che arriverà il rinnovamento di cui gli Stati Uniti hanno bisogno. E lo dice con cognizione di causa.

È stato infatti il consigliere di Howard Dean, il candidato democratico alla nomination presidenziale sconfitto nel 2003 da John Kerry. «All'inizio non era nessuno, ma grazie a un uso sapiente del cyberspazio è riuscito a passare da 432 sostenitori a oltre 650.000 nel giro di dieci mesi. È diventato il candidato numero uno di un gruppo di nove democratici e ha conquistato le copertine dei grandi giornali» spiega entusiasta Daniel. «Inoltre, attraverso Internet, Dean era riuscito a raccogliere oltre 40 milioni di dollari, che arrivavano soprattutto dai piccoli contributi di centinaia di migliaia di fan. Questo significava poter fare a meno dell'elemosina dei soliti lobbisti potenti, e godere di un'enorme libertà di parola.» Attraverso i blog, Weinberger aveva elaborato un network di cittadini che potevano discutere e proporre idee in piena libertà. Grazie al sito MeetUp.com organizzavano incontri in ristoranti e locali delle loro città. Mettendo così in un angolo la politica «telecomunicativa», che adotta le tecniche tipiche del marketing: «Vendere un candidato come un prodotto uccide la democrazia» afferma convinto. «La gente si sente estranea a questa logica che uccide l'onestà. Non c'è da stupirsi se oltre la metà degli americani non va a votare.» Howard Dean non ha vinto, ma Weinberger è sicuro che il metodo fosse giusto. L'unica possibilità di salvare i democratici dall'abbrutimento mediatico che accompagna tutte le campagne elettorali.

Attribuisce la sconfitta di Dean, ironicamente, alla straordinaria rivincita della televisione nei confronti di quel candidato fuori dal comune. Weinberger ricorda l'episodio dell'«urlo»: nel concludere un discorso, Dean aveva lanciato un grido che lo aveva fatto sembrare una specie di invasato. In realtà, l'«urlo» era stato registrato mentre cercava di sovrastare le voci dei suoi sostenitori durante un comizio. Utilizzato fuori dal contesto, passato e ripassato sui canali dei network, ha dato l'impressione di una persona incapace di controllarsi.

Secondo David, il tempo dimostrerà quanto il Web sia indispensabile. «Persino i giornali più sofisticati hanno ormai la mania della ipersemplificazione. Ma la Rete restituisce la complessità delle cose, e permette di esprimere le sfumature perché apre la porta alle diverse opinioni. Che ci piaccia o no, la verità è sfaccettata» conclude.

E giura che nel 2008 Internet sarà l'arma più importante della battaglia elettorale.

CAPITOLO 9

GLI ANARCHICI DI CHICAGO

SULLA NORTH MICHIGAN AVENUE, il fiume Chicago è attraversato dal ponte del Wrigley Building. Ho scolpita nella memoria l'immagine di una chiatta incastrata nell'ansa che il canale crea in questo punto. Non posso certo essermela inventata: sono sicura di averla vista da qualche parte, una foto in bianco e nero in un libro di storia o in un'enciclopedia. Però appena arrivata, appoggiandomi al parapetto del ponte, mi aspetto di rivedere quel pesante barcone, pieno di carbone o di grano, pronto a liberarsi per finire il suo viaggio sulle acque tranquille del lago Michigan.

Nel 1993 avevo fatto lo stesso pellegrinaggio. Ero qui per sostenere una serie di colloqui alla University of Chicago, che avrebbe completato il dossier della mia candidatura – andata poi in porto – alla William Benton Fellowship, una delle borse di studio più prestigiose nel campo del giornalismo. A segnalarmela era stata la mia amica Jackie Leyden, bravissima collega della Npr, la radio pubblica americana, che inoltre mi ospitò e mi portò a fare shopping. È ambientato a Chicago uno dei ricordi più frivoli di quel mio viaggio. Qui comprai i miei primi autentici stivali da cowboy, in un megastore che era una vera e propria cattedrale consacrata a questo genere di calzature. Stivali non solo di ogni colore, materiale e taglia, ma modellati sui diversi tipi di piede:

con la pianta più larga o più stretta, per dita più lunghe o più tozze. Ne provai decine di paia. Alla fine quelli che scelsi erano in serpente, ma almeno in nero; Jackie li comprò in marrone con intarsi rosa. Comunque erano comodissimi e li sfoggiai per diverso tempo.

Ora, 13 anni dopo, sono tornata nella patria dell'architettura moderna di Mies van der Rohe e Frank Lloyd Wright. Nella terra natia di Hemingway e dei Blues Brothers, ma anche del proibizionismo e di Al Capone. E dei Chicago Boys, la scuola ultraliberista della fine degli anni Sessanta capeggiata da Milton Friedman, che tanto peso ha avuto nella storia economica americana.

Un'aria di vacanza avvolge la città, il secondo polo produttivo e finanziario del Paese subito dietro New York. Sarà forse l'influenza del lago, ma mentre il nostro taxi ne costeggia le rive, ho l'impressione di percorrere la strada panoramica di un paradiso per turisti facoltosi, un incrocio tra Nizza e Dubai. Alla mia sinistra sfilano le facciate dei lussuosi grattacieli che qui vennero realizzati per primi nel 1885. Alla mia destra un «fronte del lago» completamente ristrutturato con piste ciclabili, spazi verdi e club nautici. In mezzo, un'autostrada a otto corsie in cui il nostro tassista haitiano fa lo slalom tra i grossi fuoristrada. Il lungolago si snoda per chilometri e gli abitanti di Chicago, appena usciti da uno degli inverni gelidi tipici di questa regione settentrionale, passeggiano sotto il sole primaverile. Nelle aiuole sta cominciando la fioritura dei tulipani. Al largo bianche vele si inclinano come virgole sulla linea dell'orizzonte. Non potrebbero fare altrimenti in quella che viene chiamata «Windy City».

Siamo alloggiati al diciottesimo piano del nuovissimo Park Hyatt, che vanta uno dei ristoranti più «in» del momento. Dalla finestra avvistiamo uno stranissimo edificio. È il Water Castle, del 1869, il cui stile gotico mi ricorda certe chiese medievali. La torre, alta una quarantina di metri e costruita con grossi blocchi di pietra bianca, è del tutto fuori luogo al centro di una fila di grattacieli giganteschi. Pare sia l'unico edificio sopravvissuto al grande incendio del 1871.

Poi lo sguardo si perde verso il lago e segue il famoso «Magnificent Mile», il tratto della North Michigan ideale per fare shopping nelle boutique di lusso.

Chicago si trova in una posizione geografica strategica, alla quale deve molto. Ai tempi di Lewis e Clark non esisteva. Ha visto la luce solo verso il 1830 grazie a un primo nucleo di 350 coloni. Oggi conta quasi tre milioni di abitanti e nella sua cintura urbana vivono oltre dieci milioni di persone. È stata la cerniera che ha permesso lo sviluppo degli scambi, in un Paese in cui le distanze costituiscono il maggior ostacolo. L'organizzazione del traffico lacustre e fluviale del Nordest dell'America e la costruzione della rete ferroviaria, nel XIX secolo, ne hanno fatto il punto di transito tra la sponda orientale e quella occidentale. Realizzando così il sogno di Lewis e Clark di addomesticare l'immensità del territorio americano. I primi treni passeggeri tra New York e San Francisco sarebbero entrati in servizio nel 1876. A settant'anni dalla spedizione dei due pionieri la traversata del continente, durata per loro 18 mesi, poteva essere compiuta in meno di 100 ore. Ancora oggi, da qui si dirama il maggior numero di linee ferroviarie e di assi stradali. L'aeroporto O'Hare è il più grande del mondo e il secondo per traffico di passeggeri.

Il fascino che il fiume Chicago esercita su di me non dipende solo dalla fissazione per quella vecchia foto: fu questo corso d'acqua a cambiare il destino della città quando, nel 1848, fu aperto un canale che lo collegava al fiume Illinois. Divenne così possibile trasportare merci dai Grandi Laghi verso il Mississippi e il Golfo del Messico. Un'imbarcazione poteva viaggiare con il suo carico da New Orleans fino a Chicago. Niente avrebbe più fermato il formidabile progresso della città. Già nel 1869 fu completata la costruzione della ferrovia che la congiungeva alla California.

Chicago è anche un punto di equilibrio socio-economico, spesso descritto come un microcosmo della nazione. Inizialmente francese, poi inglese, lo Stato dell'Illinois è diventato americano solo con il Trattato di Parigi del 1783. Alterna fertili zone rurali ad altre in cui si è sviluppata l'industria pesante, quando quelli dell'acciaio e del carbone erano i due settori trainanti dell'economia. La città si è ritrovata a essere allo stesso tempo capitale agricola e industriale. Il gigante dell'acciaio Mittal vi ha basato il suo quartier generale, e così pure la Boeing. Conta 1600 imprese straniere e 42 consolati, oltre agli uffici di un centinaio di banche aperti all'inizio degli anni Settanta.

Incontriamo Rob Warden nel suo ufficio della Northwestern University, sulle rive del lago Michigan. È un uomo robusto, di una sessantina d'anni, con un volto dai lineamenti marcati che ispira fiducia. Sembra un tipo che non si lascia facilmente scoraggiare, una qualità di cui ha assoluto bisogno considerando la missione che porta avanti da trent'anni. Si batte contro l'aspetto più rivoltante della giustizia americana: la pena di morte. È il direttore del Center on Wrongful Convictions, che dà la caccia agli errori giudiziari per salvare dalla pena capitale chi è stato condannato ingiustamente.

«È impossibile conciliare la pena di morte con la democrazia» dichiara. «Se la gente capisse davvero come funziona, si opporrebbe. Su 289 casi riconsiderati di recente, 19 hanno visto ribattere le sentenze. Un margine di errore del 6 per cento.» Nel 2005 sono state giustiziate 60 persone contro le 98 del 1999, un anno record nella storia recente del Paese. I metodi autorizzati per dare la morte vanno dall'iniezione letale – la più diffusa – alla camera a gas, al plotone di esecuzione in Stati come l'Idaho utilizzato quando l'iniezione non è «praticabile», all'impiccagione negli Stati del New Hampshire e di Washington se l'iniezione «non può essere eseguita».

Le famiglie dei condannati possono rivolgersi al centro di Warden, che funziona come una sorta di agenzia investigativa indipendente. Sulla sua scrivania arrivano centinaia di richieste, e lui sceglie guidato dall'esperienza e dall'istinto, selezionando i casi che gli sembrano più controversi. Avvocati e studenti di diritto o di giornalismo si lanciano poi alla ricerca della verità.

Un anno fa, grazie al loro lavoro, è stato salvato Gordon

Steidl, condannato a morte nel 1987 per duplice omicidio. La giuria si era basata sulle testimonianze di un uomo e di una donna notoriamente dediti all'alcol e alle droghe. In seguito, i due avevano ritrattato più volte e, dopo una lunga battaglia legale, Steidl è stato rimesso in libertà. Il diciottesimo condannato alla pena capitale a risultare innocente nello Stato dell'Illinois in quasi trent'anni. In tutti gli Stati Uniti dal 1973 sono stati 107.

«La pena di morte è molto onerosa» insiste Warden. «Costa da tre a sei milioni di dollari per ogni detenuto, perché con tutti i vari appelli i processi durano a lungo, anche una decina di anni. Nei bracci della morte è più facile morire di vecchiaia che sulla sedia elettrica!» Un altro aspetto rende la questione ancora più controversa: «È più probabile che venga comminata a un nero che uccide un bianco, piuttosto che viceversa» assicura Rob.

Di recente due uomini di colore, Michael Evans e Paul Terry, sono usciti di prigione dopo essere stati assolti dall'accusa di aver stuprato e ucciso una bambina di nove anni. Avevano diciassette anni al momento della condanna all'ergastolo, e solo la giovane età li aveva salvati dal patibolo. Le deposizioni contraddittorie hanno permesso di tenere aperto il caso, e alla fine l'esame genetico ha dimostrato che né l'uno né l'altro erano coinvolti nel crimine. Quando hanno riacquistato la libertà, nell'agosto del 2003, avevano quarantaquattro anni, di cui 27 trascorsi dietro le sbarre per un reato che non avevano mai commesso. Da quando, alla fine degli anni Ottanta, il test del Dna è stato ammesso nei processi giudiziari, ha permesso di scagionare 130 condannati.

Di fronte alle dimensioni assunte dal problema e alle insistenze di Rob Warden e di attivisti come lui, il governatore dell'Illinois George Ryan ha decretato tre anni fa una moratoria sulle esecuzioni e ha deciso di commutare 157 pene capitali in pene detentive.

Tuttavia, per Rob la crociata non è finita. Non si fermerà fino a quando la condanna a morte non verrà bandita in tutto il Paese: «Esiste ancora in 36 Stati su 50. Eppure non è stata prevista dai Padri fondatori». Ma profetizza: «Finiremo per seguire l'esempio del resto del mondo civilizzato, e la aboliremo. Tra quanto? Non ne ho idea. I politici, guidati dai sondaggi, non prendono di certo l'iniziativa. Giocare d'anticipo può significare una sconfitta alle elezioni. Nel 2000, entrambi i candidati assicurarono che la pena di morte ha un effetto dissuasivo. Ma tutti sanno che non è vero».

Eppure, secondo Warden, gli americani sono pronti a cambiare idea, a patto che li si informi correttamente. Ci racconta di un incontro nell'ascensore di un albergo in Texas, lo Stato in cui sono stati giustiziati 366 condannati in trent'anni. Lui portava sotto braccio un rotolo di manifesti contro la pena di morte. Un tipo robusto col cappello da cowboy in testa gli chiede in tono brusco: «Sei contrario alla pena di morte?». Lui esita: non ha voglia di mettersi nei guai. Alla fine si lascia scappare un timido: «Sì». Il cowboy gli tende la mano e gli dice: «Bravo, anch'io!». Warden ne ha concluso che si possono sempre avere belle sorprese, anche nelle regioni più reazionarie.

«In nome della giustizia sono state compiute cose sconvolgenti. L'11 settembre ci ha fatto dimenticare il motto secondo cui è meglio lasciare liberi dieci colpevoli che arrestare un innocente. Abbiamo visto militari che difendevano la pratica della tortura. Abbiamo rifiutato ai prigionieri il diritto di parlare con un avvocato. Tutto ciò è ripugnante, ma soprattutto è inefficace. Ci vorranno anni per ripristinare l'integrità del sistema giudiziario.»

Andiamo a mangiare un sandwich insieme, in una delle caffetterie dell'università. Rob è un vero *Chicagoan*, conosce bene la città in cui è nato e ha sempre vissuto. Gli raccontiamo che siamo venuti a cercare l'America del Midwest. Volevamo anche allontanarci dagli ambienti liberal della costa orientale, troppo urbani, troppo di sinistra per essere il termometro del possibile «risveglio».

«Abbiamo un solo rimpianto» dico al nostro nuovo amico. «Volevamo incontrare una persona che ci ha detto di no: Studs Terkel.»

Leggo un certo stupore negli occhi di Rob. «Come avete conosciuto Studs? È la voce della nazione.»

«Abbiamo letto i suoi libri sull'America. Ci sarebbe piaciuto ascoltarlo.»

«Sapete che è molto provato fisicamente?» ci chiede.

«Sì, è stato operato di recente, ma gli avevamo promesso di essere brevi.»

Rob esita un momento e poi dice: «Io e Studs siamo amici da sempre, lasciatemi fare un tentativo». Prende il cellulare e comincia a parlare ad alta voce, come se l'interlocutore dall'altra parte fosse un po' duro di orecchi. «Andiamo da lui» decide riagganciando. «Studs è d'accordo, ma non dobbiamo rimanere troppo a lungo.»

Saliamo sull'automobile di Rob e non sappiamo come ringraziarlo, mentre procediamo verso nord costeggiando il lago. Per me e Jacques incontrare Terkel con i suoi novantaquattro anni ha del miracoloso: è una specie di memoria vivente del Paese. È nato nel 1912 a New York da una famiglia ebrea, trasferitasi poi a Chicago all'inizio degli anni Venti. Era già un ragazzino quindi curioso e sveglio, quando arrivò in una metropoli la cui popolazione era letteralmente esplosa. Con l'introduzione del proibizionismo che vietava la produzione, l'importazione e il consumo di alcolici in tutta l'America, Chicago era diventata la capitale della malavita e della corruzione. E del grande jazz di Duke Ellington, per fare solo un nome, che si esibiva nel celeberrimo Cotton Club controllato da Al Capone, il padre della criminalità organizzata. Il boss mafioso dominava incontrastato la lucrosa attività dello spaccio di alcolici, della prostituzione, delle bische clandestine, dell'usura. Un mondo raccontato in modo magistrale nel film *Gli intoccabili*, con uno straordinario Robert De Niro nel ruolo di Al Capone.

Terkel era all'epoca poco più che un adolescente. Dopo aver iniziato gli studi in legge si dedicò alla scrittura, per diventare il cronista della grande avventura americana. Il suo primo libro si intitolava *I giganti del jazz*, ma quasi subito abbandonò i temi musicali e si trasformò nel signore della

– tanto temuto da Eisenhower – e degli errori politici che portarono alla Guerra fredda.

«Abbiamo una lunga storia cominciata con la schiavitù» spiega ancora. «È continuata con la violenza. L'America ha fatto spesso ricorso alla forza e alla guerra per consolidare il proprio potere. Siamo sempre stati convinti di essere speciali, di essere il popolo eletto, ma dopo gli attacchi dell'11 settembre ci siamo sentiti come profughi. Con le scarpe di Gucci ai piedi, è vero, ma pur sempre profughi.»

Tuttavia, Studs non vuole lasciarsi prendere dallo scoramento. Tende la mano verso un volume appoggiato su un tavolino, una delle sue ultime opere scritta nel 2003: *Hope Dies Last* (*La speranza è l'ultima a morire*). La apre su una pagina contrassegnata da un segnalibro e la porge a Jacques: «Legga il passaggio sottolineato» dice.

«È una citazione di Thomas Paine» inizia Jacques. «"In tutto il mondo si dà la caccia alla libertà, la ragione è stata equiparata alla ribellione; schiavi della paura, gli uomini non osano più riflettere. Ma la verità è così irresistibile che chiede solo, vuole soltanto, venire alla luce. In questa situazione, l'uomo diviene ciò che deve diventare. E vede la propria specie non con gli occhi inumani di un nemico naturale, ma come qualcosa di affine a sé".»

«Mai parole sono state più vere. Spero proprio che nonostante tutto gli americani reagiscano. Il risveglio deve venire dalla base, dai quartieri, dai cittadini. Il popolo è spesso in anticipo rispetto ai politici, ma l'ignoranza di ciò che accade nel mondo è straordinaria. Non è che la gente manchi di buon senso, ma ogni giorno è bombardata di menzogne. È assolutamente scandaloso. Amo l'America ed è per questo che protesto» conclude Studs finendo l'ultimo goccio di scotch. «Gli amanti litigano e lo stesso accade con il nostro Paese. La cosa peggiore è il silenzio. Se non parlo, non sono un americano.»

Dobbiamo andarcene e lasciare che riposi. «Mi manca il respiro» ci dice ridendo e ho voglia di abbracciarlo. Accanto a lui amare l'America è facile, ed è proprio per questo che siamo venuti ad ascoltarlo.

Rob ci lascia in un quartiere del centro in cui Jacques si mette a cercare una piazza, Haymarket Square. Risaliamo Randolph Street alla ricerca di un incrocio con Desplaine Street. Mi racconta un episodio della storia di Chicago che ben si accorda al nostro incontro con Studs Terkel.

Il 4 maggio 1886 un gruppo di anarchici arringava la folla a Haymarket, dove gli agricoltori andavano a vendere i loro prodotti. Senza preavviso 200 poliziotti caricarono l'assembramento. Esplose una bomba, furono sparati colpi di arma da fuoco. Alla fine rimasero a terra sette poliziotti e quattro manifestanti, tutti morti o in agonia. Nei giorni successivi, la polizia arrestò negli ambienti anarchici e socialisti centinaia di simpatizzanti. Tra questi Albert Parsons e August Spies, capi degli anarchici inglesi e tedeschi.

All'epoca, Chicago era non solo all'apice dello sviluppo industriale ma anche della lotta sindacale, e il confronto tra imprenditori e operai assumeva toni sempre più duri. La città era diventata la culla del movimento anarchico americano, ispirato in particolare dai militanti fuggiti dalla Germania di Bismarck dopo le leggi antisocialiste del 1878. Sui loro giornali pubblicavano opere di Émile Zola, come *Germinal*. Mettevano in scena spettacoli teatrali dai titoli suggestivi come *La figlia del proletario*.

Allora gli operai lavoravano 60 ore alla settimana, compreso il sabato, e in certi periodi addirittura 100, più gli spostamenti tra casa e lavoro, altre 20 ore. Nel maggio del 1886 infuriava dunque la battaglia per ottenere la giornata lavorativa di otto ore. Il 1° maggio i sindacati organizzarono uno sciopero a cui aderirono in migliaia. Nei giorni successivi ci furono disordini e scontri con la polizia, che portarono il 4 maggio alla famosa manifestazione di protesta a Haymarket, con lo scoppio della bomba.

La stampa partì all'attacco con titoli che incitavano a condannare a morte e a linciare gli anarchici. Il colore rosso fu bandito dai cartelloni pubblicitari. I direttori dei teatri proponevano di impiccarli in pubblico, come fosse uno spettacolo. Anche la polizia si scatenò: chiuse i loro giornali, eseguì perquisizioni senza mandato, si servì degli arresti e della tortura per estorcere confessioni.

Si diede grande risalto alle loro dichiarazioni pubbliche, in cui avevano accettato la violenza come strumento di azione politica: dinamite, omicidi politici, persino attentatori suicidi. Del resto, gli anarchici italoamericani che pagheranno il viaggio a Bresci perché vada a sparare a Umberto I, gli compreranno un biglietto di sola andata. Bresci sapeva bene che dalla sua impresa non sarebbe tornato vivo.

Albert Parsons si presentò davanti alla giustizia convinto di poter dimostrare la propria innocenza. Si sbagliava di grosso. Il processo fu manipolato e la giuria era di parte. Sette anarchici vennero condannati a morte, quattro – tra cui Parsons e Spies – impiccati l'11 novembre 1886. Marciarono verso il patibolo cantando la *Marsigliese*, e diventarono i «martiri di Chicago».

Sette anni più tardi, il governatore dell'Illinois accordò la grazia ai prigionieri ancora in vita: dopo aver letto i due milioni di parole del verbale delle udienze, era giunto infatti alla conclusione che il tribunale aveva commesso un errore giudiziario. Il responsabile della bomba non fu mai individuato.

Avanzando verso il patibolo, August Spies avrebbe detto: «Verrà il giorno in cui il nostro silenzio sarà più forte delle voci che oggi soffocate». Così fu: la sanguinosa manifestazione del 4 maggio 1886 è uno degli avvenimenti che hanno portato all'istituzione in tutto il mondo della Festa del lavoro.

Centoventi anni dopo camminiamo a lungo senza trovare Haymarket Square. «Doveva essere là» mormora Jacques un po' deluso, indicando un'autostrada che passa non lontana dall'incrocio tra Randolph e Desplaine.

Dying to win (*Morire per vincere*). È il titolo dell'ultimo libro di Robert Pape sul fenomeno dei kamikaze. Ho già citato, in *Chador*, il lavoro di questo robusto quarantenne dalla faccia squadrata e dalle spalle larghe, che ora ci riceve nel suo ufficio alla University of Chicago. Pape, eminente studioso del terrorismo nelle sue radici storiche, economiche e sociali, si basa su una vasta documentazione statistica per sostenere due tesi fondamentali. La prima è che il terrorismo suicida nasce solo in territori occupati, come fenomeno di rivolta. E cita come esempio il Libano, dove gli attentati praticamente fermarono con la partenza israeliana nel 2000. La seconda tesi è che i kamikaze non sono principalmente un prodotto del fondamentalismo islamico. E ricorda le Tigri Tamil dello Sri Lanka e i 27 terroristi suicidi in Libano negli anni Ottanta, tutti laici e comunisti o socialisti.

Il professore spiega che all'epoca della tragedia dell'11 settembre, gli Stati Uniti erano già considerati una potenza di occupazione nella penisola arabica. Dopo la fine della Guerra del Golfo del 1991 mantenevano là decine di migliaia di soldati, ora dispiegati in Iraq.

Prima di incontrarci, Pape stava registrando un intervento per un documentario televisivo intitolato *La Quarta guerra mondiale*. Che ci sia sfuggita la Terza?

«Al-Qaida oggi è più forte che mai» dichiara Pape quando gli chiedo a che punto è la lotta al terrorismo. «Dall'11 settembre gli attacchi suicidi hanno fatto più vittime che in tutti i decenni precedenti. E la ragione principale è la presenza di truppe americane in Iraq. Se restiamo, rischiamo un altro 11 settembre» aggiunge. Secondo lui, la risposta in Afghanistan era necessaria per distruggere i campi di addestramento della rete di bin Laden. E occorreva uccidere o catturare il cervello di quest'idra diventata il nemico numero uno dell'America, come aveva annunciato Rumsfeld. Ma evidentemente le cose non sono andate come dovevano: Osama bin Laden è ancora a piede libero, i terroristi si sono dispersi e al-Qaida è più attiva di prima.

Pape, con una soluzione di questi tempi decisamente rivoluzionaria, ritiene che la sola risposta al terrorismo sia la solidarietà internazionale. «Anche se vogliono ucciderci, dobbiamo prodigarci per aiutarli. Soprattutto i popoli musulmani.» Porta come esempio lo tsunami nel Sudest asiatico, e il ritorno d'immagine prodotto dal sostegno dell'Occidente ai Paesi colpiti.

Robert Pape non è un pacifista. Al contrario, è tra i padri della guerra chirurgica. Ha elaborato la teoria della «rivoluzione della precisione», secondo cui le bombe intelligenti sarebbero utili per ottenere vittorie rapide e rovesciare regimi nemici. «Ma quella teoria si è spinta troppo oltre» commenta. «È servita contro alcune formazioni militari o contro obiettivi ben precisi, è vero, ma ha mostrato i propri limiti nel contesto di operazioni di guerriglia, come in Iraq, dove siamo di fronte a un'insurrezione popolare.» Anche Pape, come la maggior parte degli analisti, è convinto che l'invasione irachena non c'entri nulla con la lotta contro il terrorismo. Pensa si tratti piuttosto di un piano ideato molto tempo prima dai neoconservatori più estremisti, assai vicini alla destra israeliana. «In realtà, l'idea è proprio quella di controllare la penisola arabica» spiega Pape. Il progetto è stato poi mascherato quando l'amministrazione ha cominciato a parlare di «esportazione della democrazia», ma la realtà è molto più cruda. La presenza nella regione è considerata necessaria per la sicurezza nazionale americana, per garantire la fornitura di petrolio e il predominio politico-militare di Israele sui suoi vicini arabi e musulmani. «Per quanto riguarda l'Iraq, è necessario avviare il ritiro dei nostri soldati, trasferire la responsabilità della sicurezza agli iracheni, dislocare inizialmente le truppe lungo le linee di contatto tra etnie ostili e mantenere una presenza al largo nelle acque del Golfo.»

Riconosce che le millanterie di Washington sulle capacità illimitate delle sue forze armate potrebbero rivelarsi un'arma a doppio taglio. «Quando si comincia a credere nella propria propaganda, si rischia di commettere gravi errori.»

Pape mette in guardia contro qualunque avventurismo nei confronti dell'Iran. Attaccare senza un buon motivo un Paese di 70 milioni di abitanti è già di per sé una grossa sfida. Inoltre, creerebbe un'onda d'urto nei Paesi musulmani e destabilizzerebbe il Pakistan, che conta 150 milioni di abitanti e dispone già di armi nucleari. «È questo lo scenario che porta alla Quarta guerra mondiale, quella che dobbiamo evitare a ogni costo.» Finalmente, svelato il mistero.

Per riuscirci propone la strategia del *soft balancing*: una decisa azione diplomatica sostenuta da una minaccia militare credibile, ovvero studiata di concerto con gli alleati dell'America e il resto della comunità internazionale.

Il cervello di Pape, e degli esperti di altissimo livello come lui, rappresenta l'arma più potente degli Stati Uniti. Chiaramente, come ammette lui stesso, con l'offensiva irachena gli analisti controcorrente sono stati messi da parte.

«La forza del Paese risiede nel suo capitale intellettuale» osserva «ma quest'amministrazione ha costruito barriere sempre più alte per difendersene. Pone infatti la lealtà al di sopra della competenza: ciò che conta è la cieca sottomissione al presidente.»

Sembra comunque, a Chicago come altrove, che lo spirito critico e ribelle che ha fatto la forza degli americani davanti ai cannoni inglesi, alle catastrofi naturali, alle crisi economiche o ancora davanti alle ingiustizie, stia finalmente facendo valere i propri diritti.

Capitolo 10

UNA CINTURA DI RUGGINE

LA PRIMA VOLTA che sono arrivata negli Stati Uniti, il mio amico Paolo Lucchini mi aspettava nel parcheggio dell'aeroporto di Fort Worth-Dallas. Erano le tre del mattino, in pieno mese di luglio. Il terreno sprigionava ondate di calore come se approfittasse della tregua notturna per liberarsi dell'arsura del sole. Avevo diciott'anni e non mi intendevo affatto di automobili. Ma nonostante fossi piuttosto provata dalle ventiquattr'ore di volo tra Roma e il deserto texano, la vettura che mi aspettava mi colpì: la carrozzeria era di un bel verde-azzurro metallizzato, con cerchioni cromati e larghi pneumatici, e il cofano sembrava non finire più.

«È una Cadillac, una Coupe de Ville» spiegò Paolo, aprendomi la portiera. «Una bellezza americana!»

Nelle settimane successive avremmo percorso centinaia di miglia a bordo di quella favolosa automobile: New Mexico, Arizona, California. E avrei scoperto l'*on-the-road*. La Cadillac dondolava sulle sospensioni, la radio suonava le hit dell'epoca: *Silly Love Songs* di Paul McCartney o *Don't Go Breaking My Heart* di Elton John e Kiki Dee. Rannicchiata sul sedile mangiucchiavo tavolette di cioccolato sciolto dal caldo soffocante, bevevo enormi bicchieri di Coca-Cola pieni di ghiaccio e lasciavo correre la fantasia.

Durante una delle nostre escursioni, la «bellezza americana» ci tradì: morì, semplicemente, senza un motivo. Sentivo Paolo parlare di batteria difettosa, di alternatore guasto, in poche parole niente più elettricità. Tornammo a Dallas in aereo e permutammo la Cadillac con un Maggiolone Volkswagen: più sicuro, ma meno in sintonia con l'immensità che avrebbe dovuto conquistare. La magia era finita.

Trent'anni dopo, ho ancora nostalgia di quell'avventura. Probabilmente perché corrispondeva anche ai miei turbamenti letterari dell'epoca: grazie a mio fratello Winfried, autentico divoratore di tutto quanto in quegli anni usciva dalla fucina della controcultura americana, avevo appena scoperto *Sulla strada* di Jack Kerouac. E mi sentivo immersa nella tradizione dei grandi autori americani a cui il viaggio era servito come metafora del desiderio di sfuggire alla banalità e alle grettezze del mondo.

Compresi anche che non basta partire per trovare le risposte alle sfide della vita. L'eroe di Kerouac, Sal, comincia il suo percorso a New York e alla fine ci torna. Seduto sul molo, mentre il sole tramonta, sospira: «Nessuno, nessuno sa quel che succederà di nessun altro se non il desolato stillicidio del diventar vecchi». Il viaggio usato come terapia riporta sempre al punto di partenza. Le risposte vanno cercate nel coraggio di cambiare.

È Jacques a suggerire di visitare il luogo di nascita della Cadillac. Detroit, nel Michigan. Ovviamente non c'è mezzo migliore dell'auto per recarsi nella città soprannominata «Motown» o «Motor City». Quindi ne noleggiamo una.

Da Chicago ci vogliono circa sei ore, sempre che non ci si perda. Ma sbagliare strada è quasi impossibile, salvo episodi di idiozia acuta, dato che la nostra vettura è dotata di un Gps. Con Jacques al volante, e io con lo sguardo fisso sullo schermo del computer di bordo, attenti all'amabile voce artificiale che impartisce istruzioni, procediamo rispettando rigorosamente i limiti di velocità. Per un francese e un'italiana è una vera impresa non superare le 70 miglia l'ora (110 chilometri orari) e in certi punti le 55 (quasi 90), ma Jacques è deciso a evitare qualunque problema con la polizia tra le mie inutili proteste. Me la prendo con il traffico lento; con chi occupa la corsia di sinistra a una velocità addirittura inferiore a quella consentita; con chi sorpassa a destra; con i camion che sembrano ignorare tutto ciò che è più piccolo di loro. Ma ci lasciamo anche riconquistare dalla magia della strada. Negli Stati Uniti l'automobile è strettamente associata al bisogno di libertà e allo spirito di avventura: difficile non cadere nella trappola del mito. Le autostrade, gli svincoli, gli orizzonti – tutto smisurato. Anche Jacques ha i suoi ricordi di quando attraversò l'America da New York a San Francisco in autobus, su uno dei famosi Greyhound, e se non lo fermo è capace di andare avanti per ore.

Lasciando Chicago, procediamo verso est attraverso un paesaggio in cui si alternano città e campi coltivati. Qua e là si stagliano i giganteschi silos per i cereali. Siamo entrati in quella che gli americani chiamano *Rust Belt*, letteralmente «cintura di ruggine». È un'immagine che descrive tutta la zona compresa tra Chicago e New York, pesantemente colpita dalla Terza rivoluzione industriale. L'acciaio e il carbone, fonti della ricchezza del Nordest americano, non garantiscono più la prosperità. La principale risorsa di questa regione, simbolo della potenza economica del Paese, è in panne. Minacciata dalla concorrenza e sradicata dalla globalizzazione, l'industria automobilistica va a rotoli trascinandosi dietro i luoghi che l'hanno vista crescere.

Entriamo a Detroit dall'autostrada 75 e comprendiamo subito perché ha una cattiva reputazione. Ci fermiamo a un incrocio sulla Woodward Avenue, l'arteria principale, per chiedere informazioni a un uomo di colore sulla cinquantina, con la barba lunga, che sembra avere difficoltà a stare in equilibrio sul bordo del marciapiede.

«Dov'è il centro?»

«Se l'è svignata» risponde girando intorno all'auto con passo incerto.

In vino veritas. Ha senz'altro ragione perché ci sembra di avanzare in una città devastata. Le strade sono deserte e interi quartieri paiono abbandonati. I negozi sono chiusi, le vetrine distrutte o sostituite da pannelli di compensato. Le case cadono a pezzi e gli edifici sono disabitati, le porte d'ingresso sbarrate, le finestre scardinate. Le erbacce crescono sui marciapiedi e nei parcheggi trasformati in terre di nessuno. Qua e là carcasse di automobili si coprono di ruggine e agli angoli delle strade si ammucchiano cumuli di calcinacci.

«Sembra di stare sulla linea di demarcazione a Beirut» mormora Jacques, che ha vissuto nella capitale libanese durante la guerra.

Detroit prende il nome dal fiume che l'attraversa e che funge da frontiera con il Canada. Fu fondata nel 1701 da un ufficiale francese, Antoine de la Mothe Cadillac, ignaro che il suo nome sarebbe diventato un giorno sinonimo di lusso automobilistico. Divenne americana nel 1796, ed esattamente un secolo dopo un certo Henry Ford avrebbe costruito la sua prima vettura in un'officina sulla Mack Avenue. Cominciava la grande avventura. Ford fondò la sua società nel 1903 e nel 1908 produsse il famoso modello T, di cui furono venduti 15 milioni di esemplari. Nel 1918 la metà delle auto in circolazione negli Stati Uniti erano sue. Fu lui, dotato di un autentico genio organizzativo, a elaborare il concetto di produzione di massa che avrebbe portato alla nascita del capitalismo moderno. Secondo la leggenda, l'idea delle catene di montaggio gli venne guardando i nastri trasportatori automatici della carne nei mattatoi di Chicago. In seguito il settore si è rafforzato e dai circa 270 costruttori negli anni Venti, si è passati alla mezza dozzina di operatori globali di oggi.

Per molto tempo Ford rifiutò di aprire la sua fabbrica ai sindacati, ma fu il primo a introdurre la giornata lavorativa di otto ore e a garantire ai dipendenti un salario adeguato in modo che potessero... comprare le sue automobili. Nel 1932 produceva un terzo di tutte quelle vendute nel mondo. Insieme agli altri due giganti di Detroit, la General Motors e la Chrysler, avrebbe fatto della città la capitale incontrastata dell'auto fino alla fine degli anni Sessanta.

Ancora oggi le cifre sono impressionanti: ogni anno nel mondo vengono costruiti 60 milioni di vetture, di cui 17 negli Stati Uniti. Per la loro fabbricazione vengono utilizzati il 50 per cento della gomma, il 25 per cento del vetro e il 15 per cento dell'acciaio prodotti sul Pianeta. E i veicoli in circolazione consumano quasi il 50 per cento del petrolio estratto. L'automobile finisce per incarnare i mali della società moderna, vittima della propria abbondanza: bloccata dagli ingorghi e avvolta nei fumi del suo stesso inquinamento.

Chiediamo al computer di bordo di guidarci fino a Highland Park. Il quartiere, a pochi minuti dal centro, è stato per molto tempo il cuore dell'impero Ford, prima che la società trasferisse la direzione in periferia, a Dearborn. Sul far della sera in quest'area il paesaggio sembra ancora più spettrale: immense fabbriche abbandonate e diroccate, file di casette cadenti con intere famiglie di colore sedute sulla soglia. Dietro reti metalliche, nelle discariche desolate che sembrano tanti cimiteri a cielo aperto, si accatastano tonnellate di rottami. Nel bel mezzo di questo grigio deserto, campeggia come in un quadro surrealista un cartellone pubblicitario della Chevrolet, enorme, sgargiante, che pubblicizza un nuovo modello di Suv: THE ALL-NEW 2007 SUBURBAN.

Ripartiamo e ci fermiamo all'angolo tra Michigan Avenue e Washington Boulevard. Jacques parcheggia davanti a un edificio di una trentina di piani, una costruzione lussuosa. Nella parte superiore della facciata è scritto in bianchi caratteri cubitali, CADILLAC. All'epoca del suo massimo splendore era l'albergo più lussuoso della città: immenso, con oltre mille stanze, ospitava saloni da ricevimento, ristoranti, bar e sale da tè. Chiuso nel 1986, dopo anni di difficoltà, e oggi è una rovina: il simbolo perfetto del tremendo naufragio economico di Detroit. Nella zona tutti i grandi alberghi hanno conosciuto lo stesso destino. Come anche il Masonic Temple Theatre, un mastodontico complesso liberty che negli anni Venti ospitava una delle più grandi logge massoniche d'America. Oggi cerca di sfuggire alla decadenza tenendo in funzione il teatro, in cui all'epoca d'oro si esibirono Lauren Bacall, B.B. King, Mikhail Barishnikov. Davanti all'edificio, un ragazzo sta scattando fotografie. Si chiama Larry: «Un anno fa era anche peggio» ci assicura. «Ma la città risorgerà.»

Larry ci racconta che a febbraio, per la prima volta, la finale del campionato di football è stata disputata a Detroit, nel nuovo stadio coperto Ford Field, suscitando grandi speranze di rinascita. «Ma ci vorrà del tempo. C'era un progetto per la riapertura del Cadillac» aggiunge quando gli chiediamo di quell'albergo che ci ha tanto impressionato «ma alla fine nessuno era davvero disposto a investire dei soldi in quell'affare.» Ci invita ad andarlo a sentire quella sera al Temple Theatre, dove suona con la sua band. Faremo il possibile, gli promettiamo. Il suo gruppo si chiama Chain Reaction, Reazione a catena. «Un nome, una garanzia» penso tra me e me.

Detroit è stata vittima della necessità per le case automobilistiche di abbattere i costi di produzione per poter affrontare la feroce concorrenza. Fra le misure più brutali, la delocalizzazione: sempre più comparti delle fabbriche sono stati spostati dapprima fuori dal perimetro urbano – dove oggi ne rimangono solo due – poi, in regioni degli Stati Uniti in cui gli operai non erano ancora sindacalizzati, e infine in Canada, in Messico e più lontano ancora.

Questi sconvolgimenti hanno avuto ricadute rovinose sui posti di lavoro. La popolazione si è dimezzata. Chi non è stato licenziato si è trasferito nelle periferie, dove vivono in maggioranza i bianchi. Gli altri, perlopiù di colore, sono rimasti in città: l'82 per cento sono neri e in maggioranza disoccupati. Il tasso di criminalità di Detroit ne fa uno dei centri più violenti degli Stati Uniti, secondo solo alla capitale Washington. Gran parte delle 16.000 abitazioni sfitte in realtà diventano case occupate abusivamente, o laboratori per il taglio della droga.

Ci siamo avventurati su una direttrice che attraversa la città da est a ovest nella parte settentrionale, la 8 Mile Road. Questa strada su cui si susseguono piccoli negozi, bar, fast food e supermercati, segna il confine tra la città e i sobborghi ricchi e bianchi di Wayne e Macomb. Otto strisce di asfalto che formano una vera frontiera: grazie a loro, Detroit detiene il record statunitense per il livello di segregazione razziale. La 8 Mile Road è diventata famosa grazie a un film e a una canzone del rapper Eminem: «*The city is no fun. There is no sun, and it's so dark*» recita il testo – «La città non è divertente, non c'è sole ed è così buio». Eminem è nato qui e oggi è parte di una gloriosa storia musicale, assieme a Motown Records, la mitica casa discografica di Stevie Wonder e Aretha Franklin. Eminem è cresciuto senza padre tra case popolari e roulotte, assieme alla madre nubile e affetta da disturbi psichici. Grazie al suo indubbio talento, ma anche ai suoi testi violenti, scandalosi, omofobi e misogini, è oggi fra i più famosi rapper del mondo. Uno dei suoi amici è stato assassinato su questa strada alla vigilia del nostro arrivo negli Stati Uniti. Si chiamava Proof. Anche lui rapper di Detroit, adorato dai giovani di colore, era stato il suo testimone di nozze. È stato ucciso in un night club, il Ccc, dopo aver piantato una pallottola in testa a un cliente. Litigio al tavolo da biliardo, ha concluso il rapporto della polizia.

Preferiamo non attardarci e ci dirigiamo verso l'unico quartiere, in pieno centro, che sembra ancora in buone condizioni, lungo il fiume. Sta calando la notte e sull'altra sponda si accendono a una a una le luci del Canada. Al di sopra del tunnel che collega i due Stati, si staglia il grattacielo ultramoderno del quartier generale della Gm. Tutto in vetro e acciaio, è un'isola di prosperità nel paesaggio urbano degradato. È circondato da altre quattro torri più basse che formano una specie di testa di ponte per quella che è considerata la riconquista industriale della città. Il gruppo di edifici è stato ribattezzato Renaissance Center, ma per il momento regna ancora su una distesa di rovine.

La General Motors ha costruito il proprio successo vendendo negli Stati Uniti gli *sport utility vehicles*, i Suv, i grossi 4×4 che sanno combinare le prestazioni e il comfort di una limousine con la potenza e la solidità di un gippone. Sono una metafora dell'America: conquistano grandi spazi, ma consumano enormi quantità di carburante. I *gas guzzlers*, come li chiamano qui, sono uno dei principali terreni di scontro per gli ambientalisti e i sostenitori dell'indipendenza energetica del Paese. Oggi, pur rimanendo il maggior costruttore di automobili del mondo, il gigante Gm fa fatica a reinventarsi. Su pressione degli azionisti, a luglio avvierà trattative con Renault e Nissan per una «triplice alleanza», che le permetta di aggredire il mercato globale.

I giapponesi e i sudcoreani sono già sbarcati in forze negli Usa, e la Gm e la Ford hanno dovuto condividere con loro la torta americana, di cui detengono ormai solo il 60 per cento. All'inizio dell'anno la Gm ha annunciato enormi perdite, e il presidente Rick Wagoner ha deciso di dismettere 12 fabbriche e di licenziare 30.000 lavoratori. Stessa strategia per la Ford: 30.000 dipendenti sono finiti sulla strada e 14 stabilimenti sono stati chiusi nell'America del Nord. Una situazione tanto grave da preoccupare il «New York Times» che recentemente ha scritto: «Il sindacato dell'industria automobilistica è nel giusto quando sottolinea che la Ford farebbe meglio a produrre utilitarie che qualcuno sia disposto a comprare. La verità è che i tagli al personale non salveranno la Ford o la Gm, se queste non riusciranno a proporre agli americani automobili con alimentazione diversa dalla benzina». La rivoluzione delle energie alternative è già cominciata in tutto il mondo e i giganti statunitensi dovranno adeguarsi rapidamente, se vogliono sopravvivere. Che vada a etanolo, che sia elettrica o ibrida, l'auto del futuro è già tra di noi. L'unica cosa certa è che non assomiglierà né alla Cadillac del mio amico Paolo, né ai Suv che avanzano in fila indiana sulle autostrade americane.

Per cercare di dimenticare il futuro incerto, Detroit si è data alle scommesse. Il primo casinò è stato inaugurato nel 1999, dopo un'accesa battaglia legale e politica durata quasi vent'anni. Ci sono voluti cinque referendum popolari per far accettare la legalizzazione del gioco d'azzardo. Secondo la tesi dei difensori del progetto, in particolare dell'amministrazione comunale, gli abitanti non dovevano fare altro che attraversare il fiume per andare a buttare i loro soldi nelle sale giochi di Windsor, sulla sponda canadese. Tanto valeva che li perdessero a casa loro. Da allora sono stati costruiti tre casinò: l'Mgm Grand, il Motor City e il Greektown Casino.

Lasciamo l'auto in un parcheggio all'ingresso e ci dirigiamo con passo deciso verso le luci al neon del Greek Town. Una ragazza in uniforme frena il nostro slancio, chiedendo a Jacques di lasciare in auto lo zainetto che porta sempre con sé. «Misura di sicurezza» ci spiega. Tra le slot-machine di Detroit non si temono gli emuli di bin Laden, ma i *Saturday night specials*, i *junk guns*, i revolver che finiscono spesso col fare la loro comparsa alla fine di una serata troppo alcolica, o quando la fortuna ha abbandonato i giocatori.

Al piano terra del Greek Town sono allineate centinaia di slot-machine, la febbre è al culmine. I giocatori, con lo sguardo incollato sui cilindri rotanti, introducono i gettoni credendo ogni volta che il miracolo stia per compiersi. Giocare significa avere fede. Oggi, in quasi tutte le macchinette, le leve sono state sostituite da pulsanti con la scritta SPIN: basta sfiorarli con un dito per gettarsi a capofitto all'inseguimento della fortuna. Bianchi, neri, giovani, vecchi, donne, uomini, tutti uniti nella stessa speranza: sentire la musica del jackpot e il tintinnio delle monetine che cadono. Si beve, si fuma e tra le file di macchinette passano cameriere discinte in precario equilibrio su altissimi tacchi a spillo. Ovunque, le telecamere di sicurezza ricordano che qui la fortuna è ben sorvegliata dagli unici che con il gioco d'azzardo guadagnano davvero: i proprietari del casinò.

Mi avvicino a una donna dai capelli bianchi, vestita con un tailleur leggero di cotone blu. Si chiama Rose Mary Wagner e ha settantasei anni. Viene qui una volta al mese per giocare un massimo di 100 dollari: stasera ne ha già persi 60. Rose Mary fuma tranquillamente una sigaretta, mentre aziona la slot-machine. Ci sono anche sua figlia col marito, che puntano molto più forte: «Perdono anche 1000 dollari».

La parabola del sogno dell'automobile diventato un incubo che domina anche questo universo, apparentemente spensierato.

«Ho lavorato alla Ford, quando ero giovane, dal 1943 al 1946. Facevo la segretaria. Poi ho smesso perché mi sono sposata e ho avuto il primo figlio. Lo stipendio era buono, avevamo degli extra a Natale, l'assicurazione, la previdenza sociale: ci trattavano bene. Conoscevo Henry Ford e la sua famiglia. Erano persone perbene.»

«E la città com'era?»

«Detroit? L'ho amata molto. Ho sofferto tanto quando ha iniziato a sfiorire. Il declino è arrivato assieme alle automobili d'importazione, prodotte da manodopera a buon mercato. Però è anche vero che i sindacati erano troppo forti: 25 dollari l'ora per passare lo straccio per terra!»

Nonostante l'attuale desolazione, Rose Mary è fiduciosa.

«I bei tempi torneranno. Purtroppo non farò in tempo a vederli.»

Saliamo al piano superiore, dove si trovano i tavoli da black jack, baccarat, roulette e poker. La sala è immensa, il pavimento è coperto da una spessa moquette, la musica è alta e il pubblico numeroso. In un angolo c'è il Polo Lounge, un bar in cui tre cantanti neri si esibiscono su un palco. I clienti, seduti al bancone, possono seguire lo spettacolo con un occhio, mentre continuano a giocare con le slot-machine incastrate sotto i gomiti. Due immensi schermi televisivi ricordano a tutti che si trovano lì per consumare rumore, immagini, alcol e speranze. E forse anche sesso. L'atmosfera è molto tranquilla: coppie anziane e donne sole ballano. Tutti sembrano divertirsi.

Comincio a chiacchierare con una giovane coppia, Lisa e il suo fidanzato Jules. Entrambi lavorano per la Gm, lui è ingegnere e lei è impiegata della contabilità.

«Abbiamo temuto anche noi di perdere il lavoro, ma per il momento l'abbiamo scampata» spiega Lisa. Per festeggiare bevono vodka. «La città è andata a fondo perché i sindaci l'hanno amministrata male, e perché i sindacati non hanno fatto un buon lavoro» commenta Jules, che non ha tanta voglia di parlare. Il tasso di disoccupazione nel Michigan è il più alto degli Stati Uniti, e lui non vuole pensarci.

Lasciamo i giocatori alle loro passioni e alle loro angosce. Il giorno dopo, leggerò sul «Detroit Free Press» che gli utili netti dei tre casinò della città nel mese di marzo hanno superato i 100 milioni di dollari.

Ci fermiamo in un albergo nel sobborgo di Dearborn. Ho voglia di rimanere ancora un po' in questa America di cui si parla poco: quella che preferirebbe esportare automobili piuttosto che democrazia, ma che è insidiata da un cocktail letale di povertà, disperazione, razzismo, crimine e corruzione. Qualcuno però non si è limitato ad aprire sale da gioco per approfittare della situazione. A Cincinnati, città ultrapuritana ma anche patria del *peep show*, il reverendo Duane Holm ha promosso un programma, unico negli Stati Uniti, per contrastare la violenza urbana. La Metropolitan Area Religious Coalition mette insieme le forze dell'ordine e i cittadini per garantire l'ordine pubblico.

Tutto cominciò nel 2001, con un'esplosione di violenza seguita all'uccisione di un nero disarmato da parte della polizia. L'episodio portò alla luce le profonde divisioni razziali di una città fino ad allora nota per l'alta qualità della vita. La profonda emozione suscitata in tutto il Paese costrinse il Comune a cercare in fretta soluzioni efficaci, tra cui si distinse la creazione della Coalition. Tra i maggiori risultati del programma, non a caso, c'è un nuovo manuale per l'addestramento dei poliziotti.

Chiedo al reverendo Holm se può spiegarmi le ragioni della deriva criminale di Cincinnati.

«Con l'aumento della povertà cresce la criminalità. Qui, e nel resto del Paese, il divario tra ricchi e poveri diventa sempre più profondo. E allo stesso tempo vengono smantellati i servizi sociali, che potrebbero contrastare gli effetti dell'impoverimento.»

Holm, un grande amante dell'Italia, si concede una piccola divagazione.

«Sa che in città c'è una statua di Cincinnato? È un regalo di Benito Mussolini. Per tutta la Seconda guerra mondiale, anche se l'America era in guerra con l'Italia, è rimasta al suo posto, in pieno centro, nessuno l'ha toccata. È di bronzo, molto grande. Raffigura il generale romano che restituisce i simboli del potere, dopo aver respinto gli invasori barbari, per tornare a coltivare la terra e vivere umilmente. Bell'esempio di senso dello Stato. Magari avessimo tutti dei governanti così illuminati.»

Con un salto di qualche millennio, appare evidente che il reverendo sta pensando agli attuali leader del suo Paese.

«Bush ha dato ai ricchi e tolto ai poveri, accelerando la disgregazione del tessuto sociale» continua infatti «e la guerra in Iraq è servita a coprire la crisi e a impedire alla gente di protestare. Per lo stesso motivo, i cristiani evangelici di destra si concentrano sui problemi individuali: l'omosessualità, l'aborto, la pornografia» aggiunge. «Ma la Bibbia parla dell'omosessualità solo una dozzina di volte, mentre denuncia la povertà in centinaia di passi. Si può essere evangelici e allo stesso tempo solidali con i più deboli.»

Uno degli argomenti usati da George W. Bush per difendere la sua gestione del Paese sono i risultati dell'economia americana. Sulla carta, dalla sua elezione nel 2000, le cose sono andate piuttosto bene. Il prodotto interno lordo è cresciuto del 4,2 per cento nel 2004 e del 3,5 per cento nel 2005. L'anno scorso la disoccupazione era al 4,7 per cento, ovvero poco più alta di quella dell'era Clinton. I tassi di interesse a lungo termine rimangono bassi e l'inflazione è sotto controllo.

Resta comunque un'economia degli eccessi con le società più ricche, i profitti più giganteschi, le capitalizzazioni più astronomiche. Ostenta il suo successo rispetto all'Europa, suo più serio concorrente, soprattutto in fatto di produttività: nel 1995 quella europea era equivalente al 97 per cento di quella degli Stati Uniti, nel 2003 ha perso 8 punti. È una conseguenza dei salari più bassi e delle settimane di lavoro più lunghe, ma anche di una scelta quasi filosofica: gli europei insistono sulla sicurezza dell'impiego e gli americani sulla mobilità. Un altro elemento del dinamismo Usa è la liberalizzazione di interi settori, basti pensare all'espansione delle catene di ipermercati come Wal-Mart. Forse Sam Walton, che aprì il primo supermercato nel 1962 nell'Arkansas, non immaginava che la sua società sarebbe diventata la più potente multinazionale della distribuzione. Oggi la Wal-Mart impiega 1.800.000 persone, di cui 1.300.000 in America. Che percepiscono però stipendi inferiori del 30 per cento rispetto alla media nazionale. Devono anche pagare di tasca propria parte dell'assicurazione sanitaria e non possono riunirsi in un sindacato. Per questo nel 2005 l'associazione di sindacati Union Network International ha intrapreso una dura battaglia. Ma la Wal-Mart non trema: il processo contro la compagnia si è concluso solo con una multa. Era accusata di non aver rispettato i contratti di centinaia di dipendenti e di aver assunto immigrati clandestini, sottopagandoli e costringendoli a turni di lavoro di 60 ore settimanali senza ferie, assicurazione, malattie o straordinari.

Nel 2004, per le ultime elezioni presidenziali, i Walton hanno speso oltre tre milioni di dollari per sostenere candidati conservatori, compreso ovviamente George W.

Imperdibile una visita in uno di questi templi del consumo e della deregulation, che assieme a McDonald's rappresentano la quintessenza del capitalismo americano. Wal-Mart è presente in 15 Paesi con 6500 punti vendita: abbiamo solo l'imbarazzo della scelta.

Già dal parcheggio ci sentiamo sperduti: spazi immensi, file di macchine parcheggiate con carrelli abbandonati qua e là. Varcata la soglia, le proporzioni sono le stesse: donne obese con carrelli stracarichi e un codazzo di figli che vagano tra barbecue, videogiochi, piante, medicinali, televisori, macchine per cucire, computer e generi alimentari. La gente acquista freneticamente, compulsivamente: come se fosse la prima volta che vede tanta abbondanza. O l'ultima. Il centro di smistamento di questo impressionante traffico di carrelli è una sorta di piazza d'armi interna, in cui i flussi delle persone e delle merci si intrecciano, interagiscono con i cassieri o con i commessi, e poi proseguono per la propria strada.

«Qui trovo tutto quello che mi serve» mi fa notare una donna con due bambini, che riesco a fermare per un attimo mentre sfreccia nella corsia degli snack. Nel suo carrello conto non meno di cinque mega-sacchi di patatine formato famiglia. «È una benedizione, risparmio tanto tempo che perderei a girare per negozi. Mi organizzano perfino le vacanze, a ottimi prezzi.»

Già. Da Wal-Mart non occorre uscire. Mai. Con un vago senso di soffocamento, ci dirigiamo verso la porta. Senza aver comprato nulla.

Prima di partire per Detroit, avevamo incontrato Robert J. Gordon, professore di economia alla Northwestern University di Chicago, teorico dello squilibrio nella distribuzione dei profitti. L'unica certezza, ci aveva spiegato, è che i ricchi non sono mai stati tanto bene. «I redditi dello strato più povero della popolazione sono aumentati solo dell'1 per cento annuo nel corso degli ultimi trent'anni, ma quelli dei segmenti più fortunati sono cresciuti fino al 500 per cento.» Questo arricchimento, sottolinea Gordon, è strettamente legato alla collusione tra l'élite economica e quella politica: «È inquietante pensare che probabilmente abbiamo un'oligarchia emergente».

Le ricerche di Gordon hanno alimentato il dibattito sulla mancanza di equità nella società americana. La teoria del circolo vizioso sembra addirittura rafforzarsi se si prendono in considerazione le enormi cifre del deficit accumulato dal Paese: oltre 8000 miliardi. «Sono bombe a orologeria» ci dice il professor Gordon.

Secondo il più recente studio del Federal Reserve Board, oltre il 76 per cento delle famiglie americane è indebitato, più del 46 per cento a causa dell'uso delle carte di credito. Una vera e propria dipendenza: si chiedono soldi per il mutuo o per avviare un business, ma anche per acquisti più frivoli o per andare in vacanza. O per studiare all'università, dato che l'istruzione è estremamente costosa. In media, al momento della laurea, uno studente ha un debito di 27.000 dollari. In particolare hanno bisogno di prestiti i neri – l'84 per cento – e i *latinos* – il 66 per cento. Nel frattempo, il governo ha ridotto drasticamente i finanziamenti alla scuola. E i tagli alle sovvenzioni per gli studenti sono stati i più pesanti in tutta la storia degli Stati Uniti.

«Come è possibile che l'economia vada così bene in queste condizioni?» si chiedeva di recente, con una punta di sarcasmo, Jacob Weisberg della rivista on-line «Slate.com». Il presidente Ronald Reagan aveva cercato di dimostrare che «i deficit non contano», inaugurando un periodo di vertiginosi squilibri di bilancio. «Non è vero» assicura Weisberg «sono un cancro. Prendere denaro in prestito per consumare, come fa l'America, anziché per investire è una cattiva abitudine. A meno che non si abbia in programma di morire giovani. Un deficit del 3,2 per cento, come quello preannunciato da Bush, impedisce al governo di porre rimedio alle debolezze del sistema: la previdenza sociale, l'istruzione, la crisi delle pensioni... Perpetuare un debito non è come spendere e spandere in un negozio o spararsi in un piede, una cosa che fa male solo sul momento. No, è piuttosto come fumare, bere troppo e non fare sport. Sono abitudini che uccidono. Ma non subito.»

Capitolo 11

LA MATA HARI DI BAGHDAD

«In passato Detroit aveva un grande punto di forza: rappresentava l'Eldorado. Era il sogno americano. Poi è diventata un incubo.»

Abbiamo incontrato questa donna bruna e rotondetta di una sessantina d'anni nella hall del nostro albergo di Dearborn. Ci ha sentiti parlare in italiano e ci ha salutati. «Buongiorno» ha detto, e poi ha aggiunto ridendo: «So dire solo questo nella vostra lingua. Ma adoro l'Italia. La mia famiglia viene da lì». Si presenta: Rosa Maria Lubienski.

«Non è un cognome molto italiano.»

«Mio marito è di origine polacca. Il mio nome da nubile è Gallucci.» Poi ci chiede: «E voi da dove venite?».

Le rispondo che Jacques è francese, io altoatesina e che stiamo attraversando gli Stati Uniti per fare il punto sulla situazione cinque anni dopo l'11 settembre. «Cercheremo di spiegare agli europei la complessità dell'America.» Rosa Maria ci segue chiacchierando fino al ristorante dell'albergo. Ha un bel sorriso e sembra incontenibile. Ci raggiunge suo marito, un avvocato di nome Tomas. È simpatico ed elegante, proprio come la sua sposa ciarliera. Sono qui per un ricevimento di nozze, assieme alla figlia e a suo marito. A malincuore, ci lasciano sulla porta.

Nella sala ci sono ancora alcuni clienti, tra cui una famiglia di origini mediorientali. La donna indossa il tradizionale velo. Il nostro cameriere, con mia sorpresa, mi ha riconosciuta: è albanese e prima di emigrare negli Stati Uniti, sei anni fa, guardava la televisione italiana e non si perdeva i telegiornali della Rai. Abbiamo appena ordinato, quando vedo entrare Rosa Maria e Tomas, seguiti da una giovane donna formosa – senz'altro la figlia – e da un uomo dalla carnagione olivastra che immagino sia il genero.

«Abbiamo lasciato la festa, preferivamo raggiungervi. Vi disturbiamo?»

Cambiamo posto per sederci assieme a un tavolo più grande. Rosa Maria è un'insegnante in pensione; la figlia, Alexandra, lavora per una società informatica; il genero, Jamal, è palestinese e fa il commercialista. «E siamo tutti americani. Questo è l'amalgama che andrebbe conservato e che invece a Detroit è scomparso.»

Rosa Maria spiega che, subito prima della Grande Guerra, il boom dell'automobile aveva attirato in città immigrati da tutto il mondo, tra cui i nonni suoi e del marito. Arrivarono con quella che gli storici chiamano la terza ondata migratoria, tra la fine del XIX e l'inizio del XX secolo: quasi 20 milioni di stranieri, in particolare italiani, polacchi, ungheresi, greci, ma anche russi, giapponesi e ovviamente ebrei in fuga dai pogrom dell'Europa orientale.

La prima ondata fu la migrazione dei Padri pellegrini tra il XVII e il XVIII secolo. La seconda, tra il 1820 e il 1890, condusse negli Stati Uniti oltre 15 milioni di europei. Nel 1908, a Broadway veniva rappresentata la pièce *Melting Pot*, titolo che sarebbe entrato nella lingua corrente per indicare l'esperienza americana della commistione di culture diverse.

Oggi si parla di «quarta ondata»: è cominciata alla fine degli anni Sessanta. Chi sogna l'America arriva dal Messico, dalle Filippine, dall'India, dalla Cina, dalla Repubblica Dominicana. La migrazione porta con sé milioni di clandestini. Per l'America è una sfida colossale: si trasformerà in un'ingestibile Babele?

«A Detroit, durante gli anni del boom, esistevano quartieri

etnici, come Poletown, la città dei polacchi, con i suoi negozi, ristoranti, chiese, persino scuole» ricorda Tomas. Lui è cresciuto lì, ai tempi in cui Motown era la capitale industriale del Paese, e godeva ancora della reputazione di «arsenale della democrazia» conquistata durante la Seconda guerra mondiale.

L'era dell'abbondanza coincise con l'inizio della crisi, alla fine degli anni Settanta: «Per molti anni e per molta gente, Gm è stato acronimo di "Generous Motors"» continua Tomas. «La società si faceva carico di tutto e di tutti: buoni stipendi, pensioni e assicurazioni. Non poteva continuare in eterno.» Una delle prime vittime fu proprio Poletown: «Nel 1981, rasero al suolo centinaia di case per costruire un nuovo stabilimento della Gm che fabbricava Cadillac. Ma anche quello andò a rotoli».

Un altro evento accelerò il fallimento dell'esperienza multiculturale di Detroit. Nell'estate del 1967, un quartiere noto con il nome di 12ª Strada fu teatro di alcuni degli scontri razziali più sanguinosi della storia americana. La guerriglia urbana fu domata solo quando il presidente Johnson mandò 5000 soldati a pattugliare la città. Ma sul selciato rimasero 43 vittime. Quasi tutti neri.

Una delle eroine della battaglia per l'integrazione è morta lo scorso ottobre a Detroit: Rosa Parks, icona del movimento antisegregazionista. Una sarta che a Montgomery, in Alabama, nel 1955 ebbe per prima il coraggio di non cedere il proprio posto sull'autobus a un bianco. Fu arrestata e processata. Tutti gli uomini e le donne di colore della città boicottarono il trasporto pubblico per 381 giorni consecutivi. La protesta era guidata da un allora giovane Martin Luther King, che sarebbe diventato il più grande paladino dei diritti dei neri d'America. Nel 1956 la Corte suprema dichiarò incostituzionale la segregazione sui mezzi pubblici. Oggi l'Henry Ford Museum di Dearborn conserva l'autobus su cui Rosa cambiò la storia.

«La dimensione razziale dei problemi di Detroit è molto importante» sottolinea Alexandra. «Quando le fabbriche si sono spostate in periferia, e con esse i bianchi, in città sono rimasti i neri più poveri e spesso senza lavoro.»

Oggi, l'ex capitale dell'automobile è diventata un grande ghetto nero, abbandonato ai suoi mali e lasciato andare alla deriva.

«Dearborn è un caso particolare» interviene Jamal. «I primi arabi ad arrivare negli Stati Uniti furono i libanesi, soprattutto commercianti. Con il boom industriale, sono approdati nel Michigan. Henry Ford non voleva neri nelle sue fabbriche, ma accettava gli arabi. Ed è così che tutto è cominciato: le famiglie si sistemavano, facevano venire i genitori e la regione è diventata una specie di piccolo Medio Oriente. Ma senza le guerre.»

Lo stabilimento di River Rouge, che per decenni ha mantenuto in vita Dearborn, ha ormai perso tre quarti dei dipendenti, ma gli arabi ci sono ancora: 40.000 su una popolazione di 98.000 persone, la seconda più grande comunità di origini mediorientali dopo quella di New York. All'inizio i cristiani erano in maggioranza, ma ora i musulmani li hanno sopravanzati e il centro islamico, con la sua grande moschea sull'Avenue Ford, è il più importante del Paese.

«Tra di noi non ci sono problemi. Siamo libanesi, siriani, palestinesi come me, yemeniti e ora iracheni. Politica e religione vanno tenute distinte.»

La famiglia Lubienski è la vera famiglia *melting pot*. Ma oggi è ancora possibile reinventarsi un futuro negli Stati Uniti?

Orlando Patterson, professore di sociologia alla Harvard University, originario della Giamaica, è uno dei massimi esperti di problemi razziali. Tra le sue molte opere, ha scritto anche una trilogia sulla sfida dell'integrazione e sulle conseguenze di due secoli di schiavitù in America. Guarda alle problematiche della comunità afroamericana – 36 milioni di persone pari al 13 per cento della popolazione – con occhio secondo alcuni al limite del politicamente scorretto.

«Se il 28 per cento dei giovani neri è stato almeno una volta in carcere, non è tanto un problema di razzismo. C'entra la povertà, ma non sono gli unici in queste condizioni. Io la chiamo "trappola di Dioniso": i ragazzi sono profondamente influenzati dalla vibrante subcultura della musica rap e hip hop. Li rende prigionieri di modelli culturali gratificanti e incapaci di affrontare la realtà.»

Sono fieri di essere neri, e secondo le ultime ricerche tra loro si registra il più alto livello di autostima di tutti i gruppi etnici, indipendentemente dalle loro scarse performance scolastiche e dalla loro estrazione sociale. I giovani maschi considerano molto *cool* emulare star dell'hip hop come 50 Cent, Snoop Dogg, Jay Z e Puff Daddy: ciascuno di loro vanta un passato movimentato, con episodi di droga, sparatorie, sanguinose faide tra gang rivali e diversi anni di prigione. Questi *golden boys* della musica, però, ce l'hanno fatta: hanno contratti miliardari, sono circondati da splendide donne, possiedono ville e macchine da sogno e sfoggiano abiti rigorosamente griffati. Molto amati anche dai bianchi e fortemente sponsorizzati dalla grande industria dello spettacolo, questi personaggi rappresentano, secondo Patterson, un modello deviante.

«I ragazzi dicono per esempio apertamente che se c'è chi guadagna un milione di dollari, non vedono perché si dovrebbero accontentare di un lavoro da McDonald's per cinque dollari l'ora. A veicolare questa cultura è soprattutto la televisione, che i bambini neri guardano fino a 60 ore alla settimana.»

Chiedo al professore di spiegarmi l'impatto sulla società nera di 200 anni di schiavitù.

«La conseguenza più drammatica riguarda la famiglia: nell'80 per cento delle nascite recenti, la madre è single. Non solo è la ricetta perfetta per l'emarginazione, ma vuol dire che c'è un problema più profondo. La schiavitù ha completamente distrutto la famiglia: i neri non potevano essere marito e moglie, i loro figli venivano venduti. Questo passato crea ancora oggi una forte tensione fra i sessi, con i maschi incapaci di assumersi la responsabilità di essere padri. Tra i neri, si registra la più bassa percentuale di matrimoni e la più alta di divorzi. Il più delle volte le ragazze vengono messe incinte e subito abbandonate, con i bambini che finiscono inevitabilmente sulla strada.» È qui che si inserisce l'elemento della povertà, anche se il professore sottolinea che è sempre più difficile parlare di una comunità afroamericana omogenea.

«Negli ultimi trent'anni sono stati fatti progressi enormi e si è formata una classe media e medio-alta molto forte, che trova i suoi punti di riferimento in personaggi come Colin Powell e Condoleezza Rice, ma anche in Magic Johnson e Oprah Winfrey. E poi ci sono le differenze tra i neri del Nordest, del Sud e della California, dove per esempio le tensioni razziali sono fra bianchi e *latinos*.»

Tuttavia, quasi un quarto della popolazione di colore continua a essere indigente e le previsioni non sono incoraggianti, soprattutto per gli uomini.

«Nel migliore dei casi i genitori sono costretti a fare più di un lavoro, lasciando i figli abbandonati a se stessi. L'unico punto di riferimento diventa il marciapiede, e le gang sostituiscono la famiglia.»

Ricordo al professor Patterson il famoso slogan di Bush: *No child left behind*, nessun bambino sia lasciato indietro. «Peccato che questo buon proposito non sia mai stato messo in pratica con i fondi necessari. Questa è l'amministrazione più cinica della storia americana, e osano chiamarsi "conservatori compassionevoli"! Gli Stati Uniti stanno diventando una società sempre più divisa in classi, con un capitalismo brutale.»

L'«Economist» scriverà alla fine di giugno che tra i Paesi avanzati l'America ha le maggiori disparità tra ricchi e poveri. Ma contrariamente a noi europei, la maggioranza della gente non sembra preoccuparsene più di tanto.

Secondo un recente sondaggio, otto americani su dieci ritengono che anche se si parte svantaggiati, lavorando duramente sia possibile fare un sacco di soldi. Questo è uno degli aspetti fondanti del sogno americano. Ma se l'economia rallenta come previsto, e la già forte diffidenza per la globalizzazione cresce, anche i più tolleranti potrebbero cambiare idea.

«Non c'è dubbio che con Bush l'America sia diventata più ingiusta, e le cose siano peggiorate anche per i neri. Lo

Stato dovrebbe giocare un ruolo più importante. Spendiamo ogni mese miliardi per la guerra in Iraq. Potremmo quindi permetterci di investire nei programmi per il recupero dei bambini dei ghetti, prima che la strada li divori.»

Il professore mi aveva avvertito fin dall'inizio: non bisogna confondere problemi razziali con problemi di classe. Lui non ha dubbi in proposito: l'America di oggi è di fronte a una lotta di classe.

L'indomani risaliamo in macchina e lasciamo Dearborn, diretti a Cleveland. Facciamo rotta verso sud, direzione Toledo, poi a est lungo il lago Erie: quattro ore di strada per arrivare a destinazione in tarda mattinata.

Le valli delle Moreland Hills, appena fuori Cleveland, sono già verdi e il sole primaverile riscalda un paesaggio tranquillo. I prati sono ben rasati, le aiuole fiorite e gli alberi curati. La strada è dritta, con pigre curve tra le case eleganti. Qui non ci sono brutte sorprese: gli automobilisti rispettano gli stop, le strisce gialle e i limiti di velocità. L'unico pericolo è segnalato da una silhouette nera su un cartello giallo: può succedere che un cervo vi attraversi la strada all'improvviso. Rallentate. Siamo lontani da Baghdad, molto lontani.

Parcheggiamo nel vialetto d'accesso di una grande villa moderna dalla facciata di legno grigio chiaro. Un'ampia scalinata conduce a una doppia porta di rovere massiccio. Suoniamo il campanello e ci apre un uomo sorridente in tenuta sportiva. Ci stava aspettando.

«Benvenuti, sono Ali» dice tendendoci la mano. Si gira e chiama: «Sawsan!».

Si avvicina una donna minuta, in jeans e camicetta bianca a righe rosa, i capelli neri e corti. È lei che siamo venuti a incontrare. Sawsan al-Haddad. È americana-irachena, e abbiamo fatto questa deviazione verso Cleveland per sentire il racconto della sua straordinaria vicenda. È una spia. Nel 2002, pochi mesi prima della guerra, ha rischiato la vita per scoprire se valesse la pena invadere la sua terra natia. Ma invano.

Ci sediamo in un salone elegante, la luce entra a fiotti dalle grandi vetrate che danno sul giardino. Nell'arredamento molti dettagli richiamano la patria della coppia: immagini, libri, soprammobili. Su un cassettone, la fotografia di un'adolescente: «È nostra figlia, studia a Chicago» spiega Sawsan.

I suoi occhi neri mi scrutano: «Non mi piace raccontare la mia storia, ma mi fido di lei» dice infine. «Non ho mai rilasciato interviste a quotidiani o riviste, ma so che lei sta scrivendo un libro.»

Sawsan è nata a Baghdad nel 1950, ha studiato medicina e negli anni Settanta ha sposato Ali, suo collega. Sono entrambi sciiti. Nel 1979, quando Saddam Hussein sale al potere – dopo aver estromesso il generale Ahmad Hassan al-Bakr – decidono di lasciare il Paese, partendo con due valigie come turisti.

«Avevo il cuore spezzato. Lasciavo mio padre ammalato. Sapevo che non lo avrei più rivisto. Ma lì ci sentivamo in prigione» ricorda Sawsan.

Lei e Ali volano in Germania, poi a Londra, dove aspettano a lungo i documenti per poter emigrare in America.

«Abbiamo ricominciato tutto da capo. Non avevamo più niente.» Ma a due professionisti, disposti a lavorare, si aprono molte porte e Sawsan intraprenderà una brillante carriera di anestesista. Rivedranno Baghdad insieme una sola volta, nel 1989, per un congresso di medicina.

«Da allora, io non sono più tornato» interviene Ali. «Prima della guerra temevo che mi arrestassero, adesso ho paura di restare ucciso. Il Paese in cui sono cresciuto non esiste più. Ho nostalgia di un Iraq ormai scomparso.»

Ma per Sawsan, le cose sono andate diversamente: è rientrata nel suo Paese in circostanze che non avrebbe mai potuto immaginare.

Dei suoi due fratelli uno, Sammy, vive a Houston mentre l'altro, Saad Tawfik, è rimasto a Baghdad. Su di lui si appunterà l'interesse dei servizi segreti americani.

Laureato in ingegneria a Brighton, nel 1981 Saad deve rientrare in Iraq per occuparsi della madre, rimasta sola dopo la morte del marito. La guerra con l'Iran è scoppiata da un anno, e a Saddam servono tutti i talenti disponibili per sviluppare quella che diventerà la sua ossessione: un'arma atomica. All'inizio di giugno dello stesso anno, Saad viene assunto dalla Commissione irachena per l'Energia atomica. Il 7 giugno gli israeliani bombardano e distruggono il reattore di Osirak, fornito dai francesi e costruito alla periferia della capitale irachena. Il Rais decide di portare avanti un programma nucleare segreto. E per dieci anni uno degli uomini chiave sarà proprio Saad.

«Era il cervello dell'intero progetto, e il suo capo diretto era Hussein Kamel, genero di Saddam Hussein» racconta Sawsan. Kamel in seguito scappò assieme al fratello in Giordania, dove per mesi furono a disposizione della Cia. Convinti da Saddam a tornare, appena messo piede sul suolo iracheno furono però brutalmente uccisi.

La Cia conosce Saad perché il suo nome compariva nelle liste degli ispettori dell'Onu, che per sette anni dopo la Guerra del Golfo si occuparono di smantellare l'arsenale proibito del Rais. Ma alla vigilia del nuovo conflitto iracheno, i signori dello spionaggio di Washington hanno bisogno di un aggiornamento. Non hanno informatori nelle alte sfere del regime, brancolano nel buio. Un veterano dell'agenzia di spionaggio, Charlie Allen, organizza allora una delle operazioni di infiltrazione più audaci degli ultimi anni. Semplice ed efficace, ma pericolosa. Si tratta di contattare americani di origine irachena, i cui parenti sono in qualche modo coinvolti nel programma di riarmo di Saddam. Questi a loro volta contatteranno i loro cari in Iraq. I servizi segreti puntano su due fattori: gli iracheni che vivono negli Stati Uniti hanno mantenuto legami sufficienti con il loro Paese per potersi spostare senza destare sospetti, ma allo stesso tempo sono leali verso la loro nuova patria.

Sawsan riceve la telefonata di un certo Chris, che vuole incontrarla. Diffidente, fa una cosa che se non fossimo in America sembrerebbe del tutto assurda: chiama l'Fbi a Cleveland e chiede di verificare che la persona con cui ha parlato lavori effettivamente per i servizi segreti. L'Fbi la richiama e conferma.

«Chris era molto gentile» sottolinea. La prima opzione contemplata dalla Cia è convincere Saad a scappare, ma lui rifiuta perché non vuole lasciare la famiglia. Non le resta che raggiungerlo per ottenere da lui le informazioni richieste: il viaggio più rischioso della sua vita.

«Ero nervosa. Con Ali abbiamo discusso cosa fare qualora mi fosse successo qualcosa.»

Quattro agenti l'addestrano per la missione. Dovrà porre al fratello una serie di domande molto tecniche, che però non sa come e dove annotare: sarà controllata passo passo dagli sgherri di Saddam. I suoi mentori le insegnano allora a usare l'inchiostro simpatico, ma anche questo le sembra troppo pericoloso. Elabora infine un sistema più astuto: inserisce le domande americane in schemi di parole crociate e schizzi a penna in caratteri arabi.

Finalmente, all'inizio del settembre 2002, Sawsan parte. Saad viene a prenderla al Saddam International Airport. Non si riconoscono subito, non si vedono da 13 anni.

«È stata una visita piena di emozioni e di ricordi.»

Trascorre una decina di giorni con la famiglia. Due volte accompagnerà il fratello in discrete passeggiate notturne, durante le quali gli rivolgerà le domande dettate dalla Cia. Saad si stupisce. Evidentemente gli americani pensano davvero che gli iracheni abbiano ancora un programma nucleare attivo.

«Mi ha spiegato che non c'era più niente. Che le installazioni erano state distrutte, oppure smantellate durante i sette anni di ispezioni dell'Onu, e che il regime aveva abbandonato le ricerche nucleari. Mi ha supplicato di spiegarlo bene, dicendomi che l'Iraq non era più nemmeno in grado di abbattere un caccia nemico.»

Sull'aereo che la riporta negli Stati Uniti, Sawsan sa di dover affrontare una nuova sfida: convincere gli americani. Cosa dirà alla Cia?

«Sono tornata e ho riportato fedelmente le dichiarazioni

di Saad, piene di dettagli. Mi hanno promesso di trasmettere le mie informazioni direttamente a George Tenet, all'epoca direttore dei servizi. Sono addirittura andata di persona a Washington. All'inizio mi hanno ascoltata, ma nell'ultima telefonata sono stati perentori: suo fratello mente.»

L'intelligence la contatterà di nuovo durante la guerra per cercare di localizzare Saad, che dopo l'invasione sarà sottoposto a mesi di interrogatori. Alla fine David Kay, il capo della commissione Cia istituita per scovare le armi introvabili, si scuserà per quella vera e propria ossessione.

Saad pensa che Washington abbia fatto la guerra per eliminare definitivamente l'Iraq come potenza araba, ma Sawsan non vuole credere a tanta efferatezza: «Forse sono troppo ingenua? Mi sento colpevole e stupida. Ero tra quelli che volevano la guerra per abbattere Saddam. Ma come ho potuto credere che queste persone avessero veramente a cuore il bene del mio Paese?».

Le chiedo se sente di essere stata manipolata.

«No, mi ero offerta volontaria. E mio fratello pensava che parlando avrebbe potuto evitare la guerra.»

«È delusa dal comportamento degli americani?»

«Certo, ma anche da quello degli iracheni. Vorrei dire: adesso che vi siete sbarazzati di Saddam, fate qualcosa! Ma la dittatura ha corrotto profondamente l'anima della gente.»

«Lo rifarebbe?»

«Sapendo quello che so ora? No. Ho solo perso il mio tempo e messo in pericolo mio fratello.»

Chi conosce a menadito le operazioni della Cia in Iraq è Paul Pillar, veterano di 28 anni di servizio, responsabile fino all'anno scorso dell'Ufficio affari mediorientali dell'agenzia. Lo incontrerò a Washington, dove ora insegna alla Georgetown University. Capelli bianchi ma ancora giovanile, mi riceve con una bella stretta di mano decisa.

È la persona giusta a cui chiedere perché le informazioni di Sawsan al-Haddad non siano state tenute in considerazione.

«Tutto il rapporto sull'Iraq era pieno di contraddizioni e per principio non ci si affida mai a una sola fonte» mi risponde. «Ma devo dire che in trent'anni di onorato servizio, non avevo mai visto un fiasco come quello iracheno. Anche se non credo si sia trattato di malafede.»

«Come si sarebbe potuto evitare di prendere un abbaglio così grave sull'arsenale di Saddam?»

«Bisognava insistere, portare avanti l'indagine. Invece, tutti capivamo bene che non era il caso di andare contro la volontà dell'amministrazione. Tanto aveva già deciso come agire, indipendentemente da quello che avremmo scoperto. Di noi analisti si diceva che eravamo un mucchio di democratici, mossi solo dal desiderio di contrastare il presidente Bush.»

Sembra quasi che Pillar voglia discolpare i servizi segreti da qualunque accusa di inettitudine o superficialità.

«Lungi da me sollevare la Cia dalle sue responsabilità» puntualizza. «Ma era chiarissimo quali informazioni erano gradite all'amministrazione e quali no.»

«Quindi negli ultimi anni l'atmosfera è cambiata?»

«Tanto per cominciare, le operazioni antiterrorismo sono diventate meno efficienti. Le ingerenze del potere politico sono più forti che mai, e la confusione di ruoli e responsabilità rende la Cia più debole e meno efficace. Troppe persone sono messe lì per la loro "fedeltà", non certo per le loro competenze.»

Per riprendersi, secondo Paul Pillar, alla Cia serviranno molto tempo e un cambiamento politico. Un antidoto per i veleni iniettati dal Pentagono e dalla Casa Bianca.

CAPITOLO 12

OCEAN IN VIEW!

È ARRIVATO IL MOMENTO del grande salto verso Ovest. Direzione, la costa del Pacifico e i nuovi orizzonti dell'America dove si inventa il futuro. La nostra prima tappa sarà Portland, nell'Oregon. È in questa regione che Lewis e Clark portarono a termine, 200 anni fa, la loro avventura transcontinentale.

Seguirono il Missouri dalla sua confluenza con il Mississippi, a nord di Saint Louis, fino alle sue sorgenti. Il 7 novembre 1805, arrivarono al traguardo: il Pacifico. «*Ocean in view!*» scrisse quel giorno Clark con entusiasmo. Stranamente, nel diario di Lewis invece nemmeno una parola per celebrare quell'enorme successo. Aveva raggiunto l'obiettivo e grazie a lui era nata una nazione. Aveva preso possesso fisicamente, in nome dell'America, di terre sulle quali la sovranità europea non era mai andata oltre una dichiarazione di intenti. Aveva osato e vinto. E tuttavia Lewis tacque. Era forse un preludio a quello che sarebbe accaduto?

I due amici e i loro 30 compagni avevano appena coperto quelli che in linea d'aria sono 3200 chilometri. Di fatto, come avrebbe riferito più tardi Clark, avevano navigato e camminato per oltre 6600 chilometri impiegando 18 mesi. Attraversando un continente sconosciuto, raccolsero un'enorme quantità di informazioni sulla fauna, la flora, la geografia, il sistema idrografico della terra che gli americani avevano comprato dai francesi. Stabilirono anche contatti con gli abitanti del luogo, le tribù indiane che vivevano nelle regioni attraversate dalla spedizione. Incontrarono i Mandan, i Sioux, i Nasi bucati, i Piedi neri e i Chinooks, in tutto una cinquantina di tribù con usi e costumi molto diversi. Alcuni, come i Mandan, abitavano in capanne di terra e coltivavano mais, altri, come i Sioux, vivevano in tende e cacciavano bisonti. Durante tutto il viaggio, Lewis e Clark organizzarono cerimonie nelle quali gli indiani prestavano giuramento di fedeltà e ricevevano medaglie della pace: una faccia raffigurava il volto di Jefferson, e l'altra due mani che si stringevano. Distribuivano anche regali, spesso abiti e monili di nessun valore, ma gli indiani fecero presto a capire di essere più interessati ai fucili che a quel genere di paccottiglia. Nei loro diari, i due esploratori raccontarono questi incontri con un misto di empatia e di arroganza verso queste popolazioni benevole, ma di cui non capivano né la lingua né la cultura.

Due secoli dopo, attraversare gli Stati Uniti è una questione di poche ore di volo. L'invenzione della velocità ha reso possibile lo sviluppo americano. Jacques e io non dovremo subire i capricci di un fiume e dei suoi banchi di sabbia, né aprirci la strada in sconfinate foreste o affidarci alle bizze dei cavalli. Non dovremo affrontare le intemperie e gli animali selvaggi, e non incontreremo indiani. Ma la curiosità e il piacere della scoperta sono altrettanto forti.

Siamo arrivati all'ultimo momento al banco della Southwest dell'aeroporto Midway di Chicago, e ci aspetta una cattiva notizia. Sui voli di questa compagnia, low cost, non vengono assegnati i posti, e i primi a fare il check-in sono i primi a salire a bordo. Gli ultimi, come noi, si dividono i sedili che restano. E mi immagino già, lontana da Jacques, incastrata tra due grossi americani o seduta proprio accanto alla toilette. Gli impiegati della Southwest ci spiegano che non c'è niente da fare:

negli Stati Uniti niente favoritismi, il regolamento è uguale per tutti. Poi il tono cambia. Una delle ragazze che controlla il passaporto di Jacques vorrebbe chiedergli qualche informazione sugli alberghi economici di Parigi, dato che vuole andarci in vacanza con il marito. Decido subito di barattare i consigli su Parigi con due pass speciali per poter salire a bordo col primo gruppo, di cui fa parte anche una signora in carrozzella. Che al nostro arrivo però correrà felice incontro all'uomo che l'aspettava.

Ci sediamo nella sala imbarchi in attesa di far rotta verso il Pacifico. In una libreria dell'aeroporto ho comprato un libro del 2001 di Paul Auster: *True Tales of American Life* (*Vere storie di vita americana*). Auster è uno dei più grandi autori americani contemporanei. Mi era piaciuta molto la sua *Trilogia di New York*, surreali *detective stories* che lo hanno reso famoso alla fine degli anni Ottanta. *True Tales of American Life* raccoglie brevi racconti inviati dagli ascoltatori di una radio. Nel corso della sua trasmissione, Auster leggeva quelli che gli sembravano più interessanti. Ognuno è come una vecchia fotografia, l'istantanea di uno scorcio di vita. Un mucchio di ricordi che messi insieme formano il complesso mosaico di questa nazione.

Seduta nell'immenso aeroporto in cui ogni giorno si incrociano tante vite diverse, mi intriga l'idea di tessere i fili di destini sconosciuti in un unico canovaccio. «Scopro che mi manca una definizione soddisfacente della realtà» conclude uno degli interlocutori di Auster. Manca anche a me.

Alzo gli occhi. Jacques è seduto alla mia sinistra e digita sulla tastiera del computer. Un ragazzo alla mia destra si annoia e cominciamo a chiacchierare. Fa il lavapiatti in un ristorante di Portland.

«Da dove venite?» mi chiede. Ha i capelli tagliati a spazzola, gli occhi rotondi e non troppo vispi. Rispondo, e come faccio spesso aggiungo che ci sentiamo più che altro cittadini d'Europa.

«Dove si trova?» ribatte.

Rimango interdetta e prima che riesca a rispondere, lui

prova a fare uno sforzo: «È sotto il Polo Nord, no?». In effetti, si può dire anche così.

«Più precisamente, diciamo che è dall'altra parte dell'Atlantico, a destra dell'America quando si guarda un planisfero» puntualizzo.

Jacques mi sussurra all'orecchio che il ragazzo si sta prendendo gioco di me, e che recita la parte dell'americano ignorante per alimentare i miei pregiudizi di straniera. Non ne sarei così sicura. Cominciano a imbarcare e non avrò il tempo di chiarire il mistero.

Grazie ai nostri lasciapassare, saliamo a bordo per primi insieme alla donna in carrozzella e a un signore anziano privo di un braccio, che scopriremo essere un militare dell'aeronautica in pensione. Ci ritroviamo seduti in prima fila e sono proprio sollevata: il volo è strapieno. Il personale è premuroso e cordiale. Una hostess, alta e bionda, indossa pantaloncini che non nascondono nemmeno un centimetro di un fantastico paio di gambe slanciate e abbronzate. Metterle in mostra fa parte della strategia di immagine della terza compagnia aerea del mondo. Una delle poche a non trovarsi in difficoltà: da quando il prezzo del petrolio è schizzato alle stelle, il trasporto aereo mondiale è entrato in una zona di forti turbolenze. Più tardi la hostess mi racconterà che è madre di famiglia, originaria del Texas e che, come molti dipendenti, è azionista della Southwest.

Sul volo continuo la lettura di Paul Auster, ma soprattutto mi lascio distrarre dallo spettacolo che va in scena attorno a me.

La donna in sedia a rotelle ha preso posto nella fila dietro alla nostra, vicino al finestrino. Ha una cinquantina d'anni, i capelli scuri ed è interamente vestita di nero. Il signore attempato è sul lato del corridoio. Hanno cominciato a chiacchierare, e la voce di lei è così alta che non posso fare a meno di ascoltare. Tra loro, prima che si chiudesse il portellone dell'aereo, si è seduto un ragazzo che si è subito immerso nella lettura di un documento. Assisto così a una scena davvero comica: lei continuerà la conversazione con lui per tutto il viaggio, al di sopra della testa del loro vicino il quale, per oltre quattro ore, resisterà stoicamente a un inarrestabile fiume di parole. Quando il signore anziano si alza per andare in bagno, lei continua semplicemente a chiacchierare rivolgendosi al suo silenzioso vicino, di cui immagino il calvario.

Le ore di volo sono sufficienti per spiegare in ogni singolo dettaglio la vita della passeggera della fila n. 2: il marito, il divorzio, l'amante, l'insonnia, la salute cagionevole, le angosce. Il militare l'ascolta, le risponde e anche lui si confida. È molto più conservatore di lei, e arriverà addirittura a difendere la tesi che mescolare la politica alla religione è un bene. La discussione continua, e mi chiedo com'è possibile che il ragazzo seduto al centro non abbia chiesto alla hostess un paracadute o, in mancanza di meglio, del cianuro.

Il problema non si pone con la mia vicina di sinistra, che sta molto sulle sue. È una donna sulla sessantina, dai lunghi capelli grigi raccolti. Sono io a chiederle da dove viene. Da Portland. Mi confida di aver lavorato come giornalista. Anche lei conosce bene il Medio Oriente, avendo vissuto in Libano per poi passare tre anni nella città siriana di Aleppo, negli anni Ottanta. Le chiedo per quale giornale lavorasse, e senza il minimo imbarazzo mi risponde: «Per una rivista scientifica». Mi piacerebbe essere così ingenua da crederle. Che cosa ci faceva la corrispondente di un giornale specializzato nella Siria del vecchio leone Hafez al-Assad? In quel periodo nel Libano gli americani venivano presi in ostaggio, in tutta la regione i terroristi facevano esplodere le ambasciate Usa, e l'odio contro il Grande Satana cominciava a germogliare nel cuore dei musulmani e degli arabi. Non sarà per caso un'altra Mata Hari?

Tengo per me la domanda, e rivolgo la mia attenzione al dramma silenzioso che si svolge sull'altro lato dell'aereo. Eppure, all'inizio sembrava che tutto andasse a meraviglia per le due ragazze che si erano accomodate in prima fila. Una vicina al finestrino, l'altra sul lato del corridoio, avevano sistemato sul sedile centrale abiti e borse. Nessuno le aveva disturbate. La catastrofe si è presentata sotto forma di una massa umana.

Un uomo dalle dimensioni spropositate, una specie di gigante che ha dovuto chinare la testa per salire a bordo, talmente massiccio da far fatica a incastrarsi tra i braccioli del sedile. Una volta seduto, ha letteralmente debordato sulle vicine. Lo osservo con la coda dell'occhio. Si assopisce spesso e lo vedo accasciarsi, con il libro appoggiato sulla pancia prominente. Quando non dorme beve Coca Light.

Negli Stati Uniti l'obesità è diventata una vera epidemia, e per il momento nulla lascia pensare che sarà possibile sconfiggerla. Le cifre sono allarmanti: due terzi degli americani sono in sovrappeso o obesi. Il fenomeno interessa anche i bambini, tanto da indurre l'anno scorso l'ex presidente Bill Clinton a lanciare una campagna nelle scuole contro il *junk food*, ovvero dolci, bevande gassate, sandwich, hamburger, snack.

Quando eravamo a New York, per affrontare seriamente la questione avevo voluto incontrare Jules Hirsh, professore emerito della Rockefeller University, che da decenni studia i meccanismi che regolano il metabolismo. Guardando il mastodonte seduto tra le due sventurate mi tornano in mente le sue spiegazioni.

«È nata una nuova razza di americani, più alti, più robusti, più grassi» ci aveva detto «come reazione alle generazioni precedenti.»

Hirsh sostiene, e le sue ricerche lo dimostrano, che le prime generazioni di americani – che da emigrati e poi da coloni avevano sofferto la fame – hanno sviluppato la capacità di immagazzinare calorie. In seguito, con la nascita della società del benessere, gli esseri umani, programmati per resistere alle carestie, si nutrono in modo più ricco e l'organismo reagisce accumulando grassi e zuccheri. Vi sarebbe quindi nell'obesità una componente di storia genetica, che nessuna dieta al mondo potrà modificare. «Siamo stati in grado di rendere gli americani più alti, più grassi e forse addirittura più intelligenti. Ma non sappiamo come renderli più magri!»

Una soluzione forse è quella proposta dal regista indipendente Morgan Spurlock, autore del film-documentario *Super Size Me* che ha sconvolto l'America nel 2004. Per 30 giorni, Morgan ha mangiato solo da McDonald's, tre volte al giorno, smettendo allo stesso tempo di fare esercizio fisico. Ha provato almeno una volta ogni cosa sul menu del fast food, scegliendo sempre il «Super Size», il menu *extra large* che «fa risparmiare». Alla fine del periodo, in cui si è regolarmente sottoposto a test clinici, era ingrassato più di 11 chili, per tacere dei danni al fegato, degli sbalzi d'umore e dei problemi sessuali. Gli ci sono voluti mesi per ritrovare la forma fisica. Nel febbraio 2005 è uscita la versione per le scuole del documentario, che farà parte dei programmi di studi sulla salute.

«È tutto vero, tutto documentato. E per molta gente è stata una rivelazione apprendere quante schifezze mangiavano tutti i giorni» mi ha detto Spurlock. «Continuamente mi fermano per strada e mi ringraziano, dicono che ho cambiato la loro vita.»

Super Size Me ha aperto gli occhi a molti ignari consumatori di *junk food*. E la McDonald's, pur senza fornire spiegazioni, ha riorganizzato i suoi pasti eliminando l'opzione Super Size.

«Questo Paese si fonda ormai sul consumo e sulla velocità, nessuno si siede più a tavola per un pranzo come si deve» osserva il regista. «La cosa migliore che possiamo fare è avviare un movimento per lo *slow food*, per un'alimentazione più sana e più consapevole. Finalmente sta diventando una vera e propria questione politica.»

L'aereo ha cominciato la discesa verso Portland. Nell'attesa, Jacques se ne sta con il naso incollato al finestrino. Mi indica il fiume che si snoda al di sotto delle ali dell'aereo: «Il Columbia. È da qui che sono arrivati Lewis e Clark». Per noi come per loro, raggiungere Portland ha un significato particolare. Siamo finalmente arrivati nell'altra America, sinonimo di nuove tecnologie e di spiagge sconfinate, che subisce l'irresistibile fascino dell'Asia vicina.

Appena scesi dall'aereo, saltiamo su un taxi per andare a incontrare l'uomo che ci fa correre tanto, sia in senso proprio che in senso figurato: Tom Hartge. È lui che ha ideato le *sneakers*, l'ultima generazione, ergonomica e tecnologica, delle scarpe da ginnastica. È il direttore creativo della Nike. Il tassista è russo. Ci accorgeremo in fretta che le ex repubbliche dell'Urss sono ben rappresentate al volante dei taxi di Portland, dove il passaporto per il Nuovo Mondo è la patente di guida.

Ci lascia davanti alla porta della Mecca dello sport: il Nike Campus. Siamo molto lontani dalle rovine di Detroit, ma anche dalle fortezze di cemento di Wall Street. Siamo di fronte a una sterminata proprietà immersa nel verde che ospita edifici ultramoderni: muri bianchi, strutture in alluminio, grandi superfici di vetro. Un lago artificiale, piscine coperte e scoperte, stadi con due campi da tennis e due da football con il prato supercurato completano il panorama. Chiunque sognerebbe di lavorare in un posto così. Ovviamente non ci sono automobili, ma incrociamo ragazzi in tuta e scarpe da tennis. E, con buona pace del professor Hirsh, niente chili di troppo. Ovunque, sulle facciate e nei viali, le gigantografie dei grandi nomi dello sport sponsorizzati dalla multinazionale del fitness: fra i tanti Tiger Woods, Lance Armstrong, la calciatrice americana Mia Hamm. Abbiamo appuntamento proprio nella palazzina che porta il suo nome.

L'uomo che ci viene incontro incarna perfettamente lo spirito di questo posto: jeans, felpa, scarpe da jogging e uno zainetto a tracolla. Tom: allegro, occhi azzurri, snello e proporzionato. La sua ambizione è far correre il mondo, in Nike se possibile.

Hartge è entrato molto presto a far parte della piccola banda che, raccolta intorno a Philip Knight, ha lanciato il marchio nel 1971. «Soltanto perché amavo lo sport» ci dice. «Eravamo tutti fanatici.» Ha appena compiuto cinquant'anni e partecipa ogni anno alla maratona di Boston. Ne ha fatte 21. Jacques gli chiede il suo tempo: 3 ore e 19 minuti. Leggo negli occhi di mio marito una certa invidia. Pochi anni fa

Tom ci metteva 2 ore e 40 minuti, ma da allora si è sposato, ha avuto due figlie e ha assunto nuove responsabilità. Corre ancora per un'ora ogni mattina, dopo essersi alzato alle cinque. Poi accompagna le bambine a scuola e alle otto è in ufficio. «Siamo qui per aiutare gli atleti a ottenere migliori prestazioni, ma siamo anche convinti che per essere un atleta basti avere un corpo» aggiunge, mentre chiacchieriamo seduti sull'erba sotto un bel cielo blu.

Oltre al nome, semplice e d'effetto, due strumenti di comunicazione hanno permesso alla Nike di diventare un punto di riferimento mondiale: lo Swoosh, la famosa «virgola» che contraddistingue tutti i suoi prodotti, e lo slogan entrato nel linguaggio corrente: *Just do it.*

«Siamo l'immagine di questo Paese: buttati, e se sbagli non devi fare altro che riprovarci» sottolinea Tom, che però aggiunge: «Esportare scarpe sportive ed esportare idee sono due cose ben diverse. Nike è diventata un simbolo, con tutto quello che ne consegue. Come Microsoft o Starbucks, diffondiamo un'idea vincente dell'America nel mondo. Ma questa presenza internazionale può diventare invasiva. Manifesti, slogan, campagne pubblicitarie possono anche essere percepiti come aggressioni culturali.»

Ma ciò che più preoccupa Tom è l'accusa di utilizzare manodopera a basso costo nei Paesi poveri per fabbricare scarpe riservate ai ricchi. Come le nuovissime 360, dal ragguardevole prezzo di 160 dollari al paio. La delocalizzazione dei laboratori è stata una delle chiavi del successo, ma i dirigenti sanno che non è un'operazione senza rischi. Tom ci garantisce che la Nike obbliga le sue filiali in Asia a firmare codici di comportamento molto severi, in particolare per quanto riguarda il lavoro minorile. «Non possiamo permetterci di venire colti in fallo, siamo noi i nostri migliori ispettori.» Non ne sarei così certa.

Lui stesso ha lanciato il World Shoe Project, l'idea di una scarpa Nike per i più svantaggiati. «Volevo che tutti i bambini che comprano *sneakers* contraffatte potessero correre con le vere Nike, ma senza spendere una fortuna.» Secondo lui il mercato era immenso, con la Cina e l'India come target primari, considerando anche che l'azienda è molto focalizzata sui futuri giochi olimpici di Pechino. Ma alla fine il progetto non è mai veramente decollato, perché la filosofia della società è di concentrarsi solo sui mercati in espansione. Tom è tuttora convinto di aver ragione: «Ero in anticipo sui tempi. E il progetto riprenderà quota».

Nel salutarlo, non posso fare a meno di confrontare il paradiso della Nike con il purgatorio di Detroit.

«L'Ovest è il futuro degli Stati Uniti» mi risponde lui, che ovviamente non è il più imparziale dei giudici. Ci racconta che ha due fratelli, uno nell'Ohio e l'altro a Chicago. «Quando ho un problema io vado a correre, faccio una seduta di yoga o magari un massaggio. Loro si siedono davanti alla televisione con una lattina di birra.»

Il giorno successivo abbiamo appena qualche ora per visitare Portland, anche se vorremmo poterci fermare più a lungo in questa città, la prima per qualità della vita in America. Gli abitanti, sebbene talvolta si lamentino del maltempo, la definiscono a misura d'uomo. Un compromesso tra una metropoli ricca e iperattiva, e una cittadina vivibile di medie dimensioni. Prima di lasciare la nostra stanza osservo il viavai dei tram che passano stridendo sotto l'albergo, sulle sponde del fiume Willamette. Tra i mezzi di trasporto urbani trovo sia uno dei più civili, allo stesso tempo pratico ed ecologico. È in sintonia con Portland.

Andiamo a zonzo per il centro e capitiamo in un ampio piazzale, luogo di ritrovo di quelli che come noi hanno tempo da perdere: la Pioneer Courthouse Square. I 500.000 abitanti la considerano come il salotto di casa. Su un lato della piazza si innalza una fila di colonne finto-romane, ai piedi delle quali alcuni gradini formano un anfiteatro, con una grande fontana per completare il quadro. In cima agli scalini, una statua di bronzo saluta ogni nuovo arrivato invitandolo a unirsi alla comunità. Rappresenta un uomo in doppiopetto con un ombrello in mano, che fa un gesto di benvenuto. Sul basamento sono incise le parole: ALLOW ME. Mi consenta. Non posso impedirmi di pensare alle esilaranti vignette di Altan.

Intorno a noi, i ragazzi vanno in skateboard o suonano la chitarra. Gli adulti si riposano, fumano una sigaretta o leggono il giornale. Probabilmente basta grattare un po' la decorosa e tranquilla superficie della città, per portare alla luce il suo anticonformismo. Forse dovrei chiedere a quella ragazza seduta proprio in mezzo alla piazza, sulle mattonelle lisce della pavimentazione, immersa nella lettura di un libro, completamente sola.

Costeggiando le vetrine, oltrepassiamo un gruppo di bambini che aspettano in fila, ridendo. Mi avvicino e chiedo cosa sta succedendo. Uno dei genitori mi spiega che fanno la coda per entrare nella gelateria, che oggi ha organizzato una distribuzione gratuita.

Un po' più a nord c'è il distretto di Pearl, un'ex zona industriale riconvertita in quartiere molto chic pieno di negozietti eleganti, gallerie d'arte, ristoranti alla moda e pub che onorano la reputazione di Portland come capitale mondiale della birra. I vecchi stabilimenti del birrificio e le altre fabbriche dell'inizio del secolo scorso sono stati riconvertiti in loft e condominii, molti dei quali abitati da artisti fin dall'inizio degli anni Ottanta.

A Portland si beve anche dell'ottimo vino: gli Stati di Washington, dell'Oregon e della California sono ormai molto conosciuti per questo. Grazie a loro, gli Stati Uniti sono stati catapultati al quarto posto nella classifica dei Paesi produttori, dietro la Francia, l'Italia e la Spagna. La valle del Willamette, a sud, è una delle zone più rinomate per il Pinot nero. Ci lanciamo in una discussione con il responsabile della cantina di un ristorante dove ci siamo fermati. Vuole acquistare vini rosé, e Jacques gli suggerisce alcune etichette del Sud della Francia.

Finiamo il nostro giro tra gli scaffali di una libreria poco lontana, in Burnside Street. Powell's Bookstore ha lo stile di un negozio all'antica: volumi nuovi o d'occasione, scaffali di legno con scale per raggiungere i ripiani più alti, grandi cartelli scritti a mano in elegante corsivo per indicare i diversi settori. E librai che sanno orientarsi tra le migliaia di titoli proposti. È anche la libreria più grande della regione e non chiude mai. Nel 1970, Michael Powell e suo padre Walter avevano iniziato a vendere testi di seconda mano in un garage. Da allora, hanno aperto sette punti vendita e il loro sito Internet è uno dei più frequentati. Questa esperienza è una bella dimostrazione della vitalità dell'editoria negli Stati Uniti: il giro d'affari del settore è cresciuto del 10 per cento, raggiungendo i 25 miliardi di dollari. E ogni anno vengono pubblicati 170.000 nuovi titoli e si vendono 45 milioni di volumi.

Mi fermo a sfogliare *Until I Find You*, l'ultimo romanzo di un grande della letteratura di oggi: John Irving. Un commesso mi chiede se l'ho letto. Non ancora, rispondo. «È stato qui a presentarlo, è un uomo straordinario. Verrà presto in Europa» mi annuncia.

Alcuni amici americani mi avevano suggerito di andare a conoscerlo. È uno degli scrittori contemporanei di maggior successo. Il suo esordio risale al 1968 con il romanzo *Libertà per gli orsi*, ma il suo capolavoro assoluto, dieci anni dopo, è *Il mondo secondo Garp*. Da alcuni suoi libri sono stati tratti film, e nel 2000 ha vinto l'Oscar per la migliore sceneggiatura con *Le regole della casa del sidro*.

Siccome non posso incontrarlo in America, approfitto della tappa italiana del suo tour europeo per promuovere appunto *In cerca di te*, probabilmente il suo lavoro più autobiografico: una storia di abusi sessuali e abbandono che fonde tragedia e commedia, crudeltà e tenerezza.

«Cosa vuole che le dica del mio Paese... è in pessima forma. Ma non lo sa» esordisce scherzando quando lo incontro in un elegante ristorante di Roma, alla fine di maggio. «Siamo stati sfortunati ad avere il peggior presidente della nostra storia in un momento tanto difficile. Ci vorrà molto tempo per riprenderci. E io sicuramente sarò già morto.»

La discussione lo appassiona e i suoi lineamenti, piuttosto

marcati, si contraggono. Mi fa un certo effetto vederlo dal vivo e non sul retro di una copertina. Irving è un bel sessantaquattrenne: i vent'anni di lotta libera che ha praticato a livello agonistico gli hanno lasciato un corpo asciutto e nervoso, che mantiene allenato con due ore di palestra al giorno. Non ha mezze misure neanche quando parla dell'America.

«Per essere rieletto nel 2004, Bush ha avuto bisogno di scatenare una guerra da qualche parte, e noi non abbiamo ancora imparato la lezione del Vietnam: il presidente si può criticare. Purtroppo, invece, i miei connazionali hanno pensato bene di votarlo di nuovo.»

Gli faccio comunque notare che è troppo semplice spiegare le due vittorie di Bush con la «stupidità della gente».

«Certo, sono tanti gli elementi in gioco. Il primo è che siamo un Paese grande e vario, in genere più attento alle politiche locali. Poi, c'è la propaganda della televisione: senza, non sarebbe stato possibile convincere gli americani che la guerra in Iraq è contro il terrorismo. Avremmo dovuto sapere che Saddam con bin Laden non c'entra nulla, ma molti ci sono cascati. E io mi chiedo: un cristiano evangelico *born-again* è la persona giusta per opporsi all'estremismo islamico? E perché Bush si è convertito?» continua John a metà tra l'indignato e il divertito. «Perché era un alcolista, ecco perché. Non abbiamo bisogno di un'altra dose di fede, ma di più umanesimo laico. La religione oggi non fa bene a nessuno.»

Gli domando se pensa che le cose cambieranno. Ribatte che gli europei sottovalutano un dato fondamentale: «Ci sono 25 Americhe, non una sola, che si capiscono poco tra loro, e ancor meno comprendono quel che accade altrove».

«Perché negli Stati Uniti vota così poca gente? Alle ultime presidenziali nemmeno il 40 per cento si è presentato alle urne.»

«Credo dipenda dalla nostra scuola pubblica, che è pessima: la maggioranza della gente è ignorante e poco preparata.»

Nel salutarlo non resisto e gli faccio una domanda sulla lotta libera, la sua grande passione: cosa c'entra con la scrittura?

«È una questione di strategia: il lettore, come l'avversario, deve essere preso alla sprovvista.»

Capitolo 13

IL PIANETA HA BISOGNO DI ARIA

C HI L'HA INCONTRATO, compresi alcuni amici, dice che è un po' brusco. Che manca di quella bonarietà, di quel fascino semplice che nella nostra società dell'immagine sono fondamentali per la popolarità di un politico. Sembra che per venire eletti occorra essere un po' frivoli, mentre Al Gore è decisamente serio. Chi parla così tende a dimenticare un po' troppo in fretta che il quarantacinquesimo vicepresidente degli Stati Uniti per la verità *è stato* eletto. Addirittura presidente: nel 2000 ha battuto Bush. Non solo nei voti popolari, ma anche nel numero di grandi elettori, se non fosse stato per l'episodio poco edificante dello scrutinio in Florida.

A causa delle sospette irregolarità nello Stato di cui è governatore Jeb Bush, il fratello di George W., le autorità locali hanno dovuto avviare complesse operazioni di riconteggio dei voti. Un mese dopo, la Corte suprema ha preso atto che il processo di verifica delle schede era tanto fumoso da risultare imbarazzante, e lo ha interrotto aprendo la strada alla proclamazione della vittoria di Bush. Gore si è piegato alla decisione, pur contestandola, precisando che deponeva le armi per salvaguardare la credibilità stessa del sistema politico americano. Non voleva prolungare il desolante spettacolo della più grande democrazia della Terra incapace di calcolare con esattezza i voti per eleggere l'uomo più potente del mondo. In seguito alcuni quotidiani, tra cui il «New York Times» e il «Washington Post», si sono consorziati per rifare il conteggio, accertando che se tutte le schede fossero state computate correttamente, Gore avrebbe ottenuto la Florida e i suoi 25 grandi elettori. Nel voto popolare, a quanto sembra, aveva conquistato oltre 500.000 preferenze più di Bush. La diatriba non è ancora risolta.

Un giorno d'ottobre del 2005, a un giornalista che gli chiedeva cosa sarebbe cambiato se nel 2000 fosse stato dichiarato vincitore, Gore ha risposto: «Non avremmo invaso un Paese che non ci aveva aggredito. Non avremmo preso i soldi dalle famiglie che lavorano per darli a quelle più ricche. Non avremmo cercato di manipolare e di controllare la stampa. E non avremmo torturato nessuno». Alla fin fine, rifletto, non sarebbe stato male avere alla Casa Bianca un uomo un po' troppo brusco e un po' troppo serio.

A cinquantotto anni, Gore è convinto di avere ancora un futuro davanti, ma si rifiuta di parlare delle prossime scadenze. Avrò occasione di intervistarlo in proposito in un cinema di San Francisco, dove è venuto a spiegarci come intende salvare il Pianeta.

Prima dell'incontro con Gore, devo però cedere a una delle idee bizzarre di Jacques: attraversare la baia di San Francisco in bicicletta sul Golden Gate Bridge. Siamo arrivati ieri da Portland, dopo aver sorvolato per un'ora la costa della California settentrionale, e abbiamo preso una stanza nel grattacielo di un albergo del centro.

Non sono ancora riuscita a ritrovare i miei punti di riferimento in questa città, che non visito dal giugno 1989. Partecipavo a un programma culturale finanziato dal dipartimento di Stato Usa. L'International Visitor Leadership Program seleziona in tutto il mondo persone considerate importanti nel loro Paese d'origine e offre loro viaggi di studio, di gruppo o individuali, per conoscere meglio gli Stati Uniti. Giornalisti e scrittori, ma anche imprenditori, magistrati, politici hanno così l'occasione di un tour personalizzato in cui incontreranno le persone e vedranno i luoghi che trovano più interessanti, personalmente o per lavoro. Un modo intelligente di diffondere l'immagine e la cultura americana all'estero, tanto che fino a oggi vi hanno partecipato più di 200 capi di Stato e oltre 1500 ministri. E non è un caso che, di recente, il segretario di Stato Condoleezza Rice abbia dato indicazioni di intensificare gli scambi di questo genere con le comunità musulmane. Un modo pacifico per smontare lo spauracchio del Grande Satana.

In quel mese di viaggio a spese del governo di Washington mi ero concentrata soprattutto sulle specificità del sistema politico, sui media, sull'integrazione delle minoranze e sulle questioni femminili. Il ponte di San Francisco l'avevo attraversato in taxi, sfrecciando da una conferenza a un'intervista. Ora, almeno a quanto sostiene Jacques, è il momento di conoscere più da vicino questo gigante arancione, che con il suo profilo d'acciaio domina l'Oceano Pacifico. In sella alle nostre biciclette a noleggio, cominciamo il giro sul Marina Boulevard e costeggiamo il mare fino ai piedi del ponte, per poi imboccare una pista ciclabile che corre accanto alla carreggiata, circa 70 metri al di sopra delle onde. Mi rendo subito conto che gli elementi giocano contro di me quando, in piedi sui pedali della mia mountain bike, cerco di avanzare: il vento soffia così forte che ho l'impressione di sbattere contro un muro. Jacques, che pesa quasi il doppio di me ed è più allenato, sembra divertirsi un sacco. Alzando gli occhi verso il nostro imponente obiettivo, ho una visione che non mi rassicura affatto: la cima delle due torri di cemento alle quali il ponte è sospeso sparisce nella nebbia.

«Benvenuta a San Francisco!» mi grida Jacques. La città è famosa per il suo microclima che alterna nebbia e tempeste di vento. Oggi ci sta servendo un cocktail di entrambi, e non sono sicura che sia il momento migliore per lanciarsi su due ruote attraverso uno dei ponti più lunghi del mondo. Jacques mi rassicura raccontandomi che, dalla sua inaugurazione nel 1937, è stato chiuso a causa del vento solo tre volte. Per me, sono già tre volte di troppo.

Quando emergiamo da una rampa di accesso che ha messo a dura prova le mie gambe, i miei peggiori timori trovano conferma. All'improvviso mi sembra di abbandonare il campo d'azione della gravità terrestre, nulla potrà evitarmi di essere trascinata via da una folata. Solo pochi ardimentosi si avventurano sulla pista ciclabile parallela all'autostrada a sei corsie che collega San Francisco a Sausalito, ma non possiamo più tornare indietro. Un cartello mi incoraggia: «In caso di crisi. C'è speranza, basta una chiamata». Ma Jacques mi spiega che l'invito non è rivolto ai ciclisti in difficoltà, bensì agli aspiranti suicidi che scelgono il ponte per porre fine ai loro giorni: 1300 da quando è stato aperto. Impieghiamo ben 20 minuti per percorrere i circa tre chilometri di lunghezza del Golden Gate Bridge, lottando metro dopo metro contro le folate. È vero però che lo spettacolo vale la fatica: la vista della baia, con la città di San Francisco abbarbicata alla sua penisola, è impareggiabile. Per tornare al punto di partenza, prenderemo un traghetto e durante tutta la traversata saremo circondati dai kite-surf, gli aquiloni del mare che trasportano gli amanti della velocità sulla cresta delle onde.

Il vento sarà nostro fedele compagno per tutto il tempo della nostra permanenza: dal mare aperto si infila nei viali, spazza le strade, scaccia le nuvole basse e sgombra il cielo pomeridiano. Salta di collina in collina, e prende slancio lungo le discese che Steve McQueen ha reso celebri al volante della sua Mustang verde nel mitico film *Bullitt.* Sembra spingere i piccoli tram a cremagliera che si inerpicano per Nob Hill, dandosi coraggio con il suono dei campanelli, e fa sbattere gli ombrelloni sulle terrazze dei caffè allineati davanti al mare. Il vento fa parte della vita della città, proprio come l'oceano. E questa doppia presenza spiega perché qui la Terra conta.

Nei giorni in cui cominciamo il nostro giro di San Francisco, i giornali sono pieni di rievocazioni di un episodio che probabilmente ha contribuito a infondere nei suoi abitanti un rispetto particolare per la natura e le sue collere. Cento anni fa, il 18 aprile 1906, nelle prime ore del giorno il suolo tremò. Una scossa così poderosa da essere avvertita anche a Portland e a Los Angeles. La città ondeggiò violentemente per 28 secondi e interi quartieri, soprattutto lungo la costa, furono rasi al suolo. Ma la vera tragedia venne subito dopo: un gigantesco incendio alimentato dallo scoppio delle tubature del gas divampò per quattro giorni. Dato che anche le tubature dell'acqua erano state danneggiate, i pompieri non avevano i mezzi per combattere le fiamme. Quando si riuscì finalmente a domare il rogo con l'intervento dell'esercito, l'80 per cento delle case era stato distrutto e 300.000 dei 400.000 residenti erano senza tetto. Non esiste un bilancio definitivo delle vittime, ma le stime oscillano tra 3000 e 6000 morti.

Il terremoto di San Francisco è rimasto nella memoria collettiva come una delle peggiori catastrofi naturali nella storia degli Stati Uniti. Quando arriviamo, aleggia sulla città la leggenda secondo cui ci sarà un *Big One* ogni 100 anni: siamo alloggiati al ventiquattresimo piano, e il pensiero è un po' inquietante.

Solo la devastazione dell'uragano Katrina a New Orleans, quasi un secolo dopo, sta alla pari con il disastro di San Francisco. Cambiò il destino della città, considerata all'epoca un covo di avidi affaristi e di politici corrotti. Era diventata americana alla fine della guerra combattuta tra Stati Uniti e Messico tra il 1846 e il 1848. Il trattato che mise fine al conflitto cedeva la California e il New Mexico a Washington, e confermava l'annessione del Texas. All'indomani della fine delle ostilità, l'annuncio della scoperta di pepite di metallo giallo nella California settentrionale diede inizio alla corsa all'oro. In dieci anni, San Francisco passò da un migliaio di abitanti a oltre 55.000. In seguito, si sviluppò rapidamente grazie alla costruzione della ferrovia, all'attività del porto e al commercio con l'Asia. Attirò avventurieri di ogni risma e acquistò una cattiva reputazione.

La rovina conseguente al terremoto, sebbene temporanea, interruppe il suo sviluppo economico, lasciando però emergere progetti e novità. Animata da nuove turbolenze creative, divenne il terreno ideale per coltivare esperienze contro corrente come quelle della Beat Generation: Kerouac, Ginsberg, Burroughs, Ferlinghetti, i nuovi bohémien libertini, destinati a segnare profondamente la cultura americana ed europea. Si facevano chiamare *beat*: gli sconfitti della società, i marginali, quelli che il mondo contemporaneo aveva sfinito e buttato a terra. L'essenza dello spirito *beat* si trova in una delle frasi più celebri di *Sulla strada* di Kerouac: «Ogni cosa m'appartiene perché io sono povero». I loro incontri letterari erano un misto di genio, sesso e droghe pesanti, considerate una fonte primaria di ispirazione.

Nell'America conformista degli anni Sessanta e Settanta, San Francisco è stata il rifugio della controcultura. È qui che, a partire dal 1964, nel campus di Berkeley ha messo radici il movimento hippy ed è stata organizzata la protesta contro la guerra in Vietnam. Qui sono nati slogan destinati a diventare le parole d'ordine di intere generazioni, come *Make love not war*. Oggi svolge ancora la sua funzione di laboratorio, ma di idee costruttive piuttosto che di rottura, forse più efficaci. Come se alla fine il vento fosse stato domato.

Andiamo alla presentazione del film-documentario di Al Gore, *Una scomoda verità*. L'anteprima, per un gruppo selezionato di spettatori, è in un cinema del centro. Siamo stati invitati da Carl Pope, presidente del Sierra Club, la più potente e antica organizzazione ambientalista degli Stati Uniti con 750.000 soci attivi. Nel film, che sarà poi presentato con grande successo al Festival di Cannes, Gore spiega come il suo impegno ambientalista sia cominciato nel 1989 durante la convalescenza del figlio Albert, vittima di un grave incidente stradale quando aveva solo sei anni. Investito da un'automobile, aveva trascorso settimane in ospedale tra la vita e la morte. «È stato allora che ho capito che c'erano cose più importanti della politica. E ho deciso di battermi per il patrimonio che dobbiamo lasciare in eredità alle generazioni future: la Terra.» Pubblica allora il libro *La terra in bilico*, una prima perorazione in difesa dell'ambiente. Molte ne seguiranno.

I più accaniti sostenitori di Gore amano anche presentarlo come l'uomo che ha «inventato» Internet. In effetti, contribuì alla sua diffusione. Nel 1996, quando era vicepresidente, il Congresso votò all'interno del Telecommunication Act il programma E-rate. Aveva lo scopo ambizioso di connettere al Web ogni aula scolastica del Paese, con finanziamenti pubblici e privati. Nel 2000, alla fine della legislatura, il 95 per cento delle scuole pubbliche era collegato.

Quando Gore compare sul palco, esordisce con una battuta: «Sono l'ex prossimo presidente degli Stati Uniti». Ovazione. Non ci sono molti elettori di George W. in sala. Blazer blu, pantaloni grigi, camicia col colletto aperto, capelli ben pettinati, Gore è sempre uguale a se stesso: bello e serio. È venuto a parlare di una catastrofe incombente.

«I cambiamenti climatici sono di gran lunga il pericolo maggiore che il Pianeta deve affrontare» esordisce. «Dobbiamo risolvere questo problema tutti insieme, e possiamo farlo. Negli Stati Uniti, le battaglie per le libertà civili hanno cominciato ad avere un peso quando se ne è riconosciuta la rilevanza morale: solo allora le cose sono cambiate. L'ambiente deve diventare una questione morale.» È ormai chiaro: in un Paese dove la difesa dei «valori» è un elemento fondamentale del dibattito politico, Gore ha deciso di fare dell'ecologia un terreno di scontro tra vizio e virtù.

La sua tesi sul riscaldamento globale è la stessa che scienziati, meteorologi e climatologi sostengono da anni. Ha semplicemente messo al suo servizio la propria reputazione, un innegabile talento di affabulatore e una convinzione incrollabile. I gas serra, spiega, provocano il riscaldamento del Pianeta intrappolando i raggi del sole nell'atmosfera. È un processo naturale e ha reso abitabile la Terra. Ma bruciando combustibili fossili come il carbone o il petrolio, se ne emettono maggiori quantità. Il calore del sole si accumula e il Pianeta si surriscalda. Le conseguenze sono note a tutti: i ghiacciai si sciolgono, in particolare ai poli; il livello degli oceani cresce; si moltiplicano gli uragani come pure le ondate di calore; specie animali migrano o si estinguono; si diffondono malattie.

187

«Tra 25 anni moriranno 300.000 persone all'anno per le conseguenze del surriscaldamento e scompariranno le città costiere. Tra 50 anni non ci sarà più ghiaccio in Antartide e un milione di specie viventi saranno scomparse.»

Gore se la prende con le decine di milioni di automobili che circolano in America, e con l'ostinazione dei cittadini e del governo. Ne ho constatato gli effetti disastrosi a Detroit, incapace di reinventarsi in un contesto sempre meno favorevole ai motori ad alto consumo.

«Un elemento fondamentale della trasformazione ecologica del nostro Pianeta è stata l'urbanizzazione: negli ultimi 35 anni sono stati costruiti tanti edifici quanti nei 10.000 anni precedenti.»

Oggi gli Stati Uniti sono il Paese che produce più anidride carbonica al mondo. Anche la Cina e l'India, con i loro vertiginosi ritmi di crescita, costituiscono un problema. Ma Bush si è rifiutato di sottoscrivere il Protocollo di Kyoto sull'emissione dei gas serra. E alla conferenza sul clima riunitasi a Montreal nel dicembre del 2005 ha accettato solo di «discutere in modo non vincolante» sull'argomento. Un cattivo esempio per i due giganti asiatici, che nel giro di una ventina d'anni potrebbero trovarsi a contendere all'America il primato di più grande inquinatore del mondo. Tutte e tre le nazioni si rifiutano inoltre di costruire centrali per la realizzazione della cosiddetta CO_2 *sequestration*. Un processo con cui l'anidride carbonica viene pompata nel terreno e smette di inquinare l'atmosfera. E le loro centrali a combustibile fossile, insieme alle automobili, sono le fonti primarie di gas serra.

Al Gore ricorda che quando era vicepresidente aveva cominciato a negoziare, con la Ford e la General Motors, accordi per la produzione di vetture meno inquinanti. «Avevamo fatto progressi, ma dopo la vittoria di Bush le pressioni sulle grandi case automobilistiche sono completamente cessate» spiega. Un voltafaccia deleterio per l'ambiente, e assolutamente controproducente per i giganti di Detroit. «È paradossale» aggiunge «che oggi i costruttori che hanno più successo siano quelli che rispettano maggiormente l'ambiente.

«Con la guerra in Iraq, abbiamo creduto di poter risolvere il problema controllando le risorse di cui abbiamo bisogno» continua Gore. «È stato un errore. Quello che dobbiamo fare è liberarci della nostra dipendenza non solo dal petrolio del Medio Oriente, ma dal petrolio in generale.»

Gore cerca di mantenere il suo discorso quanto più apolitico possibile: è chiaro che non vuole dare l'impressione di lanciarsi nella battaglia per le presidenziali del 2008 sotto le mentite spoglie del difensore della natura. Ma è un esercizio difficile: oggi non c'è niente di più politico dell'ecologia, come lui sa bene, anche se riesce a non nominare mai direttamente Bush. Propone infatti una strategia d'azione che passa per la mobilitazione dei cittadini: «Gli Stati Uniti sono la chiave del problema» ammette «e se fossi stato io il presidente, avrei aperto la strada al cambiamento. Ma non è andata così e gli ultimi cinque anni sono stati negativi sotto tutti gli aspetti. Oggi, tocca a noi creare la massa critica che permetterà di raggiungere il punto di rottura che porterà a un mutamento».

«La parola "crisi" in cinese ha due significati» conclude. «Pericolo o opportunità. Dobbiamo saper scegliere.»

Una scomoda verità è un bel documentario. Serio, come il suo protagonista. Racconta la sua crociata e presenta per immagini gli interventi che ha portato davanti a platee gremite, ai quattro angoli del mondo. Gore si è prestato al gioco della macchina da presa, che l'ha seguito ovunque mentre predicava il verbo ecologista. Si è conformato alle esigenze del mezzo, alzando un po' il velo sulla famiglia, sull'infanzia e sui drammi personali: l'incidente del figlio e la sorella morta di tumore ai polmoni. Il video lo mostra nella tenuta del Tennessee, mentre contempla gli orizzonti sconfinati di quella regione, i campi di tabacco che si estendono a perdita d'occhio. C'erano anche quelli di suo padre, che dopo la tragedia della figlia decise di bloccare la produzione delle redditizie piantagioni di famiglia.

Con questo film, Gore si è guadagnato la qualifica di esperto della crisi ambientale e di uomo di Stato capace di risolverla. Se ce ne fosse bisogno, potrebbe essere un efficacissimo strumento di campagna elettorale.

Subito dopo la proiezione mi precipito avanti, fendendo il gruppo di ammiratori che gli si sono raccolti intorno. Aspetto che finisca le foto di rito per le quali posa con un sorriso decisamente forzato: si vede che non è a suo agio. Gli tendo la mano e mi presento. Mi saluta, è educato ma formale. Una grande differenza rispetto a Bill Clinton, che in tutte le occasioni in cui ci siamo incontrati ha dispiegato un fascino immediato, caloroso, spontaneo.

Non resisto alla tentazione di chiedergli se il documentario non sia per caso una piattaforma elettorale. Un po' divertito mi risponde: «Per il momento non ho nessuna intenzione di partecipare alla corsa presidenziale. Penso di poter essere più utile nel ruolo che ricopro attualmente». Risposta preparata. Una delle sue assistenti gli viene in soccorso, ma lui fa in tempo a dichiarare sicuro: «Le forze del mutamento si sono messe in moto. Il Paese cambierà». Ci scambiamo i biglietti da visita e Gore si allontana. Ma sono sicura che pensa di poter tornare in pista: con il disastro iracheno, l'instabilità in Medio Oriente, le inquietudini per un equilibrio ecologico sempre più precario e il prezzo del petrolio alle stelle il suo discorso sull'ambiente non lascia indifferente nessuno. E lui lo sa.

Gli americani, me ne accorgerò in fretta, hanno preso in mano la situazione senza aspettare che il potere federale si riscuota dalla sua apatia. Ci troviamo negli uffici del Sierra Club, nel centro di San Francisco. Il presidente Carl Pope è un ometto basso animato da una straripante energia.

«La politica a Washington è paralizzata dall'influenza dei petrolieri e dei costruttori di automobili» ci spiega «oltre che dai sostenitori a oltranza del libero mercato che si oppongono all'intervento dello Stato.»

Il presidente Bush, nel discorso sullo stato dell'Unione del gennaio 2006, ha annunciato che l'America si sarebbe impegnata per ridurre la propria dipendenza dal petrolio, e per controllare le emissioni di gas serra. Pope è scettico: «È importante che l'abbia detto, ma non ci crede» assicura. Ritiene che la soluzione possa venire solo da un'altra direzione.

«In realtà ci sono due politiche: una a livello federale e l'altra a livello locale. A Washington, abbiamo un potere reazionario che si mobilita sulle questioni internazionali e abusa dell'autorità conferita dallo stato di guerra. Ma le soluzioni ai problemi veri vengono discusse e trovate dalle singole amministrazioni. I cui politici devono trovare risposte alle preoccupazioni dei loro elettori.»

Cita l'esempio dell'Idaho, uno Stato molto conservatore che però ha adottato misure assai severe contro gli scarichi inquinanti delle fabbriche nei corsi d'acqua: «In questa regione, è molto diffusa la pesca della trota nei fiumi, e la gente non vuole che i pesci siano pieni di mercurio». Per quanto riguarda la regolamentazione dei consumi delle automobili e le emissioni di gas, la California è da sempre la più avanzata, ma altri l'hanno raggiunta: New York, il Vermont, l'Oregon e il New Jersey. In fin dei conti, non fanno altro che rispettare i parametri del Protocollo di Kyoto, ma le case automobilistiche hanno avviato cause legali per spingerli ad abrogare le norme più pesanti. Alcuni comuni hanno deciso di agire senza aspettare il semaforo verde da Washington, come Seattle, talmente impegnata nella lotta al riscaldamento globale da guadagnarsi la definizione di *cool city*. «Centoquarantaquattro città americane hanno seguito il suo esempio, e ciò significa 43 milioni di persone pronte ad applicare il Protocollo di Kyoto» sottolinea fiero Pope. È convinto che l'industria non possa andare contro la volontà dei cittadini, e che i Suv scompariranno: «Appartengono già al passato».

«Ci sono periodi storici nei quali, quando Washington non agisce, il potere torna in periferia. In assenza di un capo che legiferi, il Paese avanza da solo e nella giusta direzione.»

Nel suo discorso del gennaio 2006, Bush ha ammesso che gli americani sono «dipendenti», come drogati, dal petrolio. Come qualunque dipendenza, anche questa costituisce un pericolo. Si è posto l'obiettivo di sostituire il 75 per cento delle importazioni di oro nero dal Medio Oriente con altri combustibili entro il 2025. Ha proposto di sviluppare l'impiego di carburanti alternativi come l'etanolo, l'idrogeno o l'energia eolica, solare e addirittura nucleare. Pope ci fa notare che non gli costa molto fare queste affermazioni, perché prima che questo piano possa essere compiuto, avrà già lasciato la Casa Bianca. Intanto, i finanziamenti federali per la ricerca nel settore dei carburanti sostitutivi sono stati ridotti, e Washington impone una tassa sull'etanolo importato dal Brasile.

Nell'immediato, Bush si è attirato la collera dei sauditi. Dopotutto la schiavitù Usa nei confronti del petrolio è la migliore assicurazione sulla vita per il maggiore esportatore mondiale. Se un giorno l'Occidente non avesse più bisogno di lui, il regno wahhabita correrebbe il rischio di sprofondare nelle sabbie del suo stesso deserto. Il presidente ha ricevuto anche critiche interne. Secondo molti, il vero problema non è tanto il rapporto con i produttori, quanto gli eccessivi consumi energetici degli americani. Una riduzione implica però cambiamenti radicali nel loro stile di vita: un'ipotesi che nessun capo di Stato vuol prendere in considerazione.

Le automobili bruciano 9 dei 20 milioni di barili di petrolio che l'America consuma ogni giorno. Il resto è destinato ai camion, ai macchinari e alle centrali elettriche. Una misura efficace sarebbe quindi incoraggiare la produzione di vetture che consumino meno, e di motori ibridi in grado di funzionare sia a benzina che con l'elettricità. In mancanza di una generale presa di coscienza, c'è chi sostiene una politica energetica quasi dirigista. L'influente giornalista Thomas Friedman scrive sul «New York Times»: «L'unica soluzione è aumentare la tassa sulla benzina, che oggi è di 18,4 centesimi al gallone [circa 3,8 litri] e che non cambia dal 1993». E aggiunge: «Solo quando il prezzo del carburante raggiungerà i 3,5 o i 4 dollari a gallone gli americani inizieranno a chiedere macchine ibride alimentate a etanolo. E solo allora i costruttori le produrranno». Secondo lui, sarebbe un'imposta «patriottica»: «Il verde è il nuovo bianco, rosso e blu» scrive riferendosi ai colori della bandiera statunitense.

Friedman condivide l'allarme lanciato da personalità come Gore e Pope: «L'emergenza energetica è la grande questione strategica del nostro tempo, più importante dell'11 settembre e della guerra contro il terrorismo».

«Il petrolio non sta finendo» mi assicurerà Daniel Yergin quando ci incontreremo a Washington. «Non è quello il problema.»

Ricercatore economico e professore alla Georgetown University, quest'uomo dai penetranti occhi azzurri e dal viso perfettamente rasato è uno dei più grandi esperti di politiche petrolifere e sicurezza energetica. È autore di numerosi saggi, ma il più importante è la sua monumentale opera sull'oro nero. *Il premio* gli è valso il Pulitzer nel 1992. Ed è stato anche adattato dall'emittente pubblica Pbs in una miniserie che ha avuto 20 milioni di spettatori.

«Il problema» puntualizza il professore «è che dal 2000 a oggi il costo del greggio è aumentato del 42 per cento. Oggi il prezzo adeguato sarebbe 50 dollari al barile.»

Mentre parliamo già supera i 70 e nei prossimi mesi arriveremo a sfiorare gli 80.

«Bisogna anche considerare che i mercati energetici potrebbero subire gravi shock» prosegue Yergin nel delineare scenari futuri. «Ci sono troppi fattori imprevedibili. Da possibili nuovi attacchi terroristici, all'instabilità della situazione mediorientale, alla politica del Venezuela, il terzo produttore di petrolio nell'Opec.»

Mi conferma che le emergenze segnalate da Gore e Pope e l'allarme terroristico sono strettamente collegati.

«La sicurezza energetica, sempre più urgente, è uno dei grandi temi elettorali» sostiene. «Finché il mondo dipende da fonti che provengono da Paesi instabili, non saremo al sicuro. Ogni giorno solcano l'oceano 40 milioni di barili, una cifra che entro il 2020 potrebbe salire a 67 milioni. I soli

Stati Uniti si troverebbero a dover importare il 70 per cento del loro greggio rispetto al 58 per cento odierno.»

Yergin sembra molto sicuro che le scorte di petrolio siano destinate a durare. Altri esperti sostengono il contrario. Ma tutti concordano sul fatto che l'impegno per un consumo energetico più responsabile debba unirsi alla ricerca di fonti alternative, e soprattutto alla stabilizzazione delle aree calde del Pianeta.

Purtroppo l'oro nero è al centro di un sistema che coniuga potere e denaro. E tiene in piedi interi Stati, come il Texas, e alcune delle maggiori imprese americane tra cui la Exxon o la Halliburton. Intere dinastie politiche, come quella dei Bush, sono fondate sul greggio. Sarà necessario un ricambio generazionale per fare uscire gli Stati Uniti dalla trappola del petrolio.

CAPITOLO 14

OGGI MARCIAMO

E DOMANI VOTEREMO

IL TERREMOTO DEL 1906 distrusse completamente anche Chinatown. Vennero a galla per l'ennesima volta le paure e i pregiudizi degli americani bianchi nei confronti del «pericolo giallo». All'epoca il quartiere, sorto nel 1850, il più antico del Nordamerica, era abitato da 25.000 cinesi. Le fiamme ridussero completamente in cenere le loro case, e subito dopo cominciò un altro calvario: gli imprenditori edili di San Francisco cercarono di approfittare della tragedia per esiliarli dalla città. Dopo la prima sistemazione di emergenza, furono presto banditi dalle tendopoli riservate ai bianchi e ospitati in ripari di fortuna organizzati in periferia. Località come Oakland protestarono di fronte a quell'«invasione». La stampa razzista si scatenò: «Il fuoco ha restituito il ghetto cinese alla civiltà e alla purezza» scriveva l'«Overland Monthly». «Non potrà più esserci una Chinatown entro i confini della città.»

Il sindaco, Eugene Schmitz, si schierò con i più arrabbiati, riunendo un comitato incaricato di trovare un luogo in cui sistemare quei cittadini indesiderati. I sindacati delle imprese edili organizzarono un boicottaggio dei cantieri che impiegavano manodopera cinese per i lavori di sbancamento. La Lega per l'esclusione degli asiatici lanciò un avvertimento: «Siamo sopravvissuti al terremoto e alle devastazioni del fuoco. Ma se il nostro Stato è minacciato da un'invasione di coolies asiatici, la California scomparirà». Di fronte a questa esplosione xenofoba, la comunità cinese si mobilitò: la potente Chinese Six Companies, un'associazione per la difesa degli interessi dei commercianti, fece valere i diritti delle vittime. «L'America è il Paese della libertà e qualunque individuo ha il diritto di occupare il terreno che possiede, fintantoché non dà fastidio a nessuno» proclamò. Alla fine i circoli imprenditoriali di San Francisco riuscirono ad avere ragione della paranoia degli ambienti politici: erano consapevoli che insistere nell'espulsione avrebbe significato privare il porto degli scambi con la Cina, una delle sue principali risorse.

Da quando erano arrivati, all'epoca della corsa all'oro, i cinesi servivano nei ristoranti, coltivavano la terra e svolgevano servizi che i bianchi consideravano degradanti, come quelli di lavanderia. Dopo il terremoto furono lanciate campagne per convincere le donne americane a farsi il bucato da sole. Pienamente consapevoli della natura razzista del dibattito, i leader della comunità decisero di approfittare della ricostruzione di Chinatown per ripulirla dalla malavita che la infestava. Nelle strade insalubri del vecchio quartiere i bordelli, le fumerie d'oppio, le sale da gioco e i laboratori clandestini per il taglio della droga meritavano pienamente la loro pessima reputazione. Il rione andava trasformato da luogo malfamato ad attrazione turistica. Si lanciarono anche in un'altra impresa: avviarono un processo di americanizzazione della loro comunità. Furono fondate una nuova Camera di commercio e un'Alleanza dei cinesi in America. E se oggi, da New York alla California, tutti i cinesi considerano gli Stati Uniti una terra ospitale, lo devono ai cambiamenti radicali iniziati con la distruzione del loro quartiere una mattina di aprile del 1906.

Attualmente San Francisco ne ospita circa 160.000 su quasi 800.000 abitanti e Chinatown ha milioni di visitatori ogni anno. Jacques e io ci adattiamo alla tradizione e andiamo a gironzolare sulla Grant Avenue, a pochi isolati di distanza dal nostro albergo. Ci fermiamo davanti a quello che forse è il luogo più fotografato della città: la Porta del Dragone, un portico di tegole verdi che convenzionalmente segna l'ingresso del quartiere. Lungo i marciapiedi, si susseguono piccole botteghe e negozi di oggetti esotici: un connubio tra Asia e Occidente.

Passeggiare per San Francisco è un'attività per certi versi più simile al trekking, e mi capita di avere il fiato corto. Le strade non finiscono più di inerpicarsi: si innalzano verso il cielo, poi ti sorprendono con un falsopiano che nasconde una nuova salita. Ma non sono venuta qui per fare la turista, tanto più che la città oggi è teatro di una grande manifestazione: i *latinos*, cent'anni dopo i cinesi, sono convinti che sia in gioco il loro futuro nella terra promessa.

Su Market Street, il grande viale che attraversa San Francisco, veniamo risucchiati da una vera e propria marea umana. È il 1° maggio, e in tutto il Paese le organizzazioni per la difesa delle libertà civili e dei diritti umani hanno indetto una «giornata senza immigrati». Invece di lavorare sono scesi in strada nelle principali città americane per dimostrare che, senza di loro, il Paese si ferma. Intorno a noi file di manifestanti – uomini, donne e bambini – avanzano lentamente scandendo slogan. Su uno striscione leggo: «Amnistia: pieni diritti per tutti i migranti». Alcuni gruppetti si raccolgono intorno a tamburi e trombe, poco lontano un chitarrista dall'aria hippy suona ispirato *We Shall Overcome*, accompagnato da un coro generale. Le mamme spingono i figli in passeggino, vecchie signore aprono gli ombrelli per proteggersi dal sole. L'uniforme di rigore è una maglietta bianca con stampato in lettere blu TODOS UNIDOS. Bandiere americane, ma anche messicane, sventolano al di sopra della folla. I manifestanti si sono portati il pranzo: in tutta la giornata non compreranno nulla per dimostrare che gli immigrati, oltre a lavorare, consumano.

L'indomani, i giornali scriveranno che oltre un milione di persone ha partecipato alla manifestazione, tra San Francisco, Los Angeles, San José, Denver, Chicago e New York. C'è chi parlerà persino della nascita di un nuovo movimento per i diritti civili, come quello che portò all'abolizione della segregazione razziale nel 1965. D'altro canto, uno degli oratori che prende la parola sui gradini del Civic Center Plaza fa direttamente riferimento a quell'esperienza: «Quarantatré anni fa» grida da un altoparlante «Martin Luther King ha fatto un sogno. Oggi anche noi abbiamo un sogno: uscire dall'ombra!». La folla intorno a noi applaude.

Gli Stati Uniti devono affrontare il problema di 12 milioni di clandestini, provenienti in larga parte dall'America latina, principalmente dal Messico. Ogni anno ne entrano nel Paese 700.000. Nello stesso tempo, oltre un milione di sventurati vengono ricacciati indietro dalla polizia. Il dibattito, che covava da tempo, è scoppiato ora con l'approssimarsi delle scadenze elettorali: bisogna metterli in regola o rimandarli a casa? La classe politica si spacca, il Congresso studia progetti di legge contraddittori e la Casa Bianca esita. È un argomento esplosivo che divide l'opinione pubblica: alcuni sostengono che gli immigrati, anche i non regolarizzati, sono indispensabili all'economia, altri che minacciano l'equilibrio demografico del Paese. Samuel Huntington, autore del famoso *Lo scontro delle civiltà e il nuovo ordine mondiale*, ha gettato benzina sul fuoco scrivendo nel 2005: «L'immigrazione clandestina sta portando alla *reconquista* demografica delle aree che gli Stati Uniti strapparono al Messico». Secondo lui, i messicani stanno ottenendo una «rivincita» sul Trattato di Guadalupe-Hidalgo del 1848 che sancì la sconfitta del loro esercito.

Mentre i politici e gli esperti discutono, aumentano le tensioni negli Stati confinanti con il Messico: California, Arizona, New Mexico e Texas. Gli abitanti hanno creato gruppi di autodifesa, i *Minutemen*, per dare la caccia agl'irregolari. E sono stati potenziati gli effettivi delle forze dell'ordine locali e degli uffici immigrazione. Alcuni tratti di frontiera sono delimitati dal filo spinato o addirittura da muri «invalicabili». Mentre sfiliamo per le strade di San Francisco, il Senato sta discutendo una legge per rafforzare e completare gli sbarramenti già esistenti. È previsto un unico muro da oceano a oceano che possa bloccare la strada ai candidati al sogno americano. La legge sarà approvata il 17 maggio.

Tuttavia, con buona pace di Huntington e degli apprendisti sceriffi, i clandestini sono ormai indispensabili perché l'economia Usa continui a funzionare. Un'inchiesta del Pew Hispanic Center ha accertato che oltre il 90 per cento ha un'occupazione, che rappresentano circa il 5 per cento della manodopera, e che accettano di essere sottopagati e di lavorare senza assicurazione sanitaria o garanzie sociali. Svolgono, come facevano i cinesi un secolo fa, i compiti che gli americani rifiutano: coltivano i campi, scaricano il cemento nei cantieri, lavano i piatti nei ristoranti o raccolgono la spazzatura nelle periferie chic. Ma il 1° maggio sfilano e cantano: «*Hoy marchamos, mañana votamos*», Oggi marciamo e domani voteremo.

Fermo un gruppo di cinque donne arrivate dal Salvador 25 anni fa. La più giovane deve avere una quarantina d'anni, insegna letteratura e si chiama Eurania.

«Ci ho messo 15 anni per regolarizzarmi e ho dovuto spendere un sacco di soldi in avvocati e scartoffie legali» racconta. «I clandestini vogliono integrarsi, imparare la lingua, mettere su famiglia, ma quando arrivano vengono sfruttati e mal pagati. Quando si lavora 12 ore al giorno, c'è forse il tempo per imparare l'inglese?» aggiunge, sottolineando che la lingua è l'ostacolo più difficile da superare. «Non abbiamo scelto noi l'esilio» spiega ancora. «Siamo scappati dalla guerra in Salvador. E chi ha alimentato quel conflitto? Gli Stati Uniti.»

Eurania e le sue amiche disapprovano le strumentalizzazioni da parte dei repubblicani più conservatori, i quali sostengono che la sicurezza nazionale è in pericolo e che la permeabilità delle frontiere agevola i terroristi.

«Ma i terroristi sono persone istruite o addestrate proprio dagli Stati Uniti. Pensiamo a bin Laden» si indigna Eurania. «È una questione di colore della pelle! Mi piace la varietà dell'America ma non la paura e il razzismo, che sono il prezzo dell'ignoranza.»

Eurania fa parte dei 34 milioni di residenti americani nati

all'estero, pari all'11 per cento della popolazione. Dal loro arrivo circa 10 milioni hanno acquisito la cittadinanza attraverso il processo di naturalizzazione. Altri 12 hanno un permesso di lavoro e i restanti sono clandestini.

Proseguendo, ci troviamo a camminare accanto a una famiglia messicana: una coppia sulla trentina con tre figli. Vivono qui da cinque anni nella più totale illegalità e non si fidano molto di noi. «Abbiamo portato i bambini per mostrare loro che hanno un futuro in questo Paese, e che siamo qui per restare» mi spiega comunque il marito, che ammette di lavorare in nero da McDonald's.

La folla si è raccolta davanti al Civic Center, sede dell'amministrazione comunale di San Francisco. Ci sono poliziotti all'angolo della strada, ma le forze dell'ordine sono quasi assenti dal perimetro della manifestazione. I gruppi non sembrano intenzionati a disperdersi, come se volessero approfittare ancora di quella giornata di vacanza. Domani, dovranno fare i conti con una realtà che una giornata di canzoni e di sogni non avrà certo trasformato come per incanto. Sotto i nostri piedi, incisi nei lastroni di granito del selciato davanti al municipio, leggiamo i grandi princìpi della Carta delle Nazioni Unite, firmata a San Francisco il 26 giugno 1945. Parla di diritti umani, di dignità, di valori della persona umana e dell'uguaglianza tra uomo e donna, di parità tra grandi potenze e piccoli Stati.

Mi siedo accanto a due signore di una certa età che si riposano sotto una pensilina dell'autobus. Sono bianche, una indossa un cappello da cowboy e l'altra una visiera per proteggere gli occhi dal sole. Ai piedi hanno scarpe da tennis per sfilare più comode tra i manifestanti.

«È una giusta causa» dice Italee, che vive a San Mateo, alla periferia sud di San Francisco. «Fanno i lavori peggiori, con salari da fame, ma anche loro hanno dei diritti. Ci guadagnerebbero tutti: la nostra economia non può sopravvivere senza di loro, e loro sono venuti per costruirsi una vita migliore.» Italee è un'insegnante in pensione ma ancora molto attiva, forma i docenti e dà ripetizioni gratuite agli studenti *latinos*.

La sua amica Rosie ha cinque figli, tutti insegnanti, tutti con classi multietniche: «Tanti americani sono dalla parte degli immigrati perché siamo *tutti* immigrati: prenda le nostre due famiglie, abbiamo radici scozzesi, irlandesi e italiane!».

Lasciamo la manifestazione per andare a incontrare Tommy Avicolli Mecca. Esponente della nutrita comunità gay cittadina, è anche uno strenuo difensore dei diseredati di San Francisco, compresi gli immigrati. Lavora per un'organizzazione no-profit, la Housing Rights Committee, che si occupa in particolare del diritto all'alloggio per le classi meno abbienti di tutti i gruppi etnici.

Jacques e io decidiamo di andare a piedi fino a Castro, quartiere gay. Abbiamo un appuntamento in uno dei suoi caffè, all'altro capo di Market Street.

Facciamo una deviazione verso il quartiere Mission, che deve il suo nome a una missione di francescani arrivati qui nel XVIII secolo con la colonizzazione spagnola. Per un'ironia della storia, l'insediamento risale al giugno del 1776, poche settimane prima che migliaia di chilometri più a est fosse proclamata l'indipendenza degli Stati Uniti. Il re di Spagna aveva deciso di rafforzare la presenza in quella che sarebbe diventata la California, stabilendo nella regione guarnigioni militari e missioni religiose. Tra queste la Dolores, dedicata a san Francesco d'Assisi, fu una delle ultime. Nel 1821 i rivoluzionari e i nazionalisti messicani si liberarono dal giogo spagnolo ottenendo l'autonomia. Ma 27 anni dopo furono a loro volta sconfitti dai nordamericani a cui dovettero cedere la California e gli altri territori di confine.

Oggi il quartiere Mission si estende lungo tutta la strada omonima. Qui la comunità ispanica è fortemente radicata e si concentrano gli immigrati appena arrivati in città, anche se il prezzo degli immobili è sempre più elevato. Mission Street e le vie circostanti sono costeggiate da case antiche, a due o tre piani e con le facciate in legno dipinte a colori vivaci. A un angolo c'è la «casa delle donne», un edificio decorato da splendidi murales variopinti che dà asilo «a tutte le donne indipendentemente dall'età, dalla razza, dall'orientamento sessuale e dalla classe sociale». Fa molto San Francisco. Come anche il vicino Good Vibrations, dove per «vibrazioni» non si intendono quelle emotive. Appena entrati nel negozio ci troviamo in mezzo a un mini-museo dei vibratori: il primo, a vapore, è del 1869. Fino agli anni Cinquanta, la stimolazione genitale era usata come trattamento clinico per curare quella che era considerata la più diffusa patologia femminile: l'isteria. Good Vibrations sembra la rivincita su questo passato maschilista: è un sex shop luminoso, dalle pareti chiare, frequentato da coppie e da giovani donne. Una di loro sta acquistando una confezione di «sfere da geisha», e un'altra un vibratore di ultima generazione, il Rabbit Habit in elastomero, *wireless*, di un bel color viola.

Lasciamo le clienti ai loro fantasiosi acquisti e proseguiamo verso una visione più tradizionale: i due campanili della basilica che ha sostituito la chiesa costruita dai primi missionari, e poi distrutta dal terribile terremoto del 1906. Dell'edificio originale rimane solo una cappella bassa con in cima un crocifisso. Alla fine arriviamo al Café Flor, all'incrocio tra Market Street e la 16ª Strada, proprio di fronte al suo diretto concorrente, il Baghdad Café.

Café Flor nel cuore di Castro, è una vera e propria istituzione: il posto dove si va per guardare ed essere guardati. Qui non è sempre stato il «paradiso» degli omosessuali: solo di recente si è trasformato, da rione popolato da famiglie principalmente di origine italiana e irlandese a punto di riferimento dei *queers*. Quando negli anni Sessanta gli hippy e i bohémien si trasferirono nel quartiere vicino, le famiglie più borghesi si spostarono in altre aree di San Francisco. Presto arrivarono i giovani gay, attirati dai prezzi bassi delle case e dal fascino del luogo. Soprattutto a metà degli anni Settanta, Castro è diventato il simbolo della tolleranza, della libertà e di stili di vita alternativi. È in questo periodo che nascono le parate del Gay Pride, prima dell'esplosione dell'Aids che inaugurò i cupi anni Ottanta. È passato diverso tempo prima che una nuova generazione di lesbiche e gay restituisse vitalità ed entusiasmo alla zona.

Ormai Castro è fatta su misura per loro, con ristoranti, locali notturni, bistrò e tantissime palestre, tanto è vero che incrociamo molti aitanti maschi dai muscoli scolpiti. Alcuni di loro spingono una carrozzina: ci spiegheranno che sta diventando comune adottare neonati per costruirsi una vera famiglia. La California consente l'adozione sia alle coppie omosessuali che ai gay single.

Il Café Flor è un'imitazione, non troppo riuscita, del mitico Café De Flore di Parigi, ancora oggi ritrovo di intellettuali e soprattutto turisti, un tempo seconda casa di Simone de Beauvoir e Jean-Paul Sartre. Ha soffitti alti, l'arredamento è in legno. Il cibo non è un granché, ma vale la pena pranzare qui per capire lo spirito di «Frisco».

Riusciamo a trovare un tavolino libero all'esterno, in un tripudio di bicipiti tatuati, T-shirt aderentissime e jeans che fasciano sederi marmorei. Il cameriere è vestito interamente di pelle, ricoperto di borchie e tatuaggi.

Tommy Avicolli Mecca arriva trafelato e mi saluta con un allegro «Ciao» per farmi notare che è di origine italiana, e d'altra parte il suo cognome non lascia dubbi. Ha cinquantaquattro anni, splendidi occhi azzurri e una testa di ricci tinti di nero. Passiamo con lui un'ora molto piacevole, lasciandoci strappare più di un sorriso dagli eventi bizzarri che costellano la sua vita.

Gli chiedo subito se la comunità è preoccupata per la crescente influenza della destra religiosa in America. «Penso che dobbiamo restare molto vigili, ma non dimentico che negli ultimi anni abbiamo fatto passi da gigante» risponde Tommy. «Io ho fatto *coming out* nel 1971 a Philadelphia e ti assicuro che è stata dura. I miei genitori sono andati fuori di testa ed ero circondato da persone che o mi discriminavano o se ne fregavano di me. Una volta sono stato anche picchiato in mezzo alla strada e nessuno mi ha difeso. Peggio: nemmeno la polizia è intervenuta. All'epoca si diceva: "Tanto quello è un frocio".»

«E adesso?»

«Trent'anni fa la destra religiosa era davvero forte, e oggi cerca di riconquistare lo stesso potere. Bush è un ipocrita: è obbligato a mostrarsi omofobo ma credo che non gliene importi niente. Però riescono a controllare certe leggi. Pensa che siamo riusciti ad abrogare quella sulla sodomia solo due anni fa, e ti ricordo che in origine prevedeva l'impiccagione» si accalora. «Noi abbiamo sfidato il Paese, è stata come una rivoluzione. E nella sfortuna anche l'Aids ci ha aiutato, rivelando che gli omosessuali erano molti più di quanto emergesse. Hanno cominciato a morire personaggi famosi: Rock Hudson, Liberace, Freddie Mercury, Rudolf Nureyev... E siamo tutti diventati socialmente più accettabili.»

Gli faccio notare che lui vive nella città simbolo di questa rivoluzione e Tommy ammette che nel cuore dell'Iowa, probabilmente, le cose sono ancora molto difficili. E non solo lì. All'inizio di giugno i repubblicani riporteranno in aula l'emendamento costituzionale contrario alle unioni gay. Pur incassando come nel 2004 l'ennesima sconfitta, il presidente coglierà l'occasione per ribadire che il matrimonio è l'istituto fondamentale della nostra civiltà.

Chiedo al nostro simpatico interlocutore cosa ne pensi. Personalmente, è contrario perché considera prioritarie le battaglie sui temi sociali come il problema degli alloggi, l'assistenza sanitaria, la giustizia sociale.

«San Francisco è una città ricca. Molti gay bianchi occupano posizioni di potere, ma lasciano morire quelli malati di Aids abbandonati in mezzo alla strada. Io vengo da una famiglia di operai, e il mio primo dovere è nei confronti della classe dei lavoratori. Ci credi? All'università ero marxista: merce piuttosto rara in America!»

Racconta dei suoi genitori che sono venuti dalla Basilicata più di cinquant'anni fa per cercare fortuna oltreoceano. Sono aneddoti in parte amari, ma anche esilaranti: «Li ho messi davvero a dura prova: hanno saputo che ero omosessuale da una mia intervista in una televisione locale. Il primo boyfriend che portai a casa era di colore, e mio padre si rifiutò di stare seduto alla stessa tavola. Poi ho vissuto da donna per ben tre anni nella loro stessa città. Devo dire che questa esperienza mi ha fatto diventare femminista, perché come donna sono stato trattato molto peggio. Ed è per questo motivo che a un certo punto ho rinunciato all'identità femminile. Immagina lo scompiglio in famiglia. Mia madre però è stata straordinaria. Era una donna minuta, sempre vestita di nero. Un giorno mi disse che mi voleva parlare. Si sedette di fronte a me ed esordì: "Giurami che sarai sincero e che risponderai a tutte le mie domande". Ovviamente accettai. E lei, a bruciapelo: "Spiegami che cosa fanno due uomini a letto". Superato lo shock iniziale, le ho risposto e da quel momento è sempre stata dalla mia parte anche quando parenti e amici mi preferivano morto piuttosto che gay. Lei diceva sempre: "Non lo capisco ma lo rispetto"».

Tornando a parlare di politica, Tommy confessa che dopo l'11 settembre si vergogna di essere americano e ora sta aspettando un passaporto italiano. Giura che mai più voterà per i democratici «che ci hanno tradito. Sono un verde e sono fiero di esserlo».

Il vento che soffia a San Francisco fa girare la testa o spinge l'America verso il futuro? In una città che da decenni è la fucina di idee innovative qualcuno è convinto che, purtroppo, spesso sono le belle parole ad averla vinta. Non è sufficiente essere dalla parte della ragione per trionfare in politica. George Lakoff, uno dei più grandi studiosi di linguistica, è professore all'università di Berkeley. Il suo ultimo libro mi aveva molto incuriosita: *Non pensare all'elefante!*. È un caso editoriale, bestseller in America, che ha rivoluzionato il dibattito politico. Un manualetto di «guerriglia ideologica», rivolto ai democratici e ai liberal, perché non si lascino confondere dalla retorica dei loro avversari repubblicani, il cui emblema è appunto un elefante.

Berkeley è uno dei più bei campus americani: costruito su colline boscose, è attraversato da un fiumicello e gli edifici sembrano posati sul tappeto d'erba perfettamente curato.

Quando arriviamo, alcuni studenti stanno facendo campagna elettorale per l'elezione del consiglio dell'ateneo, con tanto di cartelli e volantinaggio. Siamo nel mitico luogo in cui nacque la contestazione studentesca contro la Guerra del Vietnam. Incontriamo Lakoff seduto all'esterno di un bar dal nome evocativo: Freedom of Speech Cafeteria, la caffetteria della libertà di espressione. Ci racconta che è stata finanziata da un ex studente, che da giovane contestatore è diventato ricco uomo d'affari, e a cinquantacinque anni è tornato a frequentare regolarmente le lezioni nella sua vecchia università.

Lakoff ha un viso paffuto e barbuto, occhiali senza montatura e indossa una camicia nera aperta sul collo. I suoi libri fanno sempre scalpore nei circoli dei democratici, sia per le critiche dirette e impietose, sia per il tipo di soluzioni che propone. Nelle oltre due ore di vera e propria lezione, riuscirà a vincere le mie iniziali perplessità e le mie difficoltà di fronte a teorie piuttosto complesse. Mi chiarirà come le sue tesi si applichino perfettamente alla realtà della politica mediatica di oggi, non solo in America.

Secondo Lakoff il dibattito politico, con le sue metafore e i suoi valori, può seguire l'uno o l'altro di due modelli psicologici, basati sulla figura retorica fondamentale della famiglia. Il primo è il modello del «padre giusto e severo», virile e forte. Protegge il nucleo familiare, punisce e premia i bambini e controlla la moglie, sa distinguere tra il Bene e il Male ed è una figura morale autoritaria. Pretende che i figli obbediscano e se non hanno successo è colpa loro: significa che mancano di disciplina, di coraggio o non si impegnano abbastanza. Questo è il modello scelto dai conservatori: il «padre» è il governo e i «figli» sono i cittadini. In pratica, significa che chi non si conforma alle regole e agli standard viene «punito» con la marginalizzazione sociale. In politica estera, ci sono gli Stati «adulti», ovvero le nazioni sviluppate, e quelli «bambini» del Terzo Mondo. I Paesi «indisciplinati» vengono puniti con operazioni militari e addirittura con la guerra.

I liberal hanno un modello completamente diverso: quello

dei «genitori premurosi». Pongono l'accento sull'empatia e sulla solidarietà all'interno della famiglia, con eguali responsabilità tra i sessi. I figli, crescendo, vengono protetti ma anche incoraggiati a sviluppare il loro potenziale. Devono imparare a prendersi cura di se stessi, ma anche degli altri. È un sistema basato su un ideale di benessere comune, di giustizia, di collaborazione, piuttosto che di competizione. Privilegia l'onestà, la fiducia, l'apertura.

Nell'ambito di questa divisione, dice Lakoff, «i repubblicani hanno saputo organizzare un intero quadro di riferimento, favorevole al loro programma politico, mentre i democratici dormivano».

Per costruire questo contesto, i conservatori hanno sviluppato una serie di concetti e di slogan che illustrano valori semplici, facili da comunicare e comprensibili al grande pubblico. Al contrario, i progressisti non riescono a imporre né il loro linguaggio né i loro valori. Per cui finiscono sempre per rincorrere l'avversario sul suo terreno, o per giocare in difesa.

Lakoff ci porta alcuni esempi. Bush vuol far passare una legge che consentirà alle fabbriche di inquinare di più? La chiama *clear skies initiative*, iniziativa per il cielo pulito: è esattamente il contrario, ma tanto, molti non andranno oltre il nome. Un altro esempio è il concetto di *tax relief,* sgravio fiscale, inventato dai suoi esperti di comunicazione. Secondo il professore è una perfetta trappola semantica. Se c'è uno «sgravio», significa che c'era un'ingiusta pressione. La tassa era quindi una pratica iniqua e il presidente è un salvatore. «Se si ripete il concetto abbastanza spesso, la metafora utilizzata diventa realtà. Diventa il modo normale di vedere le cose: le tasse sono cattive.»

Come ultimo esempio, cita il modo in cui i repubblicani sono riusciti a dare una sfumatura negativa al termine «liberal», progressista, facendone un epiteto: «sinistrorso», elemento destabilizzante, pericoloso. Ma in origine la parola richiama la libertà, un concetto su cui è basata tutta la storia d'America.

I conservatori praticano questo tipo di esercizio da molto

tempo. Già dalla fine degli anni Sessanta, Richard Nixon e i suoi avviarono una strategia di conquista dei campus prima, e dei media poi. Finanziarono incarichi a professori e programmi universitari per inculcare negli studenti i princìpi fondamentali dell'economia liberista, del capitalismo e degli affari. Proprio in quel periodo nacquero la Heritage Foundation e altri centri di studio di destra.

Nella stampa e nella comunicazione sono stati investiti oltre 3,5 miliardi di dollari per promuovere l'idea che il liberismo economico sia la risposta ai problemi della società. Centinaia di emittenti radiofoniche hanno ricevuto sponsorizzazioni per trasmissioni che sostenessero valori «molto americani», come la famiglia. I repubblicani si appropriano di queste tradizioni, ma è evidente che non sono loro appannaggio esclusivo. Gli opinionisti vengono appositamente formati e, tramite agenzie, messi a disposizione dei media come esperti, per assicurare che lo stesso messaggio venga diffuso ovunque con identiche parole nello stesso momento.

«Se chiedi a un repubblicano in che cosa crede, ti risponderà con una singola idea, che poi saprà applicare al caso concreto» dice Lakoff. «Un democratico invece ti farà un elenco di duecento punti.»

I progressisti partono con un pesante handicap: cercano di parlare alla testa delle persone e dimenticano di considerare la dimensione più emotiva. «Sono convinti» sottolinea «che se si presentano alle persone cifre e fatti, loro si lasceranno persuadere. È questa razionalità che li uccide.»

Riprendendo il concetto di sgravio fiscale di Bush, Lakoff propone un esempio pratico di come sarebbe stato possibile ribaltarlo in positivo. Non c'è bene comune senza i proventi delle imposte, con i quali è stata sviluppata Internet, fondata la Borsa, la Federal Reserve eccetera. Perché nessun democratico dice che le tasse hanno consentito, ad esempio, di costruire infrastrutture di cui usufruiscono anche i ricchi?»

Lakoff ci riaccompagna all'ingresso del campus. «I democratici devono prendersela solo con se stessi» conclude. «Devono capire che è necessario puntare sulla comunicazione e decidere quale quadro di riferimento vogliono adottare. Devono comprendere che le persone non votano tanto le idee o i programmi, quanto i valori in cui potersi identificare.»

«Sono assolutamente d'accordo» approva Michael Lerner quando gli riferiamo di questa conversazione. Il rabbino progressista, uno dei consulenti di Hillary Clinton per le questioni religiose, rappresenta nel campo spirituale ciò che Lakoff è in ambito linguistico. «La verità è che la nostra società vive una forte crisi spirituale. Non è un caso se il 95 per cento degli americani afferma di credere in Dio, e il 60 prega una volta al giorno. La destra lo ha riconosciuto e affronta il problema. La sinistra lo liquida come stronzate New Age.»

Siamo andati a incontrarlo nel suo rifugio abbarbicato sulle alture di Berkeley: una casa in legno, immersa nel verde, dove un cocker accoglie i visitatori facendo grandi feste. Il rabbino Lerner è molto meno pacato dell'ambiente che lo circonda: robusto e in perenne movimento, affiancato da due giovani assistenti altrettanto indaffarate. È autore, tra l'altro, di *The Left Hand of God* (*La mano sinistra di Dio*), in cui propone ai progressisti di definire un «patto spirituale» con l'America. Un patto che per la comunità ebraica sembra esistere da sempre, visto che anche alle ultime elezioni la grande maggioranza ha votato per i democratici.

Secondo Lerner, la corsa alla ricchezza ha portato al fenomeno denunciato da tutti i pensatori marxisti: l'alienazione degli individui, la strumentalizzazione dei rapporti umani e la frammentazione della vita sociale. «La gente ha scoperto che l'"io" ha fagocitato il "noi" e vuole ritrovare uno scopo nella vita, sommersa com'è da amicizie utilitaristiche, amori fugaci, competizione esasperata.» Di fronte a questa deriva, le persone «sono state abbandonate dalla sinistra e manipolate dalla destra, che ha slogan più efficaci e riesce a dar loro la sensazione di essere accolti, compresi e rispettati nei loro bisogni spirituali. È uno degli elementi che hanno spostato molti consensi verso i conservatori.»

Anche se dai sondaggi emerge che Bush e i suoi amici hanno perso l'appoggio popolare, «questo non ha importanza: la gente su di lui non si fa più illusioni, ma non sa dove altro rifugiarsi.»

Il teologo riconosce che i democratici hanno insistito su una più equa ripartizione della ricchezza. «Ma non basta. Devono riconoscere la legittimità dei bisogni spirituali.»

«Ma che fine fa la separazione tra Stato e Chiesa?»

«Sono assolutamente a favore» risponde. «Ma l'unico modo per tenere la religione fuori dalla sfera pubblica è difendere una serie di valori universali, che puoi condividere anche senza credere in Dio.»

Il rabbino Lerner ha organizzato attraverso gli Stati Uniti una «rete di spiritualità progressista». Ne ha un manifesto appeso persino nel suo minuscolo bagno. Contiene un elenco di cose per cui chiedere perdono, tra cui l'omofobia, le violenze commesse da Israele in Palestina e il razzismo, ma anche la mancanza di empatia e di attenzione nei confronti degli altri.

«Vi posso garantire che da qui al 2008 tutti i candidati democratici parleranno di religione, e dell'ultima volta che sono andati in chiesa. Il lavoro da fare è molto, ma se ci mobilitiamo forse potremo riconquistare il terreno perduto.»

Lakoff e Lerner sono brillanti studiosi, a cui piace la provocazione intellettuale. Ma sono anche l'espressione più colta del clima di contestazione che sta montando negli Stati Uniti. Riassumono un movimento critico che ho incontrato un po' ovunque, da New York alla costa occidentale, ancora poco strutturato ma molto attivo. Il discorso di Lakoff sulla necessità di un nuovo «quadro di riferimento» semantico e quello di Lerner sull'urgenza di un nuovo patto spirituale tra progressisti sono due importanti snodi teorici. Le loro analisi sono indispensabili per gettare un ponte tra la politica e una società che negli ultimi anni sta affrontando una profonda metamorfosi. Come San Francisco dimostra pienamente.

Capitolo 15

FUTURO.COM

Nella baia di San Francisco, hi-tech e spirito innovativo si coniugano per rispondere alle sfide del nostro tempo. Il futuro comune si gioca sugli sviluppi di questo connubio.

La Silicon Valley è da oltre trent'anni il cuore della ricerca sulle nuove tecnologie. Vicino alla città di San José hanno sede i protagonisti della rivoluzione del sapere. Nell'ultimo decennio, due aziende in particolare hanno assunto il ruolo di esploratori del mondo dell'informazione. Ne hanno disegnato le prime mappe, poi hanno immaginato percorsi, tracciato strade e inventato codici di comportamento. Sono allo stesso tempo i pionieri e i costruttori. Yahoo! è nato nel 1995 e Google nel 1998, entrambi scaturiti dalla fervida immaginazione di studenti della prestigiosa Stanford University, vicino a Palo Alto. Nel giugno 2006, con una capitalizzazione rispettivamente di 43 e 85 miliardi di dollari, hanno superato con forte distacco le società che avevano giganteggiato nella vecchia America. Nello stesso periodo il valore in Borsa di Ford e General Motors era pari a 11 e 15 miliardi di dollari. Yahoo! ha inaugurato la sua carriera come grande catalogo dei siti esistenti, ma è diventato rapidamente un portale-contenitore in cui si può trovare di tutto, in particolare notizie aggiornate e un servizio di posta elettronica. Google si è concentrato sulla sua attività fondamentale di motore di ricerca. Con 400 milioni di accessi al mese, Yahoo! ha più utenti rispetto a Google, che si posiziona subito dietro con 380 milioni. Ma Google ha un primato quantitativo: il sito è il destinatario del 50 per cento circa degli oltre cinque miliardi di domande poste ogni mese a questi oracoli dei tempi moderni. Eterni rivali, ma allo stesso tempo complementari, entrambi soddisfano la sete di conoscenza dei cittadini di tutto il mondo.

La sede di Yahoo! si trova a Sunnyvale, e quella di Google a tre miglia di distanza, a Mountain View. In auto, impieghiamo cinque minuti per andare dall'una all'altra, su una strada che si chiama El Camino Real. Ai tempi della colonizzazione spagnola, la Via Reale collegava tra loro le 21 missioni religiose californiane, costruite a non più di una giornata di distanza. A cavallo, naturalmente. Oggi, il suo nome calza a pennello alle due imprese sovrane nel cyberspazio, protagoniste di una nuova dinamica che rimette in discussione le strutture di potere tradizionali, da Washington a Pechino. Le loro idee, visioni e strategie sono altrettanto importanti di quelle che nascono nello Studio Ovale della Casa Bianca o nelle interminabili riunioni del Comitato centrale del Partito comunista cinese. Come dice il motto della Stanford University: qui «soffia il vento della libertà».

Marina Gorbis studia proprio la direzione di questo vento: è una bella donna bruna che regna sull'Institute for the Future, con sede in un piccolo edificio moderno di Palo Alto. Se qualcuno può spiegarci da che parte vanno gli Stati Uniti, è proprio lei. Marina è anche un perfetto esempio del sogno americano nel suo aspetto migliore: nata in Ucraina, è venuta a studiare qui ed è rimasta. Ha frequentato Berkeley e poi Stanford: il meglio del meglio. Dopo un periodo alla Rand Corporation – il più importante *think tank* sulle questioni militari e della sicurezza – ora dirige questo centro, finanziato da Stato e imprese, che a dispetto del nome non basa le sue ricerche sulla lettura della sfera di cristallo. «Non siamo qui per studiare il futuro» esordisce Marina. «Ma, grazie al lavoro dei nostri esperti ai quattro angoli del Pianeta, definiamo i trend più importanti per capire le grandi metamorfosi dell'era globale.» Ovviamente l'impatto delle nuove tecnologie è al centro di tutte le analisi.

«Aumentano il potenziale di intervento dei cittadini e permettono di mobilitarsi in tempi rapidi su grande scala.» Fa l'esempio delle *smart mobs*, gruppi che utilizzano Internet e i telefonini per organizzare incontri e manifestazioni sui problemi più vari: dal diritto alle piste ciclabili, al ritiro delle truppe dall'Iraq. «In questo modo si forma una massa critica che può influenzare le decisioni politiche.» Sono passati i tempi in cui bisognava distribuire volantini e allertare i militanti. Non si scende più solo in piazza per farsi ascoltare, si usano anche le autostrade... dell'informatica.

Marina ci porta a pranzo in un ristorante italiano lì vicino. Palo Alto assomiglia a una cittadina di villeggiatura, a una piccola stazione balneare qualunque sulla costa del Mediterraneo. File di case basse costeggiano marciapiedi puliti e ombreggiati. Caffè con terrazza, ristoranti cinesi, francesi, indiani, negozi di articoli sportivi si susseguono sull'University Boulevard, che porta al favoloso campus di Stanford. È una delle comunità più ricche della regione di San Francisco, la residenza dei milionari delle *dot-com*.

Marina insiste sui giovani e sul rapporto molto stretto che hanno sviluppato con il mondo informatico. Trova che abbia un potenziale quasi rivoluzionario in un'America guidata da una classe dirigente retrograda. «Finora nessuna generazione ha avuto tecnologie così personalizzate, che consentissero l'interattività. Oggi non sono solo consumatori, ma anche creatori di contenuti, in grado di sviluppare una nuova intelligenza» sostiene. Stanno anche cambiando il concetto di identità, che non dipende più solo da elementi come la nazionalità e l'etnia.

«Il trend più importante oggi è l'enorme varietà: le nuove generazioni hanno ormai personalità multiculturali» spiega

Marina, e mi introduce a una categoria che non conoscevo: gli *hapa*. È una parola hawaiana che indica una persona di razza mista, nata dall'unione di un bianco e di un isolano. La usano per riferirsi a una specie di grande tribù che affonda le radici in culture diverse. «Ci stiamo mescolando sempre di più, e questo dà ai ragazzi un vero senso di appartenenza al mondo.»

La società si va anche urbanizzando senza sosta, osserva Marina, aggiungendo che questo mutamento rivoluzionerà i rapporti tradizionali della politica: «Entriamo in un'epoca in cui le città avranno più potere. Per la prima volta nella storia dell'umanità, ci saranno più persone nei centri urbani che nelle campagne». È la sensazione che ho avuto visitando New York o Chicago, come Londra, Parigi o Tokyo compaiono come città Alfa nello studio del gruppo di geografi britannici del GaWc, Globalization and World Cities Study Group and Network. Fanno parte delle dieci città protagoniste del futuro per dimensioni, densità di popolazione, importanza economica e rilevanza culturale.

Marina è convinta che l'11 settembre 2001 abbia inaugurato un periodo buio e reazionario. Ma le cose stanno cambiando: «La storia non ha mai un percorso lineare. Procede per accelerazioni improvvise e momenti di stasi. Ma sviluppi come l'integrazione degli immigrati e i matrimoni omosessuali prima o poi diventeranno realtà» asserisce. La preoccupa il riscaldamento globale. Proprio come Al Gore. «È il fenomeno in assoluto più allarmante, ma questo governo oscurantista e antiscientifico lo ignora».

La nostra chiacchierata sta per finire e le chiedo qual è la sua bussola per orientarsi nell'esplorazione del futuro: «La storia» mi risponde senza esitazioni.

Una perfetta rappresentazione dell'uso di Internet come piattaforma di libera espressione e di mobilitazione politica sono i blog. I moderni tazebao che hanno fatto irruzione nell'universo senza frontiere del Web. All'inizio, nel 1994, i primi blogger come Justin Hall o John Carmack non volevano fare altro che mettere on-line i propri diari. Nel 1997, un primo censimento ne contava un centinaio. Nel dicembre del 2005, 50 milioni. La blogosfera dunque è nata in pochissimo tempo, e si è subito imposta come la novità più importante dalla creazione della Rete: una zona franca che nessuno controlla.

I blog degli inizi erano poco più che messaggi personali, a volte con l'aggiunta di fotografie: un modo originale e narcisistico di mettersi in mostra. Ma ben presto sono diventati la cassa di risonanza di una società che vuole farsi sentire, e che non sopporta più l'ipocrisia delle élite. La blogosfera è già servita a fare e disfare carriere e a rimettere in discussione i modelli di raccolta e diffusione dell'informazione. Alcuni dei luoghi principali della contestazione della guerra in Iraq sono stati proprio i blog: testimonianze dirette di soldati americani o di iracheni hanno permesso infatti di fare un primo passo verso la neutralizzazione della propaganda del Pentagono e della Casa Bianca. Il dibattito sul Web ha rappresentato il corrispettivo delle manifestazioni degli anni Sessanta contro la guerra del Vietnam. In senso più ampio, e proprio come il fenomeno dell'enciclopedia libera Wikipedia, i blog rimettono in discussione le strutture gerarchiche. A loro non sfugge nessuno, tantomeno chi vuole intraprendere una carriera politica.

Il blog più elaborato è senz'altro... una televisione. E l'idea, oltre che la proprietà, anche se desidera restare dietro le quinte, non è d'altri che di Al Gore. Current Tv offre ai telespettatori la possibilità di realizzare loro stessi molti dei programmi. I video e i filmati che inviano, purché di buona qualità, vengono trasmessi via cavo e on-line. «Gli utenti creano la televisione che vorrebbero vedere» mi spiega uno dei responsabili della rete, Alex Dolan, trent'anni e di bell'aspetto, e soprattutto molto sicuro di sé. Le tecnologie di ripresa e di diffusione a buon mercato fanno sì che ognuno possa diventare testimone della realtà per raccontare come cambia il mondo. Vengono trattati tutti i temi comprese la politica e le questioni internazionali. Si privilegiano l'approfondimento e il commento, rispetto all'informazione in tempo reale. Non sempre i videoamatori possono disporre dei mezzi per fare il lavoro di un inviato vero e proprio.

Mentre, accompagnati da Alex, Jacques e io visitiamo gli uffici ultramoderni di Current Tv, ho il piacere di vedere un filmato realizzato da un'iraniana americana in vacanza nel suo Paese d'origine. Tema trattato, la mania della chirurgia plastica nella Repubblica islamica. Mi viene da sorridere, visto che ne ho parlato a lungo nel mio ultimo libro, *Chador*. Alex ci racconta che Current Tv ha trasmesso alcune tra le prime immagini dell'uragano Katrina, grazie all'intraprendenza e alla velocità di un ragazzo di New Orleans. Armato di videocamera digitale e cellulare, il reporter improvvisato per giorni ha navigato su una barca nella città sommersa dalle acque. Con lo stesso sistema, la piccola emittente è stata in grado di testimoniare il dispiegamento delle forze palestinesi a Gaza, subito dopo il ritiro dell'esercito israeliano. «È sempre utile avere un approccio nuovo, con uno sguardo diverso» spiega Dolan. Per il momento il 30 per cento dei contenuti è realizzato dagli spettatori, ma Alex mi assicura che la percentuale aumenterà rapidamente.

La sede di Current Tv è una vecchia fabbrica perfettamente restaurata. Ci troviamo in un quartiere che si affaccia sulla baia di San Francisco, proprio di fronte allo stadio. Sta per giocare la squadra di baseball e frotte di tifosi non vogliono perdersi l'appuntamento. Il tempo è bello, il cielo è azzurro e ovviamente il vento soffia dall'oceano. Nei tre piani di questa televisione del futuro, tutto parla di buongusto ed efficienza: travi di legno, pannelli di vetro scuro, studi hi-tech. I giornalisti lavorano in un open space, separati soltanto da pannelli mobili. Sono giovani, proprio come il pubblico: questa emittente si rivolge principalmente alla fascia d'età tra i diciotto e i trentaquattro. A un anno dalla sua fondazione può contare su 20 milioni di abbonati paganti. È un target che consuma informazione in modo nuovo: non guarda i network tradizionali e solo di rado legge i giornali.

Costituisce però un ottimo spaccato di quella che i sociologi americani hanno battezzato *search generation,* quella che naviga in Rete per esplorare i temi che preferisce senza muoversi da una stanza o da un Internet café. Current Tv ha firmato anche un accordo con Google, per avere informazioni utili sugli argomenti che suscitano più curiosità. È possibile così costruire un palinsesto a misura di utente.

«Non ci interessa la politica» asserisce Alex, ma non ignora di certo che questa esperienza è di per sé politica. Con Current Tv, lo strumento di informazione più potente al mondo sfugge al controllo dei grandi gruppi che hanno acquistato i network americani. «Il nostro motto è: riconquistare la televisione.»

Il taxi ci lascia davanti a una casetta bianca anche se un po' scrostata, dal tetto a punta, sulla 9ª Avenue nel quartiere di Sunset. Un gigante magro apre la porta d'ingresso e si presenta tendendoci la mano: «Jim Buckmaster». Ci introduce in una serie di stanze disordinate, ma dotate di computer all'avanguardia. Ci sediamo nel suo ufficio, ingombro di documenti, cartelline e dossier affastellati. E ci racconta l'avventura della Craigslist.

Tutto è iniziato come passatempo nel 1995. Craig Newmark, il fondatore, aveva preso l'abitudine di inviare via e-mail ai suoi amici informazioni pratiche e indirizzi per muoversi e uscire a San Francisco. Col tempo i destinatari hanno finito per scambiarsi messaggi di qualunque tipo. Quattro anni più tardi la comunità virtuale così formatasi è diventata una società. Da allora Craigslist.org è diventato un popolarissimo sito di piccoli annunci, in cui si può trovare di tutto: una bicicletta d'occasione, corsi di lingua, un fidanzato, una casa per l'estate, un appartamento da affittare o un vecchio divano. È possibile unirsi a un gruppo di lettura della Bibbia o scoprire come curare il proprio gatto diabetico. «Ci sono persone che hanno costruito la loro vita grazie a questo sito» assicura Jim. «Con questo strumento si può trovare un ago in un pagliaio.» Compresi amori a pagamento, visto che una rubrica porta il nome di «servizi erotici». Oggi tutte le grandi città hanno la loro Craigslist e il fenomeno ha raggiunto anche l'Europa. Presto approderà in Italia. «Abbiamo dieci milioni di visitatori al mese e quattro miliardi di pagine» spiega Jim, fiero. «È il settimo sito più visitato del mondo.»

È tutto gratis. Eccetto che per gli agenti immobiliari di New York, San Francisco e Los Angeles, che devono pagare dieci dollari per pubblicare le loro inserzioni: sono loro che lo fanno vivere, perché sulla Craigslist non c'è nemmeno un banner pubblicitario. I profitti sono stimati in 20 milioni di dollari all'anno e la società dà lavoro a 21 persone. «Non cerchiamo di fare più soldi di quelli che ci servono. Sono gli utenti stessi che decidono la strategia dell'azienda. Scegliamo di aprire un sito in una nuova città, o di tradurne uno da una lingua straniera, solamente se c'è domanda. I visitatori fungono anche da polizia del sito: milioni di cittadini che si controllano a vicenda sono meglio di un pugno di cerberi.»

Il successo della Craigslist evidenzia una caratteristica costitutiva dell'America: l'interesse per la vita associativa, il bisogno di appartenere a una comunità.

Per i fondatori, il successo dell'esperienza dimostra che Internet può rimanere uno strumento di scambio e di progresso, senza diventare automaticamente un vettore di profitti, o un oggetto di controllo politico ed economico.

Jim è convinto che oggi l'ostacolo maggiore alla formazione di una coscienza critica sia l'ignoranza. Recenti studi condotti dal dipartimento dell'Istruzione mostrano che il 40 per cento degli americani dai sedici anni in su è appena in grado di leggere e scrivere il proprio nome, mentre per esempio non sa consultare una cartina stradale o compilare un formulario.

«Ciò che fa la forza della democrazia sul Web è la mancanza di barriere. D'altro canto il sistema non funziona più. Nessuno ha più fiducia nella scheda elettorale. La gente è scoraggiata e cerca nuove vie per esprimersi, in particolare attraverso i blog, che diventano i cani da guardia del cittadino.»

La sera ho appuntamento con un italiano che in America ha fatto fortuna. Non è scappato dalla povertà o dalle persecuzioni politiche. È di passaggio a San Francisco e ci vediamo a cena in uno dei ristoranti fusion giapponesi più alla moda del momento.

Se si cerca Diego Piacentini su Google escono una breve biografia e l'intero contratto di lavoro: compresi stipendio, bonus, benefit, stock option, provvigioni aggiuntive, condizioni di recessione e ferie per un totale di due settimane l'anno. Viva la trasparenza americana! Il numero due di Amazon è passato all'inizio del 2000 dalla Apple Europe a Parigi, dove era vicepresidente e general manager, alla più grande libreria on-line del mondo. A quarantasei anni, è il più «vecchio» dei sette top manager guidati ovviamente dal geniale Jeff Bezos, il fondatore. In un primo tempo Diego si è occupato dell'espansione all'estero dell'azienda, poi della ristrutturazione globale del business. Il suo contributo è stato fondamentale perché il sito che ha fatto la storia dell'e-commerce, dopo anni di investimenti giganteschi e di perdite significative, iniziasse finalmente a guadagnare. Vive nella sede di Amazon a Seattle, la stessa città di Bill e Melinda Gates: «Mi rendo conto di abitare nella Svizzera d'America».

È un bell'uomo dai capelli leggermente brizzolati che nasconde dietro la sua affabilità, gentilezza e simpatia una ferrea determinazione. Quando gli chiedo quale sia il segreto del suo successo, risponde secco: «Non credere alle stupidaggini sulla creatività italiana. Ce l'ho fatta perché ad Amazon ho insegnato qualcosa che loro non sapevano: come aggredire il mercato internazionale. E pensare che dovevo fare il professore universitario! Grazie al cielo ci ho ripensato».

Diego si è laureato in economia politica alla Bocconi di Milano, con una tesi sui modelli economici del trasporto merci e il loro impatto sull'ambiente. Ha lavorato per due anni alla Fiat prima di essere assunto alla Apple Europe.

«Era destino» ricorda sorridendo. «Sono stato in scambio culturale a Olympia, a 30 chilometri da Seattle. Lì ho fatto un anno di scuola superiore: è stato nel 1978, l'anno in cui rapirono Aldo Moro. Ricordo che quel giorno mi invitarono a una *assembly*, e io pensavo a una delle nostre assemblee studentesche, indetta magari per discutere di terrorismo. Invece, mi sono trovato di fronte a un gruppo di splendide *cheerleaders* in minigonna che presentavano la squadra di football.»

Quando gli chiedo che cosa ha determinato il successo di Amazon, ovviamente sottolinea la genialità di Bezos: «È iperenergetico, ha tutto sotto controllo». Ma aggiunge: «Lui ha cominciato prima degli altri. Ha capito che su Internet non esisteva ancora il commercio "al dettaglio". Ha combinato innovazione tecnologica e rigore dei processi analitici: le decisioni sono sempre basate su dati precisi».

Sotto la leadership di Piacentini, Amazon ha aperto filiali in Francia e in Giappone e da due anni investe fortemente anche in Cina, considerata, con ragione, un mercato dalle grandi potenzialità.

Amazon è nata nel 1995: due anni dopo è stata quotata in Borsa.

«Abbiamo cominciato con i libri e siamo arrivati a vendere on-line il 30 per cento dei volumi d'America. Barnes & Noble è il numero uno e noi il numero due. Ma loro in magazzino hanno 250.000 titoli, noi un milione» puntualizza orgoglioso Piacentini. «Li abbiamo fisicamente nel nostro magazzino, ma siamo in grado di distribuirne quattro milioni. Ormai ci stiamo diversificando e siamo passati dai libri ai diamanti. Il 70 per cento del nostro fatturato lo facciamo con i *media products* e il 30 per cento, in forte crescita, con i *retail products*: oggetti di ogni tipo, dalle pietre preziose all'abbigliamento. Anche gli scrittori possono ormai andare su Amazon direttamente, saltando la casa editrice. Attraverso un sistema di *print on demand* e *disk on demand*, garantiamo accesso a contenuti che altrimenti non avrebbero valore sul mercato tradizionale. Abbiamo appena concluso un accordo con il canale pubblico Pbs e con la Cbs, creando per loro un sistema economico che renda accessibili in Rete gli enormi archivi di cui dispongono.»

Ascoltando Diego, così preciso e al tempo stesso trascinante, è impossibile non convincersi che la rivoluzione informatica travolgerà tutto.

«Sul Web, ci saranno sempre più contenuti a disposizione. Internet è un luogo di democrazia presente e futura, alla quale si associa un modello economico che funziona. Consente inoltre di avere a disposizione una *collective intelligence* in continua espansione, perché si può ascoltare l'opinione anche del più piccolo circolo di esperti.»

Diego mi spiega che ha sempre desiderato lavorare per un periodo negli Stati Uniti. Gli chiedo qual è la più grande differenza con l'Europa. «La velocità. E poi, in Europa c'è una paura di sbagliare che inibisce la voglia di mettersi in gioco. Qui ci si prova sempre, anche quando si fanno errori. Pensa alla differenza nella definizione di "fallimento": se sbagli in Europa tu sei personalmente un "fallito", in America sei "*bankrupt*", un termine che riguarda soltanto le tue condizioni finanziarie. Avere una seconda e una terza possibilità: questo mi piace.» Ma Piacentini vede bene anche le ombre del modello americano. «Quello che trovo più problematico è che la forza produttiva del Paese si sta spostando all'estero: sono scomparse intere città, come Detroit. Ed è preoccupante che il deficit sia finanziato da Paesi come la Cina che ne ospita la produzione. Gli Usa non sono più al centro dell'economia mondiale: il loro peso sta chiaramente diminuendo a favore del mondo asiatico. L'asse che prima andava dall'America orientale all'Europa, oggi unisce invece quella occidentale all'Asia. E il Vecchio Continente rischia di essere tagliato fuori.»

Piacentini sottolinea le rigidità del mercato del lavoro in molti Paesi europei, a cominciare dalla Francia, dove le 35 ore di lavoro settimanale sono legge dello Stato.

Gli chiedo quali consigli darebbe a un giovane italiano alla prima esperienza professionale. «Gli direi di non avere l'ossessione del posto fisso. E poi spiegherei che una volta si studiava il latino, oggi devi saper scrivere in codice informatico. Jobs, Bezos e Gates hanno successo perché sanno tradurre i loro obiettivi in un linguaggio tecnologico. Il modello di Bezos, ad esempio, è sempre stato quello di usare il meglio della tecnologia per trasferire i vantaggi ai consumatori. In questo modo, ha saputo ritagliarsi un ruolo centrale nell'e-commerce. Non basta che il leader di un'azienda conosca il suo mercato. Noi innoviamo continuamente. E quando sbagliamo siamo in grado di correggere il tiro in poche settimane. Non a caso, il nostro *customer service* è stato ristrutturato una decina di volte.»

Perché in Italia non c'è ancora Amazon? «Non è una priorità a causa delle inefficienze logistiche e infrastrutturali» mi dice. Fino a quando le aziende non riusciranno a smaltire gli ordini con la velocità e la precisione necessarie per la vendita on-line, il tutto a bassi costi, i consumatori non saranno soddisfatti. E quindi, non si instaura il circolo virtuoso che permette di creare l'economia di scala.

Sono curiosa di sapere se i suoi figli di dieci e quattordici anni si sentono americani: «Sì, ma sono per fortuna molto legati alla cultura italiana».

Intende restare in America? «Con mia moglie decidiamo di anno in anno. Mi piacerebbe tornare, ma per cambiare qualcosa. È la capacità di rinnovamento che fa girare il mondo. Ma ci vogliono le condizioni favorevoli, e non sono sicuro che l'Italia sia pronta.»

CAPITOLO 16

LA FABBRICA DEI SOGNI
E DEGLI INCUBI

ATTERRIAMO A LOS ANGELES nei primi giorni di maggio, carichi di immagini e storie. Pronti per entrare nel favoloso universo del cinema. Da cent'anni gli eroi di Hollywood ci raccontano l'America, e ora mi aspetto che mi aiutino a capirla meglio.

Il console italiano a L.A., Diego Brasioli, diplomatico esperto e preparato che conosco dai miei viaggi in Libano, ha gentilmente messo a nostra disposizione un'auto. Questo mi permetterà di rispettare i miei appuntamenti «istituzionali», tra cui una conferenza alla Ucla, prima università in America per la ricerca, dove terrò una conferenza sulla situazione mediorientale. Benediciamo l'autista: spostarsi in una città lunga 70 chilometri sarebbe troppo perfino per Jacques e il suo fedele computer di bordo. L.A. è una specie di sconfinata periferia. Un intreccio di autostrade e di quartieri spuntati negli interstizi. Una giostra infernale su cui sembra girino instancabilmente i 13 milioni di abitanti che vivono nella metropoli. È la città con il più alto rapporto automobili/abitanti al mondo: sei milioni di veicoli. So per esperienza che occorrono ore per qualsiasi spostamento e arrivare puntuali è impossibile. A volte le *highways* sono totalmente bloccate e l'inquinamento crea una nube spessa, nonostante le severissime leggi imposte dal Comune sulle emissioni di anidride carbonica. Fortunatamente l'albergo che abbiamo scelto si trova in un quartiere verde e arioso, a due passi da Beverly Hills.

A Los Angeles sono rappresentate 140 nazionalità e si parlano 240 lingue diverse, anche se la maggioranza degli abitanti di origine straniera sono asiatici o ispanici. Ma ad esempio il nostro autista è eritreo. Ritroviamo qui le stesse problematiche incontrate a San Francisco: l'ambiente e la sua salvaguardia; la varietà delle culture e il suo impatto sull'identità della nazione americana. Più a nord, la soluzione proposta era una miscela di tolleranza e di tecnologia avanzata. A Los Angeles, all'equazione si aggiunge una variabile imprevedibile, scritta a lettere giganti sul fianco di una collina: HOLLYWOOD.

La Mecca del cinema è nata per caso. All'inizio del XX secolo Hollywood era un minuscolo paese di 500 abitanti collegato alla città – che ne contava 100.000 – da una linea di tram con orari capricciosi. Nel 1910 David L. Griffith sbarcò con la sua troupe venuta dalla costa orientale per realizzare un melodramma dal titolo *In Old California*. Fu il preludio dell'avventura. La straordinaria luminosità della regione permetteva di girare senza luci artificiali. New York, dove la giustizia perseguiva i produttori che non pagavano le royalty a Thomas Edison, detentore di una serie di brevetti sulla nascente industria cinematografica, era lontana. E gli spazi disponibili erano immensi. La cittadina sconosciuta diventava capitale della nuova frontiera: le immagini in movimento. Griffith avrebbe realizzato nel 1915 il primo lungometraggio della storia: *Nascita di una nazione*. Ambizioso progetto di 190 minuti, ovviamente muto, avrebbe dimostrato che fin dai primi vagiti il cinema era già un potente strumento di propaganda. Grazie alle immagini, anche i racconti più fantasiosi apparivano veri, si potevano creare miti e suggestionare le menti. A Hollywood, la fabbrica dei sogni, nacque l'immaginario di massa destinato a imporre i suoi modelli in tutto il Pianeta, attraverso un'industria culturale di largo consumo capace di un impatto senza precedenti. L'*American way of life* – con i valori della libertà e delle grandi opportunità – arrivò sugli schermi di tutto il mondo. Attraverso i film gli americani hanno scoperto se stessi, e noi il Nuovo Continente. Per lungo tempo, questa fucina ha sfornato a pieno ritmo ritratti positivi degli Usa, anche quando commettevano i loro più gravi errori. Oggi, sembra che questa sua capacità sia entrata in crisi. C'è troppo contrasto tra l'autoritratto idealizzato che si vuole esportare e la politica e le azioni americane sullo scacchiere internazionale. E comincia a farsi sentire anche la «concorrenza culturale» del resto del Pianeta, soprattutto di Paesi emergenti come Cina e India. Dopo un secolo passato ad assorbire in silenzio i miti di Hollywood, rivendicano il diritto di costruirsi i propri. E magari di diffonderli.

Nascita di una nazione di Griffith rimane un capolavoro assoluto, ma anche un'apologia del Ku Klux Klan, una setta razzista, antisemita e xenofoba. Il film è ambientato nel Sud degli Stati Uniti dopo la vittoria dei nordisti favorevoli all'abolizione della schiavitù. Presenta i miliziani dai cappucci bianchi del Klan come paladini dell'onore delle donne, e della sopravvivenza della razza bianca. Una scena che fece scandalo mostra in modo compiaciuto il linciaggio di un nero, presentato come un violentatore e un assassino. La pellicola ebbe un enorme successo popolare e fruttò un incasso eccezionale per l'epoca. Ma, allo stesso tempo, suscitò le proteste della comunità afroamericana e provocò scontri in molte città. In altre venne vietato per paura che insorgessero problemi di ordine pubblico. A Washington il presidente progressista Woodrow Wilson, dopo una proiezione privata, ne prese ufficialmente le distanze assicurando che «non aveva mai espresso ammirazione per l'opera», ma vedrà *Nascita di una nazione* diverse volte.

Wilson illustra l'ambiguità degli Stati Uniti sull'integrazione razziale: grandi ideali e profonde divisioni. Proprio sotto la sua presidenza, per opportunità politica, fu ripristinata la segregazione nella scelta dei funzionari federali. Eppure, sarà ricordato per le riforme politiche e sociali realizzate durante il suo primo mandato, e per aver fatto uscire l'America dal suo isolazionismo con la partecipazione alla Grande Guerra. I 14 punti in cui enunciò il suo programma per la pace divennero il fondamento della Società delle Nazioni, che preludeva alla costituzione di un organismo internazionale come l'Onu.

Oggi Hollywood conta 500.000 abitanti e non è altro che un quartiere di Los Angeles. Gli studios si sono spostati in altre zone della città. Producono centinaia di film all'anno, ma il cinema ormai è solo un aspetto dell'industria del divertimento, che include la televisione, la musica, i giochi per computer, Internet e anche i casinò. Sei giganti controllano il settore con profitti stimati in oltre 400 miliardi per il 2006: News Corporation, Walt Disney, Viacom, Sony, Time Warner e Nbc Universal. Ma il nome «Hollywood» evoca in centinaia di milioni di persone la più affascinante delle attività umane: raccontare e ascoltare storie. Grazie alla finzione è possibile scoprire tante verità. Ma oggi il cinema racconta la realtà o è la realtà che imita il cinema?

«Il cinema è un riflesso della società, non la orienta» mi risponde George Clooney. Peccato che lo faccia dalle pagine di un giornale che sto leggendo e non in un'intervista faccia a faccia. Quando arriviamo a Los Angeles, è ancora acceso il dibattito sulla sua ultima opera, *Syriana*, che quest'anno gli ha fatto vincere anche un Oscar. Il film racconta la storia di un giovane consulente petrolifero, che cerca di aiutare un emiro arabo a prendere il potere nel suo Paese contro un altro ramo della famiglia reale, asservito agli Stati Uniti. Clooney interpreta un agente americano, Bob Barnes, che cerca di sventare il complotto. Ma arriverà troppo tardi e sarà ucciso in un attentato organizzato dalla Cia. Una trama che ha attirato accuse di antiamericanismo sia all'attore sia al regista Stephen Gaghan.

Gli studi di Hollywood sanno come trasformare personaggi presi dalla cronaca in eroi di celluloide. È successo a Robert Baer, un ex agente dei servizi segreti americani che ha lavorato in Medio Oriente per vent'anni. Fu l'ultimo a cercare di organizzare nel 1995 un colpo di Stato contro Saddam Hussein, con l'appoggio di militari dissidenti e di oppositori curdi. Poche ore prima dell'inizio delle operazioni arrivò un veto politico da Washington, ma i congiurati entrarono comunque in azione. Senza il previsto appoggio militare, il tentativo fallì. Baer fu fatto uscire dal Kurdistan in modo rocambolesco, rientrò negli Stati Uniti e fu accusato di tradimento per non aver rispettato gli ordini dei superiori. Dopo questo episodio, diede le dimissioni dalla Cia e iniziò a scrivere libri, in particolare quello a cui si ispira *Syriana*: *La disfatta della Cia*. È lui lo 007 a cui Clooney presta il suo volto.

Baer abita in una cittadina del Colorado, vicino a Boulder. Ed è là che Jacques ha avuto occasione di incontrarlo. Viveva in una bella casa e giocava nella neve con un meraviglioso cocker. Avevano parlato a lungo di Baghdad e della Cia. «Non avevamo abbastanza contatti in Iraq per capire davvero quello che succedeva» gli aveva spiegato Bob. «Era un Paese impermeabile alle infiltrazioni dei nostri uomini.»

In fin dei conti però Baer, e il suo doppio sul grande schermo, sono eroi scomodi per i grandi studios perché raccontano verità scomode. Se non fosse per la personalità e il peso commerciale di star del calibro di Clooney, film come *Syriana* non vedrebbero mai la luce.

Anche *Munich* di Steven Spielberg rientra nella stessa categoria. Nemmeno il suo messaggio è piaciuto: la vendetta non porta a niente, alimenta l'odio e distrugge chi la persegue. *Munich* tocca il nervo scoperto del conflitto israelo-palestinese. Racconta di un gruppo di agenti segreti israeliani a caccia dei membri del commando palestinese che aveva preso in ostaggio e ucciso 11 atleti israeliani a Monaco, durante le Olimpiadi del 1972. Spielberg è stato pesantemente attaccato. Il film, secondo i suoi detrattori, rimetteva in discussione il diritto di rappresaglia dello Stato di Israele, e insieme alla destra cristiana ha fatto infuriare la comunità ebraica. Eppure nessuno può accusare l'autore di *Schindler's List*, ebreo lui stesso, di essere antisemita o addirittura di voler mettere in discussione il diritto di esistenza di Israele. Comunque dopo *Munich* è diventato più difficile accusare di antisemitismo chiunque critichi l'operato dello Stato ebraico.

In un'ottica più ampia, è interessante constatare che in questa America del post-11 settembre molte pellicole di successo denunciano le derive verso il potere assoluto: non sono i film patriottici a sbancare i botteghini, ma quelli di contestazione. Hanno richiesto anni di preparazione. Quindi non esprimono semplicemente l'attuale rifiuto di Bush e del suo fiasco iracheno, ma dinamiche più profonde. Che Clooney abbia ragione? Che il cinema sia davvero il riflesso di una società americana meno ingenua, che rifiuta le immagini retoriche della sua forza, delle sue buone intenzioni e della sua sete di giustizia?

Con tre Oscar – per il miglior film, la migliore sceneggiatura e il miglior montaggio – *Crash* è riuscito a sbaragliare quest'anno, nella notte delle statuine, una serie di concorrenti controversi e radicali. Paul Haggis, il regista, non è nuovo al successo: oltre a una brillante carriera nei serial tv, ha firmato la pluripremiata sceneggiatura di *Million Dollar Baby* e anche quella del prossimo James Bond. *Crash*, parabola di un'America multietnica e disorientata, segna il suo debutto alla regia.

Il film intreccia le vicende di diversi personaggi: una casalinga benestante e il marito procuratore distrettuale, due detective amanti occasionali, un poliziotto razzista, un produttore televisivo di colore e sua moglie, un iraniano proprietario di un negozio, due ladri d'automobili, una recluta della polizia. Le loro storie sono destinate a incrociarsi nel corso di 36 ore. A fare da sfondo, una Los Angeles violenta e intollerante in cui tutti diffidano di tutti, e per rompere la solitudine e incontrarsi, a volte è necessario scontrarsi.

Che il successo di *Crash* sia legato a un buon lavoro di squadra è evidente: oltre a un ottimo cast di attori e a un'avvincente sceneggiatura, la pellicola ha potuto contare su un gruppo di brillanti produttori, al comando di Mark Harris.

È una vecchia conoscenza di Hollywood sin dal lontano 1965, quando cominciò come agente di Dustin Hoffman, John Voigt e Burt Lancaster.

Dopo essersi accreditato tra i grandi dell'industria cinematografica, Harris ha fondato la sua società con la quale ha finanziato più di 25 film – tra cui il famoso *Demoni e dei* – e fortunati telefilm come *Baywatch*. Voglio sapere cosa racconta *Crash* dell'America di oggi.

«Esprime quello che da anni siamo: pieni di pregiudizi e un po' razzisti» mi risponde d'un fiato. «Col tempo siamo diventati più sofisticati, e certo nessuno dice più "sporco negro", ma molti lo pensano. Il film invita gli americani a prenderne coscienza, perché sono preconcetti difficili da sradicare.»

La pellicola ha inizio con una constatazione amara e inquietante. «Qui a Los Angeles non c'è contatto vero con nessuno. Siamo tutti dietro vetro e metallo. Il contatto ci manca talmente che ci schiantiamo in auto contro gli altri solo per sentirne la presenza.»

«Quanto c'è di vero in questa battuta?»

«È ovviamente la metafora di una realtà che dovrebbe allarmare tutti.»

Da una ricerca del giugno scorso dell'«American Sociological Review» emerge che negli Usa una persona su quattro non ha nemmeno un amico, per colpa del lavoro che fagocita gran parte della giornata, mentre Internet rosicchia il resto. Ma secondo gli esperti non è il tempo che manca, quanto piuttosto la capacità di formare reti di amicizia.

«La gente comincia ad avere paura perché si rende conto che il nostro è un modello di vita alienante» mi spiega Harris. «Essere prevenuti e diffidenti non aiuta certo a incontrarsi.»

Gli chiedo se Hollywood, come mi ha detto Susan Sarandon, è un posto disinteressato tanto alla morale quanto alla politica.

«Non è una cosa molto strana» ribatte. «Funziona così per ogni tipo di business nella società capitalistica. Noi non facciamo della beneficenza. Il problema non è trovare spunti per film politicamente impegnati, ma reperire i finanziamenti. I temi scomodi riescono a sbancare il botteghino quando interpretano inquietudini che sono già nell'aria. Questo è esattamente ciò che è accaduto con *Crash*.»

«La morale del film, molto duro e scabroso in certi momenti, è comunque positiva, perché tutti possono redimersi: puoi sbagliare, ma ti viene sempre data una seconda opportunità. Quanto c'è di americano in questo?» domando ancora.

«C'è la vita intera in questo. Dio ci dà tutte le possibilità del mondo per riscattarci.»

Harris, che sta lavorando a due nuovi film, è meno ottimista sulle possibilità di riscatto di George W.

«L'America oggi» dice salutandomi «vive in una sorta di dittatura soft grazie al nostro presidente bugiardo e corrotto. Anche di questo gli americani cominciano ad aver paura.»

Oltre alla contestazione del potere, Hollywood si è lanciata in una critica del puritanesimo e della bigotteria. Prima di tutto con *Truman Capote: a sangue freddo*, il cui protagonista è lo scrittore Truman Capote, omosessuale e straordinariamente affascinato dalla vita e dalla morte di un assassino di cui seguirà gli ultimi mesi in prigione, prima che venga giustiziato. E poi con *I segreti di Brokeback Mountain*, la storia di un amore impossibile tra due ragazzi, cowboy delle praterie del Nordovest.

Per Ang Lee girare questo film ha rappresentato una sfida non facile: raccontare un amore omosessuale nel Wyoming degli anni Sessanta. Ennis e Jack sono due antieroi, che con Gary Cooper e John Wayne hanno davvero poco a che fare: la loro passione nasce in un pascolo di montagna e resisterà negli anni in cui saranno costretti a simulare una vita «normale», con mogli e figli. La pellicola ha vinto il Leone d'Oro a Venezia, quattro Golden Globe e tre Oscar.

Larry McMurtry e Diana Ossana sono gli sceneggiatori. Diana è una bella donna, bionda, occhi chiari e mi mostra subito il suo fastidio per i luoghi comuni. «Gli americani sono più aperti e più intelligenti di quanto si pensi, e il successo del film lo dimostra.» Sottolineo che, se ci sono voluti sette anni per produrre *Brokeback Mountain,* qualcosa dovrà pur dire. Forse la società statunitense non era pronta ad affrontare la complessità di un amore gay. Per di più vissuto tra due cowboy, simbolo massimo del machismo.

«Non sono cowboy ma pastori» mi corregge Diana. «Comunque hai ragione, c'è voluto un sacco di tempo. Io lessi il racconto di Annie Proulx la prima volta nel 1997, ma solo alla fine del 2004 abbiamo prodotto il film. Ci è voluto un regista prestigioso come Ang Lee insieme a due straordinari protagonisti come Jake Gyllenhaal e Heath Ledger: fino ad allora, nessun attore aveva voluto accettare quei ruoli perché gli agenti li sconsigliavano vivamente. Troppi i pregiudizi contro i gay, spiegavano, si rischiava di perdere il pubblico femminile. Quindi meglio rinunciare.» Il tema, insisto, resta in ogni caso molto controverso. «Quello che la gente ha trovato davvero inquietante non è tanto la storia in sé, ma il fatto che i protagonisti non siano il classico stereotipo dell'omosessuale, la checca effeminata che si incontra dal parrucchiere, per capirci. Al contrario, sono due figure molto virili, e questo ha riportato alla luce una realtà spesso rimossa: che la maggior parte degli omosessuali sono uomini "normali". Appiccicare etichette e giudicare per categorie purtroppo dà ancora un grande senso di sicurezza.»

Diana, che era presente sul set tutti i giorni, non si aspettava l'Oscar. Alla fine della nostra conversazione ammette che è uno dei segnali che nel Paese qualcosa si sta muovendo, proprio perché la maggioranza della popolazione è più vigile e attenta. Persino quella Middle America considerata la roccaforte del conservatorismo: «Basta guardare i sondaggi: se poco più del 30 per cento degli americani è pro Bush, è chiaro che ci stiamo svegliando».

Secondo Gore Vidal, il risveglio ha già tardato anche troppo. L'*enfant terrible* della letteratura americana è tornato nel 2003 a Los Angeles dopo aver vissuto molti anni in Italia, prima a Roma e poi a Ravello, sulla costa amalfitana. È una leggenda perché è un guastatore di miti americani. È un mostro sacro del pensiero: saggista, storico, romanziere, sceneggiatore, è uno degli autori contemporanei più prolifici e più versatili. È anche un contestatario irriducibile, e a quasi ottantadue anni si rifiuta di tacere davanti a quella che considera la perversione del sistema politico degli Stati Uniti. Proprio come Studs Terkel, a Chicago, la sua forza è la memoria: ha vissuto e ha studiato la storia del suo Paese, vi ha partecipato e ne parla con il distacco dell'esperienza. Sta per pubblicare il suo secondo libro autobiografico, che avrà il titolo emblematico di *Point to Point Navigation* (*Navigare a vista*).

Gore Vidal ci aspetta nella sua bella villa di Outpost Drive, a West Hollywood. Fa qualche passo per accoglierci. È incerto sulle gambe, si appoggia a un bastone, ma il viso è animato. Si sistema in una poltrona damascata rossa e oro, un bicchiere di whisky a portata di mano. Alle pareti del salone vecchi dipinti si contendono lo spazio con file di libri. Le portefinestre si aprono su un giardino invaso da cinguettii di uccellini e buganvillee già in fiore. Lucido, tagliente, combattivo, Gore Vidal muove al presidente Bush e al suo regime critiche al vetriolo. Parla senza alzare la voce, ma con una mordace ironia e un disprezzo palpabile «per la sua idiozia e mancanza di buongusto». Se fosse possibile imbavagliarlo probabilmente lo avrebbero già fatto, ma lui proviene da una famiglia molto importante: è nato all'ombra del potere. Il nonno era senatore dell'Oklahoma, e lui è cresciuto al numero 5 di Connecticut Avenue, tra la Casa Bianca e il Congresso. Tra i suoi cugini ci sono Al Gore e Jimmy Carter. «Conosco tutte le dinamiche dall'interno» ci dice. Quando critica il sistema, lo fa con la competenza di uno storico e la consuetudine di un *insider*.

«Il presidente è illegittimo» attacca subito Gore Vidal. «Nel Paese ha preso il potere un cartello di petrolieri, che fa gli interessi delle maggiori multinazionali. Il grande capitale ha un controllo completo sul sistema. Siamo in trappola: mi sento come un tedesco all'epoca della Germania nazista. Dobbiamo dire no. Io dico no» aggiunge.

Per condurre la sua crociata contro Bush, Gore Vidal ha

lasciato la sua casa italiana, dove ha vissuto e lavorato per oltre trent'anni. L'ha venduta, racconta. «Non riesco più a camminare, non posso più andare a piedi in piazza. A cosa mi serviva tenere quella villa?»

In fin dei conti Gore Vidal e Clooney combattono sullo stesso fronte. Denunciano, con sistemi diversi, la corruzione, le manipolazioni, il ruolo dell'industria degli armamenti e di quella dell'oro nero nelle avventure degli Stati Uniti all'estero. Ovviamente Vidal è contrario al conflitto iracheno e all'erosione delle libertà individuali in nome di quella guerra. «Cosa significa "presidente di guerra"? Non siamo in guerra e lui non è un presidente. Abbiamo al potere una *junta* con tendenze fasciste, e un perdente come capo: non è mai successo nella nostra storia.»

Vidal è convinto che siano sempre più numerosi gli americani pronti a ribellarsi, e ne trova conferma ogni volta che viene invitato a parlare in pubblico. «Sabato ero alla Ucla, c'erano 1000 spettatori seduti e 500 in piedi. La settimana scorsa a Portland, la settimana prossima a San José. Persone di ogni età e di ogni estrazione sociale vengono ad ascoltarmi, perché denuncio i crimini di quest'amministrazione. C'è molta disperazione nel Paese. Ma la gente non sa a chi rivolgersi.»

Secondo lui negli Stati Uniti non esiste più nessun movimento organizzato dei lavoratori, e i sindacati sono in fin di vita. Quanto al Partito democratico, i suoi membri appartengono alla stessa casta dirigente degli altri: «Abbiamo un solo partito: quello dei soldi e dei padroni. I democratici ne rappresentano l'ala moderata. Abbiamo una destra e un'estrema destra». Attacca anche la stampa, «agli ordini del re», a eccezione di pochi giornalisti che incontrano il suo favore. Cita Seymour Hersh, ovviamente, e Lewis Lapham. Non c'è da stupirsi, combattono tutti nella stessa trincea. «Ma i giornali vengono letti sempre meno. Non possono competere con la televisione e i cittadini sono sempre meno informati, anche a causa della nostra pessima istruzione pubblica.»

«Crede che la coscienza critica sia meno viva che in Europa?»

«La differenza sostanziale con l'Europa è che voi avete dei vicini che tengono d'occhio quello che succede a casa vostra, e all'occorrenza vi criticano.»

Negli Stati Uniti, la commistione tra informazione e spettacolo ha fatto sorgere non pochi dubbi sulla capacità del piccolo schermo di svolgere un ruolo critico auspicato dalla generazione di Ed Murrow. Oggi la Cbs è controllata da una catena di cinema, la National Amusements, che possiede 1300 sale in tutto il Paese. La Nbc appartiene alla Universal, della General Electric. E la Abc è controllata dalla Walt Disney Company.

Nonostante il quadro sia poco rassicurante, lo scrittore ripone ancora qualche speranza nei suoi compatrioti. Proprio come Studs Terkel, più vecchio di lui di un decennio. E come lui, si aspetta che i cittadini abbiano uno scatto di rivolta.

«Ritengo possibile che la società americana reagisca. Il risveglio verrà dai lavoratori: sono loro i più mobilitati. È una classe giovane, piena di energie, ma per organizzarsi ha bisogno di un capo.» Non immaginavo di trovare sulle colline di Los Angeles un cantore della classe operaia come avanguardia della contestazione! Ma, avverte il saggio di Outpost Drive, la classe operaia deve essere connessa a Internet. «Col Web si può far scendere in strada un milione di persone in ventiquattr'ore.»

Gore Vidal preme un tasto del suo telefono, parla a bassa voce. Dopo un attimo, compare un assistente con un altro bicchiere di whisky. Prima di lasciarci, mi rivolge una domanda: «Conosce Richard Viguerie?». Confesso la mia ignoranza. «È un brillante manipolatore» mi dice. «È lui l'artefice della vittoria dei conservatori nel Paese. È il re delle campagne postali per mobilitare i cittadini e per raccogliere fondi. Per anni ha riempito le casse della destra facendole vincere le elezioni.» È interessante però, mi rivela Vidal, che questo personaggio, il vero inventore della propaganda per corrispondenza, abbia deciso di abbandonare Bush: oggi pensa che i progressisti abbiano più possibilità.

Propaganda e politica sono intrecciate in modo indisso-lubile negli Stati Uniti, che per primi hanno teorizzato la ne-cessità di «vendere» il prodotto America.

«È come in qualunque business. Per quanta pubblicità tu faccia, se il prodotto è cattivo rimarrà sullo scaffale. E quello che propone Bush è invendibile.»

Parola di esperto: conosco Joseph Nye dai suoi libri e dal nostro ultimo incontro a Boston. Il professore della Kennedy School of Government a Harvard è uno dei principali stu-diosi di relazioni internazionali. Ha elaborato per primo negli anni Ottanta il concetto oggi fondamentale di *soft power*.

«È la capacità di ottenere ciò che vuoi attraendo gli altri e persuadendoli a condividere i tuoi obiettivi. È ben diverso dallo *hard power*, che è invece l'uso della forza economica e militare per piegare il prossimo alla tua volontà.»

È stato Nye a farmi notare il filo rosso che lega Hollywood a Washington.

«In Iran, i politici stigmatizzano gli Usa come il "Grande Satana", ma intanto gli adolescenti divorano blockbuster hol-lywoodiani di contrabbando. Il *soft power* nasce dalla cultura quanto dalla politica. Ma da quando c'è Bush assistiamo a un declino della nostra capacità di attrarre consenso. In partico-lare nel mondo musulmano. Guantánamo e Abu Ghraib sono devastanti per la nostra immagine.»

Gli chiedo come sarà possibile arrestare la crisi di credibi-lità e invertire la tendenza.

«Il Pentagono deve imparare che per incrementare il *soft power* non occorrono campagne militari, ma una maggiore sensibilità alle opinioni altrui. Bisognerebbe attenersi all'afo-risma di Theodore Roosevelt: "Parla con dolcezza e porta con te un grosso bastone". In questo momento noi ameri-cani abbiamo un bastone molto grosso. Bisogna che impa-riamo a parlare con dolcezza.»

Lasciamo l'oasi verde per inoltrarci in uno dei sobborghi più famosi di Los Angeles, Venice Beach. Con le sue casette, appoggiate sulla sabbia, è un quartiere dove si trova di tutto: ristoranti, studi di artisti e le vestigia del sogno italiano di Abbott Kinney. Eccentrico, innamorato di Venezia, questo ricco e potente costruttore all'inizio del XX secolo volle riprodurre sulle rive del Pacifico la città lagunare. In pochi anni, fece scavare canali, costruì palazzi con colonnati e si procurò persino alcune gondole. Nacque così la «Venice of America», uno dei primi parchi a tema del Paese, dove gli abitanti di L.A. potevano venire a divertirsi. Oggi quasi tutti i canali sono stati coperti e i gondolieri sono definitivamente scomparsi, ma la reputazione di Venice è sopravvissuta. Alcune star del cinema e della canzone abitano qui. Il governatore della California, Arnold Schwarzenegger, alias Terminator, ha aperto un ristorante e la sua casa di produzione. L'uomo dai muscoli d'acciaio può andare a fare culturismo su una spiaggia battezzata Muscle Beach, dove in estate i fusti della città si ritrovano per confrontare bicipiti e addominali. Elisabetta, la brillante assistente del console italiano che questa sera ci fa da guida, ci mostra i garage trasformati in sale da spinning, dove decine di appassionati pedalano a perdifiato su biciclette immobili al ritmo di musiche indiavolate. La bellezza plastica qui è un'ossessione, ancora più che nel resto degli Stati Uniti.

Sulla strada del ritorno ci fermiamo al Viceroy, il nuovo locale di grido lungo la spiaggia di Santa Monica. A una prima occhiata, sembra un edificio privo di charme, moderno, con la tipica facciata degli alberghi in riva al mare: sette piani, piatti e senza fantasia. Ma i parcheggiatori si danno da fare intorno a una collezione di Ferrari, Lamborghini e Porsche. Evidentemente non bisogna fidarsi delle apparenze. All'interno, infatti, ci attende una combinazione squisita di arredamento antico e design modernissimo, tavolini traslucidi e arte contemporanea. Nel giardino, mobili in legno bianco sono incastonati tra i fiori colorati e la vegetazione lussureggiante. La hall, il bar, i tavoli intorno alla piscina sono pieni di gente molto «in» e quindi facciamo marcia indietro, dopo esserci concessi una visita alla toilette famosa per essere la più elegante della città, con marmi pregiati e rubinetti placcati oro. Quella è gratis.

Proprio davanti al Viceroy, al calar della sera, le aiuole sul lungomare accolgono strani personaggi. Appoggiano le biciclette al tronco di una palma, si sfilano gli zaini e srotolano a terra sottili materassini. Sono i senzatetto di Santa Monica, che a centinaia vengono a prendere possesso della spiaggia per passarci la notte. Molti hanno una bicicletta su cui trasportano tutto ciò che possiedono. Dopo una giornata passata alla ricerca di un lavoretto o di un aiuto provvidenziale, si distendono ai raggi del sole al tramonto, tra i jogger abbronzati, davanti all'oceano.

Per alcuni di loro i sogni sono destinati a non avverarsi mai: fanno parte delle decine di migliaia di giovani che si illudono di vedere un giorno il loro nome scritto a caratteri cubitali sui manifesti dei film. Arrivano a Los Angeles avidi di fama e di soldi facili. Il cinema ha creato i suoi miti di talenti riconosciuti, sforzi ricompensati, omaggi resi all'intelligenza, all'originalità, al lavoro. Nel mondo della finzione, alla fine del cammino ti attende il successo, ma in quello della realtà la strada maestra finisce spesso in un vicolo cieco. La maggior parte dei candidati alla gloria se ne torna a casa.

Per le ragazze e i ragazzi pronti a tutto pur di aggrapparsi ai loro sogni, non resta altro che offrire i loro servizi nella «Porn Valley», la valle di San Fernando, a nord di L.A. In trent'anni è diventata la capitale mondiale della pornografia. La vendita, la diffusione e il noleggio dei film a luci rosse fruttano da soli oltre cinque miliardi di dollari l'anno. Migliaia di giovani, etero e omosessuali, finiscono a «San Pornando». Sognavano di salire i gradini dell'Accademia del cinema, e invece si ritrovano a recitare la parte degli stakanovisti del sesso in stanze sordide e loschi seminterrati.

Ma non ci sono solo i giovani in cerca di fama e fortuna. La notte calda di L.A. brulica di altri diseredati, che hanno rinunciato anche solo alla speranza di una vita normale. Elisabetta ci accompagna nel quartiere di Central City East, quello che potrebbe essere considerato il centro di Los Angeles. È stato ribattezzato «Skid Row», la via scivolosa. È a due passi da Bunker Hill, il rione degli affari in cui al mattino i grattacieli si riempiono di impiegati ben vestiti. Il Comune ha adottato regole più severe per combattere la presenza dei clochard in quest'area, ma sia qui sia a Santa Monica sono ancora centinaia. Giriamo per strade sempre più buie di una L.A. che le tende, i sacchi di plastica e i pezzi di cartone hanno trasformato in una disperata «città dei senzatetto». Precaria come gli scenari di Hollywood: domattina sembrerà solo un incubo.

CAPITOLO 17

STRIP

SPECCHIETTO PER ALLODOLE e frantumatrice di sogni, Los Angeles sa anche produrre storie che finiscono bene, come quella di El Piolín. Presentatore radiofonico, è arrivato dal Messico vent'anni fa, attraversando la frontiera nascosto in una macchina. Oggi conduce il programma più ascoltato nel sud della California, *El Piolín por la mañana* (*Il canarino del mattino*). È stato lui a organizzare le grandi manifestazioni, come quella del 1° maggio a San Francisco, per ottenere la regolarizzazione dei clandestini. Gli è bastato dare appuntamento ai suoi ascoltatori per strada, una prima volta all'inizio di aprile, e loro sono accorsi in massa. Da allora è il leader indiscusso di un vasto esercito di immigrati illegali, una folla finora silenziosa alla quale lui ha dato un volto e una voce. È il loro Robin Hood.

Ci facciamo lasciare davanti agli studi della Univision, il gruppo di comunicazione più potente della comunità ispanica di L.A. Veniamo accolti da un'addetta stampa che si profonde subito in mille scuse. El Piolín non potrà riceverci, deve partire immediatamente per Washington. Ha appuntamento con il presidente Bush, che vuole il suo parere sui problemi dei migranti. Credo soprattutto che voglia farsi fotografare con l'uomo che può portare in strada decine di migliaia di scontenti o al contrario garantirgli una tregua.

«E se andassimo con lui in aeroporto?» El Piolín accetta. Ci precipitiamo di nuovo verso l'ascensore. Quando le porte si aprono ho la sensazione di entrare in un film sulle gang di Los Angeles. Un enorme furgone è pronto a partire. Un ritratto sorridente di El Piolín è disegnato sulla fiancata. L'eroe dei clandestini è pronto a salire a bordo. È un bel ragazzo, vivace, moro, con occhi scintillanti. «¡Hola!» saluta. E si scusa gentilmente per il contrattempo. È circondato da una squadra di tipi robusti che credo gli facciano da assistenti, guardie del corpo e corte permanente. Ci ritroviamo in otto seduti nel grosso Gmc, che mi ricorda quelli che facevano la spola tra Amman e Baghdad prima della guerra. Ci sediamo sul sedile centrale, Jacques, io e El Piolín tra di noi. Partiamo a tutta velocità. I collaboratori sono eccitati all'idea che il loro capo vada a incontrare il presidente degli Stati Uniti. Gli chiedo cosa ha intenzione di dirgli.

«Spiegherò a Bush come stanno le cose. Lo ringrazierò e gli dirò che gli immigrati sono qui per rendere il Paese più sicuro e che siamo tutti con lui nella lotta contro il terrorismo. Dio mi darà l'ispirazione.»

Abile, El Piolín. Sa che l'argomento capace di scatenare l'opinione pubblica è la permeabilità delle frontiere, e l'immigrazione illegale che potrebbe aprire la porta degli Stati Uniti agli emuli di al-Qaida.

«I clandestini vogliono avere un'opportunità. Bisogna combattere per la loro legalizzazione: senza documenti non sei nessuno.»

La città che ha eletto il primo sindaco latinoamericano degli Stati Uniti, Antonio Villaraigosa, forse è il posto giusto per questo obiettivo. Vorrei sapere come è arrivato fino a qui.

«Nel 1986 ho attraversato la frontiera a Tijuana nel bagagliaio di un'auto. Credevo di morire soffocato. Ne sono uscito vivo e mi sono detto: dove sono finito? Era tutto diverso: la lingua, le strade, la gente.»

Comincia una nuova vita per colui che si chiamava allora Eduardo Sotelo. Si sistema insieme al padre in un garage abbandonato nella regione di Santa Ana, a sud di Los Angeles.

Sopravvive grazie a lavoretti saltuari: raccoglie la frutta, mette insieme le lattine di Coca-Cola vuote per venderle ai ferrivecchi. «Ho fatto anche la comparsa in *Terminator 2*» dice ridendo. Ma anche lui, come tutti quelli che arrivano in California, ha un sogno: vuole fare il cameraman per la televisione. E ottiene il suo primo lavoro in un'emittente locale. «Ma sono stato licenziato perché ero illegale.» Eduardo passa alla radio di Sacramento, a nord-est di San Francisco, per il gruppo Univision. «Ma l'ufficio immigrazione mi ha incastrato. Ero stato denunciato. Avevo mentito al momento dell'assunzione, dicendo di essere in regola. Grosso errore» ammette ora. «Ordinarono l'espulsione immediata.» La sua vita crolla. Lascia l'appartamento a Sacramento, e si chiede come riuscirà a provvedere alle necessità della famiglia. «Avevo paura e non potevo parlarne con nessuno perché tutti dipendevano da me.» Si nasconde, chiede consiglio a un avvocato, ma si sente perso.

«Ho chiesto a Dio di mandarmi un segno: dovevo scappare verso il Messico o combattere? Proprio allora sul lato della strada ho visto un cartello luminoso lampeggiante che improvvisamente si è spento. Dio mi stava dicendo di fare marcia indietro.»

Alla fine la giustizia si dimostrerà comprensiva e un magistrato deciderà che Eduardo può restare in America. La sua fama crescente e gli interessi economici della radio hanno giocato a suo favore. Oggi il ragazzo che è diventato «El Piolín» ha ottenuto un permesso di lavoro e di soggiorno, la famosa *green card*, e la sua avventura è finita bene: «Questo è il Paese delle opportunità». Ma la maggior parte dei clandestini come lui non ha la stessa fortuna. Così El Piolín ha deciso di aiutarli.

«Ho capito quanta forza potesse darmi la radio in occasione dell'uragano Katrina. Ho invitato i miei ascoltatori ad aiutare gli sfollati. Ho chiesto di donare acqua, cibo e ho visto come il mio pubblico si è mobilitato. Tutti volevano dare una mano.» Si produce lo stesso fenomeno con un soldato di origine salvadoregna partito per l'Iraq. Aveva lasciato la moglie promettendole che sarebbe tornato con i soldi necessari per finire di costruire la loro casa. È stato ucciso in un'imboscata. El Piolín, avvertito da alcuni fan, interviene dalla radio: «È necessario che finiamo la casa tutti insieme». In pochi giorni è cosa fatta.

Il suo momento di gloria è arrivato nell'aprile 2006. Ha convinto 11 presentatori di altrettante radio locali, sparse in tutto il Paese, a mandare in onda un appello per manifestare contro una legge votata nel dicembre del 2005 dalla Camera dei rappresentanti. Punisce con l'arresto chi passa illegalmente la frontiera e chiunque l'aiuti. Persino il senatore John McCain, il più accreditato candidato repubblicano alle prossime presidenziali, l'ha definita «inapplicabile». Alla base di tutte le critiche, c'è il concetto che qui tutti si considerano «immigrati» e che negli Stati Uniti lo spirito di accoglienza è sacro. Il 10 aprile El Piolín e i suoi amici hanno invaso le strade di oltre cento città americane. È la prova generale per la «giornata senza immigrati», di cui siamo stati testimoni il 1º maggio a San Francisco.

«Veniamo qui per trovare da mangiare. È semplicissimo» conclude El Piolín mentre arriviamo all'aeroporto. «Che cosa fareste voi nella stessa situazione?»

Scendiamo dal furgone e mentre continuiamo la nostra discussione sul marciapiede, tre ragazze escono dal terminal e riconoscono il portavoce dei diseredati. Si avvicinano, lo baciano e lo ringraziano. «È il nostro mito» mi spiega una di loro.

«Siamo qui per integrarci nella comunità come cittadini, con diritto di voto» prosegue lui. È questo il messaggio che Eduardo Sotelo, il figlio di Tijuana, diventato la star dell'etere in California, porterà a George W. Bush. Ed è un messaggio che non si può più ignorare.

Sono sicura che un giorno la vita di El Piolín diventerà un film. Con un personaggio del genere sarà sicuramente una pellicola controversa. Disturbano meno gli eroi di celluloide, che fanno piovere milioni di dollari nei forzieri delle major anche se sono a malapena umani. Come il mostro verde Hulk, che all'improvviso mi si para davanti in uno dei viali del Parco Universal. Jacques e io abbiamo deciso di fare i turisti per visitare la Cinecittà di Hollywood. In realtà, è un immenso parco di divertimenti, dove i bambini e gli adulti ritrovano i protagonisti dei loro film preferiti. Hulk, ma anche Shrek, Frankenstein, l'Uomo invisibile, la Mummia sono tra quelli che incrociamo. Prendiamo addirittura un trenino che ci porta sui set all'aperto e negli immensi hangar dove gli scenografi reinventano il mondo. Ci sono due finti oceani in cui si stanno preparando battaglie navali, giungle dove King Kong aspetta di tornare alla ribalta, gallerie della metropolitana dove deragliano i treni. Attraversiamo, tra gli strilli di gioia dei nostri compagni di ventura, città che cambiano secolo diverse volte in pochi metri, passiamo davanti a un campo dove fumano i rottami di un Boeing 747 schiantatosi al suolo, e sfidiamo le fiamme rosseggianti di un incendio. È tutto finto, ma è così che deve essere. Tra noi ci sono alcuni indiani, con le donne in sari, venuti a vedere il modello che Bombay ha copiato per sviluppare Bollywood, la capitale del cinema in Asia.

Fermo una famiglia americana che scopro essere praticamente abbonata al parco della Universal: vengono qui due volte al mese. Il padre Bruce, la mamma Vita e la figlia Amanda si concedono un biglietto cumulativo di 59 dollari, e passano la giornata a farsi fotografare con i loro eroi preferiti. Sperano sempre di incontrare un attore vero, ma purtroppo incrociano solo sosia. Ne approfittano anche per mangiare ogni sorta di *junk food*: dai classici popcorn a hot dog grondanti ketchup, e bicchieroni di Coca-Cola o Seven-Up. Mi astengo dal dare consigli a Vita, ma probabilmente avrebbe bisogno di un medico: pesa più di 100 chili e poiché fa fatica a camminare il marito la spinge su una sedia a rotelle.

Un po' più avanti mi colpisce un signore di una certa età che sta spazzando per terra. Si chiama Warren e ha settantasei anni, di cui gli ultimi diciassette passati a pulire i vialetti del parco della Universal.

«Hollywood non rappresenta l'America» mi dice convinto. «Dietro tutti i film, c'è un progetto politico e quasi tutti sono ispirati dai socialisti. Vogliono influenzare politicamente la gente» assicura. Non so se devo prendere sul serio questo spazzino che vede complotti ovunque, ma gli faccio qualche altra domanda. Gli chiedo se è repubblicano: «Certo» risponde. «I democratici sono diventati di sinistra, sono contrari ai valori difesi dall'America.» E come è possibile che lavori ancora alla sua età? «La pensione non basta, e non voglio essere un peso per nessuno» mi spiega. «Da noi è normale che tu sia responsabile di quello che ti succede. Ed è giusto che sia così.» Non ho il coraggio di aprire il dibattito con Warren sul tema dello Stato sociale e della distribuzione della ricchezza. Hollywood produce sogni, ma anche confusione. La frontiera tra il divertimento e l'abbrutimento è sottile, tanto quanto quella tra finzione e realtà.

Siamo andati a trovare un uomo che ha fatto passare generazioni di lettori e di spettatori dalla realtà alla finzione. Ha aperto le porte dell'immaginario, del surreale ma anche dell'animo umano. È stato uno dei primi a portare gli uomini su Marte o a farli sprofondare negli abissi della tirannide moderna. Si chiama Ray Bradbury. Nella città delle star è una leggenda, ma vive modestamente nella casa di un quartiere tranquillo vicino a Hollywood.

Quando arriviamo è seduto su una poltrona, in una stanzetta che gli serve da ufficio. Capelli bianchi, occhiali dalla montatura pesante e camicia blu. Le gambe non lo sostengono più e i piedi e i polpacci sono coperti con calze sanitarie bianche. Non oso chiedergli quale sia il problema, ma si vede che soffre. Intorno a lui un creativo disordine: libri, riproduzioni di animali preistorici, un televisore che scompare sotto le pile di fogli e cartellette. Niente computer. Bradbury batte ancora a macchina i suoi testi. Ci sediamo su due pouf e gli chiedo di raccontarmi la sua vita, quella di un uomo che ha immaginato il futuro.

«Sono nato in una famiglia povera, a Waukegan, nell'Illinois. Mia madre era svedese e mio padre posava i cavi delle linee telefoniche. Ci siamo stabiliti a Los Angeles nel 1934, avevo tredici anni.»

Poco incline agli studi, il giovane Ray li abbandona nel 1939 e comincia a vendere giornali per dieci dollari la settimana sull'Olympic Boulevard. «Passavo il tempo a correre dietro alle star e ho messo insieme un'enorme collezione di autografi: ne ho più di mille» racconta tendendomi una scatola di legno marrone, nella quale sono riposti pezzi di carta ingialliti.

Il giovane Ray divora le riviste di fumetti e si appassiona alle imprese degli eroi dell'epoca, come Flash Gordon o Buck Rogers. E comincia a scrivere racconti. «Ho lavorato in quelli che chiamavano *pulp magazines*. All'epoca lavorando si poteva sfondare. Ora sto preparando un romanzo che si intitola *Moby Dick nello spazio*: faccio viaggiare una balena in una cometa bianca.» E cosa alimenta la sua fantasia?

«I film li ho visti tutti. La mia vita è piena di metafore» dichiara Bradbury. «La gente non sogna abbastanza. Io invece sì. Fantastico sul mondo e voglio vivere fino a centodieci anni.»

Rifiuta di essere etichettato. «Io non scrivo fantascienza, che è una descrizione del reale. Io scrivo racconti inventati.» E diventano successi mondiali. A cominciare dalle *Cronache marziane*, pubblicate nel 1950, la storia dei coloni umani scappati su Marte per sfuggire al caos della Terra. «È una finzione, non può succedere» ci spiega. Tre anni più tardi un altro capolavoro, *Fahrenheit 451*. Il romanzo è ambientato in una società in cui i libri, diventati inutili di fronte allo strapotere della tv, vengono sistematicamente bruciati per annientare la forza delle idee che contengono. Il regista francese François Truffaut ne ha tratto un film di grande successo. «Questa invece è fantascienza perché potrebbe succedere» puntualizza. Voleva denunciare le società che tentano di eliminare il libero pensiero. «McCarthy, i nazisti, Stalin, la bomba atomica: sono contrario a tutte le tirannie, ovunque e in qualunque tempo, che siano di destra o di sinistra.» È anche riuscito a evitare qualunque compromesso commerciale: «Ho scritto e diretto quaranta spettacoli teatrali, e ci ho sempre rimesso dei soldi, ma l'ho fatto perché ci credevo».

Bradbury ricorda l'epoca in cui Los Angeles aveva ancora «un cuore», e i suoi abitanti non erano snob. Era l'età d'oro. «Ma oggi i cinema su Hollywood Boulevard sono vuoti. Abbiamo lasciato scomparire la città. Sunset e Broadway sono un deserto. Mi piacerebbe ricostruire il centro, farlo come Rio de Janeiro, come Parigi.» Oggi la Città degli Angeli è stata data in pasto alle automobili. «Tra cinque anni le autostrade saranno paralizzate» assicura. Lui non ha nemmeno la patente. Non gli serve per viaggiare con la fantasia. «Se sai dove vuoi andare, non ti ferma nessuno. Se ami abbastanza qualcosa, la otterrai. Ma quando ci si innamora, bisogna rimanere innamorati.»

Però gli amori e i sogni devono essere alimentati e l'autore di *Fahrenheit 451* ci spiega che la lettura è fondamentale: «Sono un autodidatta e passavo molto tempo a divorare libri nelle biblioteche pubbliche. Credo siano l'invenzione più bella: Carnegie ha fatto un eccezionale regalo agli americani costruendole». Si riferisce alle circa 3000 biblioteche finanziate dal re dell'acciaio, Andrew Carnegie, alla fine del XIX secolo. È stato uno dei primi grandi filantropi che, in periodi cruciali della storia americana, hanno saputo dare ossigeno al Paese abbandonato dallo Stato. «La nostra cultura è in pericolo. Non sappiamo più pensare. Dobbiamo tornare ai fondamenti: leggere e scrivere» dichiara Ray. «È così che ho educato le mie quattro figlie, con un regime intensivo di libri. Ai genitori dico: mandate i vostri ragazzi in biblioteca!»

Prima di separarci il grande vecchio, seduto nella sua poltrona, stanco ma con lo sguardo ancora acceso, ci confessa il proprio stupore di fronte alla tragedia dell'11 settembre: «Neanche un romanziere avrebbe mai potuto immaginarlo. Ma capisco che i musulmani hanno molte ragioni per odiarci».

E forse la formidabile industria culturale a cui appartiene ha contribuito all'incomprensione reciproca.

«Hollywood è più importante di Washington, Londra e Parigi. Il cinema controlla il mondo.»

Si possono avere dei dubbi sulla centralità di Hollywood, ma i suoi residenti pensano che gli occhi dell'intero Pianeta siano puntati su di loro. Non hanno tutti i torti. Per questo la *beautiful people*, la cui vita riempie le riviste e i tabloid, è ossessionata dalle apparenze. Come mi aveva detto Susan Sarandon a New York, l'unica cosa che interessa l'industria del cinema è controllare chili e rughe di troppo. Facciamo quattro passi su Rodeo Drive, la strada più chic di Beverly Hills, a sua volta il quartiere più sfarzoso di Los Angeles. Su questo tratto di strada, ombreggiato dalle palme, si allineano i grandi nomi del lusso. Lungo i marciapiedi sono parcheggiate limousine e auto sportive che costano come un appartamento. Guardiamo un po' le vetrine in attesa del nostro prossimo appuntamento, ma senza incrociare nemmeno una celebrità.

Sono venuta a incontrare l'uomo per il quale il corpo delle star non ha misteri. Quello che fa miracoli con il bisturi. Detiene il segreto dei ventri piatti, dei glutei scolpiti, dei volti sempre giovani. Un naso troppo pronunciato, le borse sotto gli occhi o un doppio mento: tutto può scomparire. Come un pittore che cancella con un colpo di pennello un dettaglio venuto male. A suo modo Renato Calabria è un artista: laddove la mano di Dio ha tremato un po', interviene lui. È stato Diego Brasioli a mettermi sulle sue tracce. Mi aveva chiesto se conoscevo il nuovo guru della chirurgia estetica a Beverly Hills. «È un italiano» mi aveva detto «ed è di Bolzano, come te. Non lo conosci?» Nel sentire il suo nome ero rimasta interdetta. Faceva parte del mio gruppo di amici, poi ci siamo persi di vista. Ed ecco che lo ritrovo in California intento a ridisegnare le dive!

Il suo studio si trova in un elegante edificio che dev'essere il quartier generale dei medici della Los Angeles che conta.

Renato è sempre un bell'uomo: alto, scuro di capelli, elegante, ha conservato lo charme e quella cadenza un po' cantilenante tipicamente italiani. Ha cinquant'anni, una bella moglie e tre splendidi bambini che mi mostra orgoglioso nelle foto sulla scrivania.

Appena laureato in medicina a Padova è partito per la California per la specializzazione in chirurgia generale, e poi estetica e ricostruttiva a San Francisco.

«Una selezione durissima: all'inizio lavoravo in un ospedale pubblico oltre cento ore a settimana. Ma è stata un'esperienza professionale unica.»

Oggi è uno dei più famosi e apprezzati professionisti in America e da pochi anni opera anche a Milano e Roma. Sul suo sito Internet è possibile richiedere un consulto on-line, mandando fotografie dettagliate del viso e del corpo. La risposta è assicurata nel giro di una decina di giorni.

«Tu quindi saresti un tipico esempio di sogno americano realizzato?»

«L'America è il Paese delle mille opportunità, però te le devi guadagnare. Se lavori sodo puoi avere soldi e successo. Quello che però non mi piace è la superficialità e l'approccio troppo materialistico.»

Quando gli chiedo cosa gli manca di più dell'Italia risponde: «Passare un'ora al bar a dire scemenze con i vecchi amici. Los Angeles è una fucina di idee, qui nascono le mode e incontri gente di tutto il mondo, sei esposto a mille stimoli. Ma se cedi alle lusinghe di una vita facile e glamour sei perduto. Ho molti colleghi pluridivorziati, cocainomani, perennemente stressati. Io probabilmente sono rimasto un classico italiano, legato ai valori tradizionali della famiglia».

Renato deve la sua fama all'invenzione del *vertical lifting*: «*One stitch*, ovvero un unico punto di sutura, è il più leggero e meno invasivo degli interventi» mi spiega. «L'effetto si ottiene con dei minuscoli buchi fatti con l'ago posizionati strategicamente sulla linea dei capelli: un unico filo di sostegno, un punto che lo fissa. Dunque senza alcun taglio, in anestesia locale e in pochi minuti. E si può tornare subito al lavoro.»

Il lifting dura almeno tre anni e costa tra i tre e i quattromila euro.

Gli chiedo di mostrarmi qualche esempio del classico «prima e dopo»: la quarantaduenne bionda che mi fa vedere sembra davvero più giovane. Sfidando la forza di gravità con il suo ritocco dall'alto, Renato è riuscito a ridarle un aspetto fresco, senza il tipico effetto tirato.

«Il trend è quello di intervenire prima e meno, piuttosto che proporre un'operazione complicata quando i segni del tempo sono ormai più che visibili. Le *celebrities*» mi assicura «corrono sempre ai ripari prima dei quarant'anni.»

«Ma non ti sembra che ci sia ormai una sorta di ossessione per la perfezione fisica?»

«Qui sono spesso molto superficiali e vivono in un mondo dominato dall'apparire e dal marketing. Da me vengono anche ragazze di venticinque o trent'anni che vogliono assomigliare alle modelle più in voga. È colpa dei media, che danno un'immagine della realtà assolutamente distorta. Ma la bellezza non è una garanzia di felicità.»

Il dottor Calabria ha dettato dieci regole del lifting che ogni paziente dovrebbe osservare. Per esempio i chirurghi estetici operano spesso le loro mogli: guarda come è quella del tuo. Do un'altra occhiata alla foto della sua: non c'è di che preoccuparsi.

Pochi giorni dopo il nostro incontro, leggo sui giornali dell'ultima moda in fatto di chirurgia plastica: la *revirgination*, ovvero la ricostruzione dell'imene richiestissima da donne delle età più disparate. Tutto il mondo è paese: anche in Iran sono in molte a voler tornare vergini, come già avevo scritto in *Chador*.

La chirurgia plastica può essere anche ricostruttiva e Renato ogni tanto parte per missioni nel Terzo Mondo dove opera bambini con difetti congeniti, come ad esempio il labbro leporino. «Di' la verità» gli dico scherzando «lo fai per mettere a tacere la tua cattiva coscienza!»

Highway 15, venerdì sera, lasciamo Los Angeles e ci ritroviamo nell'incubo immaginato da Bradbury. Centinaia di migliaia di auto si sono date appuntamento su questa autostrada che volta le spalle al Pacifico e fila, in direzione nordest, verso il cuore dell'America. L'indovino di Hollywood ci aveva avvertito: le *freeways* diventeranno presto *frozen*, congelate. Paralizzate. Saremo vittime dell'automobile, il favoloso mezzo che avrebbe dovuto renderci liberi?

Abbiamo tentato di evitare la ressa, ma la sorte non ci è stata propizia. Il nostro volo per la città più grande del Nevada, Las Vegas, è stato cancellato all'ultimo minuto. Tutti gli altri sono pieni e l'unica soluzione è partire il giorno successivo. «Impossibile» spiego alla hostess della Us Airways «abbiamo un appuntamento a Las Vegas.» Jacques e io non abbiamo intenzione di farci spennare ai casinò, ma abbiamo promesso a Sirio Maccioni, proprietario del mitico ristorante Le Cirque di New York, di fare onore al nuovo locale che ha aperto all'Hotel Bellagio, uno degli alberghi di lusso della capitale del gioco. Ma soprattutto, non ho mai messo piede a Las Vegas, un monumento nel deserto al sogno americano nelle sue espressioni più estreme: il denaro, la fortuna e il successo.

Oggi la città sta cercando di sbarazzarsi della dubbia reputazione di trappola per giocatori, per riconvertirsi in una perfetta città media americana, sede di congressi, conferenze e società dell'hi-tech.

Non riesco a convincere gli impiegati della Us Airways a trovarci posto. Testardi, Jacques e io decidiamo di noleggiare un'auto e di arrivare a destinazione, costi quel che costi. E ci ritroviamo per strada assieme alla metà degli abitanti di Los Angeles, o almeno così sembra.

Impiegheremo sei ore per percorrere 400 chilometri. Scende la sera e le colonne di automobili formano un lungo serpente luminoso che ondeggia nel deserto. Ho l'impressione di essere prigioniera di un'infinita colata di acciaio e di calore. La marea non diminuisce, alimentata a ogni incrocio da nuovi affluenti.

È notte quando finalmente arriviamo a Las Vegas che brilla delle sue mille luci. Jacques ricorda di esserci venuto da studente. All'epoca, «Sin City», la città del peccato, contava 150.000 abitanti. Oggi la sua popolazione è triplicata. I neon di Freemont Street, la strada principale di allora, sembravano un'orgia di colori al giovane francese in viaggio attraverso il Nuovo Mondo. Il Golden Gate e il Golden Nugget, i primi casinò, erano luoghi di assoluta perdizione. Las Vegas risuonava ancora dei nomi dei grandi mafiosi che avevano investito qui le loro fortune, come Bugsy Siegel e Lucky Luciano. E dei grandi artisti che ne avevano fatto la fama come Frank Sinatra e Sammy Davis. Poi hanno aperto il Sands, il Dunes e il Flamingo su quella che sarebbe diventata la Strip, un tratto della Route 91 trasformatosi a poco a poco nel cuore della città. Oggi i giganteschi alberghi offrono copie dei monumenti di Parigi, dei palazzi di Venezia, dei grattacieli di New York o delle piramidi del Cairo. Tutte quelle migliaia di stanze sono riempite da giocatori, ma anche da turisti e uomini d'affari. Nelle immense sale da gioco sono allineate centinaia di slot-machine, qui non si dorme mai. La capitale del kitsch e dell'adrenalina affascina le persone più insospettabili: un mio amico banchiere viene qui almeno due volte l'anno e la definisce «fantastica». «Non capisci l'America se non vedi Las Vegas» sostiene. E ha ragione.

Ci fermiamo sotto un tendone illuminato di fronte al Bellagio. Alcuni parcheggiatori in uniforme cercano di tenere testa alla fila che si allunga davanti all'imponente ingresso. I clienti dell'albergo si mescolano a quelli del casinò, e ai semplici curiosi che vengono ad ammirare i giochi d'acqua: centinaia di colonne azzurrine che danzano in sincrono disegnando arabeschi nel buio della notte. Affidiamo le chiavi a un ragazzo e i bagagli a un altro, e vengo improvvisamente assalita dall'ansia all'idea che tutto possa perdersi in quello che mi sembra un eccezionale caos. Ma Jacques mi assicura che bisogna avere fiducia nel senso di organizzazione degli americani. Credo soprattutto che abbia fretta di ritrovarsi davanti a un bicchiere di champagne bello fresco, dopo aver guidato eroicamente per tante ore.

Al Le Cirque gentilmente ci hanno aspettato, e riusciamo a gustare almeno i loro meravigliosi antipasti prima che la cucina chiuda. Poi passeggiamo nella notte calda, sulla Strip, più simile a uno stradone periferico nelle ore di punta che a un elegante viale. Le automobili sfrecciano sfiorando i pedoni. Incrociamo gruppi di giovani che camminano oziosi, studenti sbronzi, coppie come noi un po' sorprese di ritrovarsi lì. Uomini dall'aria losca ci tendono cartoncini che offrono i servizi a pagamento di ragazze disinvolte, almeno così sembra dalle foto. Qui tutto si mescola: il gioco, il sesso, l'alcol. Ma le trasgressioni vengono perdonate in nome del profitto e dell'ipocrisia: *Boys will always be boys*, come si dice negli Stati Uniti, gli uomini sono quel che sono. In altre parole, passare un fine settimana a bere birra concedendosi qualche prostituta messicana non ha mai fatto male a nessuno. Soprattutto se nel frattempo si perdono centinaia di dollari a un tavolo da gioco. Tanto più che tutto è diventato caro a Las Vegas: finita l'epoca in cui i casinò offrivano stanze gratis e cibo a volontà. *Niente più gamberetti a poco prezzo*, titolava all'inizio di maggio un articolo del «New York Times». Anche qui i tempi sono cambiati e gli alberghi e i ristoranti non vogliono aspettare i profitti delle scommesse per guadagnare. Il gruppo che oggi domina in città non ha più niente a che vedere con i cattivi ragazzi degli anni d'oro: è la Mgm, la Metro Goldwyn Mayer, il cui celebre leone ha ruggito per decenni su tutti gli schermi del mondo e che è stata acquisita dalla Sony nel 2004.

Nell'ascensore che ci porta alla nostra stanza sopra la fontana del Bellagio, incontriamo due ragazzi che sono qui per la prima volta. Arrivano da Rhode Island, sulla costa orientale e hanno un alito alcolico micidiale: «Ci si diverte, c'è un sacco di gente e si può giocare». Accanto a loro, una coppia dell'Ohio li squadra, un po' scettica. L'uomo è venuto per un convegno: «È divertente, ma c'è troppa gente. In realtà c'è troppo di tutto» dice ridendo. Due canadesi di Calgary sono soltanto di passaggio: stanno andando a fare trekking nei canyon del Nevada. «Qui è orribile!» afferma lei senza esitazioni.

Il giorno dopo, dobbiamo prendere un aereo per New Orleans e andiamo a recuperare l'automobile nel garage dell'albergo. Ne approfitto per chiacchierare un po' con Tim, il portiere. Lavora qui da 18 anni e non ha mai giocato. «Ho tre figli e vanno a scuola. Non posso permettermi di perdere. Vale anche per altri, ma c'è sempre chi spera di fare fortuna.»

Capitolo 18

RESTARE NERI E MORIRE

A New Orleans c'è una ferita profonda da rimarginare. Nel 2005 è stata investita dalla sciagura, come New York nel 2001. Ma qui si sono scatenate le forze della natura con l'uragano Katrina. L'80 per cento della zona abitata è finito sott'acqua.

La tragedia di New Orleans riassume tutti i grandi nodi dell'America di oggi: i rischi del riscaldamento globale, l'integrazione dei neri nella società, l'amplificarsi delle disuguaglianze economiche e l'incompetenza dell'attuale amministrazione. Questa città è un luogo simbolico nel percorso di Bush: è qui che il presidente conquistatore, elevato al rango di eroe dopo la tragedia dell'11 settembre, ha cominciato a vacillare. Non è passato molto tempo dallo scoop della Associated Press, che nel marzo 2006 ha divulgato un filmato imbarazzante. Protagonista Michael Brown, il direttore della Fema – Federal Emergency Management Agency, la Protezione civile – che paventava una tragedia di «proporzioni mostruose». Alle sue accorate richieste George W., in vacanza da cinque settimane nel suo ranch in Texas, risponde serafico: «Voglio rassicurare la gente in tutto lo Stato che siamo perfettamente pronti non solo ad aiutarvi durante la tempesta, ma a trasferire risorse dopo l'uragano». Parole vuote che sono costate la vita a centinaia di persone. Per i primi quattro giorni la città è stata abbandonata a se stessa, in balia dell'acqua, degli incendi, dei saccheggi e dei suoi stessi morti che galleggiavano lungo le strade trasformatesi in un dedalo di canali. Quando l'esercito è finalmente riuscito a intervenire, il rischio che gli argini cedessero era ormai una tragica realtà. Il vento soffiava a 320 chilometri orari e le onde raggiungevano i sette metri. Quando si è abbattuto sulle coste della Louisiana, del Mississippi e dell'Alabama, l'uragano Katrina, temuto come una maledizione con la sua forza distruttrice di livello 5, ha spazzato via la maschera di Big Easy, il soprannome della New Orleans rilassata e vivace. E ha portato a galla tutto l'orrore di una delle città più povere degli Stati Uniti.

Bush non ha capito le proporzioni del dramma e non ha saputo trovare le parole giuste per consolare, mobilitare e ridare speranza. Lui che in mezzo ai pompieri di New York, tra le rovine ancora fumanti del World Trade Center, si era levato per promettere di punire i colpevoli, non è stato in grado di tendere la mano ai naufraghi di New Orleans. È stato allora che ha perso la fiducia degli americani. E non l'ha riconquistata più. L'uragano ha mostrato il re nudo.

Arriviamo tardi in una serata già calda, e ci ritroviamo a spingere il carrello dei bagagli con l'idea di raggiungere a piedi l'albergo, vicino all'aeroporto. Inveisco contro quelli che ci hanno indicato la strada per raggiungerlo, dimenticando di precisare che avremmo dovuto attraversare un'autostrada. Facciamo marcia indietro, passando per i parcheggi al buio, per salire su un taxi che ci lascia davanti alle porte di un albergo senza qualità. Tutto è pieno in centro: il festival del jazz ha attirato folle intere di appassionati.

Il giorno successivo abbiamo una prenotazione per la visita guidata delle zone colpite dall'uragano: qui sono riusciti a trasformare la catastrofe in business. Non ci condurranno però nel quartiere più devastato, il Ninth Ward.

New Orleans è costruita sulle rive del Mississippi, il terzo fiume più lungo del mondo, incastrata tra le terre paludose dell'estuario e il lago Pontchartrain. «Solo il 45 per cento della città è sopra il livello del mare» spiega Mark, la nostra guida. Ricorda gli ultimi giorni di agosto, prima che il disastro si abbattesse su Big Easy. «Non ero preoccupato. Ci avevano detto che sarebbe andato tutto bene. Non era la prima volta che la regione veniva investita dal maltempo.» Venerdì 26 agosto le informazioni non erano allarmanti: Katrina si era formato alle Bahamas e il giorno prima aveva colpito la Florida. Poi è entrato nel Golfo del Messico e si è rafforzato attraversando le sue acque calde. «La domenica l'uragano ha raggiunto forza 5, la massima possibile, e l'ordine di evacuazione del sindaco è stato tassativo.» Centinaia di migliaia di abitanti si erano già allontanati dalla costa. Altri avrebbero cercato di scappare mentre la tempesta si avvicinava. Quasi l'80 per cento del milione e 300.000 abitanti della zona si sono spostati negli Stati vicini. Houston ha ospitato, sfamato e curato 150.000 sfollati. Ed è stato un bene. «Lunedì 29» racconta Mark «gli sbarramenti che proteggono la città lungo il Mississippi e il lago hanno ceduto in diversi punti.»

Sono passati otto mesi, le acque si sono ritirate da quasi tutte le zone abitate, ma altrove la terra è letteralmente sprofondata. Secondo gli esperti, New Orleans e la sua regione hanno perso una superficie equivalente all'isola di Manhattan. Alcuni sostengono addirittura che tutta la Louisiana meridionale stia lentamente affondando. E che non ci sia molto da fare. «Niente poteva proteggerci» ritiene Mark. «Le difese naturali sono state erose. Gli acquitrini che ci separano dall'oceano e che dovrebbero rallentare i cicloni stanno scomparendo.»

Insieme alla nostra guida imbocchiamo Canal Street, la grande strada che attraversa la città da nord a sud. Qui c'erano solo pochi centimetri d'acqua. Alcuni negozi hanno riaperto. Altri non hanno resistito all'inondazione e ai furti che sono seguiti. «Ci sono stati molti saccheggi» ci racconta Mark, che aggiunge: «Non bisogna giudicare la nostra gente in base al comportamento di un pugno di teppisti. Non c'era da mangiare, da bere. Mancava l'elettricità, i telefoni non funzionavano». Passiamo davanti all'ospedale centrale, che è stato evacuato ed è ancora chiuso. Poi arriviamo al Superdome, il centro sportivo dove avevano trovato rifugio 30.000 senzatetto. In condizioni igieniche spaventose, in un caldo opprimente, è diventato quasi subito un campo degli orrori. Le vittime di Katrina hanno cominciato a morire sotto gli occhi delle telecamere.

Ci avviciniamo al quartiere di Lake View: file sterminate di casette unifamiliari inondate e devastate dalla burrasca. Ovunque carcasse di automobili abbandonate alla ruggine. La vegetazione invade i giardini e la terra è ricoperta da una crosta nera e maleodorante. Righe scure sulle facciate delle case indicano l'altezza raggiunta dalle acque. La melma ha ristagnato per settimane, allagando tutto, facendo marcire i muri, i mobili, i libri, i ricordi. E le vite. Squadre di soccorso perlustrano ancora oggi le case abbandonate, alla ricerca degli ultimi cadaveri. Il bilancio ufficiale è di 1600 morti, ma mancano all'appello 600 dispersi. Su una delle case leggo: «Lisa e Donnie stanno bene». Più avanti, sulle rive del lago Pontchartrain, i ristoranti su palafitte hanno letteralmente preso il volo. Le villette per le vacanze con il posto barca sono state sventrate dalle onde. Oggi lo specchio d'acqua è tranquillo, ma la sua superficie è grigia, e Mark mi confessa che non lo guarda più con gli stessi occhi. «La natura si è scatenata: il lago ci ha portato la morte.»

I ladri e i malfattori se ne sono andati; l'elettricità è tornata quasi ovunque; la metà delle imprese e dei negozi hanno potuto ricominciare a lavorare; anche alcune scuole hanno riaperto. E i sinistrati più coraggiosi, tornati nei loro quartieri devastati, si sono sistemati in roulotte fornite dai soccorsi federali. Cento miliardi di dollari sono stati stanziati per i danni degli uragani Katrina e Rita alle regioni del Golfo del Messico, ma New Orleans non sa quanto le spetterà di questa manna. Tuttavia Mark è categorico: «La città va ricostruita».

Durante una pausa del tour, chiacchiero con un'altra visitatrice. Helen viene da Atlanta e conosce bene la violenza della natura, dopo che otto anni fa la sua casa è stata distrutta da un tornado. Oggi fa parte di una società che aiuta le piccole imprese a rimettersi in sesto dopo le catastrofi naturali. Le chiedo che interventi consiglierebbe qui. «Il problema» mi spiega «è che la maggioranza delle persone colpite non ha un'assicurazione per questo genere di eventi, e da mesi sta combattendo con le compagnie. La cosa scandalosa è che tutti sapevano del pericolo, ma non hanno fatto nulla per evitarlo.»

Tutte le persone che incontro mi segnalano che la stagione dei tifoni è di nuovo alle porte. La città è assolutamente impreparata. Tanto per cominciare l'esercito americano, responsabile degli argini, non è riuscito a rispettare la scadenza di inizio giugno per finire le riparazioni. Gli 880 milioni di dollari stanziati finora per i lavori non saranno comunque sufficienti a garantire la sicurezza dei cittadini.

Il 1° giugno si insedierà anche il sindaco di colore di New Orleans, Ray Nagin, rieletto il 21 maggio nonostante le pesanti accuse di inefficienza nei giorni di Katrina. La campagna elettorale è stata dominata dalle misure per sanare le profonde ferite: dal diritto degli abitanti di tornare in tutti i quartieri, anche quelli sotto il livello del mare, al bisogno urgente di aiuti federali per accelerare la ricostruzione. Girando per le strade, di ricostruzione in effetti se ne vede ben poca. Gli interventi più evidenti sono sui canali, ma anche senza essere un'esperta capisco che se Madre Natura decidesse di tornare a colpire non basterebbero certo a evitare il peggio.

L'attuale sistema di argini è stato sviluppato dopo l'uragano Betsy del 1965, ma è rimasto incompleto e i responsabili sapevano che non poteva reggere.

«La gente è morta perché sono stati commessi errori» ha affermato Raymond Seed, principale autore di un rapporto sulla catastrofe realizzato dall'università di Berkeley. «La sicurezza è stata sacrificata in cambio di più rapidità e minori costi.»

Anche lo scienziato della Nasa James Hansen, che da anni denuncia la minaccia incombente del surriscaldamento globale, aveva predetto la sciagura di Katrina. Il suo errore è stato raccontarlo ai media. I superiori lo hanno formalmente censurato e costretto a tacere, sotto minaccia di gravi ritorsioni professionali. È profondamente disilluso. «Sono più di trent'anni che lavoro per il governo, e la comunicazione tra gli scienziati e il pubblico non è mai stata ostacolata con tanta forza come adesso» ha dichiarato al programma *60 Minutes*, sulla Cbs.

Quando arrivò nella regione, il fondatore di New Orleans, il francese Jean-Baptiste Le Moyne de Bienville, esclamò: «Non vedo come dei coloni potrebbero insediarsi qui». Tuttavia nel 1718 fu proprio lui a posare la prima pietra. Le prime abitazioni sorsero sulle alture. Ma oggi, dopo Katrina e Rita, secondo molti esperti non ha alcun senso riedificare la città. Con l'innalzamento della temperatura degli oceani gli uragani si moltiplicheranno e aumenteranno di intensità. Si può sempre salvare New Orleans, ma verrà nuovamente distrutta.

«Non credo ci sia un rimedio contro la collera della Natura» mi confida Ellis Marsalis. Sono andata a incontrare il geniale pianista sotto uno dei tendoni del festival del jazz. Decine di gruppi si esibiscono davanti agli appassionati che sfidano il fango e una pioggia sottile per ascoltare i loro artisti preferiti.

Sin dalla sua prima edizione, nel 1970, il New Orleans Jazz and Heritage Festival è immediatamente diventato un fenomeno culturale. Oggi è uno dei più importanti appuntamenti internazionali. Ogni anno celebra musica, cibo e gioia di vivere in un turbinio di jazz, gospel, blues, rock, funk, folk e ritmi africani, sudamericani e caraibici.

Nemmeno Katrina è riuscito a mettere a tacere New Orleans. Perfino Bob Dylan si è mobilitato per inaugurare il Jazz Fest 2006. I fan lo aspettavano e lui non ha tradito le loro attese: con la sua band ha portato in scena il meglio dell'eredità musicale locale insieme a pezzi storici come *Like a Rolling Stone* e *Highway 61 Revisited*.

Non c'è bisogno di essere americani per capire che questa edizione è speciale: un tributo a quanti hanno scelto di continuare a vivere qui, nonostante tutto. Con questo spirito centinaia di musicisti si avvicendano sui dieci palchi allestiti nel campo sportivo nella zona nord della città: tra loro Lionel Richie, Herbie Hancock, Paul Simon, Elvis Costello e molti altri. Fats Domino, scomparso per quattro giorni dopo la catastrofe finché la figlia non lo ha riconosciuto in una fotografia delle persone soccorse, per motivi di salute ha dato forfait.

Neanche Bruce Springsteen è voluto mancare. «Non avrei mai creduto di vedere cose del genere in una città americana» ha detto il Boss. «C'è un'incuria criminale. Ecco cosa succede quando alcuni usano le vite degli altri per i loro giochi politici.»

Col volto ancora sfigurato la capitale del jazz cerca di alleviare le pene dell'ultimo anno, in uno straziante miscuglio di desolazione e voglia di ricominciare. Seduto al pianoforte, decorato con tanto di teschio e simboli dell'eredità voodoo, Dr. John, uno degli artisti più famosi di New Orleans, ha reso omaggio alla sua città: «Casa dolce casa, torneremo più forti di prima» canta.

Ellis Marsalis si esibisce con il più giovane dei suoi sei figli, Jason, alla batteria. È nato qui, ed è il patriarca di una delle più importanti famiglie del jazz mondiale: oltre a Jason, il primogenito Branford suona il sax, Delfeayo il trombone, Wynton la tromba ed è considerato da molti il più grande jazzista vivente.

«La musica» mi spiega Ellis «fa parte del tessuto vitale del luogo, tanto quanto la cucina e la cultura. Sono fiero di avere un ruolo nella rinascita di questa grande città.»

Ha vissuto troppo a lungo per lasciarsi impressionare dalla violenza degli elementi. Massiccio, cappello in testa, porta in giro con disinvoltura la sua figura longilinea e i suoi settant'anni suonati, e saluta cordialmente i fan che lo fermano.

«La storia degli uragani è lunga» mi spiega. Ricorda la grande inondazione dell'aprile del 1927 che aveva sommerso 70.000 chilometri quadrati in sei Stati del Sud. Allora erano morte 250 persone. «Ogni bufera è come una scarpa nuova. Bisogna provarla per sapere se farà male. Solo quando ti arriva addosso ne capisci la potenza.»

Marsalis ha preso posto sotto una tenda e autografa i cd con una calligrafia ferma e precisa. Finanzia un'associazione che aiuta i senzatetto non solo nella New Orleans devastata, ma anche nei Paesi poveri del mondo. «Ovviamente il governo doveva fare di più, spetta però ai cittadini mobilitarsi e punire i politici inadempienti» dichiara. «L'erosione delle terre riguarda tutti. New Orleans è una città che ha sempre saputo cavarsela. I suoi abitanti sono proletari, abituati a tirare avanti con quello che c'è. Ricominceremo, poco alla volta.»

Secondo un sondaggio Gallup, la composizione etnica della città è profondamente cambiata: prima di Katrina, contava il 67 per cento di neri e il 28 di bianchi. Oggi i bianchi sono il 52 e i neri il 37 per cento. I quartieri di colore sono stati i più colpiti: i bianchi vivevano sulle alture e le loro case sono state risparmiate. Col passare del tempo, la dimensione razziale della tragedia diventa sempre più evidente: lo Stato è pronto a donare 150.000 dollari a chiunque voglia ricostruire la propria casa, a patto che stipulino un'assicurazione. Ma le compagnie non vogliono correre rischi. Risultato: i più poveri, in maggioranza neri, hanno meno possibilità di ricevere gli aiuti.

«Sarà quel che sarà... Non sono pessimista, ma sono realista» conclude Marsalis. Io direi fatalista.

Ho ritrovato lo stesso ironico disincanto in Fred, il gigante buono, autista in pensione. I capelli bianchi e la barba grigia fanno sembrare la sua pelle ancora più scura. È venuto a prenderci all'albergo in macchina e il volante della Buick scompare tra le sue grosse mani. Che sanno essere anche tenere quando prende quelle di Yvonne, seduta accanto a lui.

Un mio amico di New York mi ha suggerito di mettermi in contatto con loro. Yvonne è sua sorella, e assieme al compagno ci condurrà attraverso il quartiere più distrutto, il Ninth Ward.

«Anche se le dighe fossero state rinforzate» sottolinea Fred «non sarebbe servito a niente. C'era troppa acqua: venuta dal cielo e dal lago. L'uragano ha letteralmente sollevato il Pontchartrain e l'ha rovesciato sulla città. Ecco la verità.»

Attorno a noi nemmeno un edificio intatto. Alcune case basse sono state spostate dal turbine e sbarrano la strada, altre sono state ridotte in un ammasso di macerie. Auto sfasciate e alberi abbattuti completano la scena. Su tutto regna un silenzio spettrale.

«Ricostruiremo e il tempo farà la sua parte. Il tempo cura ogni cosa» mi dice Yvonne. «Ma non sarà mai più come prima.» Si è trasferita a New Orleans 44 anni fa, dopo il matrimonio. Ha viaggiato insieme al marito militare e hanno abitato in Germania. Mi parla in tedesco, ridendo. Poi il marito è morto: cancro alla gola. Probabilmente per aver inalato l'Agente Arancio, usato come diserbante dall'esercito americano in Vietnam. «La gente tornerà» prevede Yvonne. «Perché ama New Orleans. A me ha rubato il cuore. Cos'ha di speciale? Non lo so. La amo, tutto qui.»

«Il vero problema» spiega Fred più pragmatico «è che le persone non hanno un posto dove sistemarsi per ricominciare a lavorare, e fornire agli altri i servizi di cui hanno bisogno per ripartire. È un circolo vizioso.»

Ci fermiamo per parlare con l'unico essere umano in vista, un uomo che trascina rottami fuori da quel che resta di una villetta. Si chiama Kenneth, fa l'idraulico e ha quarantaquattro anni. Ci spiega che sta sgomberando la casa della madre. L'inondazione l'ha come corrosa. All'interno, al posto delle pareti rimangono solo scheletri di legno. L'elettricità non è ancora stata ripristinata in questa zona e nessuno è tornato.

«Sto cercando di capire se è meglio risistemarla o venderla» esordisce. «I vandali hanno preso tutto quello che hanno trovato. Hanno persino strappato via i tubi dai muri.»

Gli chiedo di raccontarmi quei giorni.

«È come se fosse successo tutto all'improvviso. Dopo giorni di pioggia e maltempo è arrivata l'acqua che aveva rotto gli argini del canale: ha cominciato a inondare le strade, le case e poi a salire sempre di più. Con la mamma ci siamo rifugiati sul tetto, dove abbiamo aspettato per ore. Ma alla fine ci hanno salvato. Sua sorella, però, che abitava vicino al lago, è annegata.»

Kenneth mi racconta che sono stati sistemati nel French Quarter, all'Hotel Monteleone e poi portati in un centro di accoglienza. «Oggi abbiamo una misera sistemazione che ci costa quasi 1000 dollari al mese, il doppio degli affitti di prima.»

Mentre parliamo continua a lavorare, assieme al suo aiutante. Il suo viso è cupo al ricordo della tragedia.

«Venti dei nostri vicini sono morti. Conosco gente che è stata per tre giorni ad aspettare appollaiata sul tetto, dopo averlo sfondato. Era diventato l'ultima salvezza. Il livello dell'acqua aveva superato i quattro metri. Altri disperati hanno provato a nuotare nelle acque ormai torbide, infestate dai serpenti: sembrava l'Apocalisse. Dopo quasi un anno continuano a trovare cadaveri. E pensare che tutto questo si poteva evitare: avrebbero potuto rafforzare le dighe dieci anni fa. Paghiamo un sacco di tasse: che cosa fanno di tutti i nostri soldi? Ci sono ancora troppe domande senza risposta.»

Gli chiedo se non c'è un barlume di speranza e lui risponde: «Persino questa zona, la più disastrata, può ripopolarsi. Ma potrebbero arrivare un sacco di bianchi. Pare che frotte di speculatori edilizi siano già al lavoro: sicuramente qui non ci sarà più la stessa gente».

Ripartiamo insieme a Fred e Yvonne. Il nostro cicerone fa sfoggio di cinismo e quando gli chiedo se ha paura della nuova stagione degli uragani, annuisce: «Ovviamente sì. Ma almeno questa volta non ci sarà il problema di dover evacuare le persone. Non ci sono più».

È però Yvonne a intervenire quando chiedo se la città cambierà colore, come ha pronosticato Kenneth: «New Orleans è sempre stata mista. Vedremo cosa diventerà, l'unica cosa certa è che il razzismo non sparirà mai. Che sia legato al colore della pelle o alla religione, non fa differenza. I neri oggi se la prendono con tutti per i loro problemi: con i bianchi, ovviamente, ma anche con gli ispanici, gli asiatici, i vietnamiti. Ma quando insegnavo, ho visto che i neri sceglievano i corsi più semplici al liceo per diplomarsi in fretta. Io chiedevo: "Come pensate di essere ammessi all'università accontentandovi del minimo impegno?". Ma non mi ascoltavano».

Dopo chilometri e chilometri di aree devastate vogliamo visitare la zona di New Orleans risparmiata dalla furia di Katrina. Non a caso è la più alta, la più ricca e la più bianca. Da sempre è il quartiere più fortunato: anche nello scorso agosto, quando il resto della città è rimasto sommerso dalle acque per tre settimane.

Su consiglio di Jackie, la mia amica di Chicago giornalista della radio pubblica, prendiamo un taxi e andiamo a bere un aperitivo al Columns Hotel. Si trova in uno dei palazzi storici nel Garden District. A pochi minuti dall'inferno del Ninth Ward ci sembra di entrare in un'altra dimensione: verdi viali alberati, sontuose case vittoriane, giardini fioriti. Nessuno che abbia la pelle scura, tranne il nostro tassista.

Il quartiere è stato edificato nel 1850 dai «nuovi ricchi» del tempo: imprenditori di successo che costruirono le proprie dimore riproducendo gli stili architettonici considerati più raffinati.

Il Columns era di proprietà di Simon Hernsheim, che nel XIX secolo fu il più grande produttore di sigari degli Stati Uniti. È una villa elegantissima, a due piani, con un porticato a cui si accede attraverso un'ampia scalinata. Ci colpiscono subito i raffinati capitelli delle colonne che gli danno il nome, e il contrasto tra l'esterno bianco e la boiserie in mogano degli interni.

Una volta entrati ci sembra di essere sul set di *Via col Vento* più che su quello di *Pretty Baby*, girato qui da Louis

Malle: lo scalone di legno pregiato porta a un bellissimo lucernario dai vetri piombati, da cui filtra una luce multicolore. In qualunque momento Rossella O'Hara, viziata figlia dell'aristocrazia terriera, potrebbe scendere di corsa i gradini in uno dei suoi vestiti con la vita strettissima e la gonna vaporosa. Prima, naturalmente, che la Guerra civile tra nordisti e sudisti distrugga il suo mondo privilegiato e apparentemente armonioso. La Guerra di Secessione americana contrappose gli Stati Uniti d'America agli Stati meridionali che si erano confederati per chiedere l'autonomia, dopo anni di deterioramento dei rapporti con il Nord industrializzato e in pieno boom demografico. E che aveva abolito la schiavitù, vero e proprio pilastro dell'economia sudista con le sue schiere di servi impiegati nelle immense piantagioni di cotone e tabacco: tre milioni e mezzo su nove milioni di abitanti.

Nel 1860 fu l'elezione alla Casa Bianca del repubblicano Abraham Lincoln, con meno del 40 per cento dei voti, a dare al Meridione la spinta decisiva. Abolizionista convinto, era solo questione di tempo prima che dichiarasse illegale la tratta e il possesso di schiavi. Dopo quattro anni di conflitto fratricida il Settentrione, più ricco, meglio armato e meglio organizzato ebbe il sopravvento. Il mondo degli O'Hara fu definitivamente annientato. Lasciò eredità tragiche come i problemi razziali che nell'ultimo anno Katrina ha fatto emergere. E altre romantiche, come il bel palazzo bianco del Columns con il portico in cui ci sediamo a bere un Margarita, dimenticando per un momento guerre e catastrofi.

Mentre chiacchiero con Jacques, arriva un giovane che senza esitazione mi riconosce. Si chiama Michele Sabatini. Dopo essersi laureato in giurisprudenza in Italia, è venuto qui un anno e mezzo fa per specializzarsi in diritto sportivo. È un bel ragazzo curioso e intraprendente, innamorato di New Orleans e della sua cultura.

Michele è scampato all'uragano grazie a suo padre.

«Cominciò a chiamarmi dall'Italia venerdì 26 agosto, fin dal mattino. La sera prima erano in molti a parlare di Katrina in arrivo, ma con toni scherzosi e assolutamente non allarmistici.»

Le sue parole non mi stupiscono: la tragedia non sarebbe stata così immane se la popolazione fosse stata avvertita per tempo.

«La maggior parte degli studenti voleva restare per godersi un bel *hurricane party*, e anch'io decisi di rimanere. Era la prima volta che mi capitava di vedere un uragano: con il mio coinquilino facemmo scorte alimentari di ogni genere e ci mettemmo in attesa davanti alla televisione.»

«E poi che accadde?»

«La seconda telefonata di mio padre arrivò puntuale sabato mattina: mi disse che le autorità avevano disposto l'evacuazione obbligatoria di alcune zone della città. Splendeva ancora il sole, anche se i miei vicini cominciavano a inchiodare tavole di legno alle finestre e si preparavano a partire. Neanche questo bastò a convincermi. Alle quattro di mattina fui buttato giù dal letto da mio padre, ancora lui. In Italia erano le undici, e stava guardando i telegiornali. Mi ordinò perentoriamente di andarmene da lì: era già domenica 28 agosto.»

Michele attese che si facesse giorno e quando uscì New Orleans era già trasformata, spazzata dal vento e dalla pioggia. Non c'erano più macchine da affittare e i pullman messi a disposizione dal campus erano già tutti partiti. Fortunatamente ne fu organizzato uno ad hoc per quelli che come lui si erano ridotti a un'evacuazione «last minute».

«Partimmo verso le due del pomeriggio lasciandoci alle spalle il cielo ormai scuro. Eravamo diretti a Jackson, Mississippi: avremmo passato la notte nella palestra dell'università. Il viaggio durò dieci ore, di solito ce ne vogliono tre.»

Ma Katrina li raggiunse anche lì.

«C'è stato un black-out e siamo rimasti tagliati fuori dal mondo. Alla fine ci allontanammo ancora, verso Atlanta e Dallas.»

Chiedo a Michele qual è stata la sua prima impressione quando dopo mesi è rientrato nella città devastata.

«Siamo tornati ai primi di ottobre. Non sapevamo che fine avessero fatto le nostre cose. La città era sotto assedio: distruzione e spazzatura ovunque, un fortissimo odore di putrefazione, coprifuoco a mezzanotte. Mancava l'elettricità, anche nel mio quartiere. Ho radunato in fretta le mie cose e sono ripartito per Washington, sapendo che forse non sarei mai più tornato.»

E invece la città si è rimboccata le maniche: «Ma la ricostruzione riguarda soprattutto le zone ricche. Per il resto New Orleans è stata ferita a morte».

Un mese dopo il sindaco Ray Nagin ha ufficialmente riaperto il Quartiere francese, il cuore turistico di New Orleans. Il diluvio l'aveva risparmiato. Quella sera ci avventuriamo in Bourbon Street, il regno del vizio. Incrociamo turisti in calzoncini corti e magliette, gruppi di giovani ubriachi e predatori di amori a pagamento alla ricerca del buon affare. I bar fanno a gara a colpi di decibel per attirare i passanti e il rumore è assordante. Gli uomini bevono con gli occhi fissi sui sederi più o meno scoperti di giovani ballerine che si agitano con lo sguardo spento. Qui i puritani non sono arrivati, mi sembra chiaro. Sui balconi in ferro battuto, alcune ragazze aspettano che salgano i clienti. Un po' più avanti *drag queens* sbronze escono da un locale pieno fin quasi a scoppiare, dove trasmettono *Brokeback Mountain*. Ho in testa la canzone di Sting: «*I must love what I destroy and destroy the thing I love / Oh you'll never see my shade or hear the sound of my feet / While there's a moon over Bourbon Street*». Devo amare ciò che distruggo e distruggere ciò che amo. Che sia questo il destino dell'America?

L'uragano Katrina irrompe nelle maestose sale del Metropolitan Museum con la mostra di Kara Walker *After the Deluge* (*Dopo il diluvio*), che ho visitato prima di lasciare New York.

È stata Caterina Borelli, che mi ha tanto aiutato nella preparazione di questa avventura, a segnalarmi la giovane artista di colore. Siamo andate una domenica mattina, assieme a

Mireia, esperta di cultura afroamericana, e a Steve Canon, scrittore nero di New Orleans. Ex professore universitario di letteratura americana, Steve è un grande sostenitore – con la sua galleria Gathering of the Tribes – degli artisti emergenti. È diventato cieco una decina di anni fa a causa di un glaucoma, ma la sua malattia non gli impedisce di andare a «vedere» le mostre d'arte attraverso gli occhi delle sue fedeli accompagnatrici. Caterina e Mireia lo guidano davanti a ogni installazione.

Kara Walker è famosa soprattutto perché tratta temi «scomodi» come razza, genere, sessualità attraverso lo stencil, una tecnica del XVIII secolo. Consiste nella creazione di silhouette monocromatiche, che rimangono sulla tela o sul muro come ombre cinesi. Lo stencil era il passatempo delle mogli dei proprietari delle piantagioni, e per Kara è uno strumento di comunicazione che fonde storia, arti minori e vita quotidiana.

Con un'impressionante potenza evocativa, ha messo in scena la tragica storia dei neri d'America e del loro travagliato rapporto con l'acqua, fin dalle traversate dell'oceano come schiavi deportati dall'Africa.

Le «ombre cinesi» si stagliano sulle pareti in una sequenza di immagini e brevi testi aforistici. «La patologia razzista è il "fango"» si legge. «Le acque tossiche e torbide lavano via paure e pregiudizi ostinatamente covati per una vita.»

Il messaggio è subito chiaro: dello schiavismo siamo tutti vittime.

Caterina spiega a Steve come Kara abbia inserito nei suoi grandi «affreschi», quasi come «citazioni» pittoriche, pezzi che appartengono alla collezione permanente del museo. È la prima volta che il Met autorizza un artista a utilizzare in questo modo i capolavori in suo possesso. Tra le opere usate da Walker, *La corrente del Golfo*, dipinto nel 1899 da Winslow Homer. Rappresenta un uomo di colore naufrago su una zattera in balìa del mare in tempesta, circondato dagli squali. E *Verso la fine del diluvio* di Joshua Shaw, 1813, che descrive l'impeto e la potenza distruttiva di un'inondazione. I rimandi tra l'arte e la realtà sono evidenti: la tragedia dell'uragano è evocata ovunque, anche se scopro che in realtà queste opere sono state tutte realizzate prima che accadesse.

«Così deve essere stato a New Orleans durante Katrina» commenta Steve.

Mi fermo a parlare con qualche visitatore.

«Quello del razzismo è un tema ancora molto attuale» mi dice Jane, un'insegnante di colore del New Jersey che non sarebbe mai venuta a visitare questa mostra se non ne dovesse parlare a scuola. «Non mi piace vedere rappresentati secoli di sofferenza della mia gente. Siamo sempre tutti troppo distratti, e Katrina lo ha dimostrato. Oggi la cosa più urgente è passare finalmente dalle parole ai fatti. E applicare una volta per tutte le norme contro la discriminazione.»

Steve è d'accordo, ma è molto più pessimista.

«Katrina è stato la chiave di volta e oggi l'America forse è pronta per il cambiamento. Ma mia nonna mi diceva sempre: "In questo mondo, tutto quello che puoi fare è restare nero e morire".»

CAPITOLO 19

IL POTERE HA UN CUORE ARIDO

FIN DALL'INIZIO AVEVAMO DECISO che la nostra avventura si sarebbe conclusa a Washington. E ci arriviamo dopo oltre cinque settimane di viaggio, dieci città attraversate e decine di persone che ci hanno raccontato la loro America.

Finiamo la nostra esplorazione nella capitale federale per una ragione molto semplice: è qui il centro del potere. Politico prima di tutto, con la Casa Bianca e il Congresso. Giudiziario, con la Corte suprema. Quanto al «quarto potere», la stampa, è noto che qui i giornalisti formano una casta a parte. Devono esaminare al microscopio i governanti e rivelare ai cittadini quello che alcuni vorrebbero tenere nascosto. Qui è la tenacia investigativa dei reporter a costruire o distruggere reputazioni. L'esempio più celebre rimane ancora lo scandalo Watergate, che permise a Bob Woodward e Carl Bernstein di smascherare Nixon. Ma questa è anche la capitale del *lobbying*, della difesa – a colpi di milioni di dollari – di interessi particolari, che poco hanno a che vedere con il bene pubblico.

Le decisioni che vengono prese in queste stanze dei bottoni si riflettono sul destino di tutto il Pianeta. Qui è stata decisa la prima guerra del XXI secolo. Qui vengono elaborate le misure finanziarie e fiscali della principale economia del mondo. Qui si discutono le scelte ecologiche cruciali per la sopravvivenza della Terra. Fatto ancora più rilevante: è qui che, dall'11 settembre 2001, si è aperto il dibattito sull'equilibrio tra le libertà individuali e i poteri dello Stato.

Nelle capitali europee, nelle città del Medio Oriente o dell'Asia, a Bruxelles come a Pechino, «Washington» evoca poteri quasi sovrannaturali, capaci di fare miracoli o di innescare cataclismi. «Washington ha dichiarato», «Washington ha deciso», «Washington ha reagito». «Ma cosa fa Washington?», «Washington deve intervenire, inviare truppe, donare fondi, mettere fine alla carneficina, riportare la pace...». Quante volte ho sentito questi commenti in Paesi che aspettavano un segno, un gesto, un consiglio, una direttiva da seguire. O al contrario, quante volte Washington è stata accusata degli errori più gravi, delle manipolazioni più subdole, dei disegni più machiavellici.

Eppure quando a maggio ci arriviamo, Jacques e io proviamo la stessa delusione. La città – che conosciamo bene – ci sembra all'improvviso meschina, provinciale. Dove sono la maestà di New York quando il sole sorge su Manhattan, il respiro di Chicago aperta sul lago, la fantasia di San Francisco e la vertigine di Los Angeles continuamente in bilico tra sogno e realtà? La capitale schiera viali ombrosi, costeggiati da residenze borghesi e lussuose ambasciate. Il centro, moderno, ha saputo rimanere semplice, ma per la prima volta lo trovo mediocre. I quartieri più alternativi come Georgetown o Adams Morgan, con le loro case di mattoni, mi paiono terribilmente convenzionali. Eppure questo stesso ritmo tranquillo, questa dimensione umana mi sembravano la sua attrattiva principale. Lavorare qui è sempre stato un piacere, nelle università, nei *think tanks*. Una fonte inesauribile di informazioni e di conoscenze, una miniera di competenze e di riflessioni. Ma oggi forse l'ambizione, l'immaginazione e il coraggio si trovano altrove.

George W. Bush e la sua squadra hanno imposto alla città e a ciò che rappresenta una camicia di forza mentale. Un miscuglio di pregiudizi ideologici e religiosi, cecità intellettuale e prevaricazione. Come se fossero estranei alla realtà di un'America in piena mutazione, la cui forza mi ha sorpreso a ogni tappa del viaggio. Questa frattura tra il potere e il Paese, che si esprime regolarmente nei sondaggi di opinione, deve ancora trovare il modo di tradursi nella realtà politica. Ma è qui che dovranno convergere le sue dinamiche. L'appuntamento è per le elezioni di medio termine il 7 novembre.

Accompagnati dalla mia amica Bonnie Wilson siamo andati a visitare il Congresso. Bonnie è uno dei pro-rettori della prestigiosa scuola di relazioni internazionali della Johns Hopkins University, la School of Advanced International Studies (Sais). Conosce tutti a Washington e nella sua casa di Bethesda organizza cene frequentate dalle persone che contano: diplomatici, membri dell'amministrazione, esperti dei centri di ricerca i cui pareri spesso ispirano le decisioni ufficiali. Suo marito Ed è un uomo di mondo, innamorato dei vini francesi e dei dipinti del Rinascimento. Ha trasformato il pianterreno che dà sul giardino con la piscina coperta in una galleria d'arte.

Saliamo con una certa emozione i gradini del Rayburn House Office Building, uno degli edifici sulla collina del Campidoglio che ospitano gli uffici dei rappresentanti del popolo americano. Il Congresso è nato durante l'epoca imperiale britannica, e in una storica seduta a Philadelphia, il 4 luglio 1776, ha dichiarato l'indipendenza delle prime 13 colonie. Nel 1787, la rappresentanza nazionale ha assunto la sua forma attuale con una Camera dei rappresentanti e un Senato. Nel 1800, è stato trasferito a Washington nell'imponente edificio che domina l'orizzonte. Oggi conta 435 deputati e 100 senatori. È il luogo dove si promulgano le leggi, si vota il bilancio dello Stato federale e si dovrebbe controllare l'operato del governo. Oggi attraversa una profonda crisi di credibilità. A maggio i sondaggi rivelano che solo un quarto degli americani approva il lavoro dei suoi rappresentanti. In particolare li rimproverano di non essersi contrapposti alle derive imperiali del presidente. Di aver chiuso gli occhi sugli attacchi sferrati alla Costituzione in nome della difesa della nazione. I deputati e i senatori, inclusi i democratici, hanno anche dato il via libera all'avventura irachena. Ora devono spiegare come abbiano potuto lasciarsi ingannare dalle menzogne dell'amministrazione e autorizzare spese militari gigantesche.

Andiamo a incontrare nel suo ufficio il deputato democratico della California, Tom Lantos. È di origine ungherese ed è scappato dal nazismo quando era adolescente. A settantotto anni è uno dei veterani del Congresso, dove viene eletto da oltre 25 anni. Gli piace ricordare che è un sopravvissuto all'Olocausto ed è uno dei difensori più intransigenti di Israele e della sua sicurezza. I capelli bianchi perfettamente pettinati, elegante, in blazer blu e pantaloni grigi, ci riceve in una delle sale del suo grande ufficio. Lungo una parete troneggia l'enorme modellino di un sambuco, una nave pirata araba. Dipinti e tappeti completano l'ambiente, che fa pensare più all'interno di una casa borghese che all'ufficio di un deputato. Lantos accarezza il suo cagnolino bianco, Macko, e cerca di spiegarmi la mancanza di coerenza nel discorso politico dei democratici.

«Non abbiamo un messaggio unitario» spiega «ma abbiamo variazioni sullo stesso tema. La giustizia sociale, una politica economica oculata, la protezione dell'ambiente e una politica estera pragmatica. In fondo, diciamo tutti la stessa cosa.»

Non ne sono tanto convinta. Lantos è un buon esempio della complessità dell'approccio ideologico sul fronte progressista: rappresentante della California, eletto in una circoscrizione vicina a San Francisco, si è pronunciato a favore del matrimonio omosessuale, dell'aborto e della legalizzazione della marijuana per fini terapeutici. È contrario al libero porto d'armi e alla privatizzazione della previdenza sociale. Ma allo stesso tempo continua a essere un convinto sostenitore della guerra in Iraq e del mantenimento della prigione di Guantánamo. È sicuro che in determinate circostanze il fine giustifichi i mezzi. Nel 1990, quando l'opinione pubblica americana era incerta sulla Guerra del Golfo per cacciare Saddam Hussein dal Kuwait, Lantos portò davanti alla Camera una ragazza presentandola come un'infermiera di un ospedale kuwaitiano. La giovane raccontò di aver visto alcuni soldati iracheni portare via i neonati dalle incubatrici: una notizia che fece il giro del mondo. Più tardi si scoprì che la ragazza era la figlia dell'ambasciatore del Kuwait a Washington, e che la storia era stata inventata di sana pianta da uno studio di pubbliche relazioni.

Tom ha votato per l'attacco contro Baghdad nel 2003, e serba rancore agli europei, in particolare tedeschi e francesi, che non hanno dato il loro appoggio. «Non mi sono mai piaciute le persone che non si assumono le proprie responsabilità.» Non lo ha turbato la rivelazione che non c'erano armi di distruzione di massa e non considera Bush responsabile: «Scommetto tutto quello che volete che lui non sapeva niente. Non si tratta di una menzogna deliberata». Mi sembra chiaro che Tom, come molti suoi colleghi, non ha molta fiducia nella capacità degli americani di cogliere la complessità dei problemi: «Spetta ai capi formare l'opinione pubblica. Il 99 per cento delle persone non sa cosa succede. Devono avere fiducia in chi li guida». Spero che si sbagli.

Lasciamo il suo ufficio per andare nell'emiciclo. Attraversiamo un lungo tunnel percorso da un trenino elettrico riservato ai membri del Congresso, che li trasporta dai loro uffici alle aule dove si riuniscono. Siamo accompagnati da un'affascinante ragazza bionda, Muriel, assistente parlamentare di Lantos. Scopriamo che è mormone e che ha appena trascorso un anno come missionaria in Corea del Sud, dove ha imparato la lingua locale. Sono stupita dalla sua forza di carattere e dalla sua determinazione. Ci sediamo sulle panche riservate al pubblico e seguiamo una parte del dibattito sulle spese militari. Devo dire che su questo argomento né repubblicani né democratici si pongono troppe domande. Al contrario, sembrano fare una gara di generosità con i soldi dei contribuenti. Il bilancio militare da approvare è di oltre 500 miliardi di dollari.

La guerra in Iraq gioca un ruolo importante nella campagna elettorale. I candidati al Congresso dovranno decidere cosa fare delle truppe americane dispiegate nel Paese. Dovranno rientrare? Bisogna fissare scadenze? Gli ultimi sondaggi mostrano che l'opinione pubblica americana, nel suo insieme, è incerta. La schiacciante maggioranza che tre anni fa credeva alla vittoria si è dissolta. Ma anche gli editorialisti e gli esperti contrari all'occupazione faticano a concepire un ritorno che non sembri una sconfitta o quanto meno un abbandono. Timidamente, alcuni politici di entrambi i partiti giocano d'anticipo parlando di un «ridispiegamento». Ma è ancora troppo presto. La Casa Bianca accusa di tradimento chiunque osi menzionare un fallimento. Il vicepresidente Dick Cheney è il più abile dei manipolatori della destra. Alimenta la confusione tra la «guerra contro il terrorismo» e la guerra in Iraq suggerendo che chi propone il ritiro dei soldati, come il democratico John Kerry, fa il gioco dei terroristi. «La cosa peggiore che potremmo fare è esattamente ciò che suggeriscono i democratici» ha dichiarato alla Cnn. «Potete chiamarlo come vi pare, ma alla fine si tratta di fare i bagagli, tornarsene a casa e dar ragione a chi dice che gli americani non hanno il coraggio di battersi.»

Nessuno mette in dubbio il patriottismo degli americani, ma gli studi dimostrano che non per questo sono militaristi. In un sondaggio della Cbs del marzo 2006, l'83 per cento degli intervistati riteneva che si potesse amare il proprio Paese, ma criticare la guerra in Iraq. La mancanza di chiarezza nuoce ai democratici molto più che ai repubblicani. La destra propone soluzioni semplicistiche, mentre la sinistra si interroga esitante, attirandosi appellativi poco lusinghieri come *spineless*, privi di spina dorsale. È certamente l'accusa che ho sentito più di frequente. Ma capisco che sia difficile trovare una linea comune su questioni di cruciale importanza in un partito tanto vario, che riunisce personalità diverse come Lantos, John Edwards o Hillary Clinton.

Quanto alle personalità che compongono il Partito repubblicano, ho cercato invano di incontrarne almeno una. La mia prima scelta era stato il senatore John McCain, che nel 2000 era in corsa per diventare candidato alla presidenza, ma fu sconfitto da Bush. McCain mi ha tenuto a lungo sulla corda e alla fine non si è lasciato avvicinare. Tutti i miei tentativi con altri suoi colleghi hanno avuto lo stesso risultato: il rifiuto di rispondere. Un vero e proprio muro di gomma. Come unica apertura mi è stato consigliato di riformulare le mie domande, «ammorbidendole». L'ho fatto. Ancora nessuna risposta. Il mio tentativo di ascoltare l'altra campana è fallito, perché la campana ha ostinatamente rifiutato di suonare.

Cinque anni dopo l'inizio della guerra contro il terrorismo, l'Asse del Male e la tirannia, i neoconservatori si sono fatti più discreti. Alcuni si sono anche pentiti. Siamo andati a incontrare uno degli studiosi che fanno di Washington un centro di eccellenza nello studio delle relazioni internazionali. È stato l'idolo dei neocon, ha difeso l'esportazione a suon di muscoli della democrazia, ha fornito una legittimazione accademica al partito della guerra: oggi il politologo Francis Fukuyama si interroga.

«La situazione è tutt'altro che rosea» ammette nel suo ufficio del Sais ingombro di carte. Lo conosco da quando, nel periodo in cui partecipavo a un programma di studi come *visiting scholar*, seguivo i suoi corsi sul terrorismo. A cinquantaquattro anni, Fukuyama ha un fisico da ragazzo, capelli neri, corpo muscoloso e lineamenti fini. È nato a Chicago e si è laureato a Harvard. È famoso soprattutto per il suo celebre saggio *La fine della Storia e l'ultimo uomo*. Aveva visto nella sconfitta del comunismo la conclusione di una battaglia ideologica, con la vittoria della democrazia e dell'economia di mercato. In seguito, si è legato ai neoconservatori convinti che l'America avesse un compito speciale da svolgere nel mondo, e che il suo destino fosse quello di mettere la propria enorme potenza militare al servizio delle giuste cause. Ha firmato il manifesto del Pnac, Project for a New American Century (Progetto per un nuovo secolo americano) che nel 1997 incitava all'eliminazione di Saddam Hussein con la forza.

Il Pnac è stato fondato da Dick Cheney, ha sede a Washington, e il suo obiettivo è promuovere la «leadership globale americana». Gran parte dei suoi membri sono associati con il movimento neocon e alcuni ricoprono ruoli chiave nell'amministrazione Bush. Fra questi Paul Wolfowitz, l'ex vicesegretario alla Difesa oggi presidente della Banca Mondiale, il multimiliardario Steve Forbes, editore di «Forbes Magazine», John Bolton, ambasciatore americano alle Nazioni Unite. Il progetto mira a instaurare il predominio politico, economico e militare Usa grazie alla forza dell'esercito, «alla persuasione diplomatica e alla superiorità dei princìpi morali». «La leadership americana è un bene sia per gli Stati Uniti sia per il resto del mondo», è il presupposto fondamentale. Il progetto è molto criticato da destra e da sinistra perché abbraccia un'ideologia militarista ed espansionista, e ha come fine il mantenimento dei privilegi degli Stati Uniti come unica superpotenza mondiale.

Fukuyama, nel suo ultimo libro *America al bivio*, ha preso le distanze dal Pnac così come dall'avventura irachena, sostenendo che dopo l'11 settembre la politica di Bush come guida della nazione è stata fallimentare.

«Non sono mai stato a favore della guerra» sostiene. Ha addirittura invitato il segretario alla Difesa Rumsfeld a dare le dimissioni: «I conservatori non hanno ancora ammesso che l'operazione è stata un grave fallimento. L'amministrazione Bush si sottrae alle proprie responsabilità».

Fukuyama è stato attaccato dalla stampa, inclusa quella di orientamento conservatore, per il suo «voltafaccia». Mi spiega meglio il suo nuovo pensiero: la minaccia dell'Islam radicale è stata sottovalutata dall'amministrazione Bush, che ha anche sbagliato i suoi calcoli sulla stabilizzazione dell'Iraq. Aggiunge che la campagna bellica ha dimostrato i limiti della potenza militare e degli Stati Uniti, che farebbero meglio a investire le loro risorse nello sviluppo economico e nell'istruzione dei Paesi più svantaggiati. Per estirpare la violenza dalla politica mediorientale, bisogna innanzitutto «conquistare i cuori e le menti dei musulmani moderati» afferma, convinto. Con i neoconservatori Francis ha chiuso: «È un'ideologia che non posso più appoggiare».

Fa piacere ascoltare il suo realismo, ma forse sarebbe stato meglio non aspettare tanto. È facile oggi per i teorici del dominio americano pronunciare il mea culpa e il professore del Sais è in buona compagnia. Kenneth Pollack – il cui libro *The Threatening Storm. The Case for Invading Iraq* (*La tempesta minacciosa. Perché invadere l'Iraq*) era sul comodino di Bush – lavora in un vicino centro di ricerca, la Brookings Institution. Ero andata a incontrarlo mentre scrivevo *Chador*, e mi aveva spiegato che le cose in Iraq erano più difficili del previsto. Con l'Iran, suggeriva il ricorso alla diplomazia piuttosto che alla forza.

La potenza e l'influenza dei centri di studi, i *think tanks*, fanno di Washington una città unica. Sono strettamente legati alla macchina dello Stato che commissiona analisi e ricerche. Alimentano il dibattito su tutte le questioni di attualità, con editoriali o rispondendo alle domande dei giornalisti. Forniscono alle televisioni gli esperti che commentano a caldo i fatti del giorno. Servono anche da rifugio per ex politici in pensione, o per altri momentaneamente allontanati dal potere. Vengono finanziati da fondazioni, associazioni, filantropi. Nelle relazioni internazionali, soprattutto se riguardano l'area più strategica del mondo, il Medio Oriente, i *think tanks* si dedicano a una guerra di velluto, ma senza esclusione di colpi: tra chi sostiene Israele e chi esprime il punto di vista degli arabi. È in questo che Washington è una città appassionante e allo stesso tempo confusa: il dibattito accademico che influenza il corso della storia è inquinato da pregiudizi ideologici, ambizioni e appartenenze. Oggi più che mai rischia di essere fine a se stesso.

«Sono tutti occupati a riscrivere la storia» esclama Seymour Hersh quando gli confesso il mio stupore per i dietrofront neocon. «Sy» non ha aspettato che i problemi si accumulassero come dense nubi nere sopra la Casa Bianca per denunciarne gli intrighi. È stato lui a far scoppiare lo scandalo di Abu Ghraib, e a rivelare che un piccolo gruppo di ideologi incompetenti domina sui servizi segreti civili e militari. È stato il primo a scrivere dell'esistenza di un Ufficio per le operazioni speciali nelle viscere del Pentagono, che ha manipolato le informazioni sulle armi di distruzione di massa e fabbricato menzogne per giustificare la guerra. Richard Perle, uno dei responsabili di questi raggiri, un giorno ha detto di Hersh che «è l'elemento più simile a un terrorista in tutta la stampa americana». Se provoca violenti mal di testa ai neocon, per i giornalisti Sy è una leggenda vivente: è stato lui a far venire a galla il massacro di My Lai, nel 1969, in cui un'unità militare Usa sterminò gli abitanti di un villaggio vietnamita. È autore di molti altri scoop per il «New York Times». Oggi lavora come free lance, soprattutto per il «New Yorker». Solo grazie alla mia amica Jane Kramer, che ha interceduto presso di lui, alla fine ha accettato di incontrarmi.

«Non so perché ho detto di sì. Io non parlo mai con i giornalisti. Mi fanno perdere tempo» ci accoglie brusco nel suo minuscolo ufficio sulla Connecticut Avenue. Ma alla fine la nostra conversazione durerà due ore e mezza. È sommerso dai libri e da una montagna di taccuini. Gli chiedo di una pila di quaderni e dossier legati da un grosso elastico. «Sono le 200 interviste che ho fatto per indagare sull'assassinio del premier libanese Hariri» risponde. «Ma sai una cosa? Non ho scritto neanche una riga, perché non ho ancora capito cosa è successo davvero.»

Alto, vestito con pantaloni di tela e un maglione blu leggero, Hersh ormai prossimo ai settant'anni rimane un personaggio eccezionale. Secco ma anche seducente, impaziente con un interlocutore esitante, ma pronto a parlare per ore dei misteri della macchina politica americana. E non è certo timido nel criticare l'amministrazione Bush.

«Sono arrivati Bush e Cheney e mai negli Stati Uniti si

erano viste persone con un progetto tanto antidemocratico. C'è stato un colpo di Stato dei neocon. Ci costringe a interrogarci sulla fragilità della nostra democrazia e la risposta è una sola: è molto fragile.»

Gli chiedo perché la stampa non abbia reagito prima, come invece ha fatto lui.

«L'idea che la stampa americana possa guidare una rivoluzione sociale fa ridere. Quel che è successo invece è che i militari hanno gettato la spugna, il Congresso ha gettato la spugna, la burocrazia ha gettato la spugna e la stampa avrebbe dovuto scagliarsi contro questa gente e non l'ha fatto. È uno dei nostri grandi fallimenti.» Però aggiunge: «Durante i primi due anni della guerra in Iraq tutti i giornali erano dalla parte sbagliata, ma ora le cose stanno cambiando».

Non passa settimana senza che nuove rivelazioni mettano in discussione l'amministrazione: le intercettazioni telefoniche, i controlli sui trasferimenti di denaro, la corruzione nell'assegnazione degli appalti in Iraq sono solo i più recenti. E la Casa Bianca è talmente esasperata che ha apertamente accusato di tradimento gli organi di stampa più critici.

Secondo Sy, l'America è stata obnubilata dalla tragedia dell'11 settembre. E anche dal mito del cowboy, che attribuisce sempre il ruolo dell'eroe a chi fa uso della forza. Hersh sostiene che anche in Afghanistan sarebbe stato saggio agire in modo cauto e paziente. «Oggi là è un disastro.» Ma l'errore più grave è ovviamente la guerra in Iraq e il suo impatto sugli Stati Uniti è immenso: «Hanno distrutto la Cia, ma questo era da sempre uno degli obiettivi dei neoconservatori. Il prezzo pagato dall'esercito è enorme. I danni causati al mio Paese sono incalcolabili» ripete. «Ora si tratta di sopravvivere per i prossimi due anni e mezzo, finché arriverà un nuovo governo. Poi bisognerà procedere con l'*impeachment* di Bush, Cheney e gli altri, fare in modo che non possano mai più ricoprire cariche pubbliche. Saranno come Pinochet, perseguiti per crimini contro l'umanità.»

Anche secondo Sy i princìpi fondatori del Paese sono ancora forti, e il rinnovamento verrà dal popolo.

«C'è un motivo per cui Bush andava rieletto nel 2004: bisognava toccare il fondo.»

Gli esprimo l'impressione generale che abbiamo ricavato dal nostro viaggio: quella di un Paese che vuole abbandonare una pagina ingloriosa della sua storia.

«Il sistema si rende conto di ciò che gli è successo. Molta gente tornerà a votare, a donare soldi, uscirà di casa e si mobiliterà. Assisteremo a un movimento civile, a una ribellione spontanea. Sarà molto appassionante.»

In contrasto con questa incoraggiante profezia, a Washington sono al lavoro forze contrarie a qualsiasi tipo di rinnovamento. All'inizio dell'anno, il settimanale «Time» aveva messo in copertina un titolo provocatorio, *L'uomo che ha comprato Washington*. La foto era di Jack Abramoff, diventato l'eminenza grigia della città in cui la parola chiave per fare fortuna è *access*. «Accesso» alle persone che contano, ai ministeri, al Congresso. E ovviamente alla Casa Bianca, il sancta sanctorum del potere.

Abramoff, legato a filo doppio ai repubblicani, ha ammassato una fortuna truffando clienti ingenui e organizzando campagne di raccolta fondi per le cause più svariate, sotto lo sguardo indulgente dei politici che approfittavano della sua munificenza. La Casa Bianca ha negato che Bush l'abbia mai incontrato, ma i bravi giornalisti hanno buona memoria. Hanno ritrovato le tracce, e le fotografie, di un incontro del maggio 2001. Secondo il lobbista, indagato per frode e appropriazione indebita, ce ne sarebbero stati altri.

L'attivista repubblicano era un mago del contatto, un alchimista del potere: trasformava i desideri in realtà, i progetti in decisioni, le ambizioni individuali in prospettive di carriera. Vendeva a peso d'oro la sua agendina di indirizzi e le sue relazioni con i potenti. Alla fine di marzo è stato condannato per corruzione a cinque anni di carcere, e obbligato a restituire 21 milioni di dollari.

Ma lo spregiudicato businessman è solo un giocatore d'azzardo preso con le mani nel sacco: dietro di lui esiste una colossale macchina lobbistica al servizio di interessi americani e stranieri, spesso associata alla destra conservatrice e ai fondamentalisti religiosi. Abramoff stesso era presidente del National Center for Public Policy Research, un centro di studi conservatore, e dirigeva la Towards Tradition, un'organizzazione religiosa di destra. Era anche strettamente legato a Tom DeLay, capo della maggioranza repubblicana alla Camera, che ha dovuto dare le dimissioni dopo le accuse di corruzione e di riciclaggio di denaro.

DeLay e Abramoff erano i cardini di un progetto più vasto avviato nel 1995 dai repubblicani. Battezzato «K Street Project», l'idea era di infiltrarsi negli studi di *lobbying* a Washington e di far nominare nei posti chiave dei simpatizzanti del Partito repubblicano. Obiettivo: conquistare consensi, ma anche mobilitare risorse finanziarie per gli uomini del partito. Lo scandalo del «K Street Project» ha mostrato i rischi dell'inebriante miscela di soldi, influenza e potere. Tuttavia un vento di sobrietà ha cominciato a soffiare sulla città.

Contemporaneamente, è stata chiamata in causa anche una delle lobby più forti, se non la più potente in assoluto: l'American Israel Public Affairs Committee (Aipac), più nota come la «lobby filoisraeliana». Conta 100.000 membri in tutti gli Stati Uniti e difende gli interessi di Israele da oltre cinquant'anni. Esercita un'influenza senza pari sul Congresso, assicura l'approvazione di leggi favorevoli allo Stato ebraico e riesce a bloccare le decisioni che considera pericolose. Garantisce ogni anno un aiuto di tre miliardi di dollari all'economia israeliana, senza che il governo americano abbia alcun diritto di controllo. L'Aipac assicura una regolare fornitura di armi all'esercito israeliano. E fa in modo che il governo Usa blocchi le risoluzioni delle Nazioni Unite che potrebbero essere considerate una critica alla politica di Tel Aviv.

Due studiosi americani – i politologi John Mearsheimer e Stephen Walt, il primo della University of Chicago e il secondo di Harvard – a marzo hanno pubblicato un saggio sull'Aipac intitolato *The Israel Lobby*. Esaminano «l'azione di individui e organizzazioni che operano attivamente per dare alla politica americana una direzione filoisraeliana [...]. Nessun'altra lobby è stata in grado di allontanare così tanto la politica Usa da quelli che dovrebbero essere gli interessi degli Stati Uniti, riuscendo allo stesso tempo a convincere il popolo americano che essi coincidono con quelli di Israele». I due professori hanno denunciato anche l'alleanza con i cristiani evangelici di destra, e non solo. Citano Rumsfeld, Wolfowitz e Douglas Feith, ex sottosegretario del Pentagono, ma anche, a sinistra, la Brookings Institution e alcuni editorialisti del «New York Times». Accusano l'Aipac, che rappresenta di fatto gli interessi di un governo straniero, di esercitare un'enorme pressione sul Congresso. Sottolineano che gli Stati Uniti in sessant'anni hanno donato 140 miliardi allo Stato ebraico senza chiedergliene conto. Che dal 1982 a oggi Washington ha posto il veto a 32 risoluzioni dell'Onu che criticavano Israele. Ha anche impedito che si discutesse dell'arsenale atomico israeliano negli organismi internazionali incaricati di controllare la proliferazione nucleare.

La pubblicazione di questo studio ha provocato un'ondata di commenti che vanno dall'entusiasmo alla più accesa indignazione. Come sottolineava il «Financial Times» appena prima della nostra partenza: «Il ricatto morale – la paura di essere accusati di antisemitismo quando si prende di mira la politica di Israele e l'appoggio che gli viene accordato dagli Stati Uniti – scoraggia fortemente la critica. Costringere con la minaccia gli americani ad accettare la politica di Israele è negativo per Israele stesso e compromette la capacità dell'America di determinare i loro stessi interessi».

Nel Paese della libertà di parola, alcuni argomenti sono forse ancora tabù.

Capitolo 20

L'ASSE DEL BENE

Avevo chiesto a Fukuyama qual era, secondo lui, il pericolo più grave per l'egemonia americana nel mondo. La Cina e la sua crescita esplosiva? L'India e il suo inesauribile serbatoio di capacità tecnologica? «A meno di una pesante crisi economica, nessun Paese può sfidare gli Stati Uniti» mi aveva risposto. Un principio che vale anche dopo l'avventura irachena. L'America si è dimostrata incapace di affrontare la guerriglia, ma ha confermato la propria indiscutibile potenza di fuoco.

«Ma la cosa più inquietante nella nostra realtà sociale è l'aggravarsi delle disuguaglianze.» È proprio un neoconservatore pentito, se arriva a riconoscere negli squilibri economici un fattore cruciale per l'indebolimento dell'Impero americano. Era una riflessione provocatoria, e sicuramente un avvertimento che né Bush né il Congresso controllato dai repubblicani vogliono sentire. Da sei anni difendono una politica fiscale e di bilancio che garantisce tagli delle tasse per le aziende e le famiglie più ricche, aumenta le spese militari e riduce gli investimenti sociali. L'indebitamento della nazione nel 2006 ha raggiunto un livello record. E anche i budget delle famiglie sono sempre più in rosso.

C'è anche un risvolto «ideologico» della crisi. Quando il motore economico rallenta è più difficile, soprattutto per chi parte da zero, fare carriera, arricchirsi, salire nella scala sociale. La «meritocrazia», elemento costitutivo del sogno americano, viene messa in discussione e si profila uno sviluppo profondamente anti-americano: un Paese immobile, fatto di «caste chiuse».

I sindacati, che dovrebbero essere la testa di ponte della battaglia per un capitalismo più equo e condizioni di lavoro migliori, sono indeboliti e poco rappresentativi. Linda Chávez-Thompson, vicepresidente dell'Afl-Cio, ci spiega che la più grande confederazione sindacale americana, nonostante i nove milioni di iscritti, si trova sulla difensiva. Nei settori tradizionali, come quello dell'auto, hanno dovuto negoziare accordi di licenziamenti di massa che, come abbiamo visto a Detroit, hanno interessato oltre 60.000 operai. «I sindacati non sono riusciti ad adeguarsi alle nuove esigenze del mercato, e i costruttori nemmeno. Sono stati i giapponesi a produrre le automobili che la gente chiedeva. Mentre noi abbiamo dimenticato come si fa a essere competitivi» confessa la Chávez che ci riceve nella sede a due passi dalla Casa Bianca.

Tuttavia l'indebolimento si deve anche alla perdita di una cultura sindacale: «Il sistema di contratti collettivi e trattative di settore è stato indebolito dalle nuove generazioni, che tendono a preoccuparsi meno del futuro e a trattare individualmente le condizioni di copertura sociale o di licenziamento». Inoltre, aggiunge la Chávez, la disponibilità di manodopera a buon mercato sotto forma di un esercito di immigrati non contribuisce certo a rafforzare l'influenza del sindacato. A sessant'anni, Linda è una sindacalista di rottura che si batte da una vita per i diritti dei lavoratori. È consapevole che è necessaria una radicale svolta a Washington, per far ripartire anche il movimento sindacale. L'Afl-Cio ha sostenuto Kerry nella battaglia per le presidenziali nel 2004, e ora si mobilita già per le prossime del 2008. «Hillary Clinton è molto intelligente» mi risponde diplomaticamente Linda, quando le chiedo se la senatrice dello Stato di New York sarebbe un buon candidato democratico per affrontare questa crisi.

Per il momento, l'unico che parla apertamente di povertà e del suo impatto sul futuro del Paese è il candidato battuto all'investitura democratica del 2004, John Edwards. Dopo la sconfitta, ha lasciato la poltrona di senatore del North Carolina e si è impegnato nel sociale con il Center on Poverty, Work and Opportunity. Edwards potrebbe riprovarci tra due anni. Avendo mezzi limitati, si è lanciato molto presto nella corsa. Il suo messaggio è chiaro: «È disastroso che 37 milioni di americani vivano in povertà» dice. «È un problema tanto drammatico quanto lo è stata, in altri anni, la segregazione razziale.» In un discorso che ha tenuto al Circolo della stampa di Washington, attribuisce la responsabilità di questa pericolosa situazione al salario minimo troppo basso. Propone di aumentarlo e di rafforzare il potere dei sindacati. Vuole anche una politica degli alloggi che permetta agli abitanti delle zone più svantaggiate di acquistare una casa, per incentivarli a migliorare le loro generali condizioni di vita.

Combattere la povertà negli Stati Uniti significa anche affrontare la questione, ormai impellente, della sanità. «È moralmente sbagliato» afferma Edwards nel suo programma «che così tanti americani siano senza assicurazione.»

I dati sono spaventosi: 45,8 milioni di americani, otto dei quali bambini e adolescenti, sono privi di assistenza sanitaria. Si tratta del 15 per cento della popolazione, e sono in aumento. Erano 40 milioni quando Bush è salito al potere. In America l'assistenza sanitaria non è, come nella maggior parte dei Paesi industrializzati, garantita dallo Stato. I due enti pubblici, Medicare e Medicaid, che dovrebbero tutelare i pensionati oltre i sessantacinque anni e i poveri al di sotto dei 16.000 dollari annui per nucleo familiare di quattro persone, si sono visti tagliare il budget. Tutti coloro che non sono coperti da assicurazione devono accontentarsi di un'assistenza di bassissimo livello, e molti rimangono addirittura senza cure.

Le compagnie private, a cui è praticamente affidata la salute dei cittadini, hanno generalmente polizze care e costi più elevati per chi dovesse già avere qualche malanno. I dipendenti delle grandi aziende sono assicurati per contratto, ma a prezzo di pesanti ritenute sulla loro busta paga. Inoltre, se il genitore che lavora perde il posto, l'intera famiglia si ritrova senza assicurazione. Il primato negativo spetta al Texas, dove quasi il 25 per cento degli abitanti è privo di assistenza. Nello Stato di Bush, un abitante su quattro non ha diritto alla salute.

Se il Welfare è sempre più avaro, risposte e sviluppi positivi sembrano venire dal settore privato: Warren Buffett e Bill Gates, i due uomini più ricchi del Pianeta, si sono alleati per fare del bene. Recentemente Buffett, che ha fatto fortuna investendo abilmente negli affari degli altri, ha deciso di dare in beneficenza l'85 per cento del suo patrimonio, ovvero 31 miliardi di dollari. Ha scelto la Bill and Melinda Gates Foundation, impegnata nei Paesi poveri soprattutto sul fronte dell'istruzione e della lotta contro le malattie infettive. Da soli, il re di Microsoft e l'abile finanziere gestiranno a scopi benefici 66 miliardi di dollari. La loro forza d'urto finanziaria è ampiamente superiore a quella della Croce Rossa o dell'Unicef. Buffett entrerà anche nel consiglio direttivo della Fondazione, e ha già fatto capire di voler dire la sua sull'impiego di questa vera e propria manna. Gates ha annunciato che lascerà ogni incarico nella sua azienda per dedicarsi completamente alla filantropia.

Gli Stati Uniti sono famosi per la generosità di molti cittadini abbienti, e Ray Bradbury mi aveva ricordato che senza Andrew Carnegie ci sarebbero molte meno biblioteche nel Paese. Ma la donazione di Warren Buffett è la più ricca di tutta la storia americana, e illustra una tendenza che negli ultimi anni è andata aumentando. Anche i leader della nuova economia – Google, Yahoo!, eBay – hanno deciso di «investire» nella povertà. Come se avessero improvvisamente capito che lo Stato, incapace di svolgere la funzione di equo ridistributore della ricchezza, espone a gravi rischi gli equilibri sociali. Secondo loro la filantropia è una risposta alla passività dei governi.

Gates e Buffett non sono chierichetti che pensano di comprarsi il paradiso donando qualcosa ai meno fortunati. I due magnati sono uomini d'affari che hanno realizzato enormi proventi nell'alta tecnologia e nella finanza, dove contano anzitutto l'intuizione e la lungimiranza. Hanno trascorso la vita a giocare d'anticipo. E oggi hanno deciso che è ora di prendere in mano la situazione. Flagelli come le epidemie, l'Aids, l'analfabetismo, l'indigenza generano un'instabilità globale che mette a repentaglio anche i nostri sistemi di vita. Bill e Warren sono i pionieri di un «fronte del Bene» che rifiuta di affrontare i problemi del mondo solo con la violenza politica o militare.

Appartiene a questa nuova costellazione della generosità anche una donna con una storia decisamente romanzesca: Swanee Hunt, che da figlia illegittima di una segretaria d'azienda si è ritrovata erede del petroliere texano Haroldson Lafayette Hunt. Oggi è nota per le sue attività filantropiche con lo Hunt Alternatives Fund. Prima ancora che lei nascesse, suo padre nel 1948 era stato definito dalla rivista «Fortune» l'uomo più ricco d'America. Swanee è l'ultima di 14 figli, nati da tre diverse relazioni. Dopo i primi due matrimoni, da cui nacquero dieci figli, Hunt sposò nel 1957 la sua amante Ruth May, madre di Swanee che all'epoca aveva già sette anni, riconoscendo i quattro figli nati dalla loro relazione. Ma le donne non erano affatto l'unico interesse di questo audace texano.

La sua inarrestabile ascesa ha inizio nel 1920: dopo aver fatto il cowboy e il boscaiolo, il *self-made man* approda a Eldorado, nello Stato dell'Arkansas, all'epoca della corsa all'oro nero. Dieci anni dopo farà fortuna in Texas, dove fonda la compagnia che ancora porta il suo nome. Oggi la Hunt Oil Company, una delle più grandi del mondo, conta filiali nello Yemen, in Perú, in Canada e nel Golfo del Messico. In questi Paesi, oltre ai propri interessi petroliferi porta avanti progetti edilizi, sociali e culturali.

Consapevole della sua immensa ricchezza, Swanee non è certo rimasta con le mani in mano: dopo l'esperienza di ambasciatrice in Austria per l'amministrazione Clinton nel 1993, si è impegnata nel processo di pacificazione della ex Jugoslavia e nel 1999 ha fondato il movimento Women Waging Peace. Dal 1997 insegna alla John F. Kennedy School of Government di Harvard, dove dirige il Women and Public Policy Program (Wappp).

La sua fondazione opera su tre fronti: progetti per aiutare i bambini poveri nell'area di Boston, finanziamenti e consulenza ai movimenti per la giustizia sociale e aiuti alle tante donne e organizzazioni nel mondo che lottano a favore della pace.

Comincio la nostra conversazione partendo dalla vita privata di Swanee, che sta per pubblicare un'autobiografia dal titolo significativo: *Half Life of a Zealot* (*Metà vita da zelota*). «Diciamo che ho avuto un'infanzia intensa. Fino a sette anni non sapevo che quel signore un po' anziano che ci veniva a trovare fosse mio padre. Poi, improvvisamente, la mia vita cambiò: mia madre divenne la signora Hunt e noi i figli di un miliardario. Mio padre era un uomo terribile, incapace di qualsiasi rapporto affettivo: tutto ruotava attorno alla sua persona. Era un ultraconservatore, un feroce anticomunista che appoggiò anche il famigerato senatore McCarthy. Ed era antisemita al punto che da bambini non ci permetteva di giocare con i nostri compagni di scuola ebrei. Lo hanno persino accusato di aver fatto parte ai massimi livelli del cosiddetto "Comitato" che avrebbe organizzato e messo a segno l'assassinio di JFK a Dallas nel 1963.»

Swanee, una bella donna con un sorriso schietto che si definisce «fortunatamente estroversa», sembra priva di emozioni, come se parlasse di uno sconosciuto. Eppure non deve essere stato facile fare i conti con un padre tanto ingombrante. «Mi sono da tempo riconciliata con lui: non aveva studiato, ma aveva una grande testa. Cominciò la sua carriera come cowboy, te lo immagini?» Swanee ride divertita raccontando questo tipico caso di sogno americano. «Aveva un grande senso pratico e credo me l'abbia trasmesso. Punto agli obiettivi e li perseguo anche quando sembrano impossibili, proprio come lui. Tutto questo è anche molto americano, non trovi?»

Ma già a vent'anni Swanee aveva preso una strada completamente diversa, cominciando a occuparsi dei più sfortunati: senzatetto, poveri, donne in difficoltà. A un certo punto decise che avrebbe devoluto metà dei suoi introiti annui per azioni benefiche. Continuò a farlo anche quando ereditò la fortuna paterna, a tutt'oggi un business con altissimi profitti.

Quando sulla sua strada incontrò i coniugi Clinton divennero amici e decise di sostenere attivamente i democratici e le loro battaglie: quella di Bill prima e di Hillary adesso. «Sarà lei il nostro prossimo presidente, ne sono certa.»

La guardo perplessa: mi sembra che l'America profonda non sia ancora pronta per una donna alla Casa Bianca: «Ma Hillary *viene* dall'America profonda: dall'Illinois, da una famiglia religiosa. Lei sa come parlare a questa gente».

Swanee era tanto contraria alla guerra in Iraq quanto favorevole a quella in Bosnia. E pensa che Bush sia andato a Baghdad per un complesso edipico nei confronti del padre: «Non ha fatto nessuna analisi approfondita, non ne sarebbe stato capace. Non dimentichiamoci che prima di diventare presidente non è mai stato all'estero, tranne in Messico. Il suo entourage invece, era sicuramente interessato al petrolio».

L'ex ambasciatrice ha opinioni assai taglienti che condivide con molte delle sue conoscenze: oltre a Hillary, la femminista storica Gloria Steinem, il generale Wesley Clark, oggi in pensione e impegnato con i democratici, e Barack Obama, il brillante senatore di colore venuto alla ribalta grazie alle elezioni del 2004.

«Proprio l'altro giorno Barack mi ha raccontato di essere tornato da un giro in 25 Stati, dove l'opinione pubblica si mostra matura per un cambiamento: hanno capito che la politica di questa amministrazione è tremenda. E hanno ragione: come si può pensare di combattere un'ideologia sbagliata con le armi? E non piuttosto contrastarla con più giustizia sociale, più istruzione e più diritti? Bisognerà pur capire che l'estremismo islamico ha molto a che fare con la povertà nel mondo. Sai qual è la vera tragedia dell'Iraq? Che abbiamo già speso tanti miliardi, soldi che avremmo potuto impiegare per costruire impianti di depurazione dell'acqua, scuole, ospedali e pozzi petroliferi. Dare insomma agli iracheni i mezzi per costruire un futuro migliore.»

L'impegno sociale è per Swanee una filosofia di vita. Reso più praticabile, negli Stati Uniti, dall'incentivo indubbiamente efficace degli sgravi fiscali. Le donazioni possono essere detratte dalla dichiarazione dei redditi.

«Il nostro sistema sostanzialmente dice: piuttosto che aumentare le tasse lasciamo che i singoli individui decidano a quali cause devolvere i loro soldi.»

Ma lo Stato – le faccio notare – non può fare affidamento sulla generosità di pochi miliardari.

«Per quanto mi riguarda, sono favorevole a un sistema di Welfare che garantisca a tutti, come da voi in Europa, un'assistenza di base.»

Ma questo non dovrebbe essere nel programma dei democratici? Le racconto di averli sentiti spesso definire «senza spina dorsale».

«I democratici in America sono sempre stati un partito assai variegato. Con dentro sindacati, lavoratori, classi abbienti, neri e minoranze. È ovvio che, essendo così diversi, è più difficile indirizzare tutti verso lo stesso obiettivo. Un problema che i repubblicani hanno molto meno.» Tuttavia, come avrò occasione di constatare, anche loro hanno una buona dose di grattacapi.

«Conosci l'undicesimo comandamento?» mi chiede il mio amico Tom G., consulente politico dei repubblicani, ed ex *speechwriter* di Ronald Reagan. Siamo seduti nella sala da pranzo di uno dei più antichi club di Washington, il Metropolitan. L'arredamento ben si accorda a un luogo così carico di storia: un po' austero, sembra che non sia cambiato dalla fondazione, più di un secolo fa. Le pareti del ristorante sono dipinte di verde, le tovaglie sono candide e i camerieri in uniforme nera e guanti bianchi sono discreti ed efficienti.

Tom ci ha redarguito quando abbiamo tirato fuori i nostri «attrezzi da lavoro»: da questo luogo sono banditi cellulari e taccuini. I veri gentleman non lavorano a tavola.

«L'undicesimo comandamento è repubblicano: non dirai mai male di un altro repubblicano.» Questa norma è stata rispettata fino alle elezioni presidenziali del 2004, quando Bush ha sconfitto John Kerry con 62 milioni di voti contro i 59 del candidato democratico. Da allora la situazione si è complicata: l'elettorato di destra è in preda alla disillusione e l'unanimità di partito attorno al presidente ha cominciato a incrinarsi. Bush continua a invocare la guerra contro il terrorismo, ma non basta più a soffocare il dissenso.

Nella primavera del 2006, i deputati e i senatori repubblicani hanno buoni motivi per temere di non essere rieletti: escono malconci dai sondaggi di opinione tanto quanto Bush.

Parliamo bevendo tè ghiacciato e mangiando una deliziosa frittura di *soft-shell crabs*, i granchi pescati nel mese in cui cambiano corazza. I tavoli sono disposti a una certa distanza per garantire il massimo della discrezione. Nel foyer, alcuni uomini sobriamente vestiti leggono i giornali seduti in poltrone di cuoio. Un buon odore di sigari e di caffè riempie l'aria. Ovviamente le donne non possono essere socie del club.

Si è unito a noi il nostro comune amico John F., anche lui repubblicano, ex funzionario del dipartimento di Stato e specialista del fronte molto trendy dell'esportazione della democrazia. Le voci interne al partito che criticano pubblicamente il presidente e la sua politica, ci dicono entrambi, sono ancora poche ma il malcontento sta montando nelle fila del Gop, il Grand Old Party, e in particolare nella base.

«Bush ha vinto due elezioni presidenziali» mi spiega Tom «sostenendo un modello di governo che piaceva ai repubblicani più conservatori. Ovvero un'amministrazione che interviene poco, spende poco, difende una rigida morale e nel mondo agisce solo per salvaguardare gli interessi del Paese. Con questa visione, il nucleo politicamente più attivo della destra si è mobilitato, garantendo a Bush una prima messe di voti, un trampolino ideale per costruire la maggioranza. Ma lui non è stato capace di mantenere l'appoggio di questo zoccolo duro.»

«Secondo me» interviene John «Bush perde consenso soprattutto perché agli occhi dei conservatori ha tradito il principio del "meno Stato più mercato".» Da quando è presidente, la spesa pubblica è aumentata del 25 per cento. Non hanno contribuito a riconquistare credito i tentennamenti di George W. sul tema spinoso dell'immigrazione. Si rifiuta infatti di adottare le misure drastiche proposte dai duri del partito per rendere sicura la frontiera.

«Abbiamo l'impressione che alla Casa Bianca ci sia un capo inetto» ammette John a malincuore.

Il dissenso del suo elettorato più fedele indebolisce Bush davanti alla sua stessa maggioranza al Congresso. A maggio la Camera approverà una legge che aumenta gli stanziamenti per la ricerca sulle cellule staminali embrionali. Contro la volontà del presidente, anche il Senato voterà a favore, causando una levata di scudi della destra religiosa. Per loro, l'embrione è un essere vivente e le sue cellule non possono essere messe a disposizione della scienza. George W. sarà costretto a misure estreme: a metà luglio, per la prima volta nei suoi cinque anni e mezzo alla Casa Bianca, porrà il veto. «Per il presidente l'uccisione di un embrione è omicidio» dirà il suo portavoce, mentre Bush comunica alla nazione la decisione mostrandosi circondato da famiglie con bambini nati da embrioni adottati. Un'esibizione imbarazzante in cui non è difficile vedere la mano di Karl Rove.

Evidentemente la Camera e il Senato, in piena campagna per la rielezione, rifiutano di trovarsi ostaggio di una minoranza di oscurantisti scollati dal resto della nazione. Sarà difficile per Bush e per i repubblicani tradizionalisti, nei prossimi due anni, uscire dall'impasse. Appoggiandosi ai fondamentalisti per garantirsi la vittoria, si sono messi alla loro mercé. Ma se continuano a cedere alle loro richieste sempre più estreme e retrograde, rischiano di alienarsi l'elettorato meno settario.

Al di là dei calcoli elettorali che agiteranno Washington e il resto del Paese fino al 2008, la posta in gioco è molto più alta.

Secondo alcuni, si profila uno scontro tra la «Retro America», la parte del Paese rurale, arretrata, bigotta e ostile ai cambiamenti, e la «Metro America» colta, urbana, aperta all'innovazione. È una delle possibili interpretazioni, la tesi del *great divide*, della separazione netta della nazione in due Americhe contrapposte. Per la verità, nel corso del nostro viaggio, ci sembra di averne incontrate di più. Forse anche Washington dovrà affrontare un'equazione politica con ben più di due variabili.

«Io vorrei che l'America tornasse quello che era, con la sua autorità morale» dichiara Kerry Kennedy. «E invece non abbiamo mai avuto al potere una simile cleptocrazia: il governo dei ladri! Non abbiamo mai visto un'amministrazione che taglia le tasse solo per i ricchi, lancia una guerra basata sulla menzogna e poi le spoglie del conflitto vanno alle società di amici, finanziatori, ex vicepresidenti oggi al potere. Vedi Halliburton con Cheney. Negli ultimi anni ha vinto l'immoralità, basta guardare lo scandalo Enron. Ci vorranno molte inchieste sulla corruzione dilagante per avere giustizia, non vendetta.»

Quarantasei anni, bionda, capelli lisci lunghi fino alle spalle, ha gli stessi occhi e lo stesso sorriso di suo padre Robert F. Kennedy.

Kerry indossa un allegro vestito a fiori rossi e la ritrovo con l'energia e la determinazione di sempre. Presidente onorario della fondazione intitolata al padre, è membro di oltre 40 delegazioni per i diritti umani presenti in più di 30 Paesi. Ha cominciato nel 1981 investigando sugli abusi commessi dagli uffici immigrazione statunitensi nei confronti dei rifugiati del Salvador. Porta avanti la tradizione della parte migliore della famiglia Kennedy, tragicamente colpita una prima volta a Dallas nel 1963 con l'uccisione dello zio, il presidente John Fitzgerald, destinato a entrare nella leggenda con la sua giovinezza, il suo carisma e la sua morte violenta.

L'uomo che realizzò il celebre filmato, l'unico esistente, dell'assassinio di Kennedy, era un sarto di nome Abraham Zapruder, ebreo, fuggito nel 1920 dalla Russia bolscevica.

Siamo amici della famiglia di suo figlio Henry, avvocato e paladino dei poveri che purtroppo è venuto a mancare pochi mesi fa. Jacques li ha conosciuti quando aveva diciotto anni, ai tempi del suo primo soggiorno di studio negli Stati Uniti. La vedova Marjorie e i loro tre figli sono un po' la sua famiglia americana. Ricordo di quando Henry ci raccontò l'avventura del padre: appena si rese conto di quello che aveva tra le mani, il sarto di Dallas consegnò la pellicola all'Fbi. Gli fu restituita, ma con alcune parti tagliate: dissero che si era rovinata. Una versione su cui Henry è sempre stato scettico, e non solo lui. Pochi anni fa, lo «Zapruder film» restaurato è stato fondamentale per accertare che a sparare quel giorno non era stata una sola persona, anche se le ombre sulla morte di Kennedy non si sono mai del tutto dissipate. Nel 1999 lo Stato americano ha chiesto a Henry l'originale da conservare negli archivi nazionali. Dopo una lunga trattativa la famiglia lo ha venduto per 16 milioni di dollari.

Non è troppo per la documentazione degli ultimi istanti di vita di un mito. JFK è ricordato per il suo impegno nel campo dei diritti civili, per l'accelerazione che impresse alla «corsa allo spazio» che avrebbe portato l'America sulla Luna nel 1969, per il suo sostegno alle arti, per il soffio di modernità che portò alla Casa Bianca insieme alla moglie Jacqueline. Ma anche per le sue numerose avventure, a cominciare da quella con Marilyn Monroe. E per le molte crisi internazionali che si trovò ad affrontare, per esempio a Cuba e in Vietnam, in una politica estera pesantemente segnata dalla Guerra fredda.

Sua nipote mostra di aver ereditato lo slancio ideale che gli fece coniare la famosa frase «Non chiedetevi che cosa la nazione può fare per voi, ma cosa voi potete fare per la nazione». L'accusa che Kerry muove all'attuale amministrazione è di avere pesantemente offuscato il «sogno americano».

«Ormai la gente ci odia. Prima c'era Saddam Hussein, ora ci siamo noi. È terrificante! Il mondo intero ci guarda con diffidenza, ci vede come una forza imperiale pericolosa, soprattutto nei Paesi musulmani. A casa nostra, invece, stiamo adottando un sistema di controllo e spionaggio sulle attività dei cittadini di stile sovietico, dove nessuno si fida più del suo vicino.»

Suo padre Bob, che appoggiò con molta più forza del fratello il movimento dei diritti civili, combatté il razzismo e la corruzione e si oppose alla Guerra del Vietnam, probabilmente non riconoscerebbe più l'America di oggi.

«La differenza sostanziale con la destra è che noi crediamo nel ruolo dello Stato, dei sindacati, nella difesa delle classi sociali meno fortunate, nella protezione delle nostre libertà fondamentali» mi spiega Kerry Kennedy.

Assomiglia moltissimo al padre. Da lui non ha ereditato solo i tratti somatici, ma soprattutto la grinta e la passione civile. Settima di 11 figli, aveva solo nove anni quando Bob venne assassinato nel 1968 durante la campagna elettorale per le presidenziali.

Ci siamo viste varie volte, anche in Italia dove il suo sostegno non manca mai quando si svolgono elezioni cruciali. Alla fine di maggio la incontrerò di nuovo in pieno centro a Milano. Sarà lei a presentare la mostra *Voci contro il potere* che nel 2007 porterò al Parlamento europeo. Sono 50 ritratti in bianco e nero dei difensori di diritti umani immortalati dal fotoreporter Eddie Adams, scomparso due anni fa. Fu lui l'autore del famoso scatto del 1968 dell'esecuzione sommaria di un prigioniero vietcong, freddato da un generale sudvietnamita con uno sparo alla tempia. La foto, che divenne la bandiera del movimento contro la guerra in Vietnam, gli valse il premio Pulitzer. «Il senso di questa mostra» mi spiegherà Kerry «è che ogni singolo individuo può fare la differenza.» Esattamente quello che mi ha detto la *peace mom* Cindy Sheehan: dentro ognuno di noi c'è un piccolo eroe.

È arrivato il momento della partenza. Troppo presto per i miei gusti. So perfettamente di avere appena sfiorato il volto di questo continente lontano dagli stereotipi, così diverso sia dalle cronache quotidiane che approdano sui nostri media, sia dai racconti idealizzati di Hollywood. Le persone con cui ho parlato mi hanno fornito indicazioni, intuizioni, ma sicuramente non la partitura completa della sinfonia che è l'America. Faccio fatica a trovare le parole per collegare i racconti e i personaggi che sto riportando con me in Europa.

Jacques e io brindiamo alla conclusione della nostra avventura con una bottiglia di champagne nelle sale di un bel locale nel quartiere di Georgetown. È un luogo piacevole, con un pianoforte che suona in sottofondo, donne eleganti che bevono tè e giovani astri nascenti della letteratura che festeggiano i loro successi. La stella che sorseggia una coppa di champagne con noi si chiama Curtis Sittenfeld: il suo primo libro, *Prep*, è diventato un bestseller, e ha appena pubblicato il secondo, *The Man of My Dreams* (*L'uomo dei miei sogni*). È la storia intrigante di una giovane donna che cerca l'amore perfetto senza mai trovarlo. Curtis, una ragazza dal volto deciso che sembra esitare tra ingenuità e disincanto, vuole rappresentare la vita così com'è, e non come vorremmo che fosse. «È un romanzo senza lieto fine, ma ciò non significa che sia triste: è realistico.»

Mi spiega che la sua eroina è l'espressione della società americana di oggi, «infelice ma ottimista». Curtis mi darà forse all'ultimo minuto la chiave per interpretare questa realtà così complessa?

«Il sogno americano è fare soldi. Può sembrare cinico ma è proprio così» aggiunge. «A un livello più profondo è un'esperienza personale che responsabilizza gli individui. Siamo un popolo intelligente e dotato di senso morale, ma ci manca una fonte di ispirazione.»

Per il momento molti di loro hanno rifiutato di partecipare al dibattito politico, hanno addirittura rinunciato a votare e non ritengono che il Congresso li rappresenti.

«Non possiamo più fidarci dei cowboy. Abbiamo bisogno di nuove frontiere. Politicamente, dopo l'11 settembre ci siamo smarriti e Bush è una caricatura di ciò che vogliamo essere.»

Curtis, secca e ironica, conclude: «Il periodo che stiamo attraversando è come una crisi d'identità adolescenziale. Per uscirne ci serve un adulto: se ne troviamo uno, lo eleggeremo presidente nel 2008».

LE DUE TENTAZIONI DELL'AMERICA

OPO IL SUO TRIONFALE ritorno a Washington per festeggiare il capodanno del 1807, Meriwether Lewis conosce un periodo di gloria e addirittura di agiatezza. Ammesso nei migliori salotti e nei circoli scientifici delle città patrizie come Philadelphia, gratificato da una grossa somma di denaro e da possedimenti terrieri, l'esploratore può essere fiero di se stesso. Tuttavia gli rimane un ultimo compito da portare a termine, questa volta di tipo intellettuale: deve completare la redazione del suo diario, mettere per iscritto le scoperte scientifiche ed etnologiche fatte nei nuovi territori americani. Senza questi documenti il viaggio perde il suo valore come impresa di Stato, voluta e finanziata dal governo. Jefferson si aspetta un risultato rapido e certo, prima della fine del suo mandato nel marzo del 1809. Lewis si è messo subito al lavoro, ma qualcosa lo blocca. Ha già redatto le note, completato le carte geografiche e i disegni della flora e della fauna, ma non riesce a mettere a punto un testo di presentazione.

Non gli mancano i problemi personali: cerca di sposarsi, ma le donne su cui cade la sua scelta finiscono sempre per preferirgli altri uomini. Lewis, il solido gigante che senza cedimenti ha attraversato l'America, lo spirito vivace e coraggioso che ha concepito e guidato un'esplorazione senza precedenti, sprofonda nella depressione e si dà all'alcol.

Durante questo periodo, anche l'amico Clark lavora alla redazione del proprio diario, riuscendo a completarlo nei tempi previsti. Anche lui viene coperto di gloria e di onori. Si sposa nel gennaio del 1808, e la moglie gli darà cinque figli, di cui il primo, un maschio, sarà battezzato con il nome del compagno di avventure.

Il 10 ottobre 1809, Lewis si ferma per trascorrere la notte in una locanda vicino a Nashville, nel Tennessee. Sta andando da Saint Louis a Washington, un viaggio lungo il Mississippi iniziato nel mese di settembre.

Naviga finanziariamente in pessime acque. Durante la spedizione ha sostenuto spese non autorizzate e i contabili del governo pretendono un rimborso. Il commercio di pellicce che ha avviato non si sta rivelando redditizio. Si vergogna di non aver completato il suo diario, lo sente come un tradimento nei confronti di Jefferson, amico e mentore verso cui prova una devozione quasi filiale. L'ex presidente – nel frattempo è salito in carica James Madison – gli ha scritto per incoraggiarlo, ma Lewis non gli ha risposto. Ha interrotto ogni rapporto.

Quando Meriwether arriva alla locanda Grinder's Inn è stremato dal lungo viaggio sulle acque del Mississippi: fa caldo, l'umidità è insopportabile e il fiume è infestato dalle zanzare. È sfinito anche da una cavalcata di tre giorni su una pista polverosa. Da tempo, pur avendo promesso di smettere di bere, trangugia enormi quantità di whisky e pillole a base di oppio. Dovrebbero combattere la malaria che lo prostra e gli impedisce di dormire. La locanda dei Grinder, una semplice casa di legno, si trova a un centinaio di chilometri da Nashville. Il proprietario non c'è e sua moglie accoglie quel viaggiatore che le sembra piuttosto strano. Cammina avanti e indietro, si avvicina come per parlarle ma poi all'improvviso si ritrae, ordina un whisky ma non lo tocca nemmeno. La signora Grinder gli prepara da mangiare e si preoccupa quando lo sente parlare da solo davanti al piatto vuoto. Alla fine lo sconosciuto si siede sotto il portico per fumare la pipa. Poi si ritira nella sua stanza respingendo l'offerta della padrona di casa di preparargli il letto. Sostiene che dopo la sua spedizione verso il Pacifico dorme sempre per terra.

Poco dopo mezzanotte nel silenzio risuona uno sparo. Si sente la voce di Lewis: «Oh mio Dio!». Si è appena tirato un colpo in testa, ma la pallottola lo ha solo sfiorato alla tempia. Poi ci prova un'altra volta mirando al cuore. Ma non muore. Crolla sulla soglia della stanza. Supplica la signora Grinder, spaventata, di dargli dell'acqua. Si trascina verso una botte di cui raschia il fondo con una coppa, ma è vuota. Infine arrivano i due servitori che viaggiano con lui e lo trovano coperto di sangue: «Non ho paura, ma sono così forte che è difficile morire». E chiede loro di fargli saltare le cervella con un colpo di fucile. Loro si rifiutano e l'agonia di Lewis durerà fino a poco dopo l'alba.

Perché due uomini che avevano condiviso un'avventura unica in una delle imprese più importanti della storia d'America hanno conosciuto destini così diversi? Lewis, il genio della spedizione, si suicida a trentacinque anni, rovinato, caduto in disgrazia, imbottito di alcol e di droga. Clark, l'alter ego indispensabile ma abituato a operare nell'ombra, si costruisce una vita, si sposa due volte, sopravvive al dolore di perdere le sue due mogli e muore alla venerabile età, per l'epoca, di sessantotto anni. Probabilmente sono già i due volti dell'America, le due tentazioni che sono una costante nel Paese: l'insaziabile bisogno di novità e di avventure e il desiderio di stabilirsi in un luogo, colonizzarlo, smettere di cercare altrove. Ma anche l'energia propulsiva contro la capacità di distruggere e autodistruggersi. Forse nei prossimi mesi gli americani dovranno decidere se seguire Lewis o se scegliere Clark, per guidarli verso i nuovi orizzonti della loro avventura.

«Noi, Popolo degli Stati Uniti, allo Scopo di realizzare una più perfetta Unione, stabilire la Giustizia, garantire la Tranquillità interna, provvedere per la difesa comune, promuovere il Benessere generale ed assicurare le Benedizioni della Libertà a noi stessi e ai nostri posteri, ordiniamo e stabiliamo questa Costituzione degli Stati Uniti d'America.»

La Costituzione americana comincia così, e a Washington come nel resto del Paese abbiamo incontrato l'avanguardia che lotta per non svuotare queste parole del loro significato.

Gore, Gates, Sarandon, Buffett, Kennedy o Hunt e mille nomi sconosciuti. È con loro che noi europei dobbiamo aprire il dialogo per creare un «Asse del Bene».

È l'idea che avevo proposto a Los Angeles, durante la tavola rotonda alla Scuola di studi ebraici della Ucla. Davanti a un gruppo di professori di diversi dipartimenti, avevo difeso la convinzione che il legame tra le due rive dell'Atlantico andasse rafforzato. Gli Stati Uniti e l'Europa sono, e lo saranno ancora per molto tempo, il motore economico e intellettuale del mondo. I tempi della potenza militare, rappresentati dalla vecchia alleanza difensiva incarnata dalla Nato, sono finiti. E anche la guerra nella quale Bush ha voluto trascinare il suo Paese e i nostri è un'avventura senza futuro. I cittadini delle nazioni democratiche hanno il diritto di pretendere da chi li governa ben altre battaglie: contro l'ingiustizia, la povertà e la discriminazione.

Forse dovremmo ricordarci l'immagine che gli immigrati europei avevano dell'America, arrivandoci in nave, non molti decenni fa. La vista che annunciava la Terra Promessa: la Statua della Libertà. Anche lei è un'immigrata: è nata in Francia prima di arrivare nel Nuovo Mondo nel 1886. Da allora, simboleggia l'amicizia tra le due sponde dell'Atlantico, l'accoglienza, la realizzazione del sogno americano. E nel museo che ha sede all'interno del suo basamento sono incisi versi scritti da una donna, la poetessa ebrea newyorchese Emma Lazarus.

Datemi le vostre stanche, povere
moltitudini affrante in cerca di respiro,
i derelitti che le vostre rive brulicanti hanno rifiutato.
Datemi coloro che non hanno un rifugio nella tempesta.
La mia torcia è levata accanto alla porta d'oro.

RINGRAZIAMENTI

Grazie a mio marito Jacques Charmelot, irrinunciabile compagno di avventure, incontri e pensieri senza il quale questo viaggio non sarebbe stato così ricco, né così piacevole.

Grazie a Caterina Borelli, fucina di idee e maga dell'organizzazione e dell'incastro fra tempi, luoghi e impegni. All'insostituibile Alessandra Scotacci e a Uwe Staffler, angeli custodi che non hanno mai fatto mancare la loro presenza fisica e telefonica.

Un applauso al *dream team* della Rizzoli, che mi ha circondata di attenzioni lungo tutto il lavoro: Paolo Zaninoni, Alessandra Mascaretti, Carlo Alberto Brioschi, Manuela Galbiati. E soprattutto l'eminenza grigia Massimo Birattari e l'infaticabile e a tratti sovietica Michela Gallio. Un grazie a Diego Pavesi, Cristiana Latini, Michela Cosili.

INDICE

Finito di stampare
nel mese di agosto 2006 presso
Nuovo Istituto Italiano d'Arti Grafiche - Bergamo

Printed in Italy